Mathématiques

ARITHMÉTIQUE

1. Divisibilité

- On considère deux nombres entiers positifs a et b avec b non nul. Lorsque la division euclidienne du nombre a par le nombre b donne un reste égal à zéro, on dit alors que b est un **diviseur** de a. On dit aussi que b **divise** a ou que a est un **multiple** de b ou encore que a est **divisible** par b.

  Exemple : *72 est divisible par 8 et par 9.*

- Si b est un diviseur de a, alors il existe un nombre entier naturel q tel que : $a = b \times q$. Le nombre 1 est un diviseur de tous les nombres entiers. Le nombre 0 n'est le diviseur d'aucun nombre car la division par 0 est impossible. Tout nombre entier non nul est un diviseur de 0. Tout nombre entier non nul est un diviseur de lui-même.

  Exemple : *Le nombre 560 est un multiple de 10 et 56 car il peut s'écrire $560 = 56 \times 10 (+0)$.*

- Il est possible de savoir si un nombre entier est divisible par 2, 3, 4, 5, 9 ou 10 sans avoir besoin d'effectuer la division euclidienne. On utilise pour cela les **critères de divisibilité**.

Le sais-tu ?

Petite histoire des nombres premiers

Les plus anciennes traces des nombres premiers ont été trouvées en République démocratique du Congo sur un os recouvert d'entailles marquant les nombres premiers 11, 13, 17 et 19. Les scientifiques ont alors supposé que cela correspondait à l'ébauche d'une table de nombres premiers car la correspondance ne pouvait être uniquement due au hasard.

2. Nombres premiers et décomposition en produit de facteurs premiers

- Un **nombre premier** est un nombre entier naturel (supérieur ou égal à 2) qui admet exactement **deux diviseurs** : 1 et lui-même. Le nombre 1 n'est pas un nombre premier car il ne possède qu'un seul diviseur : lui-même. Le nombre 2 est le seul nombre premier qui soit pair.

  Exemples : *Les nombres premiers inférieurs à 50 sont : 2, 3, 5, 7, 11, 13, 17, 19, 23, 29, 31, 37, 41, 43 et 47.*

- Méthode : Pour déterminer si un nombre entier p est premier, il faut utiliser les critères de divisibilité pour tester si p est divisible par 2, 3 ou 5, puis utiliser la division euclidienne pour tester si p est divisible par l'un des nombres premiers suivants. On arrête la recherche lorsqu'on trouve un diviseur de p, ou lorsqu'on obtient un quotient inférieur au nombre premier testé comme diviseur. Il faut bien avoir testé tous les nombres premiers jusqu'à cette bascule.

- Propriété : Tout nombre entier supérieur ou égal à 2 se décompose de manière unique (à l'ordre des facteurs près) en un produit de facteurs premiers. Pour réaliser cette décomposition, on utilise la **divisibilité** et/ou les **critères de divisibilité** jusqu'à n'avoir que des facteurs premiers séparés par des multiplications.

  Exemple : $210 = 10 \times 21 = 2 \times 5 \times 3 \times 7 = 2 \times 3 \times 5 \times 7$.

Le sais-tu ?

Exemple : 107 est-il un nombre premier ?

107 n'est pas divisible par 2, ni par 3, ni par 5 d'après les critères de divisibilité. Il n'est pas non plus divisible par 7 car $107 \div 7 \approx 15{,}3$. Enfin, il n'est pas divisible par 11 et la recherche s'arrête car : $107 \div 11 \approx 9{,}7$ et $9{,}7 < 11$. Ainsi, 107 est un nombre premier.

Entraînement

1 Parmi les nombres suivants, coche ceux qui sont des nombres premiers.

- ❒ A. 157
- ❒ B. 167
- ❒ C. 177
- ❒ D. 187

NOMBRES RELATIFS

1. Additionner et soustraire des nombres relatifs

- Pour additionner deux nombres relatifs de même signe : on garde ce signe ; on ajoute les distances à zéro des deux nombres.
- Pour additionner deux nombres relatifs de signes contraires : on prend le signe de celui qui a la plus grande distance à zéro ; on soustrait les distances à zéro des deux nombres.

  Exemples : $A = (-12) + (-5) = -17$ et $B = (-7) + (+19) = +(19 - 7) = +12$.

- Deux nombres relatifs sont des nombres **opposés** lorsqu'ils ont des signes contraires et qu'ils ont la même distance à zéro. La somme de deux nombres relatifs opposés est nulle.
- Pour soustraire deux nombres relatifs, on ajoute **l'opposé** du nombre soustrait.

  Exemple : $C = (+7) - (+13) = (+7) + (-13) = -6$.

Brahmagupta

Le sais-tu ?

Petite histoire des nombres relatifs

L'introduction des nombres relatifs dans le langage des mathématiques fut lente et maintes fois remise en cause. Ils deviennent pourtant indispensables en comptabilité (gains et dettes). Les premiers à avoir utilisé des quantités négatives furent les Chinois, deux siècles avant J.-C. Mais à cette période, ils ne sont pas considérés comme des nombres. Ils réalisent leurs calculs en utilisant des baguettes, rouges pour les positifs et noires pour les négatifs. On attribue souvent au mathématicien indien Brahmagupta la découverte des nombres négatifs. Il dit, sans le justifier, que : « Une dette retranchée du néant devient un bien, un bien retranché du néant devient une dette. »

2. Multiplier et diviser des nombres relatifs

- Propriété : Le produit ou le quotient de deux nombres relatifs de même signe est un nombre positif. Le produit ou le quotient de deux nombres relatifs de signes contraires est un nombre négatif.
- Pour multiplier ou diviser deux nombres relatifs, on **détermine le signe** du résultat puis on **multiplie** ou on **divise les distances à zéro** des deux nombres.

  Exemples : $D = (-85) \times 0,1 = -8,5$ et $E = (+12) \div (-5) = -(+12) \div (+5) = -2,4$.
- Propriété : Lorsqu'on veut effectuer le produit de plusieurs nombres relatifs, on doit d'abord déterminer le signe du résultat, puis calculer le produit des distances à zéro. S'il y a un nombre pair de nombres négatifs, alors le produit est positif. S'il y a un nombre impair de nombres négatifs, alors le produit est négatif.

  Exemple : $F = 5 \times (-3) \times (-2) \times (-7) = -(5 \times 3 \times 2 \times 7) = -210$.
- Propriété : Lorsqu'on veut effectuer un enchaînement d'opérations avec les nombres relatifs, on doit respecter les priorités opératoires (les calculs entre parenthèses, puis les multiplications et les divisions, et pour finir les additions et les soustractions).

Entraînement

1 Complète le résultat du calcul ci-dessous.

$A = -2 \times 6 \times (-5) =$ ....

2 Le produit de 2 022 facteurs tous égaux à (–1) est égal à :

- ❒ A. -2 022
- ❒ B. 2 022
- ❒ C. -1
- ❒ D. 1

3 Parmi ces propositions, sélectionne la (les) phrase(s) correcte(s).

- ❒ A. Le quotient d'un nombre par son opposé est un nombre négatif.
- ❒ B. Le quotient d'un nombre par son inverse est un nombre positif.
- ❒ C. Le quotient de deux nombres de même signe est négatif.
- ❒ D. Le produit de deux nombres de signes contraires est négatif.

NOMBRES RATIONNELS (1)

1. Additionner et soustraire deux fractions

- Propriété : Lorsqu'on multiplie, ou divise, le numérateur et le dénominateur d'une fraction par un même nombre non nul, on obtient une fraction qui est égale à la fraction précédente.

  Exemples : $\frac{7}{4} = \frac{7 \times 6}{4 \times 6} = \frac{42}{24}$ et $\frac{21}{15} = \frac{21 \div 3}{15 \div 3} = \frac{7}{5}$. *Les fractions* $\frac{7}{4}$ *et* $\frac{42}{24}$ *sont égales, comme* $\frac{21}{15}$ *et* $\frac{7}{5}$.

- Propriété : Pour additionner ou soustraire deux fractions qui ont le même dénominateur, on conserve le dénominateur commun et on additionne, ou soustrait, les numérateurs.

  Exemples : $\frac{15}{3} + \frac{7}{3} = \frac{15 + 7}{3} = \frac{22}{3}$ et $\frac{8}{14} - \frac{13}{14} = \frac{8 - 13}{14} = \frac{-5}{14}$.

- Méthode : Pour additionner ou soustraire deux fractions qui n'ont pas le même dénominateur, il faut modifier ces deux fractions afin de les écrire avec un même dénominateur. Ainsi, on peut garder le dénominateur commun et additionner, ou soustraire, les numérateurs.

  Exemple : $\frac{11}{6} + \frac{5}{8} = \frac{11 \times 4}{6 \times 4} + \frac{5 \times 3}{8 \times 3} = \frac{44}{24} + \frac{15}{24} = \frac{44 + 15}{24} = \frac{59}{24}$.

2. Simplification de fractions

- **Simplifier** une fraction, c'est écrire une fraction qui lui est égale telle que le nouveau numérateur et le nouveau dénominateur soient tous les deux plus petits que ceux de la fraction initiale.

- Une fraction est dite **irréductible** lorsque son numérateur et son dénominateur n'ont pas d'autre diviseur commun que 1. On dit aussi qu'elle n'est plus simplifiable.

Le sais-tu ?

Comparer des fractions

Comparer deux fractions, c'est déterminer quelle fraction est supérieure à l'autre. Propriétés : Un nombre négatif est toujours plus petit qu'un nombre positif. Si les deux nombres sont positifs, le plus petit est celui qui a la plus petite distance à zéro. Si les deux nombres sont négatifs, le plus petit est celui qui a la plus grande distance à zéro. Remarque : Si on souhaite comparer deux fractions dont les dénominateurs sont différents, il faut d'abord les modifier pour qu'elles aient le même dénominateur.

➔ Méthode : Pour simplifier une fraction, il faut chercher un diviseur commun au numérateur et au dénominateur de la fraction. On divise ensuite le numérateur et le dénominateur par ce diviseur qu'ils ont en commun. On recommence le même procédé tant que l'on trouve des diviseurs communs, jusqu'à l'obtention d'une fraction irréductible.

Exemple : *$\frac{48}{18} = \frac{48 \div 2}{18 \div 2} = \frac{24}{9} = \frac{24 \div 3}{9 \div 3} = \frac{8}{3}$. La fraction $\frac{8}{3}$ est la fraction irréductible égale à $\frac{48}{18}$.*

Entraînement

1 Si on réduit les fractions $\frac{2}{9}$ et $\frac{5}{6}$ au même dénominateur, on obtient :

- ❒ A. $\frac{2}{9}$ et $\frac{8}{9}$
- ❒ B. $\frac{4}{18}$ et $\frac{15}{18}$
- ❒ C. $\frac{2}{18}$ et $\frac{5}{18}$
- ❒ D. $\frac{12}{54}$ et $\frac{45}{54}$

2 Complète les cases vides ci-dessous avec le signe < ou >.

$\frac{14}{12} \square \frac{11}{12}$ $\frac{9}{8} \square \frac{5}{4}$ $\frac{8}{5} \square \frac{5}{3}$ $\frac{17}{6} \square 2$

3 Quel(s) est (sont) le (les) rangement(s) exact(s) parmi ceux proposés ci-dessous ?

- ❒ A. $\frac{17}{15} < \frac{9}{5} < \frac{8}{3}$
- ❒ B. $\frac{8}{3} < \frac{9}{5} < \frac{17}{15}$
- ❒ C. $\frac{2}{7} < \frac{5}{6} < \frac{11}{14}$
- ❒ D. $\frac{2}{7} < \frac{11}{14} < \frac{5}{6}$

4 On considère les fractions : $\frac{1}{3}$, $\frac{2}{3}$, $\frac{10}{5}$, $\frac{11}{11}$, $\frac{6}{13}$ et $\frac{5}{8}$. Dans cette liste, combien de fractions sont strictement inférieures à 1 ?

- ❒ A. Aucune
- ❒ B. Deux
- ❒ C. Quatre
- ❒ D. Cinq

NOMBRES RATIONNELS (2)

1. Multiplier des fractions

- Propriété : Pour **multiplier** deux fractions entre elles, on multiplie les deux numérateurs entre eux et on multiplie les deux dénominateurs entre eux. Lorsqu'on multiplie deux fractions, il est recommandé de simplifier au maximum leurs numérateurs et leurs dénominateurs avant de les multiplier pour simplifier les calculs.

  Exemple : $\frac{3}{5} \times \frac{8}{7} = \frac{3 \times 8}{5 \times 7} = \frac{24}{35}$.

2. Inverse d'un nombre

- On dit que deux nombres sont **inverses** l'un de l'autre si leur produit vaut 1.
- Propriété : L'inverse du nombre a est le nombre $\frac{1}{a}$ et l'inverse du nombre $\frac{a}{b}$ est le nombre $\frac{b}{a}$.

  Exemples : *L'inverse du nombre -8 est* $\frac{1}{-8} = -\frac{1}{8}$ *et l'inverse du nombre* $\frac{7}{15}$ *est* $\frac{15}{7}$.
- Remarque : Il ne faut pas confondre l'inverse d'un nombre et l'opposé de ce nombre.
- Propriétés : Le nombre 0 est le seul nombre relatif qui n'a pas d'inverse car pour tout nombre *k*, on sait que : $k \times 0 = 0$. L'inverse du nombre 1 est égal à lui-même et l'inverse du nombre –1 également. Un nombre et son inverse sont toujours du même signe.

Le sais-tu ?

Remarque sur la division de deux fractions

Parfois, le numérateur et le dénominateur d'un quotient sont eux-mêmes écrits sous la forme d'une unique fraction. Pour faciliter la lecture d'un tel quotient, on peut modifier l'écriture et placer la barre qui sépare le numérateur et le dénominateur en face du signe égal.

Exemples : $\dfrac{\frac{3}{5}}{\frac{6}{15}} = \frac{3}{5} \div \frac{6}{15} = \frac{3}{5} \times \frac{15}{6} = \frac{45}{30} = \frac{45 \div 15}{30 \div 15} = \frac{3}{2}$ et $\dfrac{\frac{8}{9}}{4} = \frac{8}{9} \div 4 = \frac{8}{9} \times \frac{1}{4} = \frac{8}{36} = \frac{8 \div 4}{36 \div 4} = \frac{2}{9}$.

3. Diviser deux fractions

- Propriété : Diviser par un nombre revient à multiplier par l'inverse de ce nombre. Autrement dit, on a : $\frac{a}{b} \div \frac{c}{d} = \frac{a}{b} \times \frac{d}{c}$.

  Exemples : $\frac{7}{6} \div (-10) = \frac{7}{6} \times \frac{1}{-10} = -\frac{7}{60}$ et $\frac{5}{2} \div \frac{3}{8} = \frac{5}{2} \times \frac{8}{3} = \frac{40}{6} = \frac{40 \div 2}{6 \div 2} = \frac{20}{3}$.

- Conséquence : Diviser par 0,5 (c'est-à-dire diviser par $\frac{1}{2}$), c'est multiplier par 2.

Entraînement

1 Complète les pointillés dans les calculs suivants, en simplifiant le résultat au maximum.

- ☐ $A = \frac{2}{7} \times \frac{14}{16} =$ ....
- ☐ $B = (-3) \times \frac{-4}{9} =$ ....
- ☐ $C = \frac{2}{3} \times \frac{9}{5} \times \frac{25}{4} =$ ....

2 Complète les phrases suivantes.

- ☐ L'inverse de 5 est ....
- ☐ L'opposé de $\frac{2}{3}$ est ....
- ☐ L'inverse de $-\frac{3}{4}$ est ....

3 Trouve la (les) bonne(s) réponse(s) au calcul suivant : $\frac{-4}{5} \div \frac{2}{15}$.

- ☐ A. -1,5
- ☐ B. -6
- ☐ C. $\frac{-60}{10}$
- ☐ D. $\frac{-5}{30}$

4 Effectue les calculs suivants et complète les pointillés avec les résultats obtenus. Donne le résultat simplifié au maximum.

- ☐ $A = 1 - 2 \times \frac{5}{3} =$ ....
- ☐ $B = \left(\frac{1}{4} - 2\right) \div \frac{5}{3} =$ ....
- ☐ $C = \frac{3}{2} - \frac{1}{2} \times \frac{5}{4} =$ ....

PUISSANCES

1. Exposant entier positif

- Cas particuliers : Un nombre a **au carré** se calcule : $a^2 = a \times a$ et un nombre a au cube se calcule $a^3 = a \times a \times a$.
- Si a désigne un nombre relatif et n un nombre entier avec $n \geq 2$, alors a^n **désigne le produit de *n* facteurs égaux à *a*** : $a^n = a \times a \times ... \times a$.
- Dans ce cas, on dit qu'on calcule une **puissance** de a, et a^n se lit : « ***a* exposant *n*** ».
- Conventions : Pour tout nombre a non nul, $a^0 = 1$ et pour tout nombre a, $a^1 = a$.

Exemples : $2^8 = 2 \times 2 \times 2 \times 2 \times 2 \times 2 \times 2 \times 2 = 256$; $(-5)^3 = -5 \times (-5) \times (-5) = -125$;
$\left(\frac{3}{2}\right)^3 = \frac{3}{2} \times \frac{3}{2} \times \frac{3}{2} = \frac{27}{8}$; $-7^4 = (-7) \times (-7) \times (-7) \times (-7) = 2\ 401$; $1^n = 1$; $0^n = 0$; $7^0 = 1$.

2. Exposant entier négatif

- Si a désigne un nombre relatif non nul et n un nombre entier, alors a^{-n} désigne **l'inverse** de a^n et donc on a : $a^{-n} = \frac{1}{a^n} = \frac{1}{a \times a \times ... \times a}$.
- Cas particulier : Pour $a \neq 0$, on a : $a^{-1} = \frac{1}{a^1} = \frac{1}{a}$. Ainsi, a^{-1} est une autre écriture de l'inverse de a.

Exemples : $2^{-3} = \frac{1}{2^3} = \frac{1}{2 \times 2 \times 2} = \frac{1}{8}$ et $(-3)^{-2} = \frac{1}{(-3)^2} = \frac{1}{(-3) \times (-3)} = \frac{1}{9}$.

- Propriétés :
  - Une puissance d'un nombre positif est toujours un nombre positif.
  - Une puissance d'un nombre négatif est positive uniquement si son exposant est pair.
  - Une puissance d'un nombre négatif est négative uniquement si son exposant est impair.

3. Calculer avec des puissances

- Dans un calcul algébrique comportant plusieurs opérations, on effectue, dans cet ordre : les calculs entre parenthèses, puis le calcul des puissances, ensuite il faut effectuer les multiplications et les divisions, et enfin terminer par les additions et les soustractions.
- Exemples :

$6^3 \times 6^2 = (6 \times 6 \times 6) \times (6 \times 6) = 6^5 = 7\,776$;

$\frac{7^6}{7^2} = \frac{7 \times 7 \times 7 \times 7 \times 7 \times 7}{7 \times 7} = 7 \times 7 \times 7 \times 7 = 7^4 = 2\,401$;

$7^3 \times 6^3 = (7 \times 7 \times 7) \times (6 \times 6 \times 6) = (7 \times 6) \times (7 \times 6) \times (7 \times 6) = 42^3 = 74\,088$;

$5^2 - 18 \div 2 + 4 \times (8 - 11) = 5^2 - 18 \div 2 + 4 \times (-3) = 25 - (18 \div 2) + (4 \times (-3)) = 25 - 9 + (-12) = 4$.

Entraînement

1 Détermine les nombres entiers *a*, *n* et *p* correspondant aux trois égalités suivantes :

Si $a^8 = 256$, alors a = ...

Si $3^n = 729$, alors n = ...

Si $4^{-p} = \frac{1}{64}$, alors p = ...

2 Le nombre –5 × 5 × 5 s'écrit :

- ❐ A. 3^5
- ❐ B. -3^5
- ❐ C. 5^{-3}
- ❐ D. -5^3

3 Le nombre 3^{-4} est égal à :

- ❐ A. $(-4) \times (-4) \times (-4)$
- ❐ B. $\frac{1}{3^4}$
- ❐ C. -3^4
- ❐ D. $\frac{1}{4^3}$

PUISSANCES DE 10

1. Définition des puissances de 10

- Pour tout nombre entier n positif, 10^n désigne le produit de n facteurs tous égaux à 10 et donc on a :
- $10^n = \underbrace{10 \times 10 \times \ldots \times 10}_{n \text{ facteurs}} = 1\underbrace{00\ldots0}_{n \text{ zéros}}$.
- De plus, 10^{-n} désigne l'inverse de 10^n et donc on a : $10^{-n} = \dfrac{1}{\underbrace{10 \times 10 \times \ldots \times 10}_{n \text{ facteurs}}} = \underbrace{0{,}0\ldots0}_{n \text{ zéros}}1$.

Exemples : $10^6 = 10 \times 10 \times 10 \times 10 \times 10 \times 10 = 1\,000\,000$ et $10^{-3} = \dfrac{1}{10 \times 10 \times 10} = 0{,}001$.

2. Calculer avec les puissances de 10

- Il est possible de simplifier les calculs avec des puissances de 10 :
  - Pour les **multiplier**, on **additionne** les exposants : $10^m \times 10^p = 10^{m+p}$.
  - Pour les **diviser**, on **soustrait** les exposants : $\dfrac{10^m}{10^p} = 10^{m-p}$.
  - Pour calculer la **puissance d'une puissance**, on **multiplie** les exposants : $(10^m)^p = 10^{m \times p}$.

Exemples : $10^2 \times 10^3 = 10^{2+3} = 10^5$; $\dfrac{10^2}{10^3} = 10^{2-3} = 10^{-1}$ et $(10^2)^3 = 10^{2 \times 3} = 10^6$.

Le sais-tu ?

La légende de l'échiquier de Sissa

Cette légende daterait d'environ 3 000 ans avant J.-C. Le roi Belkib, roi des Indes, promit une récompense fabuleuse à qui lui proposerait une distraction qui le satisferait. Le sage Sissa lui présenta alors le jeu d'échecs, que le souverain ne connaissait pas. Comblé, le souverain demanda à Sissa ce qu'il souhaitait en échange de ce cadeau fabuleux. Sissa demanda au roi de déposer un grain de riz sur la première case, deux sur la deuxième, quatre sur la troisième, et ainsi de suite pour remplir l'échiquier en doublant la quantité de grains à chaque case. Ne se méfiant pas, le roi accorda immédiatement cette récompense à Sissa. Son conseiller lui expliqua alors qu'il venait de précipiter le royaume dans la ruine car les récoltes de l'année ne suffiraient jamais à payer le sage Sissa.

3. Écriture scientifique d'un nombre

- Pour **multiplier** un nombre décimal **par 10^n**, avec $n > 0$, on déplace la virgule de ***n* rangs** vers la **droite**.
- Pour **multiplier** un nombre décimal par **10^{-n}**, avec $n > 0$, on déplace la virgule de n rangs vers la **gauche**.

  Exemples : *$3,845 \times 10^4 = 38\ 450$ et $3,845 \times 10^{-2} = 0,03845$.*

- **L'écriture scientifique** (ou **notation scientifique**) d'un nombre décimal non nul est la seule écriture de la forme $a \times 10^n$ ou $-a \times 10^n$ avec $1 \leq a < 10$ et n est un nombre entier relatif.

  Exemples :

  - *L'écriture scientifique du nombre $A = 7\ 800\ 000\ 000$ est $7,8 \times 10^9$.*
  - *L'écriture scientifique du nombre $B = 0,0000479$ est $4,79 \times 10^{-5}$.*

Entraînement

1 Complète chaque puissance dans les calculs suivants.

$10^3 \times 10^5 = 10^{\square}$; $10^2 \times 10^{-6} = 10^{\square}$; $10^{-7} \times 10^{-9} = 10^{\square}$;

$\dfrac{1}{10^5} = 10^{\square}$; $\dfrac{10^4}{10^{-7}} = 10^{\square}$; $\dfrac{10^{-8}}{10^2} = 10^{\square}$;

$(10^3)^4 = 10^{\square}$; $(10^{-5})^{-6} = 10^{\square}$; $(10^7)^{-10} = 10^{\square}$.

2 Parmi les égalités suivantes, sélectionne la (les) égalité(s) qui correspond(ent) aux notations scientifiques des nombres.

- ❐ A. $3\ 428 = 3,428 \times 10^3$
- ❐ B. $0,0753 = 7,53 \times 10^{-2}$
- ❐ C. $17\ 380\ 000 = 1,738 \times 10^7$

3 Parmi les expressions suivantes, sélectionne la (les) expression(s) égale(s) à 10.

❐ A. $\dfrac{10^5}{10^{-4}}$ ❐ B. $\dfrac{10^{-3} \times 10^8}{10^4}$ ❐ C. $\dfrac{10^6 \times 10^9}{(10^5)^3}$ ❐ D. $(10^{-2})^3 \times 10^5$

Mathématiques

CALCUL LITTÉRAL (1)

1. Expressions littérales

- Une **expression littérale** est une expression dans laquelle un ou plusieurs nombres **inconnus** ou dont la valeur peut varier sont désignés par des **lettres**.

  Exemples : *L'aire d'un rectangle de longueur L et de largeur l peut s'écrire $L \times l$. On souhaite acheter n livres et chaque livre coûte 7,50 euros, le prix à payer est $n \times 7{,}50$.*

- **Simplifier** une expression littérale, c'est remplacer cette expression littérale par une autre expression littérale équivalente qui comporte moins de symboles.

- Pour cela, on peut supprimer le signe « × » de la multiplication devant une lettre ou devant une parenthèse.

  Exemples : *$5 \times x$ se simplifie en $5x$; $a \times b$ se simplifie en ab ; $4 \times (3 + x)$ se simplifie en $4(3 + x)$ et $(m + 7) \times (9 - m)$ se simplifie en $(m + 7)(9 - m)$.*

2. Développer, factoriser et réduire

- **Développer** une expression, c'est transformer un produit en une somme ou une différence.

- On considère *a*, *b* et *k* des nombres relatifs. On a : $\mathbf{k(a + b) = k \times a + k \times b}$ et $\mathbf{k(a - b) = k \times a - k \times b}$.

- La multiplication est distributive par rapport à l'addition (et à la soustraction).

  Exemple : *$5(4 - 2x) = 5 \times 4 - 5 \times 2x = 20 - 10x$.*

- **Factoriser** une expression, c'est transformer une somme ou une différence en un produit.

- On considère *a*, *b* et *k* des nombres relatifs. On a : $\mathbf{k \times a + k \times b = k(a + b)}$ et $\mathbf{k \times a - k \times b = k(a - b)}$.

  Exemples : *Pour factoriser une expression, on cherche un facteur commun (désigné par la lettre k dans la propriété précédente).*

  On a : $21x + 49 = 3x \times 7 + 7 \times 7 = 7(3x + 7)$.

  On a aussi : $12x^2 - 2x = 2x \times 6x - 2x \times 1 = 2x(6x - 1)$.

Réduire une expression, c'est l'écrire plus simplement en diminuant le nombre de termes.

Exemples : *Si l'expression comporte des parenthèses, on commence par développer, ou prendre en compte le signe devant la parenthèse, puis on regroupe les termes, en calculant ensemble les termes de même famille.*

$5(3x - 2) - (7 - 4x) = 5 \times 3x - 5 \times 2 - 7 - (-4x) = 15x + 4x - 10 - 7 = 19x - 17.$

Si l'expression ne comporte pas de parenthèses, on regroupe ensemble les termes de même famille. $15x^2 + 3x - 4x^2 + 7 - x - 10 = 11x^2 + 2x - 3.$

Le sais-tu ?

Petite histoire du calcul littéral

Le calcul littéral est le nom donné au calcul avec des lettres, aussi appelé calcul algébrique. Ce terme vient du mot « algèbre », terme développé par le mathématicien Viète qui fut le premier à avoir attribué des lettres à des quantités inconnues dans des calculs. L'algèbre est donc une branche des mathématiques, comme la géométrie, ou encore la musique à l'époque de Pythagore, qui permet de manipuler au mieux des nombres connus ou inconnus remplacés par des lettres. Le mot « algèbre » est tiré d'un mot arabe, qui fut le titre d'un ouvrage du mathématicien Al-Khawarizmi, dans lequel il reprenait les travaux du mathématicien grec Diophante d'Alexandrie.

Entraînement

1 Calcule la valeur de l'expression $A = 5x^2 - x + 2$ lorsque $x = 2$ puis avec $x = -3$.

Pour $x = 2$, on obtient : $A =$ ....

et pour $x = -3$, on obtient : $A =$ ....

2 Réduis les expressions suivantes. Attention aux parenthèses.

$A = x - 3 - 5 + x - 5 + 2x = \square\, x + \square$;

$B = 5x + 2xy + 3x - 2y - 2xy - 7y = \square\, x + \square\, y + \square\, xy$;

$C = 2x - 4x^2 - 1 + 6x + 7x^2 - 5 = \square\, x^2 + \square\, x + \square$;

$D = -x + 2 - (5 - x) + (-6 + 9x) = \square\, x + \square$.

Mathématiques

CALCUL LITTÉRAL (2)

1. Tester une égalité

- Effectuer une **substitution** dans une expression littérale, c'est remplacer la variable par un nombre. On calcule alors la valeur de l'expression pour une valeur donnée de la variable.

  Exemple : *Calculons la valeur de l'expression $A = 12x - 3y + 7$ lorsque $x = -2$ et $y = 6$. On obtient : $A = 12x - 3y + 7 = 12 \times (-2) - 3 \times 6 + 7 = -24 - 18 + 7 = -35$.*

- Une **égalité** est constituée de deux membres séparés par le signe « = ».

- Propriété : Une égalité dans laquelle interviennent des expressions littérales peut être vraie pour certaines valeurs des variables et peut être fausse pour d'autres valeurs des variables.

  Exemple : *L'égalité $3x - 5 = 7x + 11$ est vraie pour $x = -4$ car $3 \times (-4) - 5 = -17$ et $7 \times (-4) + 11 = -17$. Cette égalité est fausse pour $x = 2$ car $3 \times 2 - 5 = 1$ et $7 \times 2 + 11 = 25$.*

2. Équations

- Une **équation** est une **égalité** qui comporte un ou plusieurs nombres **inconnus**, désignés par des **lettres**.

- Résoudre une équation à une inconnue, c'est trouver toutes les valeurs de l'inconnue pour lesquelles l'égalité sera vraie. Les valeurs trouvées seront appelées les **solutions** de l'équation.

  Exemple : *L'égalité $3x - 5 = 7x + 11$ est une équation d'inconnue x. Comme cette égalité est vraie pour $x = -4$ et fausse pour $x = 2$ cela signifie que -4 est une solution de l'équation mais que 2 n'est pas une solution.*

- Propriété : Une égalité qui est vraie reste vraie lorsqu'on **ajoute**, **soustrait**, **multiplie** ou **divise** un même nombre (non nul pour la multiplication et la division) à chaque membre de l'égalité.

- Une **équation du premier degré** est une équation du type $ax + b = cx + d$ avec a, b, c et d qui sont des nombres relatifs.

➔ Propriété : Une équation du premier degré admet une seule solution.

Exemple : *$5x - 7 = 2x + 11$ est une équation d'inconnue x.*

On commence par regrouper les termes de la même famille du même côté de l'égalité de l'équation : $5x - 2x = 11 + 7$.

On réduit ensuite l'écriture : $3x = 18$.

Enfin, on isole x : $3x \div 3 = 18 \div 3$ soit $x = 6$. La solution de cette équation est 6.

Le sais-tu ?

Petite histoire des équations

Environ 2 000 ans avant J.-C., on utilisait déjà des équations pour partager les récoltes entre le Pharaon, les prêtres et les ouvriers. Comme il n'existait aucune méthode générale pour les résoudre, on effectuait alors une suite de calculs sans justification. Les Indiens, quant à eux, employaient des noms de couleurs pour remplacer les inconnues dans leurs calculs alors que Diophante, mathématicien grec du IIIe siècle, résolvait des équations en remplaçant l'inconnue par un symbole particulier. Pendant très longtemps, les mathématiciens ont résolu des équations mais en rédigeant tous leurs calculs sous forme de phrases car les notations actuelles n'existaient pas.

Entraînement

1 Parmi les équations suivantes, quelle(s) est (sont) celle(s) pour laquelle (lesquelles) le nombre –3 est une solution ?

❒ A. $5x + 1 = 8 - 2x$.

❒ B. $7x + 18 = x$.

❒ C. $0x = 0$.

❒ D. $-\frac{x}{3} = 0$.

2 Complète la résolution des équations suivantes.

$3 - 6 + x = 2x - 7 \rightarrow \square + x = 2x - 7 \rightarrow 2x - x = \square \rightarrow x = \square$.

$-2 \times (x + 9) = 12 + x \rightarrow \square x + \square = 12 + x \rightarrow \square x = \square \rightarrow x = \square$.

3 Quelle est la solution de l'équation $7x - 5 = 2x - 8$?

❒ A. 0,6

❒ B. $-\frac{3}{5}$

❒ C. $-\frac{13}{5}$

❒ D. 2,6

Mathématiques

STATISTIQUES (1)

1. Rappels : tableaux et graphiques

- On peut utiliser des tableaux ou des graphiques (souvent des diagrammes en bâtons) pour présenter plus clairement et organiser les données recueillies. Cela permet également de comparer visuellement des résultats.

  Exemple :

Jour	Distance parcourue (en km)
lundi	26
mardi	52
mercredi	38
jeudi	17
vendredi	39
samedi	26

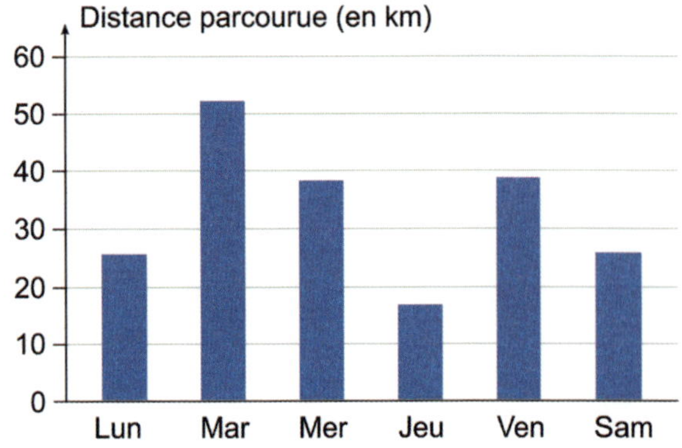

2. Diagramme circulaire

- Propriété : Pour construire un diagramme circulaire, il faut faire correspondre à chaque effectif, ou à chaque fréquence, un angle de mesure proportionnel sur le diagramme.

Le sais-tu ?

Petite histoire des statistiques

Le terme statistique est un terme moderne apparu en 1771. Il désigne à l'époque l'étude des faits sociaux qui définissent un État par des nombres : des inventaires chiffrés, des recensements. Au fil du temps, ce terme évolue pour désigner « l'ensemble des techniques d'interprétation mathématique appliquées à des phénomènes » puis « un ensemble de données numériques concernant une même catégorie de faits ». Actuellement, ce terme désigne à la fois un ensemble de données d'observation et le fait de recueillir, interpréter et traiter ces données.

➔ Méthode : Il faut d'abord construire un tableau de proportionnalité reliant les effectifs (ou les fréquences) avec les mesures d'angles. Il ne faut pas oublier de remplir la dernière colonne avec l'effectif total et la mesure de l'angle total du diagramme, soit 360° (ou 180° si c'est un diagramme semi-circulaire). On calcule ensuite les mesures d'angles pour chaque effectif en utilisant le produit en croix. Il faut enfin construire un cercle et tracer, avec le rapporteur, les angles représentant les effectifs (ou les fréquences) de la série avec les mesures obtenues lors des calculs précédents.

Exemple :

LV2 choisie	Allemand	Anglais	Espagnol	Italien	Total
Effectifs	125	75	275	25	500
Angles (en °)	90	54	198	18	360

Le diagramme obtenu est alors :

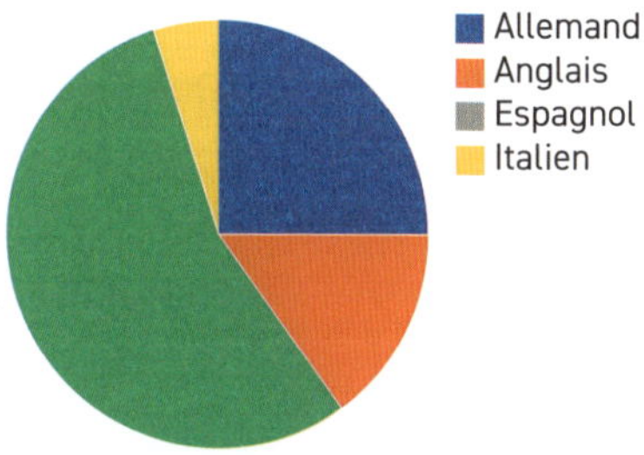

Rappel

Effectifs et fréquence

Dans une série de données, l'effectif d'une donnée est le nombre de fois où elle apparaît. L'effectif total est le nombre total de valeurs de la série statistique. Dans une série de données, la fréquence d'une donnée est égale au quotient de l'effectif de la donnée par l'effectif total de la série, soit : fréquence = $\frac{\text{effectif de la donnée}}{\text{effectif total}}$.

Entraînement

1 Une ville propose 100 trottinettes en libre-service, dont 80 % sont électriques, et 400 vélos dont 60 % sont électriques. Complète les phrases suivantes avec les informations de l'énoncé.

L'effectif de trottinettes électriques dans cette ville est : .... et celui des vélos électriques est : ....

L'effectif total de deux-roues en libre-service dans cette ville est : ....

La fréquence de deux-roues électriques parmi les deux-roues en libre-service est : ....

Mathématiques

STATISTIQUES (2)

1. Moyenne simple et moyenne pondérée

- La **moyenne** d'une série est donnée par la formule : $\text{moyenne} = \dfrac{\text{somme de toutes les valeurs}}{\text{effectif total}}$

  Exemple : *Voici les 5 notes obtenues par Hugo en physique-chimie au premier trimestre : 16, 11, 9, 14 et 12.*

  Pour calculer sa moyenne, on effectue : $m = \dfrac{16 + 11 + 9 + 14 + 12}{5} = \dfrac{62}{5} = 12{,}4$.

  Donc, la moyenne en physique-chimie d'Hugo au premier trimestre est 12,4.

- La **moyenne pondérée** d'une série est donnée par la formule :

  $\text{moyenne} = \dfrac{\text{somme des produits de chaque valeur par son effectif}}{\text{somme des effectifs}}$.

  Exemple :

Note	7	9	11	14
Coefficient	1	2	3	2

*La moyenne **m** des notes de cet élève est :* $m = \dfrac{7 \times 1 + 9 \times 2 + 11 \times 3 + 14 \times 2}{1 + 2 + 3 + 2} \approx 14{,}33$.

2. Médiane d'une série

- Les valeurs d'une série statistique étant **rangées par ordre croissant**, la **médiane** est un nombre M tel que :
  - au moins la moitié (au moins 50 %) des valeurs de la série sont inférieures ou égales à M ;
  - au moins la moitié (au moins 50 %) des valeurs de la série sont supérieures ou égales à M.
- Méthode : Pour calculer la médiane d'une série, il faut :
  - ranger toutes les valeurs de la série par ordre croissant, en répétant les valeurs lorsqu'elles reviennent plusieurs fois dans la série ;
  - partager la série en deux groupes ayant le même nombre de valeurs : toutes les valeurs élevées ensemble, et les valeurs les plus faibles ensemble.

- S'il y a un nombre impair de valeurs dans la série, il reste une unique valeur au centre de la série, c'est la médiane.
- S'il y a un nombre pair de valeurs dans la série, la médiane de cette série est une valeur comprise entre la plus grande valeur du groupe des valeurs faibles et la plus petite valeur du groupe des valeurs élevées.
- Remarque : Lorsque les données sont présentées sous la forme d'un tableau avec des effectifs pour chaque valeur, il faut alors calculer les effectifs cumulés croissants.

Le sais-tu ?

Quelques exemples

Voici une série de 7 nombres : 18, 7, 11, 15, 14, 12 et 12. On range dans l'ordre croissant ces nombres : 7, 11, 12, 12, 14, 15 et 18. Les notes les plus faibles sont : 7, 11 et 12 et les plus élevées sont : 14, 15 et 18. Au milieu des deux groupes, on trouve la médiane de cette série qui est 12.

Voici une série de 6 nombres : 14, 11, 17, 6, 10 et 15. On range dans l'ordre croissant : 6, 10, 11, 14, 15 et 17. Les nombres les plus faibles sont : 6, 10 et 11 et les plus élevés sont : 14, 15 et 17. Tous les nombres sont dans les deux groupes, il faut donc choisir une note entre 11 et 14 comme médiane. Le plus souvent, on choisit la note centrale, soit 12,5 pour cette série.

Entraînement

1 Voici les tailles (en cm) et les poids (en kg) d'enfants âgés de 6 ans :

Tailles	125	118	121	122	121	121	124
Poids	32	25	27	29	28	27	31

Calcule la taille moyenne et le poids moyen des enfants.

La taille moyenne est : .... cm. (Arrondir le résultat à l'unité.)

Le poids moyen est : .... kg. (Arrondir le résultat à l'unité.)

2 Voici les résultats du dernier contrôle de mathématiques :
8, 8, 11, 15, 15, 2, 13, 13, 15, 12, 14, 14, 12, 13, 8, 15, 14, 8, 2 et 15.
Quelle est la moyenne de ce contrôle ?

- ❒ A. 11,42
- ❒ B. 11,56
- ❒ C. 11,35
- ❒ D. 11,64

PROBABILITÉS

1. Définitions, vocabulaire et propriétés

- Une **expérience aléatoire** est une expérience que l'on peut reproduire dans les mêmes conditions et dont on connaît tous les résultats possibles, sans pouvoir dire avec certitude lequel se produira. Ces résultats possibles sont appelés des **issues**.

  Exemple : *Lancer un dé cubique, numéroté de 1 à 6, et observer la face obtenue. L'issue « Obtenir le nombre 2 » a « 1 chance sur 6 » de se réaliser.*

- Vocabulaire : Dans chaque situation, si toutes les issues ont la même « chance » de se réaliser : on dit que c'est une **situation d'équiprobabilité**.

- Propriétés : La probabilité d'une issue est un nombre compris entre 0 et 1. La somme de toutes les probabilités des issues d'une expérience aléatoire est égale à 1.

  Exemple : *Avec le dé, chaque face possède « 1 chance sur 6 » d'être obtenue, soit* $\frac{1}{6}$. *Si on additionne les probabilités d'obtenir chaque face du dé, au total cela donne « 6 chances sur 6 », c'est-à-dire 1.*

2. Évènements

- Un **évènement** est constitué de zéro, une ou plusieurs issues.

- Si A est un évènement, alors la **probabilité** de l'évènement A est notée **$p(A)$** et correspond à la somme de toutes les probabilités qui réalisent cet évènement.

- Propriété : Dans le cas où il y a équiprobabilité, la probabilité d'un évènement A est donnée par la formule :

- $p(A) = \frac{\text{nombres d'issues qui réalisent } A}{\text{nombre total d'issues}}$.

  Exemple : *Avec un jeu de 32 cartes, si on appelle A l'évènement « Obtenir une figure », il y a 3 cartes qui réalisent cet évènement : le valet, la dame et le roi, pour chaque famille du jeu de cartes (trèfle, pique, carreau et cœur). On a « 4 chances sur 32 » d'obtenir chacune des figures, alors* $p(A) = \frac{4}{32} + \frac{4}{32} + \frac{4}{32} = \frac{12}{32} = \frac{3}{8}$.

- **L'évènement contraire** d'un évènement A, noté $\overline{A}$, est l'évènement qui se réalise lorsque l'évènement A ne se réalise pas.

- Propriété : La somme des probabilités d'un évènement et de son contraire est égale à 1.

  Exemple : *Avec le dé, les deux évènements A « Obtenir un nombre impair » et B « Obtenir un nombre pair » sont deux évènements contraires. Ils ont chacun « 3 chances sur 6 » de se réaliser, donc si on additionne leurs deux probabilités, on obtient bien 1.*

Le sais-tu ?

Petite histoire des probabilités

Les probabilités sont aujourd'hui l'une des branches les plus importantes et les plus pointues des mathématiques. Pourtant, c'est en cherchant à résoudre des problèmes posés par les jeux de hasard que les mathématiciens donnent naissance aux probabilités. Les archéologues ont montré que ces jeux ont été pratiqués dans de nombreuses sociétés antiques. Pourtant, on ne trouve nulle part une trace de leur étude. Le problème initial le plus connu est celui de la répartition équitable des enjeux d'une partie inachevée, à un moment où l'un des joueurs a pris un avantage, mais qui n'est pas décisif.

Entraînement

1 On tire au hasard une carte dans un jeu de 32 cartes. Complète chacune des phrases ci-dessous.

Cette expérience possède .... issues.

On a .... chance(s) sur .... de tirer un As.

On a .... chance(s) sur .... de tirer une carte de la famille Carreau.

On a .... chance(s) sur .... de tirer une carte de couleur noire (Trèfle ou Pique).

On a .... chance(s) sur .... de tirer une dame rouge (Cœur ou Carreau).

2 Un sac contient 8 jetons identiques numérotés de 1 à 8. On tire au hasard un jeton et on note son numéro. Complète chacune des probabilités ci-dessous.

Cette expérience possède .... issues. Toutes ces issues sont ....

La probabilité de tirer un jeton qui est un multiple de 2 est ....

La probabilité de tirer un jeton qui soit supérieur ou égal à 4 est ....

La probabilité de tirer un jeton qui soit un nombre pair supérieur ou égal à 4 est ....

PROPORTIONNALITÉ (1)

1. Grandeurs proportionnelles

- On dit que deux grandeurs sont **proportionnelles** si les valeurs de l'une s'obtiennent en multipliant les valeurs de l'autre par un même nombre.
- De même, on dit d'un tableau que c'est un **tableau de proportionnalité** s'il est composé de deux lignes et que les nombres d'une ligne s'obtiennent en multipliant ceux de l'autre ligne par un même nombre.
- Ce coefficient multiplicateur s'appelle **coefficient de proportionnalité**.
- Méthode : Pour calculer le coefficient de proportionnalité, il faut trouver le coefficient multiplicateur de la situation en divisant le nombre d'arrivée par le nombre de départ associé.
- Si lors de ces calculs on n'obtient pas le même résultat pour chaque calcul de chaque colonne, cela implique que le tableau ne représente pas une situation de proportionnalité.

2. Utilisation du produit en croix

- Dans un tableau de proportionnalité, lorsqu'on connaît trois nombres sur quatre cases successives, on peut alors toujours calculer le nombre manquant, et on appelle ce nombre manquant une **quatrième proportionnelle**.

Le sais-tu ?

Coefficient de proportionnalité : exemple de calcul

Nombre de macarons achetés	6	10	15	22	y
Prix payé (en euros)	8,40	14	21	x	18,20

Pour trouver le coefficient de proportionnalité, on peut calculer : 8,40 ÷ 6 = 1,40 ou 14 ÷ 10 = 1,40 ou 21 ÷ 15 = 1,40. Donc le coefficient de proportionnalité est 1,40.

On calcule : x = 22 × 1,4 = 30,80 et y = 18,20 ÷ 1,4 = 13. Ainsi, 22 macarons coûtent 30,80 euros et avec 18,20 euros on achète 13 macarons.

- Pour calculer cette quatrième proportionnelle, on utilise très souvent la règle du produit en croix : avec *a*, *b*, *c* et *d* quatre nombres réels, on a : $\frac{a}{b} = \frac{c}{d}$ qui est équivalent à : $a \times d = b \times c$.
- Méthode : Pour calculer la valeur d'une quatrième proportionnelle, il faut utiliser la règle du produit en croix. Pour cela, on trouve quatre cases parmi lesquelles on connaît trois valeurs, puis on multiplie les valeurs connues en diagonale et on divise par la troisième valeur connue.
- Remarque : on n'est pas obligé d'utiliser l'égalité des produits en croix avec deux colonnes qui se suivent.

Le sais-tu ?

Produit en croix : exemple de calcul

Nombre de macarons achetés	6	10	15	22
Prix payé (en euros)	8,40	14	21	x

Pour compléter la case inconnue, on utilise la règle du produit en croix : $15 \times x = 21 \times 22$.

Et ensuite, on isole x en calculant : $x = \frac{21 \times 22}{15} = 30{,}80$.

Entraînement

1 Il faut 120 kg d'un minerai de fer pour obtenir 18 kg de fer. Quelle masse de minerai faut-il pour obtenir 63 kg de fer ? Sur une feuille, dresse un tableau de proportionnalité puis calcule la masse.

La masse de minerai pour obtenir 63 kg de fer .... est kg.

2 On considère l'égalité suivante : $\frac{9}{8} = \frac{x}{10}$. Quelle est la valeur du nombre x ?

- ☐ A. 0,1125
- ☐ B. 11,25
- ☐ C. 8,88
- ☐ D. 7,2

Mathématiques

PROPORTIONNALITÉ (2)

1. Caractérisation graphique

- Une situation de proportionnalité est représentée graphiquement, dans un repère, par des points alignés avec l'origine du repère.
- Réciproquement, si un graphique représente des points alignés avec l'origine du repère, c'est-à-dire une droite qui passe par l'origine du repère, alors la situation est toujours une situation de proportionnalité.

2. Grandeurs produits et grandeurs quotients

- Une **grandeur produit** est obtenue lorsqu'on multiplie plusieurs grandeurs de base ensemble.
- Une **grandeur quotient** est obtenue lorsqu'on divise deux grandeurs de base.

Exemples :

Grandeurs produits		Grandeurs quotients	
Aires	$km \times km = km^2$	Débit	$L/min = L.min^{-1}$ (Litre par minute)
Volume	$m \times m \times m = m^3$	Densité de population	$hab/km^2 = hab.km^{-2}$ (habitants par km^2)
Énergie consommée	$kW \times h = kWh$	Masse volumique	$g/cm^3 = g.cm^{-3}$ (gramme par cm^3)

- Méthode : Pour convertir une grandeur produit ou une grandeur quotient, il faut faire attention et convertir chaque unité de base qui compose la grandeur afin d'obtenir la conversion finale.
- Exemple : *Pour convertir 18 km/h en m/s, il faut convertir 18 km en m, ce qui donne 18 000 m. Ensuite, il faut convertir 1 h en secondes, soit 3 600 s. Ensuite seulement, on obtient la conversion finale :* $18 \text{ km/h} = \frac{18 \text{ km}}{1 \text{ h}} = \frac{18\,000 \text{ m}}{3\,600 \text{ s}} = 5 \text{ m/s}$.

3. Ratio

- On dit que trois nombres a, b et c sont dans le ratio 2 : 3 : 7 si $\frac{a}{2} = \frac{b}{3} = \frac{c}{7}$.

  Exemple : *On possède une bouteille de 75 cL de jus de fruit orange-raisin. Le volume de jus d'orange et le volume de jus de raisin sont dans le ratio 5 : 3. Cela signifie que si le jus est coupé en 8 parts, il y aura 5 parts de jus d'orange et 3 parts de jus de raisin. On calcule donc : (75 ÷ 8) × 5 = 46,875 et (75 ÷ 8) × 3 = 28,125. Il y a 46,875 cL de jus d'orange et 28,125 cL de jus de raisin dans cette bouteille.*

Entraînement

1 Parmi ces graphiques, quels sont ceux qui représentent une situation de proportionnalité ?

- ❒ A. Graphique 1
- ❒ B. Graphique 2
- ❒ C. Graphique 3
- ❒ D. Graphique 4

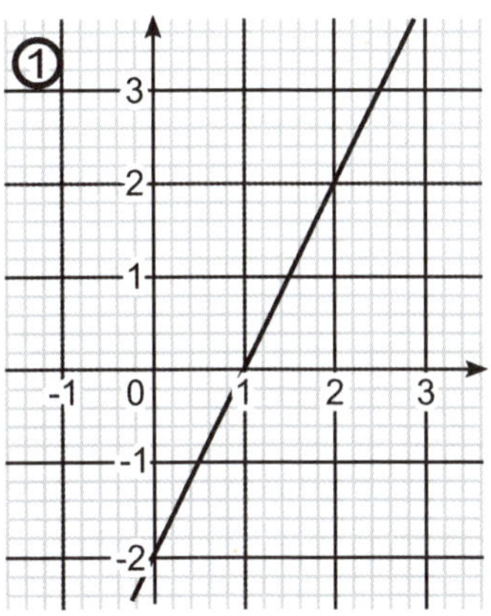

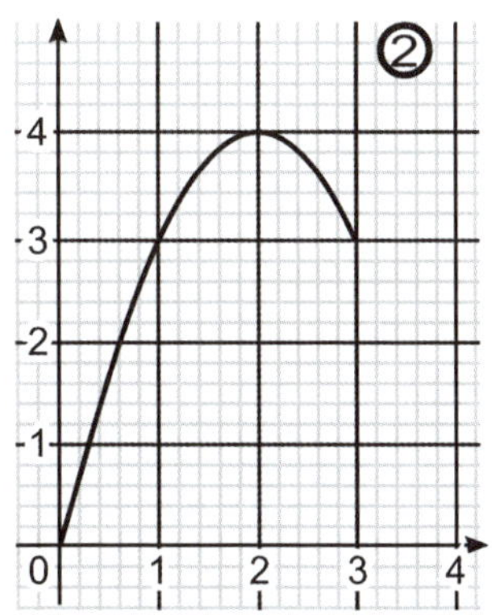

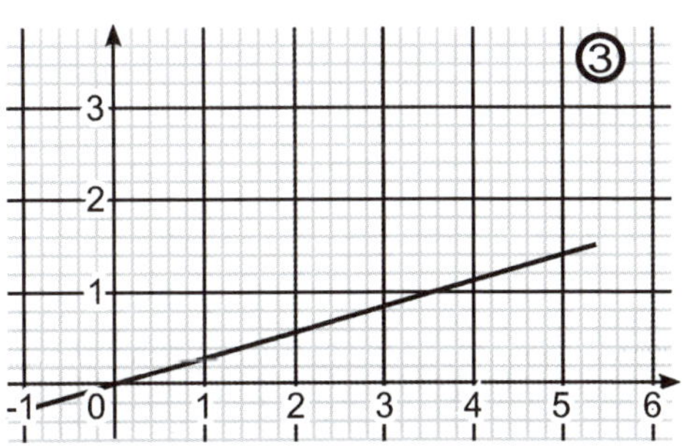

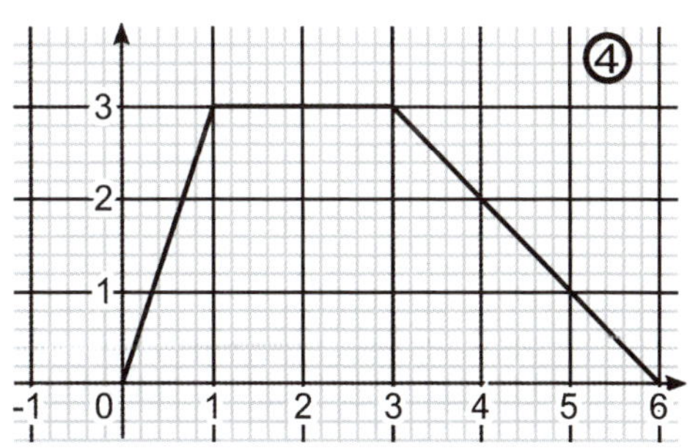

PROPORTIONNALITÉ (3)

1. Pourcentages

- Un **pourcentage** est une proportion de dénominateur 100.
- Propriétés : Un pourcentage de t % traduit une situation de proportionnalité de coefficient $\frac{t}{100}$. Appliquer t % à un nombre n revient donc à calculer : $n \times \frac{t}{100}$.

2. Échelle

- **L'échelle** d'un plan est le coefficient de proportionnalité entre les distances sur le plan et les distances réelles, exprimée avec la même unité : $e = \frac{\text{distance sur le plan}}{\text{distance réelle}}$.

  Exemple : *Sur un plan de maison, à l'échelle 1/200, la pièce de vie est représentée par un rectangle de 5 cm de long sur 3 cm de large.*

Dimensions sur le plan (en cm)	5	3	1
Dimensions réelles (en cm)	L	l	200

Alors les dimensions réelles de la pièce sont : L = 5 × 200 = 1 000 cm = 10 m et l = 3 × 200 = 600 cm = 6 m.

3. Vitesse moyenne

- Lors d'un trajet en voiture, la vitesse n'est pas constante. La vitesse moyenne est la vitesse qu'aurait cette voiture en parcourant la même distance dans la même durée, à la même vitesse. La **vitesse moyenne** sur un trajet est donnée par la formule : $v = \frac{d}{t}$.
- Méthode : Pour utiliser la formule de la vitesse moyenne, il faut :
  - vérifier les unités de chaque grandeur, sinon il faut effectuer des conversions ;
  - remplacer dans la formule de la vitesse moyenne les deux grandeurs connues ;
  - utiliser l'égalité des produits en croix pour trouver la grandeur manquante.

  Exemple : *Un piéton marche pendant 3 minutes et 40 secondes à la vitesse moyenne de 1,5 m/s. Pour connaître la distance parcourue, on convertit les 3 minutes en 180 secondes. Il a donc marché pendant 220 secondes. Ensuite, on utilise la formule :* $v = \frac{d}{t}$, *soit* $1{,}5 = \frac{d}{220}$ *et donc* $d = 220 \times 1{,}5 = 330$ *m.*

Le sais-tu ?

Pourcentages : exemples

Exemple 1 : Dans un collège, 264 des 550 élèves sont demi-pensionnaires, alors on calcule : $\frac{264}{550} = 0{,}48 = 48\ \%$. Dans ce collège, 48 % des élèves sont donc demi-pensionnaires.

Exemple 2 : Dans une classe de 30 élèves, on sait que 60 % des élèves pratiquent un sport en club en dehors du collège. On présente ces informations dans un tableau de proportionnalité :

Nombre d'élèves	30	x
Pourcentage d'élèves (en %)	100	60

Ainsi on calcule avec l'égalité des produits en croix : $x = \frac{30 \times 60}{100} = 18$. Donc 18 des 30 élèves de la classe pratiquent un sport en club en dehors du collège.

Entraînement

1 Calcule les montants en euros ou les taux en % pour compléter les phrases suivantes.

Un article marqué 163 euros est vendu 114,10 euros.

Montant de la réduction : .... ; Pourcentage correspondant : ....

L'article subit une nouvelle réduction de 10 %. Nouveau prix : ....

Quel est le pourcentage total de réduction par rapport au prix de départ ?
.... %.

2 Complète les phrases suivantes.

Un client achète un article dont le prix affiché est 253,50 euros. Le vendeur lui accorde une remise de 12 %. Le montant de la remise est de : .... euros.

Un article coûtait 62,50 euros et son prix augmente de 12 euros. Le pourcentage d'augmentation de cet article est de : .... %.

Dans un supermarché, on vend des tee-shirts par lots de 3 ou de 5. Le lot de 3 coûte 36 euros. Dans ce cas, le lot de 5 tee-shirts devrait coûter : .... euros. En réalité, le lot de 5 tee-shirts est vendu à 55 euros. Le pourcentage de remise sur le prix d'un tee-shirt est de : .... %. (Arrondir le résultat à l'unité.)

VOLUMES ET CONTENANCES

1. Volumes

- Un **solide** est un objet limité par des surfaces indéformables. Le **volume** d'un solide est la mesure de l'espace occupé par ce solide dans une unité de volume choisie.
- Le volume d'un cube de côté c est donné par la formule : $V = c \times c \times c = c^3$;
- Le volume d'un pavé droit de longueur L, de largeur l et de hauteur h est donné par la formule : $V = L \times l \times h$;
- Le volume d'un prisme droit ou d'un cylindre de base B et de hauteur h est donné par la formule : $V = B \times h$;
- Le volume d'une pyramide de base B et de hauteur h est donné par la formule : $V = \frac{1}{3} \times B \times h$;
- Le volume d'un cône de révolution de base B (de rayon r) et de hauteur h est donné par la formule : $V = \frac{1}{3} \times B \times h = \frac{1}{3} \times (\pi \times r^2) \times h$;
- Le volume d'une boule de rayon r est donné par la formule : $V = \frac{4}{3} \times \pi \times r^3$.
- Pour calculer le volume d'un solide qui possède une base dont l'aire est usuelle, il faut calculer l'aire de cette base puis l'utiliser pour calculer le volume du solide.

2. Conversions et contenances

- Tableau de conversion des unités de volume et de contenance :

<table>
<tr><td colspan="3">km³</td><td colspan="3">hm³</td><td colspan="3">dam³</td><td colspan="3">m³</td><td colspan="3">dm³</td><td colspan="3">cm³</td><td colspan="3">mm³</td></tr>
<tr><td colspan="3"></td><td colspan="3"></td><td colspan="3"></td><td></td><td></td><td>kL</td><td>hL</td><td>daL</td><td>L</td><td>dL</td><td>cL</td><td>mL</td><td colspan="3"></td></tr>
<tr><td></td><td></td><td></td><td></td><td></td><td></td><td></td><td></td><td></td><td></td><td></td><td></td><td></td><td></td><td></td><td></td><td></td><td></td><td></td><td></td><td></td></tr>
</table>

Rappels

Périmètres et aires

Le périmètre d'une figure fermée est la longueur de son contour.

La surface d'une figure fermée est la partie qui se trouve à l'intérieur de la figure. L'aire d'une figure fermée est la mesure de sa surface dans une unité d'aire donnée. L'aire d'un carré de côté c est donnée par la formule : $A = c \times c = c^2$; L'aire d'un rectangle de longueur L, de largeur l est donnée par la formule : $A = L \times l$; L'aire d'un triangle rectangle de longueur L et de largeur l est donnée par la formule : $A = (L \times l) \div 2$; L'aire d'un triangle de base B et de hauteur h est donnée par la formule : $A = (B \times h) \div 2$; L'aire d'un disque de rayon r est donnée par la formule : $A = \pi \times r^2$.

Entraînement

1 Complète les conversions suivantes.

0,0075 m^3 = ... cm^3 ; 350 mm^3 = ... cm^3 ;
5,84 cm^3 = ... mm^3 ; 3 hm^3 = ... km^3 ;
54 m^3 = ... hL ; 4 000 cm^3 = ... mL ;
4 mL = ... mm^3 ; 12,5 hL = ... m^3.

2 Classe ces solides de celui qui a le plus petit volume à celui qui a le plus grand volume.

- ❒ A. Un cube de côté 7 cm.
- ❒ B. Un pavé droit de longueur 10 cm, de largeur 6,5 cm et de hauteur 3,5 cm.
- ❒ C. Un cylindre de rayon 6 cm et de hauteur 2,5 cm.
- ❒ D. Une pyramide de base carrée de côté 8 cm et de hauteur 9 cm.

.... / .... / .... / ....

3 On prend π = 3,14 et on arrondit les résultats à l'unité. Complète les cases des phrases suivantes.

Une pyramide régulière a une base carrée de côté 10 m et sa hauteur mesure 9 m.
Son volume est égal à : .... m^3.

Un cône de révolution a un rayon de base qui mesure 10 cm et une hauteur de 6 cm.
Son volume est égal à : .... cm^3.

EFFETS DES TRANSFORMATIONS SUR LES GRANDEURS MESURABLES

1. Symétries, translation et rotation

- Deux figures sont **symétriques par rapport à une droite** (*d*) si elles se superposent lorsqu'on **plie** le long de cette droite (*d*). Cette droite est alors **l'axe de symétrie**.
- Deux figures sont **symétriques par rapport à un point O** lorsqu'elles se superposent par **demi-tour** autour de ce point O. O est le **centre de symétrie**.
- Propriété : Les symétries axiales et centrales conservent les longueurs de segments, l'alignement des points, les mesures d'angles et les aires.
- Une **translation** est une transformation du plan qui permet de faire **glisser** une figure parallèlement à une droite, sans la retourner, ni la déformer.
- Une **rotation** est une transformation du plan qui fait **tourner** une figure autour d'un point, avec une mesure d'angle donnée et selon un sens défini.
- Propriété : La translation et la rotation conservent les longueurs de segments, l'alignement des points, les mesures d'angles et les aires.

2. Agrandissement et réduction

- Une figure F' est **l'agrandissement** ou **la réduction** d'une figure F si leurs **formes sont identiques** et si les **longueurs des côtés** de la figure F' sont **proportionnelles** à celles de la figure F. Autrement dit, si ces longueurs s'obtiennent en multipliant celles de la figure F par un même nombre positif noté k.
- Si $k > 1$ alors il y a un agrandissement de la figure initiale. Si $k = 1$ alors il y a une reproduction de la figure initiale. Si $0 < k < 1$ alors il y a une réduction de la figure initiale.

➔ Propriété : Dans un agrandissement ou une réduction, de rapport k :

- les longueurs sont multipliées par k ;
- les aires de surfaces sont multipliées par k^2 ;
- les volumes de solides sont multipliés par k^3 ;
- les mesures d'angles sont conservées.

Le sais-tu ?

Petite histoire des transformations

En introduisant la notion de perspective en géométrie, Desargues puis Pascal ont entamé l'étude des transformations géométriques. En effet, ce n'est qu'à la fin du XVIIIe siècle que les transformations géométriques commencèrent vraiment à retenir l'attention des mathématiciens. Les transformations particulières (les symétries, translations, rotations et homothéties) sont alors largement étudiées. Chez les géomètres purs, les transformations apparaissent surtout comme un instrument de démonstration, mais les mathématiciens qui s'intéressent surtout à l'analyse et à l'algèbre s'attachent quant à eux à leurs aspects d'invariance. Ainsi, ces divers types de recherches donnent aux transformations une place centrale en géométrie, et les propriétés géométriques se classent et se caractérisent ensuite par les transformations qui les laissent invariantes.

Entraînement

1 En partant du quadrilatère ABCD, on a effectué la frise ci-dessous, en répétant deux fois de suite la translation qui transforme A en D. Complète les phrases suivantes.

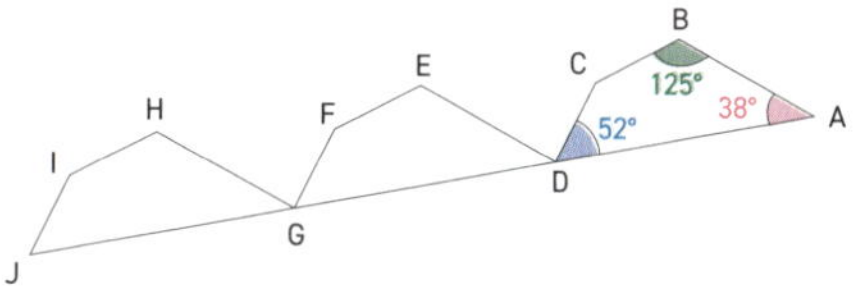

La mesure de l'angle $\widehat{HGJ}$ est de : .... et celle de l'angle $\widehat{FGD}$ est de : ....

On en déduit que la mesure de l'angle $\widehat{HGF}$ est de : .... Donc le triangle HGF est un triangle ....

2 Un rectangle ABCD a pour longueur 5 cm et pour largeur 4 cm. Son image par une rotation est un rectangle A'B'C'D'. Complète la phrase suivante.

Le périmètre du rectangle A'B'C'D' est de : .... et son aire est de : ....

Mathématiques

TRIANGLES ÉGAUX OU PROPORTIONNELS

1. Triangles égaux

- Deux **triangles** sont **égaux** s'ils sont superposables, c'est-à-dire si leurs côtés sont deux à deux de même longueur et leurs angles deux à deux de même mesure.
- Les côtés, les sommets et les angles correspondants de deux triangles égaux sont dits **homologues**.

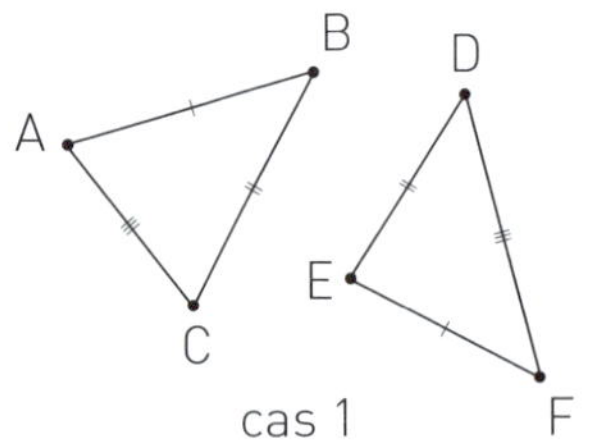

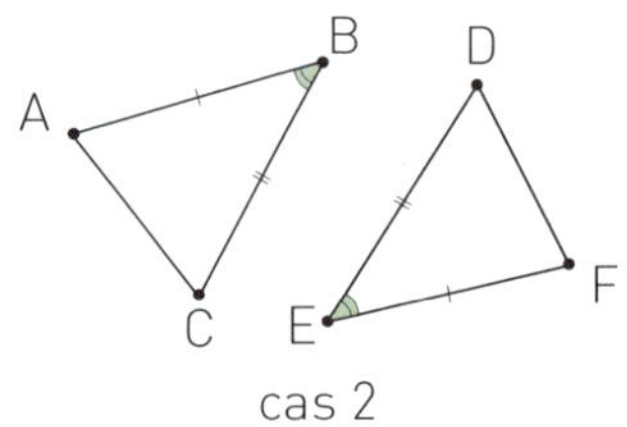

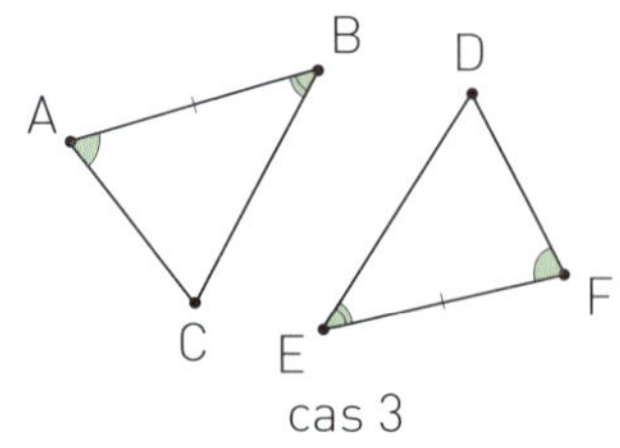

Méthode

Montrer que deux triangles sont égaux

Pour montrer que deux triangles sont égaux, il faut d'abord repérer les données de l'énoncé pour savoir quel cas d'égalité appliquer :

- si on connaît les longueurs de tous les côtés, c'est le cas n° 1 ;
- si on connaît la mesure d'un seul angle compris entre deux côtés de longueurs connues, c'est le cas n° 2 ;
- si on connaît la longueur d'un seul côté et les mesures des deux angles qui l'encadrent, c'est le cas n° 3.

Il faut ensuite rédiger une démonstration en conséquence, puis conclure.

- Cas 1 : Si deux triangles ont leurs côtés deux à deux de même longueur, alors ils sont égaux. On a : AB = EF, BC = ED et AC = DF. Donc les triangles ABC et DEF sont égaux.
- Cas 2 : Si deux triangles ont un angle de même mesure compris entre deux côtés deux à deux de même longueur, alors ils sont égaux. On a : AB = EF, BC = ED et $\widehat{ABC} = \widehat{DEF}$, alors les triangles ABC et DEF sont égaux.
- Cas 3 : Si deux triangles ont un côté de même longueur et des angles adjacents à ce côté deux à deux de même mesure, alors ils sont égaux. Comme AB = EF, $\widehat{ABC} = \widehat{DEF}$ et $\widehat{BAC} = \widehat{DFE}$, alors les triangles ABC et DEF sont égaux.

2. Agrandissement et réduction

- **Agrandir** ou **réduire** une figure, c'est construire une figure de la même forme en multipliant les longueurs initiales par un coefficient k strictement positif. Si le coefficient k vérifie $k > 1$, alors on a un agrandissement. Si le coefficient k vérifie $k = 1$, alors on a une reproduction. Si le coefficient k vérifie $0 < k < 1$, alors on a une réduction.
- Propriété : Dans un agrandissement ou une réduction de rapport k, les longueurs des segments sont multipliées par k, les aires des surfaces sont multipliées par k^2, les volumes des solides sont multipliés par k^3 et les mesures d'angles sont conservées.
- Méthode : Il faut calculer le rapport de longueur entre la longueur d'un côté de l'agrandissement (ou de la réduction) et son côté correspondant dans la figure de départ.

Entraînement

1 On étudie le losange ABCD, dans lequel on trace la diagonale *AC*. Complète le raisonnement suivant.

Le symétrique de l'angle $\widehat{ABC}$ par rapport à la droite (AC) est l'angle ....
Ainsi, $\widehat{ABC}$ = ...
Le losange a ses quatre .... égaux donc AB = ... et BC = ...
Comme les triangles ABC et ADC ont deux .... égaux et un .... de même mesure, cela prouve que ces deux triangles sont égaux.

Mathématiques

THÉORÈME DE PYTHAGORE (1)

1. Racine carrée d'un nombre positif

- Le **carré** d'un nombre n est le produit de ce nombre par lui-même. On le note n^2 et on le lit « n au carré ». On a donc l'égalité $n^2 = n \times n$.

  Exemples : $10^2 = 10 \times 10 = 100$; $3{,}6^2 = 3{,}6 \times 3{,}6 = 12{,}96$ et $(-5)^2 = (-5) \times (-5) = 25$.

- Un carré parfait est le résultat du carré d'un nombre entier.
  Tableau des carrés parfaits à connaître :

Nombre entier	1	2	3	4	5	6	7	8	9	10	11	12	13
Carré parfait	1	4	9	16	25	36	49	64	81	100	121	144	169

- La **racine carrée** d'un nombre positif a est le nombre positif dont le carré est égal à a. On la note $\sqrt{a}$. On a donc l'égalité : $(\sqrt{a})^2 = a$ et $\sqrt{a} \geq 0$.

- Méthode : Pour encadrer la valeur de la racine carrée d'un nombre a, il faut encadrer le nombre a par les deux carrés parfaits les plus proches de a. Il faut ensuite appliquer la racine carrée aux trois nombres de l'encadrement.

Exemples

Carrés parfaits

4 est un carré parfait car $4 = 2^2$; 144 est un carré parfait car $144 = 12^2$; mais 6 n'est pas un carré parfait car aucun nombre entier élevé au carré ne donne 6.

Racines carrées

$\sqrt{100} = 10$ car $10^2 = 100$ et $10 > 0$; $\sqrt{32{,}49} = 5{,}7$ car $5{,}7^2 = 32{,}49$ et $5{,}7 > 0$.

Encadrer $\sqrt{19}$

On a : $16 < 19 < 25$ donc $\sqrt{16} < \sqrt{19} < \sqrt{25}$ et on obtient l'encadrement : $4 < \sqrt{19} < 5$.

2. Égalité de Pythagore

- Vocabulaire : Dans un triangle rectangle, on appelle **hypoténuse** le côté opposé à l'angle droit. C'est aussi le côté le plus long du triangle.
- **Théorème de Pythagore** : Dans un triangle rectangle, le carré de la longueur de l'hypoténuse est égal à la somme des carrés des longueurs des deux côtés de l'angle droit.

  Exemple : *Dans le triangle ABC rectangle en C, on peut écrire* ***l'égalité de Pythagore*** *suivante :* $AB^2 = AC^2 + CB^2$.

- Méthode : Pour calculer la longueur d'un côté, il faut :
  - vérifier que le triangle est bien rectangle, préciser l'angle droit et l'hypoténuse ;
  - écrire l'égalité de Pythagore vérifiée par les côtés de ce triangle rectangle ;
  - remplacer par les valeurs connues puis calculer la longueur manquante.

  Exemple : *Calculer la longueur de l'hypoténuse*

  Dans le triangle ABC rectangle en B, l'hypoténuse est [AC], AB = 6 cm et BC = 8 cm. Dans ce triangle, l'égalité de Pythagore s'écrit : $AC^2 = AB^2 + BC^2$. *D'où :* $AC^2 = 6^2 + 8^2 = 36 + 64 = 100$, *soit* $AC = \sqrt{100} = 10$. *Donc la longueur de l'hypoténuse [AC] de ce triangle est de 10 cm.*

  Exemple : *Calculer la longueur d'un des côtés de l'angle droit*

  Dans le triangle DEF rectangle en E, l'hypoténuse est [FD], FD = 5 cm et ED = 3 cm. Dans ce triangle, l'égalité de Pythagore s'écrit : $FD^2 = ED^2 + EF^2$, *soit* $EF^2 = FD^2 - ED^2$. *Ainsi :* $EF^2 = 5^2 - 3^2 = 25 - 9 = 16$, *soit* $EF = \sqrt{16} = 4$. *Donc la longueur du troisième côté [EF] de ce triangle est de 4 cm.*

Entraînement

1 Soit un segment [BC] de 6 cm et soit M son milieu. Soit *d* la médiatrice de [BC]. On place ensuite le point A sur la droite *d* tel que AB = 5 cm. Fais un dessin puis complète le raisonnement suivant pour calculer AM.

On doit travailler dans le triangle BA .... rectangle en ....

Dans ce triangle, d'après le théorème de Pythagore, on a :

..................^{2} = ...^{2} + ...^{2} ; soit ....^{2}
= ....^{2} − ....^{2} = ...

Donc AM^2 = ... et ainsi on obtient AM = ...

Mathématiques

THÉORÈME DE PYTHAGORE (2)

1. Réciproque d'une propriété

- La propriété **réciproque** : Lorsqu'une propriété s'écrit « Si A alors B », la réciproque de cette propriété s'écrit « Si B alors A ».

  Exemple : *La réciproque de la propriété « Si un quadrilatère a ses quatre côtés égaux, alors c'est un losange » est : « Si un quadrilatère est un losange, alors ses quatre côtés sont égaux ».*

- La **contraposée** d'une propriété : Lorsqu'une propriété s'écrit « Si A alors B », la contraposée de cette propriété s'écrit « Si on a le contraire de B alors on a le contraire de A ».

  Exemple : *La contraposée de la propriété « Si un quadrilatère a quatre angles droits, alors c'est un rectangle » est : « Si un quadrilatère n'est pas un rectangle, alors ce quadrilatère ne possède pas quatre angles droits ».*

Le sais-tu ?

Petite histoire du théorème de Pythagore

Pythagore est né au Ve siècle avant J.-C. Il était à la fois mathématicien, astronome, savant et philosophe. Pythagore n'a laissé aucun écrit sur ses travaux et sa vie. Certains historiens prétendent même que le personnage de Pythagore n'aurait pas existé.

Il semble donc que Pythagore ait acquis ses connaissances au cours de ses voyages (Syrie, Égypte, Babylone, etc.). Il fait progresser l'arithmétique et agrandit l'univers des maths avec la musique et la mécanique.

Le théorème de Pythagore n'est en fait pas une découverte de Pythagore, il était déjà connu sur des cas particuliers par les Chinois et les Babyloniens 1 000 ans avant lui.

Les Égyptiens connaissaient aussi le théorème. Ils utilisaient la corde à 13 nœuds qui une fois tendue formait le triangle rectangle 3, 4 et 5 et permettait d'obtenir un angle droit entre deux « longueurs ». Cette corde sera utilisée par les maçons jusqu'au XXe siècle pour s'assurer de la perpendicularité des murs.

À l'époque des pythagoriciens, la formulation du théorème différait de celle d'aujourd'hui et s'écrivait plutôt : « Si on construit des carrés reposant sur les trois côtés d'un triangle rectangle, l'aire du grand carré est égale à la somme des aires des deux petits. »

2. Réciproque du théorème de Pythagore

- Propriété : Dans un triangle, si le carré de la longueur du plus grand côté est égal à la somme des carrés des longueurs des deux autres côtés, alors ce triangle est rectangle. Remarque : Le plus grand côté est alors l'hypoténuse.
- Méthode : Pour démontrer qu'un triangle est rectangle, il faut :
  - trouver le plus grand côté du triangle étudié et calculer le carré de sa longueur ;
  - d'autre part, calculer la somme des carrés des longueurs des deux autres côtés ;
  - comparer les résultats obtenus lors des deux calculs précédents et appliquer la réciproque de Pythagore : s'il y a égalité, alors le triangle est rectangle et il faut préciser l'angle droit ; s'il n'y a pas égalité, on conclut que le triangle n'est pas rectangle.

Exemple :

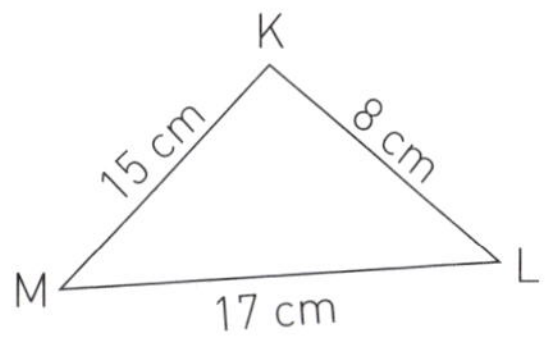

Dans le triangle KLM, le plus grand côté est [ML]. D'une part, on a : $ML^2 = 17^2 = 289$; d'autre part, on a : $KM^2 + KL^2 = 15^2 + 8^2 = 225 + 64 = 289$.

On remarque alors que : $ML^2 = KM^2 + KL^2$. Donc, d'après la réciproque du théorème de Pythagore, le triangle KLM est rectangle en K.

Entraînement

1 IBCJ est un rectangle et le point A est sur [IJ]. On sait que : IB = JC = 3 cm, BC = 6,5 cm et IA = 2 cm. Calcule AB^2, AC^2 et BC^2 pour prouver que le triangle ABC est rectangle.

Comme le triangle ABI est rectangle en I et ACJ est rectangle en J, on a :
AB^2 = ... et AC^2 = ... ; alors $AB^2 + AC^2$ = ... ;
de plus, on a BC^2 = ... ; donc ABC est un triangle ....
en ....

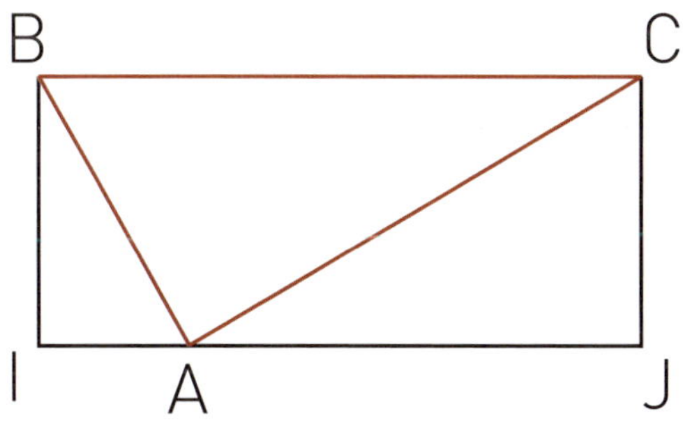

THÉORÈME DE THALÈS

1. Théorème de Thalès et propriétés

- Propriété : Soit (BM) et (CN) deux droites sécantes en A. Si les droites (BC) et (MN) sont parallèles, alors les triangles ABC et AMN ont des côtés dont les longueurs sont proportionnelles.
- On peut traduire la propriété par les égalités de rapports : $\frac{AB}{AM} = \frac{AC}{AN} = \frac{BC}{MN}$. Inversement, on a également : $\frac{AM}{AB} = \frac{AN}{AC} = \frac{MN}{BC}$.
- Méthode : Pour calculer une longueur avec le théorème de Thalès, il faut :
  - réussir à trouver les deux triangles dont les côtés ont des longueurs proportionnelles ;
  - vérifier les conditions d'application du théorème de Thalès, c'est-à-dire si les points sont bien alignés dans le même ordre et si les droites sont parallèles ;
  - écrire l'égalité des quotients des longueurs des triangles ;
  - utiliser l'égalité des produits en croix pour calculer la (les) longueur(s) cherchée(s).

Exemple :

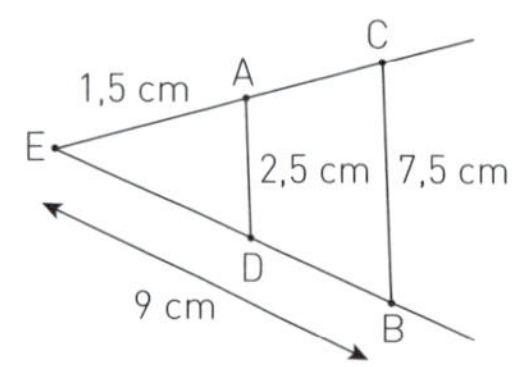

Sur la figure, (AC) et (BD) sont sécantes en E et (AD) et (BC) sont parallèles.

Pour calculer les longueurs ED et EC, on peut donc utiliser le théorème de Thalès.

Les triangles AED et BEC ont des côtés de longueurs proportionnelles donc : $\frac{EA}{EC} = \frac{ED}{EB} = \frac{AD}{BC}$.

Ainsi, on obtient : $\frac{1{,}5}{EC} = \frac{ED}{9} = \frac{2{,}5}{7{,}5}$. *En utilisant l'égalité des produits en croix, on a :* $EC = (1{,}5 \times 7{,}5) \div 2{,}5 = 4{,}5$ *et* $ED = \frac{9 \times 2{,}5}{7{,}5} = 3$. *Donc EC = 4,5 cm et ED = 3 cm.*

2. Réciproque et conséquence du théorème de Thalès

- Propriété : **Réciproque du théorème de Thalès**
- Si les points A, B et M d'une part, puis les points A, C et N d'autre part sont alignés dans le même ordre **et** si, en plus, on a : $\frac{AB}{AM} = \frac{AC}{AN}$, alors les droites (BC) et (MN) sont parallèles.
- Remarque : La réciproque est aussi vraie si $\frac{AM}{AB} = \frac{AN}{AC}$ par exemple.

➔ Propriété : **Conséquence du théorème de Thalès**

➔ Si les points A, B et M d'une part, puis les points A, C et N d'autre part sont alignés dans le même ordre **mais** si on a : $\frac{AB}{AM} \neq \frac{AC}{AN}$, alors les droites (BC) et (MN) ne sont pas parallèles.

Exemple :

Les points O, P et M, puis O, B et A sont alignés dans le même ordre.

On se place dans les triangles OPB et OMA, et les rapports de longueurs correspondantes sont : $\frac{OP}{OM} = \frac{6}{6+4} = \frac{6}{10} = \frac{3}{5}$ *et* $\frac{OB}{OA} = \frac{9}{9+6} = \frac{9}{15} = \frac{3}{5}$*. Donc* $\frac{OP}{OM} = \frac{OB}{OA} = \frac{3}{5}$*.*
D'après la réciproque du théorème de Thalès, on peut alors conclure que les droites (AM) et (BP) sont parallèles.

As-tu retenu ?

1 On donne : AB = 4, AE = 10 et (BC)//(DE). Compléter avec un nombre en écriture décimale.

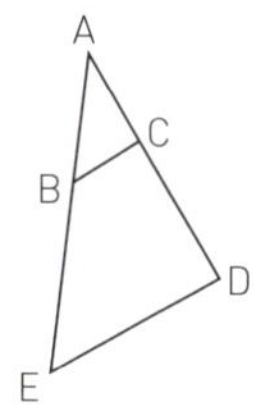

$\frac{AC}{AD}$ = ... et $\frac{ED}{BC}$ = ...

Entraînement

2 JKLM est un trapèze. JK = 6, IK = 5,4 et LM = 10. Détermine les longueurs [IM] et [KM].

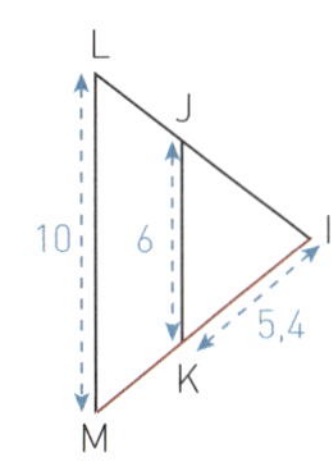

IM = ... et KM = ...

3 On étudie la figure suivante, dans laquelle (BD)//(FG). On donne CD = 4 cm, CB = 3 cm, AC = 3,2 cm et EG = 7 cm. Complète le raisonnement ci-dessous.

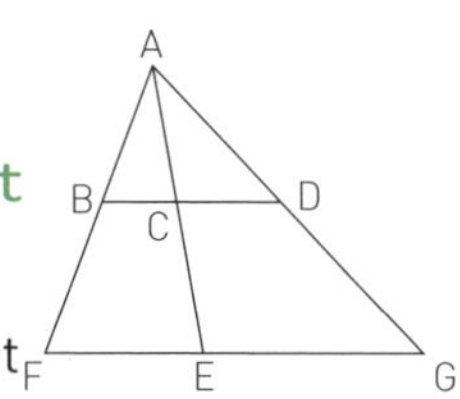

Dans le triangle AGE, les droites (..................) et (..................) sont parallèles.

On a donc les égalités de Thalès : ——— = ——— = ———, soit ——— = ——— = ———.
On obtient alors : AE = ...
Dans le triangle AFE, les droites .... et .... sont parallèles.

On a donc les égalités de Thalès : ——— = ——— = ———, soit ——— = ——— = ———.
On obtient alors : EF = ...

REPRÉSENTER DANS L'ESPACE

1. Repérage sur un pavé droit

- Dans un pavé droit, on place un **repère** formé par trois arêtes ayant un sommet commun : **l'origine** du repère. On note ce repère (A ; I,J,K), où A est **l'origine** du repère, I correspond à l'unité des **abscisses**, J correspond à l'unité des **ordonnées** et K correspond à l'unité des **altitudes**. Tout point M situé sur ce pavé est repéré par trois nombres, appelés ses **coordonnées**. On note : M(x ; y ; z) avec x **l'abscisse** de M, y **l'ordonnée** de M et z **l'altitude** de M.

2. Pyramides

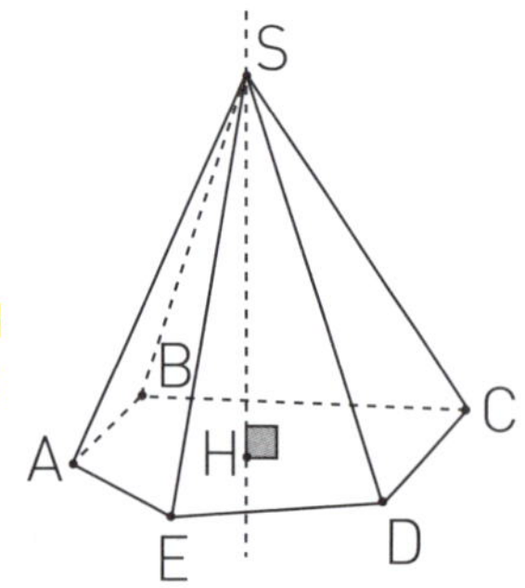

- Une **pyramide** de **sommet** S est un solide dont la **base** est un **polygone** et les **faces latérales** sont des **triangles** de sommet S.
- Représentation en perspective cavalière :

  SABCDE est une pyramide à base polygonale ABCDE, de sommet S. [SH] est la **hauteur** de la pyramide. [SA] est une arête latérale et SAB une face latérale.

Exemple

Repérage sur un pavé droit

Sur ce pavé droit, les points I, J et K sont les milieux respectifs des arêtes [AB], [AD] et [AE].

Dans le repère (A ; I,J,K), on veut aller de l'origine A jusqu'au point F en suivant des chemins parallèles aux axes : on avance de 2 unités selon l'axe [AI), puis de 0 unité selon l'axe [AJ), et enfin de 2 unités selon l'axe [AK). Ainsi, les coordonnées de F sont F(2 ; 0 ; 2).

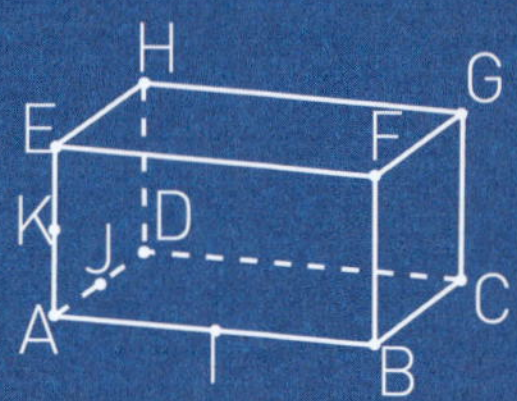

- Méthode : Pour construire un patron d'une pyramide, il faut tracer en vraie grandeur la base de la pyramide grâce à ses caractéristiques. Il faut ensuite tracer, en vraies grandeurs, les triangles qui forment les faces latérales en utilisant les segments de la base.

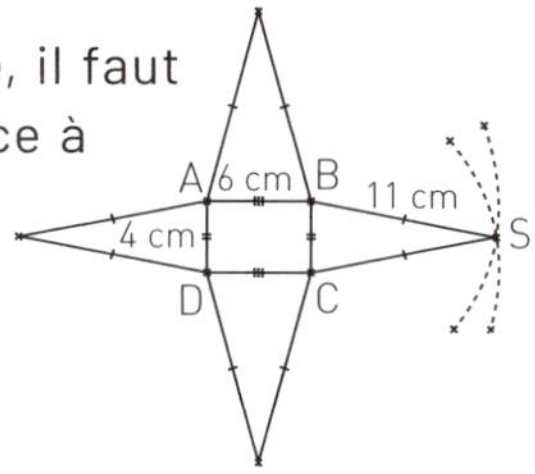

3. Cônes de révolution

- Un cône de révolution de sommet S est un solide obtenu par rotation d'un triangle rectangle autour d'un axe porté par l'un de ses côtés de l'angle droit.

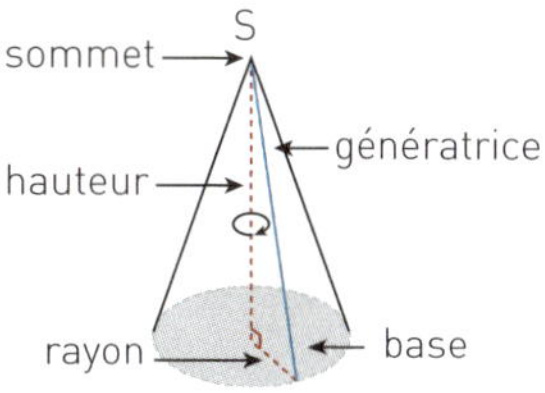

- Méthode : Pour construire un patron d'un cône de révolution, il faut construire en vraie grandeur le disque de base et calculer le périmètre de cette base. On calcule ensuite la mesure de l'angle du secteur angulaire, par proportionnalité, puis on trace ce secteur angulaire.

Mesure de l'angle	360°	?
Longueur exacte de l'arc	2π × rayon du secteur angulaire	2π × rayon de la base

Vocabulaire

Pyramides

Une pyramide à base triangulaire est appelée tétraèdre. Une pyramide dont la base est un polygone régulier (carré, octogone régulier) et dont le centre de la base appartient à la hauteur de la pyramide est dite régulière.

Entraînement

1 Soit SABCD une pyramide à base rectangulaire. Sélectionne la (les) bonne(s) réponse(s).

- ☐ A. La hauteur de la pyramide est AD.
- ☐ B. La hauteur de la pyramide est AS.
- ☐ C. Le volume de la pyramide est $V = \frac{AS \times AB \times AD}{2}$.
- ☐ D. Le volume de la pyramide est $V = \frac{AS \times AB \times AD}{3}$.

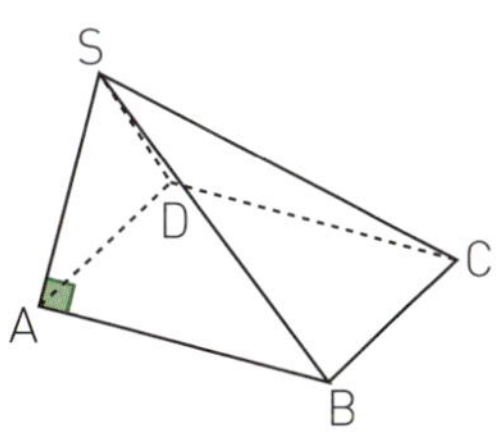

Mathématiques

TRANSFORMATIONS

1. Symétries axiale et centrale

- Deux figures sont **symétriques par rapport à une droite** (*d*) si elles se superposent lorsqu'on **plie** le long de cette droite (d). Cette droite est alors **l'axe de symétrie**. Dans ce cas, deux points M et M' sont symétriques par rapport à une droite (*d*) si la droite (*d*) est la **médiatrice** du segment [MM'].
- Deux figures sont **symétriques par rapport à un point O** lorsqu'elles se superposent par **demi-tour** autour de ce point O. O est le **centre de symétrie**. Dans ce cas, deux points M et M' sont symétriques par rapport à un point O si le point O est le **milieu** du segment [MM'].

2. Translation

- Une **translation** est une transformation du plan qui permet de faire **glisser** une figure parallèlement à une droite, sans la retourner, ni la déformer. Une translation est définie par une **direction**, un sens et une longueur. On représente la translation qui transforme le point A en A' par une flèche allant de A vers A'.

  Un point, son image et le vecteur de la translation forment un parallélogramme.
- Méthode : Pour construire l'image d'une figure par translation, il faut :
  - repérer les caractéristiques de la translation (sa direction, son sens et sa longueur) ;
  - tracer une droite parallèle à la direction qui passe par le premier point à transformer ;
  - reporter la longueur de la translation dans le même sens que la translation (le point obtenu est l'image cherchée) ;
  - relier tous les points obtenus pour former la figure.

Exemple

Translation

Le quadrilatère O' N' L' K' est l'image du quadrilatère ONLK par la translation qui transforme le point A en A'. On connaît la direction de la translation : parallèle à la droite (AA') ; son sens : du point A vers le point A' et sa longueur : la même que celle du segment [AA'].

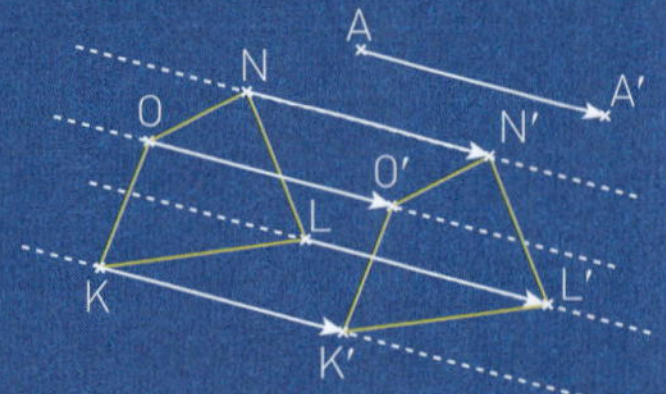

3. Frises et pavages

- Une **frise** est constituée d'un **motif principal** qui est répété dans **une seule direction** par une translation.

  Exemple : *Le motif principal de cette frise est le cœur et on lui applique deux fois de suite la translation qui transforme A en B.*

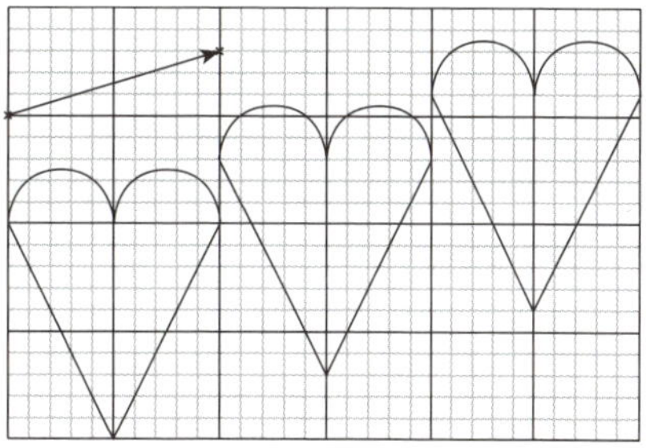

- Un **pavage** est constitué d'un **motif principal** qui est répété dans **deux directions** par deux translations. Il recouvre totalement le plan : il n'y a ni superposition des motifs, ni trou.

  Exemple : *Le motif principal de ce pavage est l'hexagone gris auquel on applique simultanément deux translations. La première transforme le point A en B, et la seconde transforme le point C en D.*

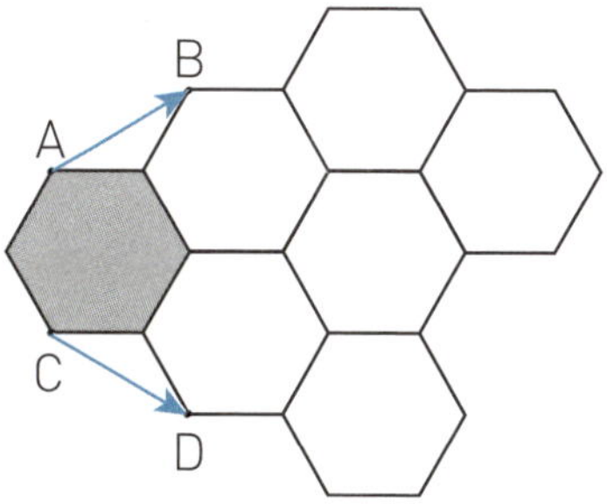

Vocabulaire

Pyramides

Une pyramide à base triangulaire est appelée tétraèdre. Une pyramide dont la base est un polygone régulier (carré, octogone régulier) et dont le centre de la base appartient à la hauteur de la pyramide est dite régulière.

Entraînement

1 ABC est un triangle équilatéral. Les points I, J et K sont les milieux des côtés du triangle ABC. Complète la description des deux rotations suivantes.

A. Par la rotation de centre .... et d'angle .... °, le triangle IJK devient le triangle AKJ.

B. Par la rotation de centre .... et d'angle 60° en sens direct, le triangle IJK devient le triangle ....

Mathématiques

UTILISATION DE LOGICIELS EN STATISTIQUES

1. Utilisation du tableur comme outil statistique

- Un tableur est un tableau constitué de cellules dans lesquelles on peut mettre du texte, des nombres, des formules. Chaque cellule du tableur est repérée par une lettre suivie d'un numéro.
- **Écrire une formule dans une cellule du tableur :** Pour écrire une formule dans une cellule, **il faut toujours commencer par le signe « = »**. Ensuite, on peut utiliser les opérations usuelles (+, –, * et /) avec leurs notations informatiques. Pour avoir le résultat, on appuie sur la touche « Entrée ».
- Si on souhaite utiliser des valeurs disponibles dans les cellules du tableur, il faut alors saisir une formule utilisant le nom des cellules au lieu des nombres contenus à l'intérieur. Si on modifie le nombre dans la cellule, le résultat s'adapte à la modification effectuée.

Fonctions usuelles :

	Fonctions du tableur	Utilité
1	(A1 ; B10)	Sélectionne les cellules A1 et B10.
2	(A1 : B10)	Sélectionne toutes les cellules entre A1 et B10 (c'est-à-dire de A1 jusqu'à A10 puis de B1 jusqu'à B10).
3	=SOMME()	Permet de calculer la somme de toutes les cellules sélectionnées.
4	=MOYENNE()	Permet de calculer la moyenne de toutes les cellules sélectionnées.
5	=MIN() ou =MAX()	Permet d'obtenir la valeur minimale (ou maximale) parmi toutes les cellules sélectionnées.

2. Programmes de calculs avec le logiciel Scratch

- Un algorithme est une suite d'opérations qui permet d'obtenir un résultat. Une variable en mathématiques est un symbole représentant un objet inconnu.

Blocs à connaître :

	– Permet de lancer le programme en cliquant sur le drapeau vert.
	– Permet d'effectuer l'une des quatre opérations mathématiques de base entre deux éléments.
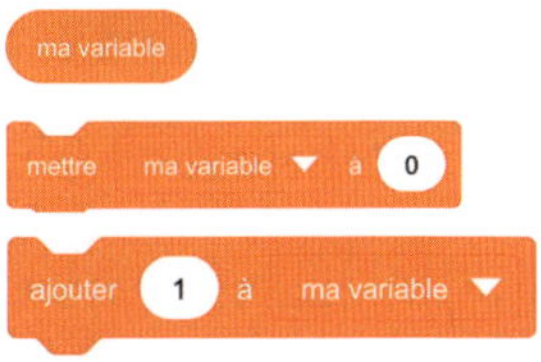	– Dans l'onglet « Variables », cliquer sur « créer une variable » et lui donner le nom souhaité. – La variable créée peut ensuite être affectée d'une valeur avec le bloc « mettre... » ou on peut lui ajouter une valeur avec « ajouter à... ».
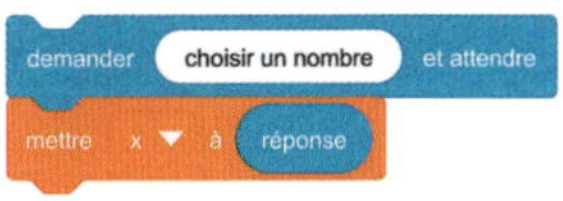	– Permet de poser une question. Ici, on nous demande de choisir un nombre. – Permet d'affecter la réponse donnée à la variable créée pour le programme.

Entraînement

1 L'association nationale pour l'amélioration de la vue s'interroge sur le temps passé par les jeunes devant les écrans. Ils ont réalisé un sondage en demandant aux élèves d'estimer le temps qu'ils passent par jour devant les écrans. Voici les résultats obtenus :

	A	B	C	D	E	F	C	D	E	F
1	estimation du temps passé par jour sur un écran (en min)	0	60	120	180	240	300	360	420	480
2	nombre d'élèves	0	6	15	36	68	114	82	15	4

Complète les phrases suivantes.

Pour trouver le nombre total des collégiens interrogés de la cellule G2, on peut utiliser la formule : .... ou la formule : =SOMME.

On souhaite calculer le produit de chaque temps par le nombre d'élèves concernés. En cellule B3, on doit donc saisir la formule : .... et étirer cette formule jusqu'à la cellule F3 pour remplir la ligne.

En calculant la somme des valeurs de la ligne 3, cela permet d'obtenir le total de minutes en cellule G3. La formule à saisir dans la cellule G4 pour calculer le temps moyen passé par un jeune sur les écrans par jour est donc : =[SOMME(..)]÷ ....

UTILISATION DE LOGICIELS EN GÉOMÉTRIE

1. Instructions de base en géométrie

- Un algorithme est une **suite de commandes** permettant d'obtenir une **figure géométrique**.
- Blocs élémentaires à connaître :

avancer de (50) pas tourner ↻ de (15) degrés tourner ↺ de (40) degrés	- Le bloc « avancer » permet au lutin de se déplacer dans la direction déterminée, d'un certain nombre de pixels. - « Tourner » sert à changer de direction, dans le sens horaire ou antihoraire, il faut cependant être vigilant lors d'un changement de direction du lutin car cela dépend de sa trajectoire initiale.
s'orienter à (90)	- « S'orienter à » permet au lutin de s'orienter vers le bord droit de la feuille (ou d'un autre côté si on modifie le nombre).
aller à x: (0) y: (0)	- « Aller à » permet au lutin d'aller à un point donné de la feuille, le point (0 ; 0) étant le centre de la zone.
effacer tout stylo en position d'écriture	- « Effacer tout » permet d'effacer tout ce que le lutin a tracé avant ce bloc ou précédemment. - « Stylo en position d'écriture » permet de tracer le chemin parcouru par le lutin pendant l'exécution du programme.

2. Utiliser des variables pour démontrer en géométrie

- Lorsqu'on programme un script, on a souvent besoin d'inclure des valeurs numériques à notre recherche de propriété géométrique. Pour cela, on utilise le plus souvent **des variables** pour stocker les informations numériques au début du programme et ainsi pouvoir les utiliser tout au long du programme. Il faut donc créer autant de variables différentes que l'on a de valeurs numériques à stocker et bien faire attention à ne pas les mélanger en les nommant précisément.

Exemple : *Les deux principaux théorèmes géométriques vus au collège sont le théorème de Pythagore et le théorème de Thalès.*

Dans les deux cas, ces théorèmes nécessitent de faire des calculs avec des valeurs numériques qui doivent donc être stockées pour être utilisées au moment propice.

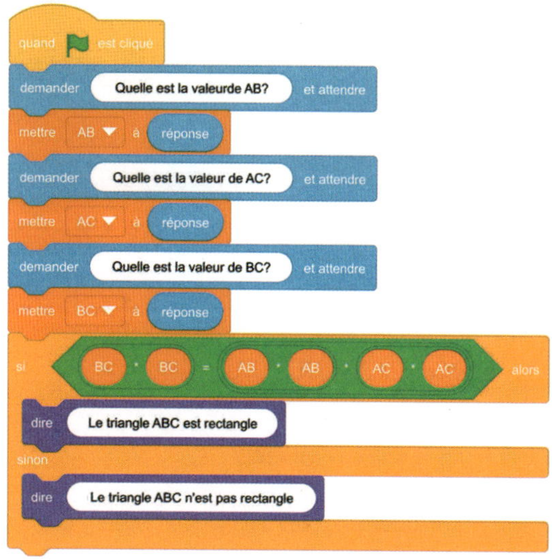

Entraînement

1 Voici le script utilisé pour dessiner une frise.

Cette frise est constituée de huit rectangles identiques mesurant 40 pas et 10 pas, avec un espace de 20 entre chacun des rectangles.
Compléter les cases vides des lignes 8, 9 et 10 du script : ...., ... et ....

Compléter la case vide de la ligne 13 du script : ....

À la fin du script, le lutin aura pour abscisse (x) le nombre ....

....

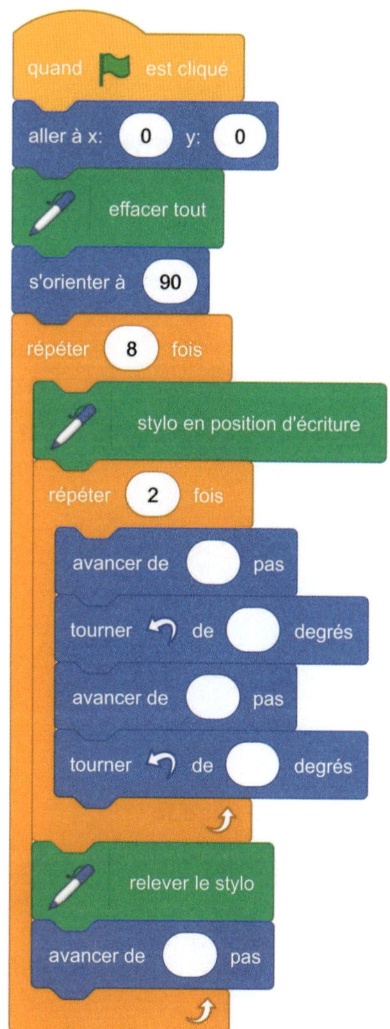

CORRIGÉS

Arithmétique - page 5

1. A., B. On teste les divisions par les nombres premiers jusqu'à la division par 13 car à partir de cette division, les quotients sont supérieurs à 13. Donc 157 et 167 sont des nombres premiers.

Nombres relatifs - page 7

1. A = -2 × 6 × (-5) = 60.
2. D. Il y a une multiplication de 2 022 nombres négatifs tous égaux à (-1). Comme il y a un nombre pair de facteurs, le résultat est forcément positif, d'après la règle des signes vue en quatrième. Ensuite, les distances à zéro valent toutes 1 donc on multiplie des 1, ce qui donne 1 comme résultat.
3. A., B., D. On applique les différentes règles des signes.

Nombres rationnels (1) - page 9

1. B., D. On multiplie les deux fractions pour avoir le même dénominateur, on doit trouver un multiple commun à 6 et 9, il y a 18 et aussi 54.
2. $\frac{14}{12} > \frac{11}{12}$; $\frac{9}{8} < \frac{5}{4}$; $\frac{8}{5} < \frac{5}{3}$; $\frac{17}{6} > 2$.
3. A., D. Il faut commencer par mettre les fractions au même dénominateur puis les comparer.
4. C. Les quatre fractions inférieures à 1 sont : $\frac{1}{3}, \frac{2}{3}, \frac{6}{13}$ et $\frac{5}{8}$.

Nombres rationnels (2) - page 11

1. $A = \frac{2}{7} \times \frac{14}{16} = \frac{2 \times 2 \times 7}{7 \times 4 \times 4} = \frac{1}{4}$, $B = (-3) \times \frac{-4}{9} = \frac{(-3) \times (-4)}{3 \times 3} = \frac{4}{3}$ et $C = \frac{2}{3} \times \frac{9}{5} \times \frac{25}{4} = \frac{2 \times 3 \times 3 \times 5 \times 5}{3 \times 5 \times 2 \times 2} = \frac{15}{2}$.
2. L'inverse de 5 est $\frac{1}{5}$. L'opposé de $\frac{2}{3}$ est $-\frac{2}{3}$. L'inverse de $-\frac{3}{4}$ est $-\frac{4}{3}$.
3. B., C. $\frac{-4}{5} \div \frac{2}{15} = \frac{-4}{5} \times \frac{15}{2} = \frac{-60}{10} = -6$.
4. $A = 1 - 2 \times \frac{5}{3} = 1 - \frac{10}{3} = -\frac{7}{3}$, $B = \left(\frac{1}{4} - 2\right) \div \frac{5}{3}$ $= \left(-\frac{7}{4}\right) \div \frac{5}{3} = \left(-\frac{7}{4}\right) \times \frac{3}{5} = -\frac{21}{20}$ et $C = \frac{3}{2} - \frac{1}{2} \times \frac{5}{4} = \frac{3}{2} - \frac{5}{8}$ $= \frac{12}{8} - \frac{5}{8} = \frac{7}{8}$.

Puissances - page 13

1. Si $a^8 = 256$, alors $a = 2$; si $3^n = 729$, alors $n = 6$ et si $4^{-p} = \frac{1}{64}$, alors $p = 3$.
2. D. Le nombre 5 est répété trois fois soit : 5^3 et il faut le signe négatif du calcul au résultat.
3. B. D'après la définition des puissances, on a $a^{-n} = \frac{1}{a^n}$.

Puissances de 10 - page 15

1. $10^3 \times 10^5 = 10^8$; $10^2 \times 10^{-6} = 10^{-4}$; $10^{-7} \times 10^{-9} = 10^{-16}$ $\frac{1}{10^5} = 10^{-5}$; $\frac{10^4}{10^{-7}} = 10^{11}$; $\frac{10^{-8}}{10^2} = 10^{-10}$; $(10^3)^4 = 10^{12}$; $(10^{-5})^{-6} = 10^{30}$; $(10^7)^{-10} = 10^{-70}$
2. A., B. et C.
3. B. $\frac{10^5}{10^{-4}} = 10^9$; $\frac{10^{-3} \times 10^8}{10^4} = \frac{10^5}{10^4} = 10^1$; $\frac{10^6 \times 10^9}{(10^5)^3} = \frac{10^{15}}{10^{15}} = 10^0$ et $(10^{-2})^3 \times 10^5 = 10^{-6} \times 10^5 = 10^{-1}$

Calcul littéral (1) - page 17

1. Pour $x = 2$, on obtient : $A = 5 \times 2^2 - 2 + 2 = 20$ et pour $x = -3$, on obtient : $A = 5 \times (-3)^2 - (-3) + 2 = 50$.
2. $A = 4x + -13$, $B = 8x + -9y + 0xy$, $C = 3x^2 + 8x + -6$ et $D = -x + 2 - 5 + x - 6 + 9x = 9x + (-9)$.

Calcul littéral (2) - page 19

1. B., C. Dans chaque cas, on remplace la lettre x par le nombre -3. Si les deux côtés de l'équation donnent le même résultat, alors -3 est une solution de l'équation.
2. $3 - 6 + x = 2x - 7 \rightarrow -3 + x = 2x - 7 \rightarrow 2x - x = 4 \rightarrow x = 4$.
$-2 \times (x + 9) = 12 + x \rightarrow -2x + -18 = 12 + x \rightarrow -3x = 30 \rightarrow x = -10$.
3. B. On regroupe les termes dans l'équation $7x - 5 = 2x - 8$ et cela donne : $7x - 2x = -8 + 5$. Si on réduit, on obtient : $5x = -3$ et ainsi : $5x \div 5 = -3 \div 5$ donc $= x = \frac{-3}{5} = -0{,}6$.

Statistiques (1) - page 21

1. L'effectif de trottinettes électriques est : 80. L'effectif de vélos électriques est : 240. L'effectif total de deux-roues est : 500. La fréquence de deux-roues électriques est : 320/500.

Statistiques (2) - page 23

1. On calcule la moyenne de taille :
$$m = \frac{125 + 118 + 121 + 122 + 121 + 121 + 124}{7} = \frac{852}{7} \approx 122 \text{ cm.}$$
On calcule la moyenne de poids :
$$m = \frac{32 + 25 + 27 + 29 + 28 + 27 + 31}{7} = \frac{199}{7} \approx 28 \text{ kg.}$$
2. C. On calcule la moyenne :
$$\frac{2 \times 2 + 4 \times 8 + 1 \times 11 + 2 \times 12 + 3 \times 13 + 3 \times 14 + 5 \times 15}{2 + 4 + 1 + 2 + 3 + 3 + 5} = \frac{227}{20} = 11{,}35$$

Probabilités - page 25

1. Cette expérience possède 32 issues. On a 4 chances sur 32 de tirer un As. On a 8 chances sur 32 de tirer une carte de la famille Carreau. On a 16 chances sur 32 de tirer une carte de couleur noire (Trèfle ou Pique). On a 2 chances sur 32 de tirer une dame rouge (Cœur ou Carreau).

2. Cette expérience possède 8 issues. Ces issues sont équiprobables. La probabilité de tirer un jeton qui est un multiple de 2 est de 4/8. La probabilité de tirer un jeton qui soit supérieur ou égal à 4 est de 5/8. La probabilité de tirer un jeton qui soit un nombre pair supérieur ou égal à 4 est de 3/8.

Proportionnalité (1) – page 27

1. La masse de minerai pour obtenir 63 kg de fer est 420 kg.
3. B. On fait le produit en croix : $9 \times 10 \div 8 = 11{,}25$.

Proportionnalité (2) – page 29

1. C. C'est une droite qui passe par l'origine du repère.

Proportionnalité (3) – page 31

1. Un article marqué 163 euros est vendu à 114,10 euros. Montant de la réduction : 48,9 euros ; Pourcentage correspondant : 30 %. L'article subit une nouvelle réduction de 10 %. Nouveau prix : 102,69 euros. Quel est le pourcentage total de réduction par rapport au prix de départ ? 37 %.
2. Le montant de la remise est de : 30,42 euros. Le pourcentage d'augmentation de cet article est de : 19,2 %. Le lot de 5 tee-shirts devrait coûter : 60 euros. Le pourcentage de remise sur le prix d'un tee-shirt est de : 8 %.

Volumes et contenances – page 33

1. 0,0075 m^3 = 7 500 cm^3 ; 350 mm^3 = 0,350 cm^3 ; 5,84 cm^3 = 5 840 mm^3 ; 3 hm^3 = 0,003 km^3 ; 54 m^3 = 540 hL ; 4 000 cm^3 = 4 000 mL ; 4 mL = 4 000 mm^3 ; 12,5 hL = 1,25 m^3.
2. Pyramide / Pavé / Cylindre / Cube. Cube : 343 cm^3 ; Pavé : 227,5 cm^3 ; Cylindre : 282,6 cm^3 ; Pyramide : 192 cm^3.
3. Le volume de la pyramide est égal à 300 m^3. Le volume du cône est égal à 680 m^3.

Effets des transformations sur les grandeurs mesurables – page 35

1. La mesure de l'angle $\widehat{HGJ}$ est de : 38° et celle de l'angle $\widehat{FGD}$ est de : 52°. On en déduit que la mesure de l'angle $\widehat{HGF}$ est de : 90°. Donc le triangle HGF est un triangle rectangle.
2. Le périmètre du rectangle A' B' C' D' est de : 18 cm et son aire est de : 20 cm^2.

Triangles égaux ou proportionnels – page 37

1. Le symétrique de l'angle $\widehat{ABC}$ par rapport à la droite (AC) est l'angle $\widehat{ADC}$. Ainsi, $\widehat{ABC} = \widehat{ADC}$. Le losange a ses quatre côtés égaux donc AB = AD et BC = DC. Comme les triangles ABC et ADC ont deux côtés égaux et un angle de même mesure, cela prouve que ces deux triangles sont égaux.

Théorème de Pythagore (1) – page 39

1. On doit travailler dans le triangle BAM rectangle en M. Dans ce triangle, d'après le théorème de Pythagore, on a : $AB^2 = AM^2 + BM^2$; soit $AM^2 = 5^2 - 3^2 = 25 - 9$. Donc $AM^2 = 16$ et ainsi on obtient AM = 4.

Théorème de Pythagore (2) – page 41

1. $AB^2 = 3^2 + 2^2 = 13$ et $AC^2 = 3^2 + 4{,}5^2 = 29{,}25$; alors $AB^2 + AC^2 = 42{,}25$; de plus, on a $BC^2 = 6{,}5^2 = 42{,}25$ et donc ABC est un triangle rectangle en A.

Théorème de Thalès – page 43

1. $\frac{AC}{AD} = 0{,}4$ et $\frac{ED}{BC} = 2{,}5$
2. IM = 9 et KM = 3,6.
3. Dans le triangle AGE, les droites (CD) et (EG) sont parallèles. On a donc les égalités de Thalès : $\frac{AC}{AE} = \frac{AD}{AG} = \frac{CD}{EG}$, soit $\frac{3{,}2}{AE} = \frac{AD}{AG} = \frac{4}{7}$. On obtient alors : AE = 5,6 cm. Dans le triangle AFE, les droites (BC) et (FE) sont parallèles. On a donc les égalités de Thalès : $\frac{AB}{AF} = \frac{AC}{AE} = \frac{BC}{FE}$ soit $\frac{AB}{AF} = \frac{3{,}2}{5{,}6} = \frac{3}{FE}$. On obtient alors : EF = 5,25 cm.

Représenter dans l'espace – page 45

1. B., D. La perpendiculaire à la base est AS, donc c'est la hauteur, et pour le volume on divise par 3.

Transformations – page 47

1. A. Par la rotation de centre O et d'angle 180°, le triangle IJK devient le triangle AKJ.
B. Par la rotation de centre J et d'angle 60° en sens direct, le triangle IJK devient le triangle IBJ.

Utilisation de logiciels en statistiques – page 49

1. Dans la cellule G2 : =B2+C2+D2+E2+F2 ou la formule : =SOMME(B2:F2).
En cellule B3, on doit donc saisir la formule : =B1*B2.
Dans la cellule G4 pour calculer le temps moyen, on fait : =SOMME(F3:F3)÷G3.

Utilisation de logiciels en géométrie – page 51

1. Cette frise est constituée de huit rectangles identiques mesurant 40 pas et 10 pas, avec un espace de 20 entre chacun des rectangles. Compléter les cases vides des lignes 8, 9 et 10 du script : Lignes 8, 9 et 10 : 10, 90 et 40. Complétez la case vide de la ligne 13 du script : 30. À la fin du script, le lutin aura pour abscisse (x) le nombre x = 8 × 30 = 240.

Mathématiques

Français

LES CLASSES GRAMMATICALES

La classe grammaticale d'un mot est son identité : elle ne change jamais et est indiquée à côté du mot dans le dictionnaire. On distingue les classes variables, dont les mots changent de forme selon le genre (masculin et féminin) et/ou le nombre (singulier et pluriel), et les classes invariables, dont les mots ne changent jamais.

1. Les classes variables

- Le **nom** sert à désigner, à nommer une chose. Il est précédé d'un déterminant (*le corbeau*, *un fromage*) et s'accorde en nombre (*les corbeaux*, *des fromages*).
- Le **déterminant** introduit un nom ou un groupe nominal avec lequel il s'accorde en genre et en nombre (*un enfant*, *une enfant*, *des enfants*).
- L'**adjectif** s'ajoute avant ou après le nom et s'accorde en genre et en nombre avec lui (*sa belle voix*, *un large bec*, *le corbeau honteux et confus*).
- Le **pronom** remplace un nom ou un groupe nominal (*Le corbeau a voulu chanter. Il a perdu son fromage.*). Il existe différents types de pronoms dont les plus courants sont les **pronoms personnels** (*je*, *tu*, *il*, *elle*, etc.).
- Le **verbe** est le noyau de la phrase. Il est le plus souvent conjugué (*Que vous êtes joli !*).

Astuce

Lorsqu'on a un doute sur la classe d'un mot, on peut procéder par élimination en cherchant d'abord à savoir si le mot est variable ou invariable.

2. Les classes invariables

- Les **conjonctions de coordination et de subordination** servent à relier deux mots ou deux propositions (*Le corbeau et le renard discutent. Le corbeau a perdu son fromage car il a voulu chanter.*). Il existe six conjonctions de coordination : *mais, ou, est, or, ni, car*. Il existe de nombreuses conjonctions de subordination : *que, parce que, quand, comme, puisque*, etc.
- La **préposition** introduit un nom (*un morceau de fromage*), un groupe nominal (*sur un arbre*), un verbe à l'infinitif (*pour montrer sa belle voix*) ou un pronom (*avec lui*). Il en existe beaucoup : *à, dans, par, pour, en, vers, avec, de, sans, sous, sur*...
- L'**adverbe** apporte des précisions sur le verbe ou sur la phrase et il est le plus souvent facultatif et donc supprimable. (*Le renard s'est encore montré rusé. Le corbeau retiendra longtemps la leçon.*)
- Les **interjections et onomatopées** rendent le texte plus vivant en traduisant un son ou une émotion : *Ah ! Boum !*

Entraînement

1 À présent, donne la classe grammaticale de chacun de ces mots.

ce	
écrire	
calmement	
elles	
gentil	
sa	
pour	
texte	
mais	
les	
partout	
enfant	
un	
très	
à	

Français

LES DEGRÉS DE L'ADJECTIF

On peut faire varier l'intensité d'un adjectif en utilisant un adverbe, le comparatif ou le superlatif.

1. Les adverbes d'intensité

- Pour faire varier l'intensité d'un adjectif, on peut utiliser :
  - des adverbes d'intensité **faible** : *peu, à peine...*
  - des adverbes d'intensité **moyenne** : *plutôt, assez, presque...*
  - des adverbes d'intensité **forte** : *très, tellement, énormément, fort...*

2. Le comparatif

- Le comparatif permet d'établir une comparaison entre un adjectif et un autre élément à l'aide d'un adverbe. Cette comparaison varie selon trois degrés :
  - l'**infériorité** : *Il fait moins froid que l'année dernière.*
  - l'**égalité** : *Il fait aussi froid que l'année dernière.*
  - la **supériorité** : *Il fait plus froid que l'année dernière.*
- Pour former le comparatif, on encadre donc l'adjectif sur lequel porte la comparaison à l'aide des **expressions adverbiales *moins... que, autant... que, aussi... que, plus... que***. Le groupe introduit par *que* remplit une fonction de complément du comparatif.

3. Le superlatif

- Le superlatif permet de distinguer un élément au sein d'un ensemble. On le forme en employant l'article défini (*le, la, les*) suivi de l'adjectif au comparatif de supériorité ou d'infériorité.
  - L'infériorité : *Cette fleur est la moins grande du bouquet.*
  - La supériorité : *Cette fleur est la plus grande du bouquet.*

Attention

Les adjectifs *bon, mauvais* et *petit* changent de forme :

- au comparatif de supériorité : *meilleur, pire, moindre* ;
- au superlatif : *le meilleur, le pire, le moindre*.

As-tu retenu ?

1 Coche la bonne réponse.

A. La maison de mon oncle est plus <u>vaste</u> que celle de mes parents.

- ❒ L'adjectif est au comparatif de supériorité.
- ❒ L'adjectif est au superlatif de supériorité.

B. Notre balcon est vraiment fort <u>agréable</u> l'été.

- ❒ L'adjectif est au comparatif de supériorité.
- ❒ L'adjectif est modifié par un adverbe d'intensité forte.

C. Ce château est le plus <u>ancien</u> de toute la région.

- ❒ L'adjectif est au comparatif de supériorité.
- ❒ L'adjectif est au superlatif de supériorité.

D. Notre voyage en train est moins <u>ennuyeux</u> que leur itinéraire en voiture.

- ❒ L'adjectif est au comparatif d'infériorité.
- ❒ L'adjectif est au superlatif d'infériorité.

Entraînement

2 Relie chaque groupe de mots au degré correspondant.

1. Moins affectueux que sa sœur •	• A. Comparatif d'égalité
2. Plus sereine que sa mère •	• B. Superlatif de supériorité
3. Aussi aimable que sa cousine •	• C. Comparatif d'infériorité
4. Le plus merveilleux des voyages •	• D. Intensité forte
5. Extrêmement gentil •	• E. Comparatif de supériorité
6. Peu aimable •	• F. Intensité faible

LES FONCTIONS LIÉES AU VERBE

Dans une phrase, un mot ou un groupe de mots joue un rôle, le plus souvent par rapport à un verbe : c'est sa fonction. Il existe des fonctions essentielles (ce sont des mots ou groupes de mots qu'on ne peut pas supprimer) et des fonctions facultatives (ce sont les compléments circonstanciels qui sont supprimables et souvent déplaçables).

1. Les fonctions essentielles

- Le **sujet** fait ou subit l'action exprimée par le verbe. Il répond à la question **Qui est-ce qui ?** ou **Qu'est-ce qui ?** posée devant le verbe.

  Tous les matins, Paul boit un grand bol de café au lait.

  Qui est-ce qui boit ? C'est Paul. Paul est le sujet du verbe boit.

- Le **COD (complément d'objet direct)** complète le verbe directement. Ainsi, il répond à la question **Quoi ?** ou **Qui ?** posée derrière le verbe.

  Paul oublie souvent ses affaires.

  Paul oublie quoi ? Ses affaires. Ses affaires est le COD du verbe oublie.

- Le **COI (complément d'objet indirect)** complète le verbe indirectement : il est relié au verbe par une préposition (*à*, *de*). Ainsi, il répond à la question **À quoi ?**, **À qui ?**, **De quoi ?** ou **De qui ?** posée derrière le verbe.

  Le chien obéit à Paul.

  Le chien obéit à qui ? À Paul. Paul est le COI du verbe obéit.

- **Attention :** Quand le COI est un pronom, la préposition n'est pas toujours exprimée. Le COI se place alors juste avant le verbe.

  Il lui obéit. Il obéit à qui ? À lui. Lui est le COI du verbe obéit.

- L'**attribut du sujet** énonce une caractéristique du sujet par l'intermédiaire du verbe **être** ou d'un **verbe d'état** (*sembler, devenir, paraître*, etc.).

  Cette promenade est très agréable. Attention, le chemin devient boueux.

Astuce

COD et attribut

Le COD et l'attribut du sujet se trouvent de la même manière : en posant la question *quoi ?* derrière le verbe. S'il s'agit du verbe *être* ou d'un verbe d'état, c'est un attribut du sujet ; sinon, c'est un COD.

2. Les fonctions facultatives

- Le **CC de lieu** répond à la question **Où ?** posée derrière le verbe.

  Je vis à Paris. Je vis où ? À Paris. À Paris est CC de lieu du verbe vis.

- Le **CC de temps** répond à la question **Quand ?** posée derrière le verbe.

  Demain, j'irai faire des courses. J'irai quand ? Demain. Demain est CC de temps du verbe irai.

- Le **CC de manière** répond à la question **Comment ?** posée derrière le verbe.

  Ce soir, je mangerai avec appétit ! Je mangerai comment ? Avec appétit. Avec appétit est CC de manière du verbe mangerai.

Astuce

Complément circonstanciel ou non ?

Pour s'assurer qu'un mot ou un groupe de mots est bien un complément circonstanciel, il faut essayer de le déplacer ou de le supprimer : si cela fonctionne, c'est qu'il s'agit bien d'un complément circonstanciel.

Entraînement

1 Dans les phrases suivantes, indique la classe et la fonction du mot ou des mots soulignés.

	Classe grammaticale	Fonction grammaticale
a. Demain, le professeur rendra les évaluations.		
b. Hier, nous sommes allés nous promener.		
c. Il a acheté une grande maison.		
d. Avez-vous vu mon livre ?		
e. Cette fille semble jeune.		
f. Il lui donne son cadeau.		
g. Il a gentiment proposé de l'aider.		

LES FONCTIONS LIÉES AU NOM

Le groupe nominal est composé au moins d'un déterminant et d'un nom, mais il peut également comporter une expansion du nom.

1. La fonction épithète

- Un mot est épithète lorsqu'il est relié directement au nom. Cette fonction est souvent occupée par un **adjectif** (*un bon élève*) ou un **groupe adjectival** (*un très bon élève*), mais elle peut être occupée par d'autres mots, comme un **nom** (*une mère poule*).
- L'épithète peut être **antéposée**, c'est-à-dire placée avant le nom (*un bon élève*) ou **postposée**, c'est-à-dire placée après le nom (*un élève sérieux*).

2. La fonction complément du nom

- Le complément du nom est en général un nom ou un groupe nominal relié au nom par une préposition (souvent *de*, *à*, *en*).

  une pomme de pin, *des patins à roulettes*, *un verre en cristal*.

3. La fonction apposition

- Un nom peut également être complété par un mot ou un groupe de mots placé **en dehors du groupe nominal**. L'apposition se caractérise en outre par le fait qu'elle est détachée du nom par des **virgules**. Cette fonction est souvent occupée par un **adjectif** ou un **groupe adjectival** (*Cet élève, très sérieux, a obtenu de très bonnes notes.*), mais elle peut être occupée par d'autres mots, comme un **groupe nominal** (*Cet enfant, très bon élève, est très cultivé.*).

Attention

Il ne faut pas confondre un complément du nom avec un complément circonstanciel.
Il conduit la voiture de son père. (Complément du nom car complète le nom *voiture*)
Il a sorti la voiture du garage. (Complément circonstanciel de lieu car complète le verbe a sorti) Contrairement au complément du nom, le complément circonstanciel peut être déplacé. *Du garage, il a sorti la voiture.*

As-tu retenu ?

1 Vrai ou faux ?

A. Un mot épithète se trouve toujours devant le nom.

- ❐ Vrai
- ❐ Faux

B. Un complément du nom est introduit par une préposition.

- ❐ Vrai
- ❐ Faux

C. L'apposition fait partie du groupe nominal.

- ❐ Vrai
- ❐ Faux

Entraînement

2 Donne la fonction du mot ou groupe de mots souligné.

A. Le large soleil jette aux champs sa flamme cuisante.

- ❐ Épithète
- ❐ Complément du nom
- ❐ Apposition

B. Les fermes normandes semblent de petits bois, enfermées dans leur ceinture de hêtres élancés.

- ❐ Épithète
- ❐ Complément du nom
- ❐ Apposition

C. Ils rêvent de posséder une maison de campagne.

- ❐ Épithète
- ❐ Complément du nom
- ❐ Apposition

3 Dans quelles phrases le groupe souligné est-il un complément du nom ?

- ❐ A. La fin des vacances approche à grands pas.
- ❐ B. Vous discuterez de vos projets demain.
- ❐ C. Thomas me propose une promenade en barque.
- ❐ D. Jeanne regardait le ciel d'un air rêveur.
- ❐ E. Quelle heure est-il à l'horloge du salon ?

Français

LES COMPLÉMENTS CIRCONSTANCIELS DE CAUSE, DE CONSÉQUENCE ET DE BUT

Les compléments circonstanciels constituent une fonction facultative liée au verbe (ils sont supprimables et souvent déplaçables). Tu connais déjà les compléments circonstanciels de temps, de lieu et de manière.

1. Le complément circonstanciel de cause

- Le **CC de cause** donne l'explication de l'action.
- Il est introduit par *de*, *par*, *pour*, *à cause de*, *à force de*, *faute de*, etc.

  André est mort de fatigue.

  Il va tomber malade à force de travailler.

2. Le complément circonstanciel de conséquence

- Le **CC de conséquence** exprime le résultat de l'action.
- Il est introduit par *à*, *jusqu'à*, *au point de*, *assez... pour*, etc.

  Il est assez fou pour travailler la veille de son examen.

Astuce

Distinguer ces trois compléments

Le CC de cause répond à la question : *Pour quelle raison ?* Le CC de conséquence répond à la question : *Avec quel résultat ?* Le CC de but répond à la question : *Dans quel but ?*

3. Le complément circonstanciel de but

➔ Le **CC de but** exprime :

- soit le but que l'on cherche à atteindre (prépositions : *pour, afin de, en vue de*) : *Jean bricole pour le plaisir* ;
- soit le but que l'on cherche à éviter (prépositions : *de peur de, de crainte de*) : *Jeanne a travaillé toute la nuit de peur d'échouer à son examen*.

As-tu retenu?

1 Relie chaque complément circonstanciel à la question qui permet de le trouver.

1. CC de cause •	• A. Avec quel résultat ?
2. CC de conséquence •	• B. Dans quel but ?
3. CC de but •	• C. Pour quelle raison ?

Entraînement

2 Donne la fonction du mot ou groupe de mots souligné.

A. Il est malade pour avoir trop mangé de chocolat.

- ❒ CC de cause
- ❒ CC de conséquence
- ❒ CC de but

B. Valérie travaille pour aider sa famille.

- ❒ CC de cause
- ❒ CC de conséquence
- ❒ CC de but

C. Elle est assez orgueilleuse pour ne rien dire.

- ❒ CC de cause
- ❒ CC de conséquence
- ❒ CC de but

D. Lucie est rouge de honte.

- ❒ CC de cause
- ❒ CC de conséquence
- ❒ CC de but

LES PROPOSITIONS INDÉPENDANTES : JUXTAPOSITION ET COORDINATION

Une phrase complexe contient plusieurs verbes conjugués et donc plusieurs propositions.

1. Définitions

- Une proposition est un groupe de mots organisés autour d'un verbe conjugué (son sujet et éventuellement son ou ses compléments). Une phrase contient donc autant de propositions que de verbes conjugués.
- Ces propositions peuvent être reliées de différentes manières. Lorsqu'elles sont indépendantes (c'est-à-dire qu'elles peuvent fonctionner l'une sans l'autre), elles peuvent être **juxtaposées** ou **coordonnées**.

2. Juxtaposées ou coordonnées

- Deux propositions **juxtaposées** sont reliées par un signe de ponctuation (virgule, point-virgule ou deux points).

  [La lune brille] ; [les toits luisent].

- Deux propositions **coordonnées** sont reliées par une conjonction de coordination (*mais, ou, et, or, ni, car*) ou un adverbe (*donc, puis, alors, cependant*, etc.).

  [La lune brille] et [les toits luisent].

Astuce

Pour vérifier que deux propositions sont bien indépendantes, vérifie que chaque proposition peut exister seule, comme une phrase simple.

As-tu retenu ?

1 Ces phrases complexes contiennent deux propositions : sont-elles juxtaposées ou coordonnées ?

A. Des vaches s'étaient égarées sur la voie : le train s'arrêta en pleine campagne.

- ❒ Juxtaposées
- ❒ Coordonnées

B. Des vaches s'étaient égarées sur la voie donc le train s'arrêta en pleine campagne.

- ❒ Juxtaposées
- ❒ Coordonnées

C. Le train s'arrêta en pleine campagne, des vaches s'étaient arrêtées sur la voie.

- ❒ Juxtaposées
- ❒ Coordonnées

Entraînement

2 Dans les phrases suivantes, remplace le signe de ponctuation par une conjonction de coordination.

1. Pierre tombait de fatigue, il avait trop travaillé. •	• A. *mais*
2. Nous avions mis la table dehors ; il a plu. •	• B. *et*
3. Il embrasse sa mère, il monte dans le bus. •	• C. *or*
4. Marie a été accusée : elle était absente. •	• D. *car*

3 Pour chaque phrase (extraite de l'œuvre de Théophile Gautier), sélectionne le bon découpage.

Phrase 1 :

- ❒ A. [Tout à coup, un tumulte se fit entendre] [à l'autre bout du pont et la foule courut au bruit].
- ❒ B. [Tout à coup, un tumulte se fit entendre à l'autre bout du pont] et [la foule courut au bruit].

Phrase 2 :

- ❒ A. [Ce n'étaient qu'estocades simulées, ces fausses querelles avaient pour but de produire un rassemblement] [pour que, parmi la foule, les coupe-bourses puissent faire leurs coups].
- ❒ B. [Ce n'étaient qu'estocades simulées], [ces fausses querelles avaient pour but de produire un rassemblement] [pour que, parmi la foule, les coupe-bourses puissent faire leurs coups].

LA PROPOSITION SUBORDONNÉE RELATIVE

Une proposition subordonnée est une proposition qui dépend d'une proposition principale. Elle ne peut exister toute seule. Elle est introduite par un mot subordonnant comme *que, qui, quand, lorsque, parce que, bien que…* Pour analyser une phrase complexe comprenant une ou plusieurs subordonnées, il faut repérer les mots subordonnants et couper la phrase en propositions : la principale et la subordonnée (ou les subordonnées).

1. Définitions

- Une proposition subordonnée relative est introduite par un **pronom relatif** simple : *qui, que, dont, où*, ou composé : *lequel, auquel, duquel…*

  Le chat [que l'on m'a donné] est un bon chasseur de souris.

- Elle complète un nom ou un pronom appelé **antécédent** et dont elle est une expansion. Autrement dit, elle joue le même rôle qu'un adjectif qualificatif épithète.

  Ma voisine a plusieurs chats [qui ne cessent de se battre entre eux]. La subordonnée relative *qui ne cessent de se battre entre eux* est une expansion du nom *chats*.

- Lorsqu'elle n'a pas d'antécédent, elle peut **remplacer un GN** et avoir différentes fonctions :

  - Sujet : *Qui ne tente rien n'a rien.*
  - COD : *Invitez qui vous voulez.*
  - COI : *Cette invitation s'adresse à qui voudra.*

Astuce

Pour trouver la fonction du pronom relatif, procède comme d'habitude : pose une question derrière le verbe de la subordonnée pour trouver l'antécédent repris par le pronom relatif. Par exemple, dans la phrase *La robe [que tu m'as offerte] est déchirée.*, pour trouver *La robe*, que reprend le pronom relatif *que*, je pose la question *quoi* ? derrière *tu m'as offert* : *Tu m'as offert quoi* ? La robe, que reprend le pronom relatif *que* qui est donc COD du verbe *as offert*.

2. Fonction du pronom relatif dans la subordonnée relative

- Le pronom relatif occupe une fonction variable dans la proposition subordonnée relative.

  On entend le vent [qui mugit]. Le pronom relatif *qui* représente le groupe nominal *le vent* et occupe la fonction de sujet du verbe *mugit*.

  La console de jeux [dont je t'ai parlé] est en vente. Le pronom relatif *dont* représente le groupe nominal *la console de jeux* et occupe la fonction de COI du verbe *parlé*.

- Connaître la fonction du pronom personnel permet de savoir s'il faut accorder le participe passé. Ici, comme le pronom personnel est COI et non COD, on n'accorde pas le participe passé.

3. Récapitulons !

- **La phrase complexe (au moins deux verbes conjugués)**

  - Les propositions indépendantes
    - Propositions juxtaposées
    - Propositions coordonnées
  - Les propositions dépendantes (principale et subordonnée)
    - Proposition subordonnée relative

Mémo

Les pronoms relatifs courants ne changent jamais de fonction : *qui* est toujours sujet, *que* COD, *où* CC de lieu ou de temps et *dont* COI ou complément du nom.

Entraînement

1 Relie chaque phrase au pronom relatif manquant

1. Que penses-tu de la nouvelle voiture... j'ai achetée ?	A. *auxquelles*
2. Fais attention, c'est un objet... je tiens !	B. *que*
3. Voici le projet... je vous avais parlé.	C. *dont*
4. Le joueur raconte les actions... il a participé.	D. *auquel*
5. Il a acquis l'expérience... lui manquait tant.	E. *qui*

2 Dans les phrases suivantes, mets la proposition subordonnée relative entre crochets, souligne le pronom relatif et donne sa fonction.

A. Le tableau que nous lui avons offert lui a beaucoup plu.

B. Nous sommes retournés dans le village où nous avons grandi.

C. Il n'est pas d'accord avec les changements dont nous avons pourtant beaucoup discuté.

LA PROPOSITION SUBORDONNÉE CONJONCTIVE

La subordonnée conjonctive, introduite par une conjonction de subordination, peut-être complétive, interrogative indirecte ou circonstancielle. Comment la reconnaître et l'utiliser ?

1. Définitions

- Une proposition subordonnée conjonctive est introduite par une **conjonction de subordination** : *que, quand, lorsque, comme, parce que, pour que*, etc.

  Les pêcheurs attendent pour sortir [que la tempête se calme].

- Elle complète un **verbe** qui se trouve dans la proposition principale.

  Nous avons voulu [qu'ils se retrouvent ici.]

2. Différentes propositions subordonnées conjonctives

- La proposition subordonnée conjonctive **complétive** se rattache au verbe de la principale dont elle le plus souvent le COD.

  Les habitants attendent [que les chasseurs reviennent]. Les habitants attendent quoi ? que les chasseurs reviennent. La proposition subordonnée complétive est bien COD.

Attention

Il ne faut pas confondre *que* pronom relatif (qui introduit une proposition subordonnée relative et reprend un antécédent) et *que* conjonction de subordination (qui introduit une proposition subordonnée conjonctive et qui n'a aucune fonction).

- La proposition subordonnée conjonctive **interrogative indirecte** est introduite par un mot interrogatif (pronom, déterminant ou adverbe) : elle peut être transformée en question.

  Les gens du village se demandent [si le mauvais temps durera longtemps].

  → *Le mauvais temps durera-t-il longtemps ?*

- La proposition subordonnée conjonctive **circonstancielle** indique dans quelle(s) circonstance(s) a lieu l'action principale. Comme un complément circonstanciel, elle peut être déplacée et supprimée. Elle est introduite par une conjonction (*quand*, *comme*, *si*, *lorsque*, etc.) ou une locution conjonctive (*dès que*, *parce que*, *si bien que*, *pour que*, etc.).

  Je travaillerai [pendant que tu dormiras].

  [Comme il a fini ses devoirs], je l'ai autorisé à sortir.

3. Récapitulons !

La phrase complexe (au moins deux verbes conjugués)

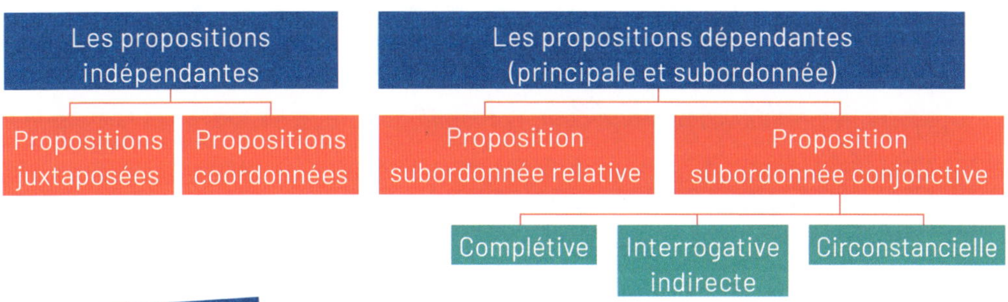

As-tu retenu?

1 À quelle classe grammaticale le mot subordonnant entre crochets appartient-il ?

A. Et je m'en vais / Au vent mauvais / [Qui] m'emporte. (Paul Verlaine)

☐ Pronom relatif

☐ Conjonction de subordination

B. Je suis venu te dire [que] je m'en vais.

☐ Pronom relatif

☐ Conjonction de subordination

C. J'ai longtemps vécu sous de larges portiques / [Que] des soleils marins teignaient de mille feux. (Charles Baudelaire)

☐ Pronom relatif

☐ Conjonction de subordination

D. J'ai rêvé [que] je marchais vite. Sur les routes du Tyrol. (Paul Éluard)

☐ Pronom relatif

☐ Conjonction de subordination

LES PAROLES RAPPORTÉES

Dans un texte, en particulier dans un récit, on est souvent amené à rapporter des paroles d'un ou plusieurs personnages. On a le choix entre le discours direct, le discours indirect et le discours indirect libre. Il faut savoir les utiliser mais aussi les reconnaître.

1. Le discours direct

- Quand on rapporte les paroles comme elles ont été prononcées, en faisant référence à la situation d'énonciation d'origine, on produit du **discours direct**.
- Celui-ci se caractérise par une ponctuation particulière : deux-points, guillemets, tirets.

  Il advint un jour que le père voulut se rendre à la foire. Il demanda à ses filles ce qu'il devait leur rapporter :

  « Mais toi, Cendrillon, que désires-tu ? dit-il.

  – Père, le premier rameau qui, sur le chemin du retour, heurtera votre chapeau, cueillez-le pour moi. »
- Dans un récit, on appelle **dialogue** les paroles des personnages rapportées au discours direct. Leur présence rend le récit plus vivant.

2. Le discours indirect

- À l'inverse du discours direct, le **discours indirect** est intégré au récit initial.
- Il ne comporte aucune marque de la situation d'énonciation dans laquelle les paroles rapportées ont été dites.
- Deux-points, guillemets et tirets disparaissent. Les paroles sont rapportées dans des subordonnées complément d'objet, commandées par des verbes de déclaration ou d'interrogation.

  Le père de Cendrillon demanda à sa fille ce qu'elle désirait. La jeune fille répondit qu'un rameau lui suffirait.

Astuce

Le discours indirect libre est un mélange entre le discours direct (les phrases exclamatives et interrogatives, les marques d'oralité et l'absence de proposition subordonnée) et le discours indirect (ni tiret, ni guillemets, les pronoms, les temps verbaux et les paroles résumées).

- Au discours indirect, les paroles ne sont pas toujours rapportées fidèlement ; elles sont souvent résumées par le locuteur.
- Quand les paroles sont à ce point condensées qu'elles ne sont plus traduites que par un mot ou une expression appartenant au vocabulaire de la parole, on a du **discours raconté** (ou **discours narrativisé**).

  Le père de Cendrillon interrogea sa fille sur ses désirs. Elle lui exprima ses vœux.

3. Le discours indirect libre

- Dans le discours **indirect libre**, le narrateur rapporte des paroles sans dire qu'il le fait. On le rencontre principalement dans des récits à narrateur omniscient adoptant le point de vue particulier d'un personnage.

  Le père de Cendrillon interrogea sa fille sur ses désirs. Un rameau lui suffirait.

Entraînement

1 Lis le texte suivant puis transpose-le au discours direct.

L'hôtelier lui dit qu'il n'y avait dans son château aucune chapelle où passer la veillée d'armes, parce qu'on l'avait abattue pour en bâtir une neuve ; mais qu'il pourrait veiller dans la cour du château. (Cervantès, *Don Quichotte*)

....
....
....
....
....
....
....
....
....
....
....
....

Français

LES VALEURS DU PRÉSENT DE L'INDICATIF

Le présent exprime un fait qui se produit au moment de l'énonciation. *Paul travaille sur son ordinateur.* Il peut aussi évoquer, par extension, d'autres types de faits.

1. Des faits appartenant à un passé proche ou un futur proche

Jean sort d'ici. (passé récent)

Léa revient dans un instant. (futur proche)

2. Des faits habituels ou répétés

Paul se lève à huit heures le matin.

3. Des faits valables de tout temps (présent de vérité générale)

- C'est le temps utilisé dans les définitions, les proverbes.

  Paul est un garçon sympathique.

  L'eau bout à cent degrés.

  Qui dort dîne.

4. Des faits passés présentés comme s'ils se déroulaient

- C'est le **présent de narration**, utilisé dans un récit au passé. Cet emploi permet de donner plus de vie au récit.

  C'était il y a un an. Nous nous promenions dans la forêt. Soudain, Paul aperçoit une vipère...

As-tu retenu ?

1 Relie chaque exemple à la valeur correspondante.

1. À chaque fois, je me trompe.
2. Je te remercie de ta lettre.
3. Les tortues vivent très longtemps.
4. Je vais à la piscine ce soir.
5. Je viens de partir de la maison.
6. Les hommes dormaient. Soudain éclate un coup de feu.

- A. Présent d'énonciation
- B. Présent de vérité générale
- C. Présent de narration
- D. Présent d'habitude
- E. Passé proche
- F. Futur proche

2 Le présent de l'indicatif est le temps privilégié du discours ancré dans la situation d'énonciation.

- ❒ Vrai
- ❒ Faux

3 Le présent de l'indicatif peut être utilisé à la place d'un passé pour rendre le texte plus vivant.

- ❒ Vrai
- ❒ Faux

Entraînement

4 Coche les phrases contenant un verbe au présent de vérité générale.

- ❒ A. La vérité sort de la bouche des enfants.
- ❒ B. À quatre heures, je tonds la pelouse.
- ❒ C. Le loup est un animal solitaire.
- ❒ D. C'est alors qu'il prend son fusil et tire.
- ❒ E. Martin vient tout juste de sortir.
- ❒ F. Dans l'espace, personne ne vous entend crier.

LES TEMPS DU PASSÉ

L'imparfait et le passé simple sont deux temps du passé.

1. L'imparfait

- Les terminaisons de l'**imparfait**, *-ais, -ais, -ait, -ions, -iez, -aient*, s'ajoutent au radical du verbe conjugué à la 1re personne du pluriel au présent.
- Prenons l'exemple du verbe *prendre*. Au présent, *nous prenons* ; → à l'imparfait : *je prenais, tu prenais*, etc.
- Attention à ne pas oublier le *-i-* des terminaisons *-ions* et *-iez* : *nous travaillions, nous criions, vous balayiez*, etc.

2. Le passé simple

- Les terminaisons du **passé simple** dépendent du groupe auquel appartient le verbe.

<table>
<tr><td colspan="2">Verbes du 1er groupe en -er</td><td>Passé simple en a</td><td>je parlai, tu parlas, il parla, nous parlâmes, vous parlâtes, ils parlèrent</td></tr>
<tr><td colspan="2">Verbes du 2e groupe en -ir
(qui se conjuguent en -issons au présent avec nous)</td><td>Passé simple en i</td><td>je finis, tu finis, il finit, nous finîmes, vous finîtes, ils finirent</td></tr>
<tr><td rowspan="3">Verbes du 3e groupe</td><td>• Verbes en -re
• Verbes en -ir
• asseoir et voir</td><td>Passé simple en i</td><td>je pris, tu pris, il prit, nous prîmes, vous prîtes, ils prirent</td></tr>
<tr><td>• Verbes en -oir et -oire
• mourir et courir
• Quelques verbes en -re (connaître, conclure, lire, vivre...)</td><td>Passé simple en u</td><td>je bus, tu bus, il but, nous bûmes, vous bûtes, ils burent</td></tr>
<tr><td>Verbes construits à partir de venir et tenir</td><td>Passé simple en in</td><td>je vins, tu vins, il vint, nous vînmes, vous vîntes, ils vinrent</td></tr>
</table>

Astuce

Le radical du passé simple varie beaucoup en fonction des verbes. Il n'y a pas de règle fixe. Le radical peut être obtenu par suppression de la terminaison de l'infinitif (*parl-* pour le verbe *parler*), il peut présenter une forme réduite (*b-* pour *boire*), et d'autres présentent encore une forme particulière (*je vécus* pour *vivre*). On peut retenir la 3e personne du singulier pour retenir le radical d'un verbe au passé simple.

As-tu retenu ?

1 Ces verbes sont-ils conjugués à l'imparfait ?

A. tu espérais

❒ Oui

❒ Non

B. vous chantiez

❒ Oui

❒ Non

Entraînement

2 Mets les verbes entre parenthèses à l'imparfait de l'indicatif.

A. Quand j'(avoir) .... ton âge, je (nager) .... très bien le crawl.

B. Il (se distinguer) .... des autres par sa crinière rousse.

C. Plus jeunes, nous (essayer) .... de sortir en cachette.

D. Vous (loger) .... à six dans cet appartement de 60 mètres carrés.

E. Lorsque Gilles habitait ici, nous (se voir) .... chaque jour.

3 Mets les verbes entre parenthèses au passé simple.

Paul et Anne discutaient. Luc et Zoé les (rejoindre) ....

Ils (entamer) .... une partie de cartes. Celle-ci à peine commencée, Paul (accuser) .... Luc de tricher.

Anne (interrompre) .... le jeu et (servir) .... des menthes à l'eau. Grâce à elle, la partie de cartes (pouvoir) .... reprendre dans le calme.

LES TEMPS COMPOSÉS

Les quatre temps composés de l'indicatif sont formés de l'auxiliaire *avoir* ou *être* conjugué aux temps simples, suivi du participe passé du verbe.

1. Le passé composé

- Au **passé composé**, l'auxiliaire est au **présent**.

  J'ai vu, elle est venue

- Le passé composé exprime l'antériorité par rapport à une action au présent.

  Ma mère a fini de préparer le repas ; je lui montre mes devoirs et lui récite mes leçons.

2. Le plus-que-parfait

- Au **plus-que-parfait**, l'auxiliaire est à l'**imparfait**.

  J'avais vu, elle était venue

- Le plus-que-parfait exprime l'antériorité par rapport à une action à l'imparfait.

  Quand sa mère avait fini de préparer le repas, il lui montrait ses devoirs et lui récitait ses leçons.

3. Le passé antérieur

- Au **passé antérieur**, l'auxiliaire est au **passé simple**.

  J'eus vu, elle fut venue

- Le passé antérieur exprime l'antériorité par rapport à une action au passé simple.

  Quand sa mère eut fini de préparer le repas, il lui montra ses devoirs et lui récita ses leçons.

Astuce

Chaque temps composé exprime l'antériorité du temps de son auxiliaire !

4. Le futur antérieur

- Au **futur antérieur**, l'auxiliaire est au **futur simple**.

  J'aurai vu, elle sera venue

- Le futur antérieur exprime l'antériorité par rapport au futur simple.

  Dans une heure, ma mère aura fini de préparer le repas. Je lui montrerai mes devoirs et réciterai mes leçons.

Mémo

Temps de l'action	Antériorité au...
Présent	PASSÉ COMPOSÉ
Imparfait	PLUS-QUE-PARFAIT
Passé simple	PASSÉ ANTÉRIEUR
Futur	FUTUR ANTÉRIEUR

Entraînement

1 Complète les formes verbales avec l'auxiliaire correctement conjugué qui convient.

A. (plus-que-parfait) Elle .... restée muette et n'................................ su que dire.

B. (passé antérieur) J'................................ bientôt terminé et .... délivré de ce souci.

C. (futur antérieur) Dès que tu .... arrivé, nous partirons à la pêche.

D. (passé composé) Nous .... bien mangé et .... sortis rassasiés.

2 Conjugue les verbes entre parenthèses au temps composé approprié, en t'aidant du contexte. Attention à l'accord du participe passé !

A. Ma mère plie le drap que nous .... (utiliser) la nuit dernière.

B. Quand tu .... (finir) tes devoirs, tu pourras aller jouer.

C. Lorsqu'elle .... (recevoir) son argent de poche, elle courut acheter des bonbons.

D. Il lisait sans cesse le message que sa fiancée lui .... (envoyer).

LES VALEURS DES TEMPS DU PASSÉ

Dans un texte au passé, et notamment dans un récit, on alterne entre passé simple et imparfait, car ces deux temps n'ont pas la même utilité, la même valeur. Il faut connaître les valeurs de ces deux temps afin de savoir lequel utiliser au bon moment.

1. L'imparfait

- L'imparfait présente une action passée **en cours** d'accomplissement (**non achevée**).

  Dans la gare déserte, Ted attendait l'arrivée de l'omnibus.

- Dans un récit au passé, c'est le temps utilisé pour rapporter les actions de **second plan**, les faits **permanents ou habituels**, tout ce qui forme le cadre du récit. Il est donc utilisé pour **décrire**.

  Le chef de gare était petit et joufflu. Il portait une moustache. Tous les jours il venait regarder les trains passer.

- L'imparfait sert également à évoquer des actions **simultanées** (qui se déroulent en même temps).

  Le chef de gare somnolait tandis que les trains passaient.

2. Le passé simple

- Le passé simple présente une action survenue à un moment **précis** du passé.
- Dans un récit au passé (coupé de la situation d'énonciation), c'est le temps utilisé pour rapporter les actions de **premier plan** qui forment la trame du récit.

  Le train entra en gare. Quelques voyageurs descendirent...

Astuce

Pour déterminer la valeur d'un verbe au passé, il faut avant tout déterminer son temps : s'agit-il d'un verbe à l'imparfait ou au passé simple ?

- Dans une phrase à l'imparfait, le passé simple exprime un événement survenu **au cours** d'une autre action.

  Le chef de gare somnolait (imparfait) quand le train repartit (passé simple).

- Le passé simple sert également à évoquer des actions **successives** (qui se déroulent l'une après l'autre).

  Le chef de gare se leva, attrapa son sifflet et courut vers le quai.

As-tu retenu ?

1 Vrai ou faux ?

A. Le passé simple est utilisé pour présenter des faits survenus à un moment précis du passé et désormais achevés.

- ❐ Vrai
- ❐ Faux

B. Dans un récit, le passé simple sert à présenter les faits de second plan et l'imparfait, les faits de premier plan.

- ❐ Vrai
- ❐ Faux

C. Dans *Il se levait chaque jour à cinq heures du matin*, l'imparfait a une valeur d'habitude.

- ❐ Vrai
- ❐ Faux

Entraînement

2 Relie chaque phrase à la valeur correspondante.

1. Les mauvaises herbes envahissaient ce jardin. •	• A. Imparfait d'habitude
2. Il s'avança et interpella le roi. •	• B. Passé simple de 1er plan
3. Chaque matin, elle observait l'océan. •	• C. Imparfait de description.
4. Tandis que tous discutaient, il prit la parole. •	• D. Passé simple d'actions successives

3 Conjugue les verbes entre parenthèses au passé simple ou à l'imparfait, selon le sens.

Un homme s'éloignait d'un pas rapide. Elles le .... (voir) qui .... (passer) près de l'ancienne chapelle et qui .... (se diriger) vers une petite porte dont le mur était percé. Cette porte .... (devoir) être ouverte car l'homme .... (disparaître) subitement, et elles n'............................ (entendre) point le grincement habituel des gonds. (Maurice Leblanc, *L'Aiguille creuse*)

Français

LE CONDITIONNEL

Le conditionnel est un temps de l'indicatif qui présente généralement une action dont la réalisation dépend d'une condition. Le conditionnel accompagne souvent un complément circonstanciel de condition (*Si je l'avais su, je serais resté.*).

1. Valeurs

- Quand il n'est pas associé à un CC de condition, il peut exprimer :
  - une **action imaginaire** (*Nous partirions en fusée.*) ;
  - une **demande** ou un **conseil** atténués par politesse (*Pourrais-tu fermer la porte ?*) ;
  - une **information incertaine** (*Leur maison aurait brûlé.*).

2. Le conditionnel présent

- Le conditionnel présent se forme à partir du **radical du futur** (*j'aimerai*) et des **terminaisons de l'imparfait** (*j'aimais*) : *j'aimerais*.
- Terminaisons :

1er groupe	-erais	-erais	-erait
	-erions	-eriez	-eraient
2e groupe	-irais	-irais	-irait
	-irions	-iriez	-iraient
3e groupe	-rais	-rais	-rait
	-rions	-riez	-raient

3. Le conditionnel passé

- Le conditionnel passé sert à exprimer des **regrets** (*J'aurais dû travailler.*), à faire des **reproches** et à imaginer **des situations irréelles** dans le passé (*Si j'avais été disponible, je t'aurais aidé.*).
- Quel que soit le groupe du verbe, le conditionnel passé se forme avec **l'auxiliaire *avoir* ou *être* au conditionnel présent + participe passé** du verbe.

J'aurais bu	Tu aurais bu	Il aurait bu
Je serais venu	Tu serais venu	Il serait venu

Attention

Ne confonds pas, à la 1re personne du singulier, conditionnel présent et indicatif futur.

Je partirai quand tu seras prêt. (indicatif futur) *Si je pouvais, je partirais faire le tour du monde.* (conditionnel présent).

Pour éviter la confusion, on essaye de mettre le verbe à une autre personne.

- *Il partira quand tu seras prêt.*
- *S'il pouvait, il partirait...*

Entraînement

1 Les verbes soulignés sont-ils au présent du conditionnel ?

A. Si tu es sage, tu auras un cadeau.
- ❐ Oui
- ❐ Non

B. Voudriez-vous reprendre du thé ?
- ❐ Oui
- ❐ Non

C. Si elle pouvait, elle m'emmènerait.
- ❐ Oui
- ❐ Non

D. Tu devrais faire un effort.
- ❐ Oui
- ❐ Non

E. Nous gardions l'espoir de le retrouver.
- ❐ Oui
- ❐ Non

Français

LES FORMES EN -*ANT*

Les formes en *-ant* peuvent être un participe présent, employé comme adjectif ou comme verbe, ou encore un adjectif verbal. On accorde ou non les formes en *-ant* selon le cas.

1. Le participe présent

- Le participe présent formé du radical du verbe et de la terminaison -*ant* remplit souvent la fonction d'**adjectif**. En revanche, il est **invariable**, donc ne prend pas la marque du pluriel ou du féminin pour s'accorder avec le nom qu'il qualifie.

  Des chasseurs sachant chasser doivent savoir chasser sans leur chien !

- Le participe présent est aussi employé comme **verbe** dans des propositions subordonnées participiales. Dans ce cas, il reste également invariable.

  Les camions partant à l'aube, la livraison sera effectuée à l'heure.

- On appelle gérondif un participe présent **précédé de la préposition *en***. Le gérondif est invariable.

  En parlant, elle s'est mordu la lèvre.

Astuce

Faire la différence entre un participe présent et un adjectif verbal

L'adjectif verbal ne peut pas être suivi d'un complément de verbe, au contraire du participe présent. Ex. : *Je viens de voir une enfant déchirant sa robe sur un fil barbelé.* (*déchirant* est ici un participe présent car il est suivi du COD *sa robe*).

L'adjectif verbal de certains verbes ne s'écrit pas de la même manière que le participe présent : *différent* (participe présent = différant), *excellent* (participe présent = excellant), *précédent* (participe présent = précédant)...

2. L'adjectif verbal

- Employé comme **adjectif verbal**, c'est-à-dire comme un simple adjectif qualificatif, le participe n'exprime plus une action mais une qualité du **nom** qu'il qualifie. Dans ce cas, il s'accorde en **genre** et en **nombre** avec ce nom.

  Je viens de retrouver des lettres déchirantes de mon premier fiancé que j'avais quitté car je ne l'aimais plus.

- **Les formes en *-ant***

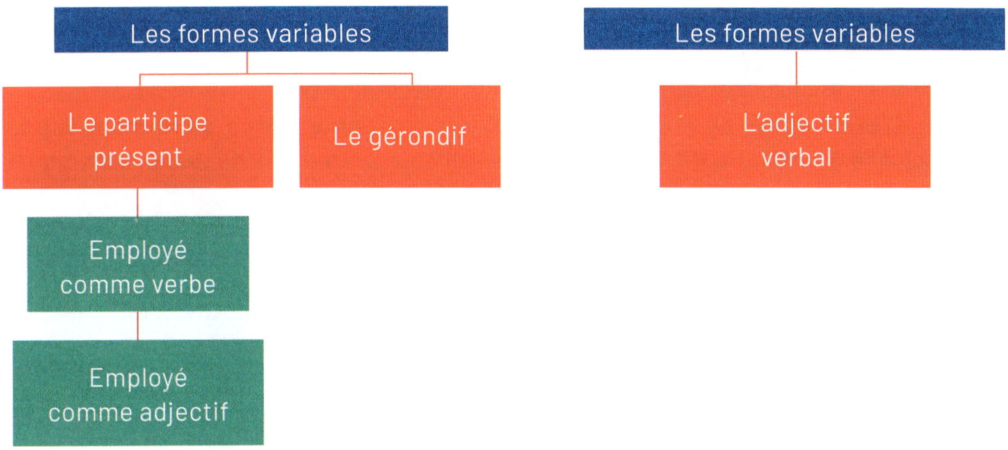

As-tu retenu ?

1 Dans les phrases suivantes, la forme en *-ant* est-elle un participe présent ou un adjectif verbal ?

A. J'ai participé à deux voyages plaisants cet été.

- ❒ Participe présent
- ❒ Adjectif verbal

B. Le soleil se couchant de bonne heure, nous décidâmes de rentrer.

- ❒ Participe présent
- ❒ Adjectif verbal

C. Dansant trois heures d'affilée, cette femme va remporter le concours de la danse la plus longue.

- ❒ Participe présent
- ❒ Adjectif verbal

D. Il a pris du poids en mangeant des croissants tous les matins.

- ❒ Participe présent
- ❒ Adjectif verbal

PRÉFIXES ET SUFFIXES

Le radical est la base, la racine, qui contient le sens principal du mot. Le préfixe s'ajoute devant le radical et le suffixe s'ajoute derrière le radical pour former un mot dérivé.

1. Les préfixes

- Les préfixes s'ajoutent à des verbes, des noms, des adjectifs, **sans changer leur classe grammaticale**. Ainsi, *reporter, transporter*, dérivés du verbe *porter*, sont aussi des verbes.
- Ils ont souvent un **sens précis**.
  - *co-, com-, con-*... viennent du latin *cum* qui signifie avec (***com****porter*).
  - *dé-, des-, dés-, dis-*... expriment la séparation (***dé****part*, ***dis****joindre*).
  - *pré-* exprime l'antériorité (***pré****histoire*, ***pré****fixe*).
- Cependant certains préfixes peuvent avoir des **sens variés**. Ainsi *re-* (variantes : *ré-, r-*) peut exprimer :
  - un mouvement en arrière (***r****abattre*) ;
  - la répétition (***re****dire*) ;
  - le renforcement (***ré****unir*).
- Les préfixes proviennent le plus souvent du **latin** ou du **grec** :
  - les préfixes latins les plus courants sont : *ad-/ac-/ap-* (vers), *anté-* (avant), *com-/con-* (avec), *dé-/dés-* (sans), *ex-* (hors de), *in-/im-/il-/ir-* (privé de ou sans), *pré-* (avant), *re-* (à nouveau) ;
  - les préfixes grecs les plus courants sont : *a-/an-* (sans), *anti-* (contre), *archi-* (au-dessus), *dys-* (mauvais fonctionnement), *hémi-* (moitié), *hyper-* (en excès), *para-* (contre), *péri-* (autour).

Le sais-tu ?

Attention à certains préfixes homophones !

Ainsi *a-* exprime, selon qu'il vient du latin *ad-* ou *ab-*, la direction (amener) ou la privation (amoral).

2. Les suffixes

- Les suffixes servent à former des noms, des adjectifs, des verbes, des adverbes.

  *journal → journal**iste** ; rouge → rouge**âtre** ; chanter → chant**onner***

- L'ajout d'un suffixe change le plus souvent la classe grammaticale du mot.

  *petit (adj.) → petit**esse** (nom) ; fermer (v.) → ferme**ture** (nom) ; peur (nom) → peur**eux** (adj.) ; doux (adj.) → douce**ment** (adv.)*

- Certains préfixes ont un sens précis.
  - *-able*, *-ible* expriment la possibilité (*mange**able**, nuis**ible***).
  - *-ette*, *-illon* ont un sens diminutif (*maisonn**ette**, ois**illon***).
  - *-âtre*, *-ailler* ont un sens péjoratif (*verd**âtre**, cri**ailler***).

- D'autres ont des **sens variés**. Ainsi, le suffixe *-er* n'a pas le même sens dans laiti***er*** (homme qui vend du lait) et dans *pommi**er*** (arbre donnant des pommes).

- Un certain nombre de suffixes courants sont issus du **grec** : *-archie* (*commandement : monarchie*), *-atre* (*qui soigne : pédiatre*), *-cratie* (*pouvoir : démocratie*), *-gamie* (*mariage : monogamie*), *-logie* (*science : biologie*), *-manie* (*passion, obsession : cleptomanie*), *-mètre* (*mesure : millimètre*)...

As-tu retenu ?

1 Associe chaque mot dont le préfixe est issu du grec à sa définition.

1. Antivol •	• A. Qui coupe le vers en deux moitiés égales
2. Parasol •	• B. Qui permet d'empêcher le vol
3. Hémistiche •	• C. Objet qui protège du soleil
4. Hypermarché •	• D. Très grand supermarché

2 Associe chaque mot dont le suffixe est issu du grec à sa définition.

1. Mythomanie •	• A. Qui a l'obsession d'inventer des histoires
2. Centimètre •	• B. Fait d'avoir contracté plusieurs mariages
3. Polygamie •	• C. Pouvoir des riches
4. Ploutocratie •	• D. Mesure : centième d'un mètre

Français

QUELQUES HOMOPHONES COURANTS

Dans la langue française, les homophones grammaticaux sont nombreux et fréquents. Ce sont des mots qui ont la même prononciation mais qui ne s'écrivent pas de la même façon.

1. *si* et *s'y*

- *Si* est un adverbe ou une conjonction de subordination.

  Je suis <u>si</u> contente que tu viennes !

  Dis-moi <u>si</u> cela te plaît.

  <u>Si</u> vous voulez, nous viendrons.

- Il faut écrire *s'y* quand on reconnaît un **verbe pronominal**.

  La souris a vu un trou et <u>s'y</u> glisse. (verbe pronominal *se glisser*)

  Jean <u>s'y</u> connaît en botanique. (verbe pronominal *s'y connaître en*)

2. *ni* et *n'y*

- *Ni* remplace *et* dans les phrases négatives. Il est souvent répété.

  Zoé ne boit <u>ni</u> thé <u>ni</u> café.

  <u>Ni</u> l'un <u>ni</u> l'autre ne parlait.

- *N'y* est constitué de la négation *ne* et du pronom *y*.

  Je <u>n'y</u> comprends rien. (= *Je ne comprends rien à cela.*)

  Personne <u>n'y</u> échappera. (= *Personne n'échappera à cela.*)

Rappel

Un verbe pronominal se conjugue avec un pronom réfléchi de la même personne que le sujet (*se laver, se promener, se souvenir*, etc.).

Astuce

Une négation est composée de *ne* et d'un mot de négation (*pas, point, ni... ni...*). Dans ces deux cas, tu as affaire à une négation : s'il y a le mot *ne* ailleurs dans la proposition, alors il s'agit de *ni* ; en revanche, s'il y a un mot de négation ailleurs dans la proposition, alors il s'agit de *n'y*.

As-tu retenu ?

1 Relie chaque phrase au mot manquant correspondant.

1. Ne parle pas... fort ! •	• A. ni
2. Je... vois aucun inconvénient. •	• B. n'y
3. Il ne fait... chaud... froid. •	• C. si
4. Il finira bien par... faire. •	• D. s'y

Entraînement

2 Dans chaque phrase, entoure la forme qui convient.

A. Jeanne est partie en Angleterre. Elle si / s'y plaît énormément.
B. Appelle-moi si / s'y nécessaire.
C. Il n'a pas su si / s'y attacher.
D. Si / S'y le temps le permet, nous irons à la plage lundi.
E. Aurélie si / s'y connaît, elle sait si / s'y bien si / s'y prendre avec les animaux !

3 Dans chaque phrase, entoure la forme qui convient.

A. Je n'ai plus ni / n'y crayon ni / n'y gomme.
B. Nous ni / n'y arriverons jamais si tu ni / n'y mets pas du tien.
C. Il ni / n'y a rien de vrai dans ce qu'il m'a dit.
D. Ni / N'y le vent ni / n'y la pluie n'ont découragé les concurrents.
E. Il ni / n'y a plus de brouillard, ni / n'y de brume.

LE STATUT DU NARRATEUR ET LES POINTS DE VUE

Dans un récit, le narrateur est celui qui raconte l'histoire. Celui-ci peut être un personnage de l'histoire, ou extérieur à l'histoire. Il peut par ailleurs raconter l'histoire selon différents points de vue.

1. Le point de vue omniscient

- Le narrateur sait tout des personnages : leurs sentiments, leurs pensées, leur passé, leur avenir. Il peut tout voir et raconter ce qui se passe en plusieurs lieux différents en même temps.

  En 1809, Mme Descoings, qui ne disait point son âge, avait soixante-cinq ans. Nommée dans son temps la belle épicière, elle était une de ces femmes si rares que le temps respecte [...]. (Honoré de Balzac, La Rabouilleuse*)*

- Dans ce récit, le narrateur connaît l'âge de Mme Descoings alors qu'elle le cache et il connaît son passé (« dans son temps »).

2. Le point de vue interne

- Le narrateur sait tout d'un seul personnage et rapporte les événements du récit à travers les yeux de celui-ci : on n'en sait pas plus que ce personnage. Le plus souvent, le récit est fait à la première personne. On parle alors de **narrateur-personnage**.

  J'étais arrivé à la porte, et je me redressai. Je ne pus rien distinguer à l'intérieur où régnaient d'opaques ténèbres. D'autre part, je n'entendais que le ronflement régulier des dormeurs, et, parfois, de petits bruits semblables à des froissements de plumes ou à des coups de bec, parfaitement inexplicables pour moi. (Robert Louis Stevenson, L'Île au trésor*)*

Astuce

Le point de vue omniscient peut être comparé à Dieu (qui voit tout et sait tout), le point de vue interne au plan subjectif au cinéma (à travers les yeux d'un personnage) ou au FPS (*first person shooter*) dans les jeux vidéo, et le point de vue externe à une simple caméra de surveillance.

- Il peut toutefois arriver qu'au point de vue interne, le récit soit fait à la troisième personne, à travers les yeux d'un personnage.

  Charles monta, au premier, voir le malade. Il le trouva dans son lit, suant sous ses couvertures et ayant rejeté bien loin son bonnet de coton. C'était un gros petit homme de cinquante ans, à la peau blanche, à l'œil bleu, chauve sur le devant de la tête, et qui portait des boucles d'oreilles. (Gustave Flaubert, Madame Bovary*)*

3. Le point de vue externe

- Le narrateur n'est qu'un témoin : il observe les personnages, mais ne connaît ni leurs pensées, ni leurs émotions. Il raconte de façon neutre.

  Un curé traverse la route en portant une pendule. Un canon anglais passe au grand galop, les chevaux fouettés par les artilleurs français. Un colonel nu-tête fait ses grands pas dans l'herbe. De sa main gauche il tient une boîte de sardines ouverte. Il trempe le pain dans l'huile et il pompe à pleine bouche. (Jean Giono, Le Grand Troupeau*)*

Attention

Une même œuvre, voire un même extrait, peuvent alterner différents points de vue.

Entraînement

1 Dis à quel point de vue sont écrits les récits suivants.

A. Huit jours après son mariage, Camille déclara nettement à sa mère qu'il entendait quitter Vernon et aller vivre à Paris. [...] Madame Raquin ne dormit pas de la nuit. La décision de Camille bouleversait sa vie, et elle cherchait désespérément à se refaire une existence. Peu à peu, le calme se fit en elle. (Émile Zola, *Thérèse Raquin*)

- ❒ Point de vue omniscient
- ❒ Point de vue interne
- ❒ Point de vue externe

B. J'avais dix-sept ans, et j'achevais mes études de philosophie à Amiens [...]. Je menais une vie si sage et si réglée, que mes maîtres me proposaient pour l'exemple du collège. Non que je fisse des efforts extraordinaires pour mériter cet éloge, mais j'ai l'humeur naturellement douce et tranquille. (l'abbé Prévost, *Manon Lescaut*)

- ❒ Point de vue omniscient
- ❒ Point de vue interne
- ❒ Point de vue externe

QUELQUES FIGURES DE STYLE

Une figure de style est une façon d'écrire originale qui permet de rendre le propos plus expressif, plus vivant ou encore plus convaincant. Il en existe plein !

1. Les figures par analogie

- Les figures par analogie rapprochent deux éléments qui ont un ou plusieurs points communs. On les utilise pour imager ce qu'on décrit.

La comparaison	Elle rapproche deux éléments au moyen d'un **mot comparatif**.	*[La mer](comparé) est [comme](outil de comparaison)[un miroir] (comparant).*
La métaphore	C'est une **comparaison implicite**, sans mot comparatif.	*[La mer](comparé) est [un miroir](comparant). (Paul Verlaine)*
La personnification	Elle attribue des **caractéristiques humaines** à un objet ou un animal.	*La rue assourdissante autour de moi hurlait. (Charles Baudelaire)*
L'allégorie	Elle décrit une idée **abstraite** en employant une image **concrète** (souvent un être vivant).	*Je vis cette faucheuse. Elle était dans son champ. (Victor Hugo)* *la faucheuse = la mort*

2. Les figures d'insistance

L'hyperbole	C'est une **exagération**.	*Ses moindres actions lui semblent des miracles. (Molière)*
La gradation	C'est une énumération de termes **de plus en plus forts**.	*Va, cours, vole et me venge. (Pierre Corneille)*
Le parallélisme	Elle répète **une même construction** plusieurs fois de suite.	*J'ai tendresse pour toi, j'ai passion pour elle. (Pierre Corneille)*
L'anaphore	Elle répète un même mot ou groupe de mots **au début** de propositions ou de phrases successives.	*Il y a des petits ponts épatants Il y a mon cœur qui bat pour toi Il y a une femme triste sur la route. (Guillaume Apollinaire)*

3. Les figures d'opposition

L'antithèse	Elle place deux mots contraires dans une même proposition ou une même phrase.	*Tu fais des bulles de silence dans le désert des bruits. (Paul Éluard)*
L'oxymore	Elle place deux mots contraires dans un même groupe nominal.	*Cette obscure clarté (Pierre Corneille)*

Entraînement

1 Relie chaque extrait à la figure d'analogie correspondante.

1. Sa barbe était d'argent comme un ruisseau d'avril. (Victor Hugo) •
2. Le soleil aussi attendait Chloé. (Boris Vian) •
3. L'Habitude venait me prendre dans ses bras. (Marcel Proust) •
4. Un gros serpent de fumée noire. (Guy de Maupassant) •

• A. Comparaison
• B. Métaphore
• C. Personnification
• D. Allégorie

Français

LE RÉCIT

1. Définition

- Un récit raconte une **suite d'événements réels ou imaginaires** qui s'enchaînent les uns aux autres pour mener d'un début à une fin.

2. Les temps du récit

- Le texte narratif peut être au présent, mais le plus souvent il est **au passé** : les faits de premier plan sont rapportés au passé composé ou au passé simple ; les faits de second plan, à l'imparfait.
- Les faits ne sont pas toujours racontés dans l'ordre où ils se déroulent. Il peut y avoir des retours en arrière ou des anticipations.
- Le texte narratif comporte généralement des **connecteurs temporels** qui marquent les différentes étapes du récit : *ce matin-là, puis, alors, plus tard*, etc.

3. Les genres du récit

- On trouve le récit dans **différents genres** : le roman, la nouvelle, le conte, etc.

4. Le narrateur

- Celui qui raconte l'histoire s'appelle **le narrateur**.
- Lorsque le narrateur, c'est-à-dire celui qui rapporte les faits, est l'un des personnages de l'histoire, le texte narratif est **à la 1re personne** :

  « Lorsque j'eus dix ans, ma famille abandonna la campagne pour la ville. Là, je débutais comme crieur de journaux... » (*J. London,* Le Cabaret de la dernière chance)
- Lorsque le narrateur n'est pas un personnage de l'histoire, le texte narratif est **à la 3e personne** :

  « Rapidement, l'un après l'autre, parurent deux, trois, puis quatre Martiens, bien loin par-delà les arbres bas, à travers les prés [...]. Ils se dirigeaient avec d'énormes enjambées vers la rivière... » (*H. G. Wells,* La Guerre des mondes)

Attention

Il ne faut pas confondre l'auteur, qui écrit l'histoire, et le narrateur, qui la raconte.

Par exemple : Robert Louis Stevenson a écrit L'Île au trésor, *mais c'est le personnage Jim Hawkins (personnage inventé) qui raconte l'histoire et qui est donc le narrateur.*

As-tu retenu ?

1 Coche la ou les bonnes réponses

A. Un texte narratif est toujours rédigé à la 3e personne.

- ❒ Vrai
- ❒ Faux

B. Un texte narratif rapporte toujours des faits réels.

- ❒ Vrai
- ❒ Faux

C. Un texte narratif comporte de nombreux connecteurs temporels.

- ❒ Vrai
- ❒ Faux

Entraînement

2 Coche le ou les texte(s) narratif(s).

- ❒ A. « J'ai quatre ans. Je marche d'un pas décidé, les cheveux sur l'épaule, derrière mon oncle Jules, qui a son fusil à la bretelle. Quelquefois je suis enfermé entre les rangs de vigne tracés au cordeau [...]. Déjà l'été. » (J. Roy, *Mon oncle Jules*)
- ❒ B. « La loi oblige à tenir son chien en laisse dans la rue, mais les Français ne s'en doutent même pas. Résultat : régulièrement les chiens attaquent des gens. »
- ❒ C. « Alors il s'avança à sa rencontre ; mais avant qu'ils ne se fussent joints, le bâtiment commença à virer de bord. » (A. Dumas, *Le Comte de Monte-Cristo*)

3 Coche le ou les texte(s) narratif(s) où le narrateur est aussi un personnage.

- ❒ A. « Je mange, bois, furète un bon moment. Puis je reprends l'escalier pour repartir. La baraque jaune est toujours là, ainsi que la serveuse [...] mais de voiture point. Disparue, envolée, ma belle automobile ! » (Michel Tournier, *Le Médianoche amoureux*)
- ❒ B. « L'inspecteur s'était, à son tour, penché sur la victime. En homme sûr de son affaire, il fit deux gestes simultanés. » (Stanislas-André Steeman, *L'assassin habite au 21*)
- ❒ C. « Une brume monta au-dessus des arbres. Puis soudain nous vîmes un énorme flot de fumée qui envahit rapidement le ciel ; au même moment, le sol trembla sous nos pieds. » (H. G. Wells, *La Guerre des mondes*)

LE TEXTE DESCRIPTIF

1. Définition

- Le texte descriptif s'adresse à l'imagination du lecteur pour lui faire voir un objet, un lieu ou un personnage.

2. La description subjective

- La description est souvent faite **à travers le regard d'un personnage** (description **subjective**).

3. Les caractéristiques du texte descriptif

- Un texte descriptif comporte généralement des **indications de lieu** qui ordonnent la description (ou connecteurs spatiaux).
- Il comporte également des groupes nominaux enrichis de **nombreuses expansions** (épithètes, compléments du nom, propositions relatives).
- Y sont souvent présentes des **comparaisons** et des **métaphores** afin d'aider le lecteur à imaginer.
- Dans un contexte au **présent**, le texte descriptif est au présent ; dans un contexte au passé, il est à l'**imparfait**.

L'Après-dînée à Ornans *(1849), huile sur toile de Gustave Courbet.*

4. La fonction des passages descriptifs

- À l'intérieur d'un récit, les passages descriptifs peuvent servir à caractériser les **personnages** et le **cadre** de l'action.
- Ils peuvent aussi créer une **atmosphère** particulière (de gaieté, de tristesse, d'horreur, etc.).
- Ils visent enfin à produire un effet de **suspense** en retardant le temps fort de l'action.

5. Un exemple de description subjective

« Elle resta assise au bord du lit [...]. Et, lentement, de ses yeux voilés de larmes, elle faisait le tour de la misérable chambre garnie, meublée d'une commode de noyer dont un tiroir manquait, de trois chaises de paille et d'une petite table graisseuse, sur laquelle traînait un pot à eau ébréché... » (Émile Zola, *L'Assommoir*)

Entraînement

1 Les textes ci-dessous sont-ils des textes descriptifs ?

A. « En un élan, de ses deux mains, il prit le roc : tout haletant, il s'y colla, laissant passer sur lui l'énorme vague. Il put tenir le coup. » (Homère, *L'Odyssée*)

- ❐ Oui
- ❐ Non

B. « La salle qu'il découvrit à la clarté de sa torche était encore plus vaste qu'il ne l'imaginait. Sa voûte immense était haute, composée de plusieurs dômes séparés par des grappes retombantes de stalactites. » (Michel-Aimé Baudouy, *La Capture de César*)

- ❐ Oui
- ❐ Non

C. « La statue d'Athéna est debout, elle porte une tunique descendant jusqu'aux pieds, et sur sa poitrine est sculptée une tête de Méduse en ivoire. La déesse tient dans une main une Victoire haute de quatre coudées et dans l'autre, une lance. » (Pausanias, *Description de la Grèce*)

- ❐ Oui
- ❐ Non

LE DIALOGUE DANS LE RÉCIT

1. Le dialogue

- Dans un récit, il arrive que plusieurs personnages parlent. Afin que l'échange et la distinction avec le récit soient bien clairs pour le lecteur, il faut respecter quelques règles.

2. Le discours direct

- Dans un dialogue, le narrateur peut choisir de faire entendre les paroles des personnages, mot pour mot, comme si on les avait enregistrées ; on parle de discours direct. Ce n'est plus lui qui parle mais les personnages ; il y a donc un changement de situation d'énonciation.

3. Le changement de situation d'énonciation

- Ce changement permet d'expliquer en particulier le passage, dans un récit littéraire, **du passé simple au présent**.
- Il permet de rendre compte également des variations éventuelles de **registre de langue**.

  « Et, passant sur le plan de la cosubjectivité, il ajouta :

  - Et puis, il faut se grouiller : Charles attend.

  - Oh ! celle-là, je la connais, s'exclama Zazie furieuse, je l'ai lue dans les Mémoires du général Vermot. » (Raymond Queneau, Zazie dans le métro*)*

4. La présentation du dialogue

- Un dialogue est nettement séparé du récit par la ponctuation. Selon le cas, l'écrivain emploie :
  - **des tirets** devant chacune des répliques du dialogue ;
  - **des guillemets** pour encadrer le dialogue et un tiret à chaque changement d'interlocuteur.

5. Les verbes de parole

- Il arrive que le narrateur fasse entendre directement le dialogue, sans le commenter. Cependant, en général, le personnage qui parle est annoncé et ses paroles sont introduites par divers **verbes de parole** : *dire, répondre, murmurer, s'exclamer*, etc. Ces indications peuvent être données sous la forme de propositions incises, insérées dans le dialogue.

Attention

Si le récit est au passé, les verbes de parole sont également au passé !

« Dis-moi, Henry, demanda-t-il soudainement, combien de chiens prétends-tu que nous avons ?

- Six.

- Erreur ! s'exclama Bill triomphant. »

Jack London, *Croc-blanc*

Entraînement

1 Lis ce dialogue :

« Je veux mes filles ! je les ai faites ! elles sont à moi ! dit-il en se dressant sur son séant, en montrant à Eugène une tête dont les cheveux blancs étaient épars et qui menaçait par tout ce qui pouvait exprimer la menace.

- Allons, lui dit Eugène, recouchez-vous, mon bon père Goriot, je vais leur écrire. Aussitôt que Bianchon sera de retour, j'irai si elles ne viennent pas.

- Si elles ne viennent pas ! répéta le vieillard en sanglotant. Mais je serai mort, mort dans un accès de rage, de rage ! [...]

- Je vais aller chercher vos filles, mon bon père Goriot, je vous les ramènerai. »

Balzac, *Le Père Goriot*

A. Qui sont les personnages qui échangent dans ce dialogue ?

- ❐ Bianchon
- ❐ Le père Goriot
- ❐ Eugène
- ❐ Balzac

B. À quel temps est rédigé le récit ?

- ❐ Au passé
- ❐ Au présent
- ❐ Au futur

C. À quel temps sont rédigées les paroles échangées ?

- ❐ Au passé
- ❐ Au présent
- ❐ Au futur

LE ROMAN

1. Définition

- Le roman est un long récit en prose, qui met en scène des personnages de fiction, engagés dans des aventures imaginaires, parfois présentées comme réelles. C'est aujourd'hui le genre littéraire le plus populaire, si vaste qu'il se subdivise en d'innombrables sous-genres.

2. Les origines du roman

- Au Moyen Âge, on appelle romans les œuvres écrites en **langue romane**, c'est-à-dire en langue courante. Les œuvres littéraires et les textes officiels étaient alors rédigés en latin, la langue des savants et des lettrés.
- Les **romans courtois**, comme ceux de Chrétien de Troyes, contaient les prouesses des chevaliers de la Table ronde.
- Le mot roman prend son sens actuel à partir du XVIe siècle. Deux tendances se manifestent, au XVIIe siècle : le **roman précieux**, avec Honoré d'Urfé (*Astrée*), qui raconte les interminables aventures amoureuses du berger Céladon et de la bergère Astrée, et le **roman réaliste**, avec Paul Scarron (*Le Roman comique*), qui met en scène des personnages de comédiens dans des lieux familiers, à travers des aventures burlesques.

3. L'âge d'or du roman

- Au XIXe siècle, le roman prend son essor. Il connaît un très grand succès, avec en particulier Guy de Maupassant, Victor Hugo, Honoré de Balzac, Stendhal, Gustave Flaubert, les Goncourt et Émile Zola. Il se veut **ancré dans la réalité**, situé à une époque précise et mettant en scène des personnages auxquels le lecteur peut s'identifier.
- Le roman réaliste veut donner l'illusion de la vie. Certains romanciers entendent apporter un témoignage sur la société d'une époque ; les personnages évoluent dans un contexte historique précis.

- Ainsi **Honoré de Balzac** entreprend de dresser un tableau complet de la société française au XIXe siècle. Il intitule l'ensemble de ses romans *La Comédie humaine* car il veut cerner les différents types humains à travers ses personnages.
- **Victor Hugo**, dans *Les Misérables*, fait vivre à ses personnages les émeutes parisiennes de 1848, dénonce les conditions de vie des pauvres et les injustices dont ils sont victimes.
- **Émile Zola** veut, dans ses romans, montrer une « tranche de vie ». Ses livres réunis dans le cycle des *Rougon-Macquart* sont nourris d'enquêtes sociologiques et d'observations minutieuses.

Honoré de Balzac

Victor Hugo

Émile Zola

4. Le Nouveau Roman

- Au milieu du XXe siècle, les auteurs du « Nouveau Roman » (Michel Butor, Alain Robbe-Grillet, Nathalie Sarraute, Claude Simon, etc.) remettent en cause le roman traditionnel. Ils refusent l'illusion réaliste, la chronologie et la psychologie.

À savoir

Il existe plein de sous-genres romanesques : le roman historique, le roman d'aventures, le roman policier, le roman de science-fiction, etc.

As-tu retenu ?

1 Coche la ou les bonnes réponses.

A. Le mot « roman » vient...

- ❒ des sujets romantiques qu'abordaient les romans.
- ❒ de la langue dans laquelle les romans étaient rédigés.
- ❒ de l'origine romaine de ce genre littéraire.

B. Quels auteurs ont participé à l'âge d'or du roman, au XIXe siècle ?

- ❒ Stendhal
- ❒ Honoré de Balzac
- ❒ Honoré d'Urfé
- ❒ Claude Simon
- ❒ Émile Zola
- ❒ Gustave Flaubert
- ❒ Guy de Maupassant

LE REGISTRE FANTASTIQUE

1. Définition

- Un registre littéraire est une ambiance qu'un auteur instaure dans son texte au travers du ton, des thèmes et du style qu'il emploie. Il fait ainsi ressentir différentes émotions à son lecteur. On peut d'ailleurs trouver différents registres dans une même œuvre. Il existe de nombreux registres (comique, épique, lyrique, tragique, etc.), dont le **registre fantastique**.

2. Un peu d'histoire

- Le genre le plus souvent fantastique est **la nouvelle** (court récit s'achevant sur une chute, c'est-à-dire une fin surprenante et inattendue).
- La nouvelle fantastique est apparue à la fin du XVIIIe siècle et a eu beaucoup de succès au XIXe siècle. Les auteurs français de nouvelles fantastiques les plus célèbres sont Théophile Gautier (*La Cafetière*), Guy de Maupassant (*Le Horla*), Prosper Mérimée (*La Vénus d'Ille*). Edgar Allan Poe répandit le genre aux États-Unis. En Russie, c'est Gogol qui s'est illustré par sa production (*Le Nez*).

Edward Munch, Le Cri, *1910.*

3. Les caractéristiques du registre fantastique

- L'émotion la plus présente est **le doute**, car le récit est construit de telle sorte que le lecteur ne sache jamais si son dénouement a une explication logique ou surnaturelle. Dans *Le Chat noir* (Nouvelles histoires extraordinaires) d'Edgar Allan Poe, aucune raison pleinement satisfaisante n'est donnée à l'omniprésence mystérieuse et funeste du chat noir.

  « Quoique je satisfisse ainsi lestement ma raison [...], il n'en fit pas moins sur mon imagination une impression profonde. »

- Le point de vue est très souvent **interne** : le narrateur doutant de ce qu'il voit, le doute du lecteur est encore plus grand.

  « Oh ! non, je n'ose pas dire ce qui arriva, personne ne me croirait, et l'on me prendrait pour un fou... » (Théophile Gautier, La Cafetière*)*

- Le narrateur est d'ailleurs souvent dans un état qui met en doute ce qu'il voit (folie, maladie, alcool...).

  « Je sentis, en y entrant, comme un frisson de fièvre, car il me sembla que j'entrais dans un monde nouveau. » *(Théophile Gautier,* La Cafetière*)*

- **Le surnaturel** y est donc très présent et envahit progressivement le réel, de façon à créer un climat d'angoisse et de peur. Il fait toujours irruption dans un cadre très réaliste, ce qui renforce le sentiment de doute.

Johann Heinrich Füssli, Le Cauchemar, *1781*

Attention

Il ne faut pas confondre merveilleux et fantastique : dans le récit fantastique, les phénomènes surnaturels ne sont pas censés exister et c'est pour cela qu'ils effraient le personnage principal, tandis que dans le récit merveilleux, les phénomènes surnaturels sont considérés comme parfaitement normaux.

Entraînement

1 Parmi ces extraits, lesquels appartiennent au registre fantastique ?

- ❐ A. « Je me figurais qu'on essayait de monter dans ma barque que je ne pouvais plus distinguer, et que la rivière, cachée par ce brouillard opaque, devait être pleine d'êtres étranges qui nageaient autour de moi. J'éprouvais un malaise horrible, j'avais les tempes serrées, mon cœur battait à m'étouffer, et, perdant la tête, je pensai à me sauver à la nage ; puis aussitôt cette idée me fit frissonner d'épouvante. »
- ❐ B. « En même temps il entendit un grand bruit, et vit venir à lui une bête si horrible, qu'il fut tout près de s'évanouir. Vous êtes bien ingrat, lui dit la bête d'une voix terrible ; je vous ai sauvé la vie en vous recevant dans mon château, et pour ma peine vous me volez mes roses, que j'aime mieux que toutes choses au monde. »
- ❐ C. « Tout à coup le feu prit un étrange degré d'activité ; une lueur blafarde illumina la chambre, et je vis clairement que ce que j'avais pris pour de vaines peintures était la réalité ; car les prunelles de ces êtres encadrés remuaient, scintillaient d'une façon singulière ; leurs lèvres s'ouvraient et se fermaient comme des lèvres de gens qui parlent, mais je n'entendais rien que le tic-tac de la pendule et le sifflement de la bise d'automne. »

LA POÉSIE

1. Définition

- Qu'est-ce qui caractérise un poème ? Le fait qu'il soit écrit en vers ? Cependant tous les poèmes ne le sont pas. C'est sans doute l'étymologie du mot poésie (du grec *poiein* qui signifie « fabriquer, créer ») qui éclaire le mieux sa signification...

2. Les vers réguliers

- Traditionnellement, un poème s'écrit **en vers réguliers**. Ces vers comptent toujours le même nombre de syllabes, qui peut être pair (6, 8, 10, 12...) ou impair (7, 9, 11...). Pour déterminer ce nombre (on dit aussi le mètre du poème), il faut savoir que les syllabes contenant un *e* muet comptent pour une syllabe si elles précèdent une consonne. Ainsi le vers d'Apollinaire « *Sous le pont Mirabeau coule la Seine*... » comprend dix syllabes, *coule* comptant pour deux syllabes. Les vers traditionnellement les plus utilisés sont l'**hexasyllabe** (6 syllabes), l'**octosyllabe** (8 syllabes), le **décasyllabe** (10 syllabes) et l'**alexandrin** (12 syllabes).

3. La rime

- La **rime**, c'est-à-dire le retour d'une même sonorité à la fin des vers, contribue également à la musicalité du poème. Les rimes sont dites **féminines** quand elles se terminent par un *e* muet : *écume, brume, plume*, etc. Dans les autres cas, elles sont **masculines** : *chaleur, malheur, couleur*, etc.
- Ces rimes peuvent alterner de différentes façons : elles peuvent être **suivies** lorsqu'elles suivent un schéma AABB, **croisées** lorsqu'elles suivent un schéma ABAB ou encore **embrassées** lorsqu'elles suivent un schéma ABBA.

4. Les vers libres

- Aujourd'hui, les poètes écrivent plutôt en **vers libres**, des vers dont le nombre de syllabes varie et qui ne riment pas forcément entre eux. Cependant leurs poèmes sont construits sur d'autres effets de reprise : refrains, effets d'écho, retour de sonorités sous forme d'assonances ou d'allitérations, etc.

  « *Tu te lèves, l'eau se déplie*

  Tu te couches, l'eau s'épanouit.

  Tu es l'eau détournée de ses abîmes... » (Paul Éluard)

5. La prose poétique

- Il n'est pas nécessaire d'écrire en vers pour créer de la poésie. Prenons pour exemple le poème « Illuminations » de Rimbaud, qui évoque le réveil matinal de la nature, dans des phrases riches en métaphores et scandées par des reprises :

  « *J'ai embrassé l'aube d'été.*

  Rien ne bougeait encore au front des palais. L'eau était morte. Les camps d'ombre ne quittaient pas la route du bois. J'ai marché, réveillant les haleines vives et tièdes, et les pierreries regardèrent, et les ailes se levèrent sans bruit. » (Arthur Rimbaud)

Le sais-tu ?

Des images

Je peux dire : « Il y a des oiseaux dans l'arbre », ou : « L'arbre est plein d'oiseaux ». Ce sont des phrases banales. Le poète, lui, dit : « L'arbre est un bocal d'oiseaux » (Jean Cocteau). Il établit une ressemblance entre l'arbre et un objet de la vie quotidienne : l'arbre paraît rempli d'oiseaux comme un bocal de fruits. De ces rapprochements opérés par le poète naissent des images qui jettent un éclairage nouveau sur le monde qui nous entoure.

Entraînement

1 « Les chars d'argent et de cuivre
Les proues d'acier et d'argent
Battent l'écume »
Dans quel type de vers ce poème de Rimbaud est-il écrit ?

- ❐ A. En vers réguliers
- ❐ B. En vers libres
- ❐ C. En prose poétique

2 Lequel de ces vers est un alexandrin (12 syllabes) ?

- ❐ A. Dans le vieux parc solitaire et glacé. (Verlaine)
- ❐ B. Ce beau temps me pèse et m'ennuie. (Nerval)
- ❐ C. Un seul être vous manque, et tout est dépeuplé. (Lamartine)

LA POÉSIE LYRIQUE

1. Les origines

Orphée à la lyre *par Agostino Veneziano*

- Dans la mythologie grecque, le poète Orphée chantait en s'accompagnant de sa lyre : sa poésie avait le pouvoir de charmer les bêtes sauvages. Sur le mot *lyre* a été formé l'adjectif *lyrique*. Ce dernier s'appliquait jadis à tout ce qui pouvait être chanté. Depuis le XIXe siècle, il caractérise également un genre de poésie.

2. Les principaux thèmes

- La poésie lyrique exprime de façon passionnée et imagée des **sentiments personnels**.
- Le thème de l'**amour** est omniprésent dans la poésie lyrique. Chaque poète tente d'en décrire les différents états et nuances.
- Ce thème est souvent associé à celui de la **fuite du temps** et à la **mort** qui engendrent **angoisse** et **mélancolie**.
- La **nature** est évoquée dans la poésie lyrique, souvent en lien avec les sentiments.

3. L'écriture lyrique

- Dans la poésie lyrique, le poète exprime ses sentiments et émotions personnels. La plupart du temps, il utilise donc la **première personne du singulier** pour se mettre en scène.
- Les **répétitions** soulignent souvent le caractère obsédant de certains états.
- La poésie lyrique est par excellence le lieu de la **comparaison** et de la **métaphore**.
- Enfin, la **ponctuation** souligne l'émotion (interjections, exclamations et interrogations).

4. Exemple de poème lyrique

➔ Cet extrait du poème « Le Lac » d'Alphonse de Lamartine mêle toutes ces caractéristiques : les thèmes de l'amour, de la mort et de la nature, et la mélancolie qu'ils procurent, la première personne du singulier, la métaphore « l'océan des âges », ainsi que l'interjection « Ô » et les phrases interrogatives et exclamatives.

Ainsi, toujours poussés vers de nouveaux rivages,
Dans la nuit éternelle emportés sans retour,
Ne pourrons-nous jamais sur l'océan des âges
Jeter l'ancre un seul jour ?

Ô lac ! l'année à peine a fini sa carrière,
Et près des flots chéris qu'elle devait revoir,
Regarde ! je viens seul m'asseoir sur cette pierre
Où tu la vis s'asseoir !

As-tu retenu ?

1 Coche la bonne réponse.

A. Le mot « lyrique » vient du mot « lyre » qui désigne...
- ❒ un type de vers poétique.
- ❒ un instrument de musique.
- ❒ la mélancolie en grec ancien.

B. À partir du XIXe siècle, que désigne l'expression « poésie lyrique » ?
- ❒ Une poésie qui exprime les sentiments et les souffrances du poète.
- ❒ Une poésie destinée à être mise en musique.
- ❒ Une poésie qui ne parle que d'amour.

C. Dans la poésie lyrique, à quel thème l'amour est-il souvent associé ?
- ❒ Le bonheur
- ❒ L'éternité
- ❒ La mort

D. Quelle émotion est très présente dans la poésie lyrique ?
- ❒ La joie
- ❒ La peur
- ❒ La mélancolie

LE THÉÂTRE

1. Une action dans un temps et un espace limités

- Une pièce de théâtre est destinée à être jouée par des acteurs sur scène, dans un temps limité. De ces contraintes se dégage une écriture proprement théâtrale.
- L'écriture théâtrale est d'abord soumise à une contrainte temporelle : la pièce se joue en quelques heures. C'est pourquoi l'action est souvent **prise en cours**. La première scène fait connaître les principaux personnages et la situation dans laquelle ils se trouvent : c'est **l'exposition**.
- L'action, perturbée par une série d'événements, est ensuite représentée pratiquement en temps réel (règle de **l'unité de temps** dans le théâtre classique). On se concentre sur une intrigue principale (règle de **l'unité d'action**). Pour plus de vivacité, l'action se conclut par un **coup de théâtre**.
- Pour plus de vraisemblance, le théâtre classique s'imposait la règle de **l'unité de lieu** (décor unique). De nos jours, même si la pièce évoque des lieux différents, ceux-ci restent en nombre limité.

2. Le dialogue

- Un texte de théâtre se présente comme une sorte de **long dialogue** découpé en **actes** et en **scènes** ; le passage d'une scène à l'autre est lié au changement de personnages sur scène.
- Le dialogue est enrichi de **didascalies** (le plus souvent en italique), que le metteur en scène utilise, mais que les comédiens, bien sûr, ne disent pas. Ces indications concernent le lieu, mais aussi les gestes et les expressions des personnages.

La Comédie-Française à Paris en 1790

Le sais-tu ?

Au XXe siècle, les auteurs distinguent ou associent comme ils l'entendent différentes tonalités. Paul Claudel a créé un théâtre poétique ; Albert Camus et Jean-Paul Sartre, un théâtre d'idées ; Eugène Ionesco, un théâtre qui joue avec le langage, etc.

3. Les genres théâtraux

- Dès l'Antiquité, on a distingué deux grands genres : la **comédie**, qui nous fait rire et se termine bien, et la **tragédie**, qui, en montrant des événements graves, nous fait éprouver des émotions violentes.
- Au XVIIe siècle, le théâtre classique a repris cette distinction : **Molière** a écrit des comédies célèbres ; **Corneille** et **Racine**, des tragédies non moins fameuses.
- À l'époque romantique, les auteurs, dont Victor Hugo, inventent le **drame**, longue pièce qui mêle comique et tragique.

4. La mise en scène

- Le metteur en scène organise le **spectacle** en fonction des indications données par l'auteur et en fonction de sa propre interprétation de la pièce. De cette dernière dépendent le jeu des acteurs, leurs déplacements sur scène, le choix des décors, des éclairages, etc.

As-tu retenu ?

1 Comment appelle-t-on les indications scéniques données par l'auteur d'une pièce de théâtre ?

- ❒ A. Des comédies
- ❒ B. Des didascalies
- ❒ C. Des répliques

2 Comment appelle-t-on une scène où un seul personnage est présent et prend la parole ?

- ❒ A. Un monologue
- ❒ B. Un dialogue
- ❒ C. Un épilogue

3 Relie chaque auteur à son genre théâtral de prédilection.

1. Racine •	• A. La tragédie
2. Molière •	• B. Le théâtre d'idées
3. Victor Hugo •	• C. La comédie
4. Albert Camus •	• D. Le drame

LA TRAGÉDIE

1. Les origines

- La tragédie naît et se développe à Athènes, en lien avec le culte voué au dieu Dionysos, avec le culte des héros et les lamentations funéraires. Le philosophe grec Aristote la définit comme une action noble, menée à son terme. En mettant en scène la terreur et la pitié, elle contribue à **purger l'homme de ses émotions et passions** (catharsis).

2. La tragédie antique

- La tragédie trouverait son origine dans le **dithyrambe**, chant religieux, avec un **chœur** de chanteurs-danseurs évoluant autour de l'autel de Dionysos ; au cours du VIe siècle av. J.-C., elle se développe en ajoutant au chœur un **comédien** (le protagoniste), puis deux, puis trois. Par la suite, des décors, une machinerie, la musique, une mise en scène plus complexe renforcent sa dimension spectaculaire.
- L'âge d'or de la tragédie grecque se situe au Ve siècle av. J.-C. avec **Eschyle**, **Sophocle** et **Euripide**.
- Dans ces tragédies, le héros est généralement en conflit avec les lois de la **cité**, la **morale** ou la **religion**.

3. La tragédie classique

- En France au XVIIe siècle.
- Les auteurs français, notamment **Jean Racine** et **Pierre Corneille**, s'inspirent des principes de la tragédie antique, mais les font évoluer en proposant de nouvelles caractéristiques.
- Les sujets sont empruntés à la **mythologie** ou à l'**histoire**. Les héros, personnages illustres, nobles ou historiques, sont en conflit avec le pouvoir politique, le sens du devoir, la religion ; amour, jalousie, égoïsme, ambitions politiques se heurtent jusqu'à la catastrophe finale.

Portrait de Pierre Corneille par Charles Le Brun

4. Les règles de la tragédie classique

- Des **règles** précises caractérisent la tragédie classique française :
  - les **trois unités** : l'action se déroule en une journée, en un seul lieu et selon une intrigue unique ;
  - la **vraisemblance** : la tragédie doit donner l'illusion du réel ;
  - les **bienséances** doivent être respectées : le public ne doit pas être choqué par la violence sur scène, la vue du sang, des meurtres, ni par un langage vulgaire, non conforme au rang social, au sexe ou à l'âge des personnages.
- La **fonction morale** : la tragédie doit toucher le spectateur mais aussi l'instruire en développant chez lui l'admiration pour des héros et des héroïnes sublimes, vertueux, ainsi que la maîtrise de ses propres passions.
- La **composition** de la tragédie classique respecte quelques normes :
  - la pièce est divisée en **cinq actes** ;
  - le vers employé est l'**alexandrin**.

5. La tragi-comédie

- Elle conserve en général la gravité, le sérieux, la noblesse des personnages de la **tragédie** et emprunte à la **comédie** son dénouement heureux.
- En France, la tragi-comédie se libère des règles des trois unités : elle multiplie les lieux, les intrigues, les péripéties et les rebondissements (naufrages, enlèvements, duels, meurtres, retours, reconnaissances, etc.).
- **Pierre Corneille** a inventé ce genre en écrivant ***Le Cid***.

As-tu retenu ?

1 Relie chaque règle de la tragédie à sa définition.

1. Une journée, un lieu, une intrigue.	•	•	A. Bienséances
2. La tragédie doit donner l'illusion du réel.	•	•	B. Trois unités
3. Pas de scène violente ou indécente.	•	•	C. Vraisemblance

2 Au culte de quel dieu grec la tragédie est-elle associée à l'origine ?

- ❒ Zeus
- ❒ Apollon
- ❒ Dionysos

PRESSE ET MÉDIAS

1. Les médias

- L'information et l'actualité passent par les médias. Depuis le XIXe siècle, ce domaine s'est largement développé, au travers de la presse écrite, puis via d'autres médias qui sont aujourd'hui très utilisés, tels que la radio, la télévision ou encore Internet.

2. La presse écrite

- La **presse écrite** est le média le plus ancien. Elle se développe surtout au XIXe siècle, grâce à la modernisation des moyens d'impression et de production. De plus, c'est à cette époque qu'est actée la **liberté de la presse**, qui repose sur la liberté d'expression.
- Il existe des **journaux**, qui sont imprimés en noir et blanc et proposent un **tirage** souvent fréquent, et les **magazines**, qui sont imprimés en couleurs et dont le tirage est souvent plus espacé dans le temps.

3. Presse généraliste et spécialisée

- On distingue la **presse généraliste**, qui passe en revue tous les domaines de l'actualité (politique, société, culture, sport, etc.), de la **presse spécialisée**, qui traite de sujets particuliers (le magazine *Géo* s'intéresse par exemple aux actualités en lien avec la géographie).

4. La liberté de la presse

- La liberté de la presse a été officiellement reconnue lors de la Révolution française, dans l'article 11 de la *Déclaration des droits de l'homme et du citoyen* : « Tout citoyen peut parler, écrire, imprimer librement ».

Déclaration des droits de l'Homme et du citoyen

5. D'autres supports

- Au XXe siècle, d'autres supports sont venus concurrencer la presse écrite.
- La **radio** est le premier média à s'être intéressé à l'actualité, après la presse. La plupart des radios proposent des points d'informations, et certaines radios sont spécialisées dans le traitement des actualités.
- La **télévision** est devenue ensuite le média d'actualité privilégié, autour du **journal** quotidien, puis sur des chaînes proposant des flux d'actualité continus.
- **Internet** s'est emparé le dernier de l'information, au travers de **sites**, de **blogs**, de **replay**. Les journaux eux-mêmes proposent désormais des versions en ligne.

6. Les dangers

- Les journalistes s'engagent à faire part de la **vérité**, mais ils ne peuvent échapper à la subjectivité : deux journalistes ne présenteront pas la même information de la même manière, avec les mêmes mots ou les mêmes images. Ce risque est d'autant plus important sur Internet, où les informations se multiplient.
- Il convient ainsi de **vérifier** les informations que nous recevons en **vérifiant** leur origine et en **confrontant** différentes sources.

As-tu retenu ?

1 Coche la bonne réponse.

A. À quelle époque la presse s'est-elle particulièrement développée ?

- ❒ Après l'invention de l'imprimerie, au XVe siècle
- ❒ Lors de la révolution industrielle, au XIXe siècle
- ❒ Lors de la création d'Internet, à la fin du xxe siècle

B. À quelle époque la liberté de la presse a-t-elle été adoptée ?

- ❒ Lors du règne de Louis XIV
- ❒ Lors de la Révolution française
- ❒ Lors de la Première Guerre mondiale

C. Que dois-tu faire lorsque tu cherches une information ?

- ❒ Lire un article traitant du sujet
- ❒ Confronter différentes sources et différents supports
- ❒ Regarder sur Internet

CORRIGÉS

Les classes grammaticales – page 57

1. ce = déterminant ; écrire = verbe ; calmement = adverbe ; elles = pronom personnel ; gentil = adjectif ; sa = déterminant ; pour = préposition ; texte = nom ; mais = conjonction de coordination ; les = déterminant ; partout = adverbe ; enfant = nom ; un = déterminant ; très = adverbe ; à = préposition.

Les degrés de l'adjectif – page 59

1. A. L'adjectif vaste est au comparatif de supériorité. ; B. L'adjectif agréable est modifié par un adverbe d'intensité forte (fort). ; C. L'adjectif ancien est au superlatif de supériorité. ; D. L'adjectif ennuyeux est au comparatif d'infériorité.

2. 1. C. moins affectueux que sa sœur = comparatif d'infériorité ; 2. E. plus sereine que sa mère = comparatif de supériorité ; 3. A. aussi aimable que sa cousine = comparatif d'égalité ; 4. B. le plus merveilleux des voyages = superlatif de supériorité ; 5. D. extrêmement gentil = intensité forte ; 6. F. peu aimable = intensité faible.

Les fonctions liées au verbe – page 61

1. a. le professeur = GN, sujet ; b. Hier = adverbe, CC de temps ; c. une grande maison = GN, COD ; d. vous = pronom personnel, sujet ; e. jeune = adjectif, attribut du sujet ; f. lui = pronom personnel, COI ; g. gentiment = adverbe, CC de manière.

Les fonctions liées au nom – page 63

1. A. Faux (il peut se trouver derrière le nom) ; B. Vrai ; C. Faux (elle se trouve en dehors du GN).

2. A. épithète (postposé) ; B. apposition (séparé du nom fermes par une virgule) ; C. complément du nom.

3. A., C., E. Dans la deuxième phrase, *de vos projets* est COI du verbe *discuterez* ; dans la quatrième phrase, *d'un air rêveur* est CC de manière du verbe *regardait*.

Les compléments circonstanciels de cause, de but et de conséquence – page 65

1. 1. C. CC de cause = Pour quelle raison ? 2. A. CC de conséquence = Avec quel résultat ? 3. B. CC de but = Dans quel but ?

2. A. CC de cause ; B. CC de but ; C. CC de but ; D. CC de cause.

Les propositions indépendantes : juxtaposition et coordination – page 67

1. A. juxtaposées (:) ; B. coordonnées (car) ; C. juxtaposées (,).

2. Pierre tombait de fatigue *car* il avait trop travaillé. Nous avions mis la table dehors *mais* il a plu. Il embrasse sa mère *et* monte dans le bus. Marie a été accusée *or* elle était absente.

3. Phrase 1 : B. ; phrase 2 : B.

La proposition subordonnée relative – page 69

1. 1. B. Que penses-tu de la nouvelle voiture *que* j'ai achetée ? 2. D. Fais attention, c'est un objet *auquel* je tiens ! 3. C. Voici le projet *dont* je vous avais parlé. 4. A. Le joueur raconte les actions *auxquelles* il a participé. 5. E. Il a acquis l'expérience *qui* lui manquait tant.

2. A. Le tableau [que nous lui avons offert] lui a beaucoup plu. que (qui a pour antécédent tableau) = COD ; B. Nous sommes retournés dans le village [où nous avons grandi]. où (qui a pour antécédent village) = CCL ; C. Il n'est pas d'accord avec les changements [dont nous avons pourtant beaucoup discuté]. dont (qui a pour antécédent changements) = COI.

La proposition subordonnée conjonctive – page 71

1. A. pronom relatif ; B. conjonction de subordination ; C. pronom relatif ; D. conjonction de subordination.

Les paroles rapportées – page 73

1. L'hôtelier lui dit : « Il n'y a dans mon château aucune chapelle où passer la veillée d'armes, parce qu'on l'a abattue pour en bâtir une neuve ; mais vous pourrez veiller dans la cour du château. »

Les valeurs du présent de l'indicatif – page 75

1. 1. D. À chaque fois, je me trompe. = présent d'habitude ; 2. A. Je te remercie de ta lettre. = présent d'énonciation ; 3. B. Les tortues vivent très longtemps. = présent de vérité générale ; 4. F. Je vais à la piscine ce soir. = futur proche ; 5. E. Je viens de partir de la maison. = passé proche ; 6. C. Les hommes dormaient. Soudain éclate un coup de feu. = présent de narration.
2. Vrai
3. Vrai.
4. A., C. et F. La vérité sort de la bouche des enfants. Le loup est un animal solitaire. Dans l'espace, personne ne vous entend crier.

Les temps du passé – page 77

1. A. oui ; B. oui.
2. A. avais, nageais ; B. se distinguait ; C. essayions ; D. logiez ; E. nous voyions.
3. rejoignirent ; entamèrent ; accusa ; interrompit ; servit ; put.

Les temps composés – page 79

1. A. était, avait ; B. eus, fut ; C. seras ; D. avons, sommes.
2. A. avons utilisé ; B. auras fini ; C. eut reçu ; D. avait envoyé.

Les valeurs des temps du passé – page 81

1. A. vrai ; B. faux (c'est l'inverse) ; C. vrai.
2. 1. C. envahissaient = imparfait de description ; 2. D. s'avança et interpella = passé simple d'actions successives ; 3. A. observait = imparfait d'habitude ; 4. B. prit = passé simple de 1er plan.
3. virent ; passait ; se dirigeait ; devait ; disparut ; entendirent.

Le conditionnel – page 83

1. A. non (futur) ; B. oui ; C. oui ; D. oui ; E. non (imparfait).

Les formes en *-ant* – page 85

1. A. adjectif verbal ; B. participe présent (employé comme verbe) ; C. participe présent (employé comme adjectif) ; D. participe présent (employé comme gérondif).

Préfixes et suffixes – page 87

1. antivol = qui permet d'empêcher le vol ; parasol = objet qui protège du soleil ; hémistiche = qui coupe le vers en deux moitiés égales ; hypermarché = très grand supermarché.
2. mythomanie = qui a l'obsession d'inventer des histoires ; centimètre = mesure : centième d'un mètre ; polygamie = fait d'avoir contracté plusieurs mariages ; ploutocratie = pouvoir des riches.

Quelques homophones courants – page 89

1. C. Ne parle pas si fort. 2. B. Je n'y vois aucun inconvénient. 3. A. Il ne fait ni chaud ni froid. 4. D. Il finira bien par s'y faire.
2. A. s'y ; B. si ; C. s'y ; D. Si ; E. s'y, si, s'y.
3. A. ni, ni ; B. n'y, n'y ; C. n'y ; D. Ni, ni ; E. n'y, ni.

Le statut du narrateur et les points de vue – page 91

1. A. point de vue omniscient ; B. point de vue interne (narrateur-personnage).

Quelques figures de style – page 93

1. 1. A. comparaison ; 2. C. personnification ; 3. D. allégorie ; 4. B. métaphore.

Le récit – page 95

1. A. Faux (il peut être rédigé à la 1re personne).
B. Faux (il peut rapporter des faits imaginaires).
C. Vrai.
2. A., C. Le premier extrait et le troisième extrait sont des récits ; le second ne raconte pas d'histoire.
3. A., C. Dans le premier extrait (je) et le troisième (nous), le narrateur est aussi un personnage.

Le texte descriptif – page 97

1. A. non (le passé simple montre qu'il s'agit d'actions de premier plan, et non de description) ; B. oui (description d'une salle) ; C. oui (description de la statue d'Athéna).

Le dialogue dans le récit – page 99

A. Le père Goriot, Eugène ; B. Au passé ; C. Au présent.

Le roman – page 101

1. A. de la langue dans laquelle les romans étaient rédigés. ; B. Stendhal, Honoré de Balzac, Émile Zola, Gustave Flaubert, Guy de Maupassant.

Le registre fantastique – page 103

1. Le texte A (extrait de *Sur l'eau* de Guy de Maupassant) et le texte C (extrait de *La Cafetière* de Théophile Gautier), car ils expriment à la fois la peur et le doute face aux événements surnaturels ; le texte B (extrait de *La Belle et la Bête* de Jeanne-Marie Leprince de Beaumont) n'émet aucun doute quant à l'existence d'une bête surnaturelle.

La poésie – page 105

1. B. En vers libres (il y a un retour à la ligne régulier mais ni rime, ni mètre).
2. C. Le vers de Lamartine (le vers de Verlaine est un décasyllabe, celui de Nerval est un octosyllabe).

La poésie lyrique - page 107

1. A. un instrument de musique ; B. une poésie qui exprime les sentiments et les souffrances du poète ; C. la mort ; D. la mélancolie.

Le théâtre - page 109

1. B. des didascalies.
2. A. un monologue.
3. Racine = la tragédie, Molière = la comédie,
Victor Hugo = le drame, Albert Camus = le théâtre d'idées.

La tragédie - page 111

1. 1. B. Une journée, un lieu, une intrigue. = trois unités ; 2. C. La tragédie doit donner l'illusion du réel. = vraisemblance ; 3. A. Pas de scène violente ou indécente. = bienséances.
2. Dionysos.

Presse et médias - page 113

1. A. Lors de la révolution industrielle, au XIXe siècle ; B. Lors de la Révolution française ; C. Confronter différentes sources et différents supports (tu ne dois pas te contenter d'un article et tu dois varier les supports).

Histoire
Géographie
EMC

L'EUROPE ET LE MONDE AU XVIIIe SIÈCLE

Entre les XVIIIe et XIXe siècles, 11 millions d'esclaves africains sont forcés de traverser l'Atlantique pour travailler dans les plantations aux mains des Européens. Durant le XVIIIe siècle, des philosophes des mouvements des Lumières, comme Voltaire, dénoncent l'esclavage.

1. Les Européens au centre d'un commerce international

- La découverte de l'Amérique, les voyages des grandes découvertes vers l'Afrique et l'Asie ouvrent le début de la période de colonisation du monde par des puissances européennes. Après la création des grands empires portugais et espagnol au XVIIe siècle, les **puissances du nord de l'Europe (Provinces-Unies, France, Royaume-Uni) multiplient à leur tour les possessions outre-mer**. Au XVIIIe siècle, Français, Hollandais et Anglais sont désormais installés en Amérique du Nord, dans les Antilles, sur la côte des Guyanes, de l'Afrique, des Indes et même de l'Indonésie.

Marchands d'esclaves de Gorée, *de Jacques Grasset de Saint-Sauveur*

- En Amérique, notamment, les Européens créent une économie de plantation. Dans de vastes domaines agricoles, des esclaves sont mis au travail pour cultiver et récolter les plantes tropicales recherchées en Europe (canne à sucre, cacao, coton, etc.). L'Atlantique devient le centre d'un commerce international liant l'Europe, l'Afrique et l'Amérique, appelé aussi « commerce triangulaire ».

Le sais-tu ?

Un bourgeois désigne un habitant des villes s'enrichissant dans le domaine du commerce ou de la manufacture. Si le bourgeois adopte parfois le mode de vie des nobles (se faisant édifier des châteaux, des hôtels particuliers), il appartient à l'ordre du tiers état au même titre que les paysans !

2. L'essor de la bourgeoisie européenne

- Le commerce transatlantique est contrôlé par les **compagnies de commerce**, les négociants et **armateurs** installés dans les ports européens. Cette **bourgeoisie** marchande organise les expéditions, tire des bénéfices de ce commerce et est au contact des nouveaux produits qui modifient leur consommation et leur façon de vivre.
- Le développement du commerce atlantique entraîne l'essor et le développement de ports comme Bordeaux, Nantes ou Liverpool. Ces villes connaissent une croissance démographique, un réaménagement urbain autour des ports.
- Les États, comme la monarchie française, encouragent et soutiennent les campagnes de commerce et, par des lois, organisent le commerce et la vie dans les **colonies** américaines. Ainsi, en **1685, Louis XIV édicte le Code noir** censé régler la vie des esclaves dans les **plantations** françaises des Amériques.

As-tu retenu ?

1 Quel océan se trouve au centre du commerce international organisé par les Européens ?

- ❒ A. Le Pacifique
- ❒ B. L'Atlantique
- ❒ C. L'Arctique

2 Le commerce atlantique permet l'essor…

- ❒ A. de la bourgeoisie.
- ❒ B. de la noblesse.
- ❒ C. du tiers état.

3 Comment se nomment les vastes exploitations agricoles des Amériques où les esclaves sont mis au travail ?

- ❒ A. Les colonies
- ❒ B. Les plantations
- ❒ C. Les comptoirs

4 La colonisation se définit comme…

- ❒ A. la conquête et l'exploitation d'un territoire étranger.
- ❒ B. l'établissement d'un pays en dehors de son continent.
- ❒ C. la confiscation ou la destruction d'un territoire.

LES LUMIÈRES

Durant le XVIIIe siècle, l'essor du commerce et de la manufacture permet à la bourgeoisie de disposer d'une certaine importance matérielle, morale et intellectuelle dans la société de l'Ancien Régime. Durant ce même siècle, des philosophes du mouvement des Lumières, comme Voltaire, dénoncent l'esclavage.

1. Savants et philosophes

- Les Lumières sont un mouvement culturel, philosophique et scientifique du XVIIIe siècle. Ce mouvement naît des travaux et découvertes hérités de la Renaissance que les savants poursuivent. S'éloignant des croyances populaires et religieuses, les scientifiques, par l'hypothèse et l'expérience, cherchent à mieux comprendre le monde et son fonctionnement.
- Cette pensée scientifique, basée sur la raison, va se transmettre à bien d'autres domaines : politique, éducation, famille... Les philosophes veulent utiliser la raison, les connaissances, la réflexion pour mieux connaître et éclairer le monde. Ils observent, critiquent la société du XVIIIe siècle et recherchent des modèles de « société idéale » prônant certaines valeurs. En France, la monarchie absolue et la **société d'ordres** sont sévèrement critiquées par Voltaire, Rousseau...

2. Des idées qui révolutionnent le monde

- Les nombreuses découvertes réalisées au XVIIIe siècle s'accompagnent de nouvelles applications. En médecine, l'Anglais Edward Jenner découvre les principes de la vaccination. Les géographes et découvreurs achèvent la cartographie du monde.
- Dans les monarchies absolues, les philosophes sont soumis à la **censure** et à la répression de la part du pouvoir royal. Des souverains absolus tentent de gouverner selon les principes des Lumières : ce sont les **despotes éclairés** comme Frédéric II de Prusse ou Catherine II de Russie. Mais l'application des idées est souvent limitée et ne remet pas en cause l'importance du pouvoir royal.

3. Une nation née des Lumières : les États-Unis

- En 1776, les colons britanniques installés en Amérique du Nord sont imprégnés de ces nouvelles idées. Dépendant de la Couronne britannique, une partie d'entre eux se révolte contre le pouvoir du roi d'Angleterre, réclamant notamment une autonomie vis-à-vis du pouvoir royal. Pourtant, la monarchie parlementaire britannique était vue comme un modèle par certains philosophes : le pouvoir du roi était limité par la volonté des **représentants du peuple**.
- Cette révolte se poursuit par une guerre d'indépendance où les Français soutiennent les révolutionnaires américains. En 1783, les États-Unis d'Amérique deviennent indépendants. C'est dans ce nouvel État, une république, que sont appliquées de façon la plus complète les idées des Lumières.

Le sais-tu ?

Diderot, écrivain et philosophe français, est à l'initiative de l'Encyclopédie. Le but de cet ouvrage est de rassembler les connaissances de l'époque, les écrits des savants et des lettrés les plus renommés dans leur discipline. La monarchie parlementaire anglaise constitue, pour les philosophes, un modèle à suivre. Elle se caractérise par la limitation du pouvoir royal, la tolérance religieuse, la liberté d'expression, etc.

As-tu retenu ?

1 Le mouvement des Lumières concerne le domaine…

- ❒ A. des sciences.
- ❒ B. des lettres.
- ❒ C. des arts.

2 Parmi ces régimes politiques, lesquels sont favorables aux idées des Lumières ?

- ❒ A. Les monarchies absolues
- ❒ B. Les monarchies parlementaires
- ❒ C. Les républiques

3 Les États-Unis d'Amérique accèdent à l'indépendance en…

- ❒ A. 1776.
- ❒ B. 1783.
- ❒ C. 1789.

LA RÉVOLUTION FRANÇAISE

Le siècle des Lumières entraîne la remise en cause de la société de l'Ancien Régime. Certains voient les États-Unis, nés en 1783, comme un pays modèle dont la constitution est fondée sur l'égalité des droits et les libertés accordées aux citoyens.

1. Une monarchie absolue fragilisée qui disparaît (1789)

- En 1788, la monarchie française est lourdement endettée. Le roi Louis XVI décide la réunion des états généraux, en mai 1789, afin de **lever de nouveaux impôts**. Les états généraux réunissent les représentants de la noblesse, du clergé du tiers état qui rédigent des cahiers de doléances. Ces cahiers consignent les réflexions et demandes de chaque ordre.
- Le tiers état est représenté par les hommes les plus instruits et les plus riches : avocats, marchands, etc. Les états généraux sont un moyen de revendiquer, pour ces représentants, une **participation au pouvoir**. Nourris des idées des philosophes des Lumières, certains s'opposent aux privilèges. Le 20 juin 1789, une majorité de leurs représentants s'unit pour réclamer une constitution : c'est le serment du Jeu de paume.

2. La monarchie constitutionnelle (1789-1792)

- Le roi Louis XVI s'oppose à cette demande de ces représentants se désignant « Assemblée nationale ». Il fait venir des troupes auprès de la capitale. Son attitude provoque la peur du peuple parisien qui, le 14 juillet 1789, attaque la forteresse royale qu'est la Bastille : le peuple recherche des armes et de la poudre pour se défendre. La prise de la Bastille symbolise la victoire du peuple contre l'autorité, mais surtout un soutien à l'action des députés d'offrir un nouveau régime à la France.

Le sais-tu ?

Louis XVI utilisa plusieurs fois son veto. Il tenta même de fuir, rejetant la monarchie constitutionnelle. Son attitude lui fut reprochée lors de son procès, qui le conduira à son exécution, le 26 janvier 1793. La Terreur (septembre 1793-juillet 1794) est la période pendant laquelle le gouvernement de la Ire République utilise la violence pour maintenir la République. Mais ces mesures entraînent la condamnation à mort de plusieurs milliers de personnes en dehors de tout jugement équitable.

- **La Déclaration des droits de l'Homme et du citoyen** est adoptée le 26 août 1789 par l'Assemblée nationale. Le roi Louis XVI semble l'accepter. Désormais, la loi en France repose sur 17 articles qui constituent la base de la quasi-totalité des régimes politiques de 1789 à aujourd'hui.

3. De la République à l'Empire

- L'attitude de Louis XVI utilisant son veto contre les lois votées par l'Assemblée, la division des révolutionnaires, entre 1789 et 1792, déstabilisent cette monarchie constitutionnelle qui aboutit en 1792 à la naissance de la République après la prise des Tuileries.
- Mais la République doit faire face à des **contestations intérieures et extérieures**. En 1804, Napoléon Bonaparte prend le pouvoir et établit un empire.

As-tu retenu ?

1 La prise de la Bastille aboutit à la fin du pouvoir pour le roi Louis XVI.

- ❒ Vrai
- ❒ Faux

2 Napoléon Bonaparte met fin à la Ire République.

- ❒ Vrai
- ❒ Faux

3 Dans la monarchie constitutionnelle, le roi possède seul le pouvoir.

- ❒ Vrai
- ❒ Faux

4 Le veto est une loi qui permet au roi de s'opposer à l'Assemblée.

- ❒ Vrai
- ❒ Faux

HÉRITAGE DE LA RÉVOLUTION EN FRANCE ET EN EUROPE

La Révolution est avant tout une remise en question de la monarchie absolue, conduisant à un changement de régime politique.

1. En France, des changements dans tous les domaines

- Avec la Révolution, les libertés politiques de base commencent à être reconnues aux citoyens : liberté d'opinion, liberté d'expression, liberté de réunion sont établies.
- La Révolution est ainsi une période où apparaît **une presse libre**, une presse d'opinion indépendante, immergée dans le débat politique qu'elle influence. Naissent aussi des clubs politiques, sortes d'associations consacrées aux échanges des idées.
- Le changement est aussi administratif et économique. La création d'un **système unifié de poids et mesures** (kilogramme, litre, mètre), puis d'une monnaie unique et stable, le franc germinal en 1803, favorisent et facilitent le commerce intérieur. Ils constituent le symbole de l'unité nationale, alors que chaque province disposait d'unités de mesure différentes.

2. La Révolution en Europe : entre rejet et acceptation

- Dès 1789, la Révolution est considérée en Europe **à la fois comme un modèle et un danger**. Les partisans des Lumières en Europe l'accueillent avec enthousiasme. Les monarchies lui sont hostiles ou se méfient. En 1792, la France déclare la guerre aux monarchies soutenant les royalistes français opposés à la Révolution.
- Après des défaites militaires et quelques succès (Valmy en 1792), la France révolutionnaire s'étend militairement. **Bonaparte conquiert le Nord de l'Italie** lors de sa campagne en 1796-1797. Il organise les territoires qu'il contrôle sur le modèle républicain. La Révolution diffuse les principes d'égalité et de souveraineté de la nation.

Napoléon Ier, en costume de sacre, *de Jacques-Louis David (1812)*

- En 1811, Napoléon Ier, qui s'est proclamé empereur, domine une grande partie de l'Europe continentale. Mais ces territoires sont rapidement soumis au pillage ou à la violence. Napoléon leur impose des gouvernements et la présence française provoque colère et révoltes (en Espagne). Une coalition ennemie voit le jour autour du Royaume-Uni, qui avait déjà imposé un blocus à la France. En 1815, battu à Waterloo, Napoléon renonce au pouvoir.

Le sais-tu ?

Les départements

Les départements, création de la Révolution, voient le jour en 1790. Napoléon met à la tête de chaque département un préfet, représentant du pouvoir central et doté de fonctions étendues. Ce système administratif existe encore aujourd'hui.

Le sais-tu ?

Le divorce

En 1792, le divorce est institué. Il s'agit d'un premier pas vers l'émancipation féminine. En revanche, le Code civil de 1804 (Code Napoléon) rétablit la femme dans son statut de minorité : il y est dit que la femme obéit d'abord à son père, puis à son mari.

As-tu retenu ?

1 Les associations politiques où les citoyens se réunissent et débattent sont ?

- ❒ A. Des partis
- ❒ B. Des clubs
- ❒ C. Des conventions

2 Parmi les éléments suivants, lesquels sont instaurés par Napoléon ?

- ❒ A. Le Code civil
- ❒ B. Le département
- ❒ C. Le franc germinal
- ❒ D. La loi sur le divorce

3 Par qui les idées révolutionnaires en Europe sont-elles bien accueillies ?

- ❒ A. Les partisans des monarchies
- ❒ B. Les partisants des Lumières
- ❒ C. Les peuples voisins de la France

LA RÉVOLUTION INDUSTRIELLE

La période des Lumières est une époque de remise en cause des croyances et du monde du XVIIIe siècle. Ce mouvement s'accompagne aussi d'avancées scientifiques et techniques.

1. La révolution industrielle et l'industrialisation

- La révolution industrielle débute **en Angleterre** dans le dernier tiers du XVIIIe siècle. La mise au point de la machine à vapeur, dont la plus célèbre est celle de James Watt, ouvre la voie à de nombreuses transformations dans le domaine de l'industrie textile et des transports. La révolution industrielle lie donc à la fois les sciences, les techniques et l'industrie.

Locomotive

- Les manufactures sont remplacées peu à peu par de vastes usines et complexes industriels. Les caractéristiques de l'industrie sont la **division du travail** (les ouvriers se spécialisent), **l'augmentation du nombre de salariés** ainsi que **la mécanisation** et l'utilisation de **différentes sources d'énergie et matières premières**, qui se diversifient lors de la deuxième révolution industrielle.

2. Une nouvelle société

- Le développement des usines et de l'industrialisation donne naissance à un **monde ouvrier**. Jusqu'au milieu du siècle, les ouvriers connaissent des conditions de travail et de vie difficiles. La famille ouvrière est tournée vers le travail : les enfants, les femmes constituent une force de travail et une source de revenus dont ne peut se passer le foyer. La contestation ouvrière, la question des conditions de vie et de travail aboutissent à la politisation de cette classe. Des lois sociales, comme la loi Guizot de 1844 concernant le travail des enfants en France, améliorent lentement le sort des ouvriers.
- La société voit apparaître une **bourgeoisie industrielle**. De grandes familles, comme les Krupp en Allemagne ou les Schneider en France, créent de véritables empires industriels en diversifiant leurs activités ou en étendant leurs centres de production dans de nouvelles régions ou États éloignés du berceau d'origine.

Le sais-tu ?

Le coin des pros

L'industrialisation a fait appel à une main d'œuvre venue parfois de pays étrangers. Ainsi, l'Italie a vu une partie de sa population émigrer au cours du XIXe siècle pour travailler dans d'autres pays européens ou aux États-Unis. La famille lorraine des Schneider établit un véritable empire industriel au XIXe siècle autour des aciéries et forges du Creusot (Bourgogne, Franche-Comté).

3. Une Europe industrielle

- La **révolution industrielle** est liée à l'Angleterre. La France, le nord de l'Italie, la Belgique connaissent un véritable essor de l'industrie à partir des années 1820. Cette industrialisation de l'économie et de la société touche plus tardivement les États-Unis, l'Allemagne ou l'Europe de l'Est après 1850.
- L'**industrialisation** s'accompagne du développement des villes et encourage l'exode rural dans les sociétés européennes.

As-tu retenu ?

1 La révolution industrielle est liée à l'invention…

- ❒ A. de la machine à vapeur.
- ❒ B. du moteur à explosion.
- ❒ C. de la découverte de l'électricité.

2 La révolution industrielle est née en…

- ❒ A. France.
- ❒ B. Angleterre.
- ❒ C. Amérique du Nord.

3 Le développement de l'industrie s'accompagne…

- ❒ A. de l'urbanisation.
- ❒ B. du développement de l'exode rural.

CONQUÊTES ET SOCIÉTÉS COLONIALES

À partir du XVIe siècle, l'Europe se lance à la découverte du monde et établit des colonies et comptoirs dans les Amériques et sur les côtes africaines et asiatiques. La révolution industrielle renforce la domination maritime, technologique et économique de l'Europe.

1. Une colonisation économique

- Économiquement, les États européens sont à la **recherche de matières premières** nécessaires à leur industrie, parfois absentes du sol européen. Cela constitue un moteur de la colonisation.
- Les colonies constituent aussi des « **réservoirs de consommateurs** » : les industries nationales exportent leurs productions vers les colonies.

2. La colonisation, reflet des rivalités politiques

- Politiquement, la colonisation est **un moyen de domination**. Elle s'accompagne d'une extension des cultures, des langues, des structures politiques d'un État.
- Pour les dirigeants français, la colonisation, relancée dans les années 1880 en Asie du Sud-Est, naît de la volonté de démontrer sa puissance après la défaite de 1870 subie face aux troupes allemandes.
- L'Afrique constitue un exemple de la rivalité entre nations européennes. À partir de 1830 et la conquête de l'Algérie, Français, Allemands, Espagnols, Italiens, Anglais et Belges se hâtent pour conquérir des terres. En 1884-1885, la **conférence de Berlin** organise le partage de l'Afrique par les Européens.

Reine Victoria par Alexander Bassano (1880)

Le sais-tu ?

Les deux grandes phases de la colonisation ont lieu vers 1830 et après 1880. Le plus grand empire colonial est celui des Britanniques. La reine anglaise Victoria (1837-1901) régnait sur 350 millions de personnes, soit une personne sur quatre dans le monde.

3. Les sociétés coloniales

- L'organisation de la colonisation et les sociétés coloniales qui en résultent présentent des caractéristiques communes : **minorité des colonisateurs** dans la population de la colonie ; **inégalités** économiques, sociales et juridiques opposant colonisés et métropolitains ; cycles de violence et de **résistance** nés de la présence des colonisateurs.
- La colonisation de Madagascar commence par des expéditions militaires en 1881 qui aboutissent en 1896 à l'annexion de l'île, située au sud-est de l'Afrique, par la France. Le général Gallieni fait arrêter les autorités locales (notamment la reine Ranavalona) et réprime l'insurrection des Malgaches. Le travail forcé des colonisés est instauré.

Le sais-tu ?

Le caoutchouc

Le caoutchouc est une substance tirée de l'hévéa, plante exploitée en Amérique du Sud. Cependant, les Britanniques et les Français, lors de leurs conquêtes en Afrique et en Asie, introduisent cette plante dans les terres colonisées, soucieux d'avoir accès à cette matière première nécessaire aux pneumatiques...

As-tu retenu ?

1 Quand la colonisation débute-t-elle ?

- ❒ A. Au XVIe siècle
- ❒ B. Au XVIIIe siècle
- ❒ C. Au XIXe siècle

2 Les plus grands empires coloniaux à la fin du XIXe siècle sont ceux…

- ❒ A. du Royaume-Uni.
- ❒ B. de la France.
- ❒ C. de l'Allemagne.
- ❒ D. de l'Espagne.

3 La colonisation permet aux Européens…

- ❒ A. d'avoir accès aux ressources nécessaires pour le développement de leur industrie.
- ❒ B. d'avoir accès à de nouveaux marchés pour écouler la production de leur industrie.

LA IIIe RÉPUBLIQUE

Depuis la Révolution française et tout au long du XIXe siècle, la politisation de la population française progresse, comme le démontre l'évolution du droit de vote.

1. La naissance d'une nouvelle république

- La défaite de la France face à l'armée prussienne et allemande en 1870 et la chute du Second Empire aboutissent à la naissance d'un régime d'assemblée dont le pouvoir législatif prime sur l'exécutif. Le président de la République se borne à nommer le président du Conseil, qui forme le gouvernement et doit être investi par les Chambres. Les débats politiques se développent dans la presse, qui a retrouvé une large liberté.
- La meilleure façon d'enraciner la République, dans une France où les monarchistes et les partisans de l'Empire restent nombreux, consiste à développer l'éducation, afin que chaque citoyen puisse **exercer son droit de vote plus librement**. À partir de 1881, sous l'impulsion de Jules Ferry, **l'école primaire devient obligatoire et gratuite** pour les garçons et les filles de 6 à 13 ans. Les instituteurs diffusent une morale civique et les valeurs de la République issues de la Révolution de 1789. Ils achèvent **l'unification culturelle du pays**. L'école publique est laïque. Les symboles religieux y sont interdits, les membres du clergé ne peuvent y enseigner. Cependant, des écoles privées subsistent.

Le sais-tu ?

Clemenceau

Georges Clemenceau commence sa carrière comme opposant au Second Empire. Son parcours politique lui vaut d'exercer plusieurs fois les fonctions de député, de ministre et de président du Conseil. De son intense carrière politique, il hérite les surnoms de « Tigre », de « Tombeur de ministères » ou de « Père la Victoire ».

Georges Clemenceau, par Nadar

2. Une vie politique intense

- Les premières décennies de la IIIe République sont marquées par divers épisodes **provoquant débats et instabilité ministérielle**. La relance du processus de colonisation à Madagascar ou en Asie du Sud-Est (Indochine), les scandales **politico-financiers** secouent la République. Malgré la division de l'opinion publique et l'attaque des catholiques ou des socialistes, le régime se maintient.
- La plus importante crise de la IIIe République est sans aucun doute **l'affaire Dreyfus**.
- La politique anticléricale menée par les radicaux au pouvoir aboutit à la séparation des Églises et de l'État établie par **la loi de 1905 : la République devient laïque**. Désormais, la République ne reconnaît aucun culte et ne salarie plus les membres du clergé mais doit assurer la liberté de conscience et de culte.

Le sais-tu ?

L'affaire Dreyfus

Un officier juif, le capitaine Dreyfus, est accusé à tort d'espionnage. En 1898, Émile Zola dénonce l'attitude de l'état-major qui a falsifié le dossier et met en cause la responsabilité du pouvoir politique. Un violent conflit idéologique divise la France entre les dreyfusards et les antidreyfusards, souvent antisémites, qui veulent défendre l'honneur de l'armée. Les progressistes se rassemblent dans un gouvernement de défense républicaine. Dreyfus est libéré en 1906.

As-tu retenu ?

1 La IIIe République naît…

- ❐ A. après une révolution et un soulèvement populaire.
- ❐ B. après la défaite militaire de la France en 1870.
- ❐ C. après le départ du roi.

2 Dans le régime de la IIIe République, la vie politique est dominée par…

- ❐ A. les députés et l'Assemblée nationale.
- ❐ B. le président du Conseil.
- ❐ C. le président de la République.

LES FRANÇAISES AU XIXe SIÈCLE

Le XIXe siècle marque une politisation plus importante de la société française. L'extension du droit de vote, la liberté de la presse et l'instauration d'une culture civique dans le cadre de l'école publique et gratuite permet à de plus en plus de citoyens de participer à la vie publique.

1. La femme : entre préjugés et privation de libertés

- Dans la société, le Code Napoléon marque un certain **retour en arrière pour la condition féminine**. En effet, le Code civil replace la femme sous la dépendance et l'autorité de son père puis de son mari. L'article 213 proclame que « le mari doit protection à sa femme, la femme obéissance à son mari ».
- Malgré le rôle qu'ont joué les femmes durant la Révolution (Olympe de Gouges, les sans-culottes féminines de 1789, etc.), les femmes restent exclues de la vie politique. Si, en 1848, la France établit un suffrage universel, celui-ci n'est que masculin.

Le sais-tu ?

L'organisation d'un enseignement secondaire féminin se fait entre 1867 et 1880. La première bachelière est Julie Victoire Daubié, qui obtient son examen en 1861.

2. Une société qui évolue, une place qui s'affirme

- Pourtant la place de la femme évolue et le travail féminin est une réalité. En France, un tiers de la population active est féminine en 1866. Toutefois, les femmes d'agriculteurs, d'artisans et de commerçants participant à l'activité de leur mari n'entrent pas en compte dans ce recensement. Les femmes **bénéficient du droit syndical et de grève**.

Le sais-tu ?

Des pionnières

Durant le XIXe siècle, un certain nombre de femmes sont considérées comme des pionnières en exerçant pour la première fois un métier réservé aux hommes ou en accédant à une charge jamais occupée par une femme.

- Au début du XXe siècle, le Code du travail leur accorde la libre disposition de leur salaire, un congé maternité et la possibilité d'être électrices et éligibles aux tribunaux des prud'hommes. Mais les discriminations demeurent : l'égalité salariale ou l'accès aux emplois qualifiés n'est pas une réalité pour les femmes.
- **L'éducation et la scolarisation** des jeunes filles et des femmes progressent durant la seconde moitié du XIXe siècle. À partir de 1850 (loi Falloux), toute commune de plus de 500 habitants est dans l'obligation d'ouvrir une école primaire de filles.

3. De la revendication aux nouveaux droits

- Les mouvements féministes s'organisent en Europe et en France. Éloignées du champ politique, les femmes se regroupent en associations créant des organes de presse. Ces mouvements sont divers : associations d'ouvrières, sociétés philanthropiques, sociétés d'assistance aux travailleuses organisées par la bourgeoisie.

Le sais-tu ?

Droit de vote

Sous la IIIe République, les radicaux craignent que les femmes ne soient influencées par leur père, leur mari ou leur prêtre ! Les Françaises n'obtiennent pas le droit de vote avant 1944 alors que les Finlandaises ou les Norvégiennes bénéficient de ce droit à la veille de la Première Guerre mondiale.

Suffragettes britanniques : Annie Kenney (g.) et Christabel Pankhurst manifestent pour le droit de vote des femmes

As-tu retenu ?

1 Les droits des femmes ne cessent de progresser au cours du XIXe siècle.

- ❒ Vrai
- ❒ Faux

2 La IIIe République accorde le droit de vote aux femmes.

- ❒ Vrai
- ❒ Faux

Histoire

ESPACES ET PAYSAGES DE L'URBANISATION

Les villes concentrent les personnes, mais reflètent aussi leur diversité et les inégalités. Les différents quartiers d'une ville, les paysages illustrent les fonctions différentes de la métropole : habiter, travailler, etc. La majorité des êtres humains sur la planète sont des urbains.

1. Des villes qui se ressemblent

- Les villes s'organisent autour d'un **centre** et d'**espaces périurbains** (autour de la ville). Les quartiers d'affaires, quartiers historiques, banlieues résidentielles, etc. illustrent à la fois :
  - la **spécialisation des espaces** : un quartier peut être à dominante industrielle, résidentielle... Le bâti, les aménagements présents dans un paysage illustrent les fonctions différentes de la métropole ;
  - la **ségrégation sociale** (ou fragmentation sociale) : les personnes issues d'un même milieu social ou ethnique par exemple ont tendance à vivre ensemble. Des quartiers concentrent des populations disposant donc des mêmes revenus ou parcours de vie.

2. Un monde de plus en plus urbanisé

- Le **taux d'urbanisation** (part d'urbains dans une population) ne cesse d'augmenter. Dans les pays développés, 8 habitants sur 10 sont des urbains. Dans les PMA, le taux d'urbanisation est souvent inférieur à 50 %, mais il augmente rapidement.
- Les **mégapoles** (agglomérations urbaines de plus de 10 millions d'habitants) se répartissent autant dans les pays développés que dans les pays du Sud.
- Cette croissance des populations urbaines s'accompagne logiquement d'un **étalement urbain** : les villes s'étendent sur les espaces ruraux environnants, donnant naissance à de gigantesques banlieues.

Le sais-tu ?

Le coin des pros !

Les allers-retours effectués entre le lieu de domicile et le lieu de travail constituent les migrations pendulaires. En effet, ces déplacements sont liés aux horaires de travail d'où le terme de pendulaire. Les banlieues ou périphéries illustrent la diversité des métropoles. Dans une métropole comme Mexico, on trouvera à la fois des bidonvilles où habitent les plus pauvres, de gigantesques quartiers pavillonnaires de la classe moyenne et les quartiers « chics » des habitants les plus aisés.

As-tu retenu ?

1 Le taux d'urbanisation dans les pays développés…

- ❐ A. est élevé.
- ❐ B. est faible.
- ❐ C. augmente.
- ❐ D. diminue.

2 Une mégapole…

- ❐ A. est une très grande ville.
- ❐ B. est une vaste région réunissant plusieurs grands centres urbains.
- ❐ C. est une agglomération de plus de 10 millions d'habitants.

3 La ségrégation spatiale est liée…

- ❐ A. à la présence importante de personnes pauvres dans une ville.
- ❐ B. à la concentration des richesses et des activités au sein de la ville.
- ❐ C. aux inégalités économiques visibles entre les différents quartiers d'une ville.

4 La gentrification se définit comme…

- ❐ A. la multiplication des déplacements entre le centre-ville et les quartiers périphériques.
- ❐ B. le départ des plus pauvres du centre-ville vers la périphérie.
- ❐ C. l'arrivée des personnes plus aisées dans les quartiers du centre-ville.

LES VILLES DANS LA MONDIALISATION

Les villes ne cessent de voir leur population augmenter et leur superficie s'étendre. La mondialisation encourage la ségrégation spatiale des grandes métropoles.

1. Les dominants : la ville-monde

- Les grandes métropoles ont un pouvoir d'attraction, concentrant les populations, les entreprises, les investissements. La ville-monde se distingue des autres par une richesse très élevée produite par la ville (produit urbain brut ou PUB), le nombre d'habitants, etc. Tokyo, en plus d'être une des métropoles les plus peuplées, possède le PUB le plus élevé au monde.
- La ville-monde concentre **les lieux de décisions économiques** (les quartiers d'affaires concentrant les sièges des firmes transnationales) ; **les lieux de décisions politiques** (elles sont souvent des capitales où se localisent les institutions) ; **les lieux culturels et scientifiques** (universités, musées de renommée internationale, technopôles, etc.)

Tokyo, Japon

- Ces villes-mondes disposent d'une influence (capacité à imposer ses choix, à exercer une action sur un autre territoire) au niveau international.
- Enfin, la ville-monde se distingue par les flux importants qui la relient à d'autres territoires à l'échelle mondiale.

Le sais-tu ?

Le coin des pros !

Le produit intérieur brut (PIB) mesure la richesse produite dans le cadre d'un État. Le produit urbain brut (PUB) appréhende l'activité économique au sein d'une agglomération. La ville-monde ne dépend ni du nombre d'habitants ni de la taille. Ainsi, Dubaï se classe parmi les villes-mondes alors qu'elle n'est qu'au 67e rang des agglomérations les plus peuplées.

2. Un réseau de villes, des villes en réseau

- Les villes-mondes s'inscrivent souvent dans une région appelée **mégalopole** (région agglomérant plusieurs villes et métropoles sur de grandes distances).
- Au sein de chaque région, on trouve aussi des métropoles dynamiques qui renforcent leur puissance en poursuivant la concentration des populations et des activités : c'est la **métropolisation**. Elles se trouvent à la fois dans les pays du Nord et du Sud. Berlin, Milan, Genève, etc., se situent dans la mégalopole européenne.

3. Les villes qui déclinent ou les *shrinking cities*

- Certaines métropoles soumises à la concurrence de la mondialisation connaissent un affaiblissement ou **déclin démographique**, **économique** (faillites, disparition de certaines activités) et **social** (montée du chômage, etc.).
- Ces villes cherchent une voie pour retrouver leur place au sein de la mondialisation. Elles se trouvent en Amérique du Nord (Detroit) ou en Europe (Liverpool).

Le sais-tu ?

La ville-monde dispose des infrastructures nécessaires qui permettent les déplacements importants et rapides des personnes, marchandises et informations.

As-tu retenu ?

1. La ville-monde est forcément une ville parmi les plus peuplées.
   - ❐ Vrai
   - ❐ Faux

2. Toutes les villes ne cessent de voir leur population augmenter.
   - ❐ Vrai
   - ❐ Faux

3. Une mégalopole est une ville abritant plusieurs millions d'habitants.
   - ❐ Vrai
   - ❐ Faux

UN MONDE DE MIGRANTS

Les migrations désignent les déplacements et les trajets des êtres humains. L'exode rural constitue un exemple de migration ancienne ayant abouti au déplacement des ruraux vers les villes.

1. La mondialisation multiplie les déplacements

- Les modes de transport (avions) permettent de se déplacer plus rapidement et à un coût qui ne cesse de se réduire.
- Ce phénomène facilite le **franchissement des frontières**. Au sein du continent européen, l'espace Schengen permet de passer les frontières de 26 États sans formalités administratives (visa, contrôle).
- Les migrants internationaux demeurent confrontés à de nombreux obstacles sur leur trajet.

2. Les migrants

- **Le nombre de migrants internationaux augmente**. On estime que chaque année, plus de trois personnes sur cent quittent leur pays pour s'installer dans un autre État. Au total, cela représente presque 250 millions de personnes.
- Les migrations naissent souvent des inégalités ou des différences qui existent entre les territoires. **Les réfugiés** quittent un lieu où leur vie est menacée pour rejoindre un État où ils seront en sécurité. **Des retraités** s'installent dans un pays où les conditions de vie paraissent plus agréables. Les personnes qui migrent sont aussi diverses que les raisons qui les poussent à partir.

Le sais-tu ?

Les obstacles peuvent être nombreux sur la route des migrants. Il peut s'agir de formalités administratives d'entrée sur un territoire (visas), de la fermeture des frontières par des murs (comme aux États-Unis pour freiner l'arrivée de migrants sud-américains), de contraintes physiques (à l'image du détroit isolant le Royaume-Uni du continent).

3. Des conséquences sur les personnes, les sociétés et les territoires

- Les conséquences des migrations **dans les pays de départ** sont nombreuses. Le départ d'Afrique de l'Ouest de travailleurs en quête d'emplois a ainsi contribué à **une baisse du taux de chômage**. Ces migrants peuvent envoyer une partie de leurs revenus à leur famille, permettant **une hausse du niveau de vie**. Mais leur départ prive le pays d'origine d'une main-d'œuvre dynamique et souvent qualifiée.
- **Pour les pays d'arrivée**, les migrants **accroissent la population et ralentissent son vieillissement**, du fait de la jeunesse des immigrés dans une population souvent plus âgée. Les migrants hautement qualifiés augmentent le niveau de qualification du pays d'accueil, tandis que les migrants faiblement qualifiés fournissent une main-d'œuvre peu coûteuse.

Le sais-tu ?

Le coin des pros !

L'émigré est la personne qui quitte son pays. Un immigré est une personne arrivant et s'installant dans un pays. Le migrant est donc à la fois un émigré et un immigré ! Le profil type du migrant international est un homme âgé de 39 ans. La majorité des migrations est liée au travail et à l'emploi.

As-tu retenu ?

1. Il y a plus de migrants internationaux que de touristes internationaux.

   - ❐ Vrai
   - ❐ Faux

2. L'espace Schengen ou l'Union européenne favorisent l'essor des migrations sur le continent européen.

   - ❐ Vrai
   - ❐ Faux

3. Le migrant est une personne qui fuit un danger.

   - ❐ Vrai
   - ❐ Faux

LE TOURISME ET SES ESPACES

1. Des touristes de plus en plus nombreux

- La mondialisation a bouleversé les moyens et modes de transport. Le nombre de touristes n'a cessé de croître. En 1950, 1 % de la population réalisait un voyage touristique international. Aujourd'hui, un milliard de personnes (20 % de la population mondiale) voyagent à l'étranger au moins une fois par an.
- Aujourd'hui, les raisons d'entreprendre un voyage touristique sont plus nombreuses que par le passé. Le tourisme peut être associé **aux loisirs et à la découverte** (tourisme balnéaire, culturel, de croisière), **au travail** (tourisme d'affaires), etc.
- Le tourisme est lié au **développement économique**. Voyager demande du temps et de l'argent. La mondialisation a entraîné la naissance d'une « classe moyenne » qui a la possibilité de voyager.

2. Le tourisme international : localisation et évolution

- Les touristes internationaux sont de plus en plus nombreux et proviennent principalement des pays du Nord, les plus développés. L'Amérique du Nord, l'Europe, l'Asie de l'Est sont leurs principaux foyers d'origine.
- En 2019, la France s'est classée au premier rang mondial concernant l'accueil des touristes internationaux. Notre pays a attiré environ 90 millions de visiteurs durant cette année.
- Les pays les plus visités se situent en Europe (France, Espagne, Italie, Royaume-Uni). Les métropoles sont aussi de destinations très fréquentées par les touristes (Londres, New York, Paris). Le développement économique rapide de l'Asie du Sud-Est fait de cette région un des lieux les plus prisés (Vietnam, Chine, Thaïlande).

Le sais-tu ?

Le tourisme sanitaire est une forme de tourisme récente. Ces touristes cherchent à bénéficier de soins médicaux ou chirurgicaux dans un État différent de celui où le touriste réside.

Le sais-tu ?

Le coin des pros !

Le tourisme religieux, consistant à aller visiter un lieu sacré, à effectuer un pèlerinage, concerne près de 300 millions de personnes. Le pèlerinage à La Mecque attire chaque année près de 35 millions de musulmans.

3. Des conséquences du tourisme

- Le tourisme favorise **le développement économique**. Aujourd'hui, près d'un emploi sur dix dans le monde est lié au tourisme. Il représente une ressource vitale pour certaines métropoles (Paris) ou pour de petits territoires comme le Costa Rica (25 % des emplois). Les dépenses des touristes sont une source de revenus indispensable.
- **Les sociétés** sont impactées par le tourisme. Le tourisme peut être un moteur pour le développement social en fournissant des emplois. Mais il est aussi source de tensions. Dans des villes comme Barcelone, les nuisances sonores, les logements loués de plus en plus réservés aux touristes (et non aux habitants), entraînent un mécontentement de la population locale.
- Le tourisme **modifie l'environnement**. L'accueil de touristes demande la création de nombreuses infrastructures et aménagements. Ceux-ci peuvent bouleverser l'écosystème d'un territoire.

As-tu retenu ?

1 Quels sont les facteurs qui expliquent le développement du tourisme ?

- ❒ A. L'enrichissement des populations
- ❒ B. La révolution des transports
- ❒ C. Le développement de la société des loisirs

2 Quelle région du monde accueille le plus de touristes internationaux ?

- ❒ A. L'Amérique
- ❒ B. L'Asie
- ❒ C. L'Afrique et le Moyen-Orient
- ❒ D. L'Europe

MERS ET OCÉANS : LA MARITIMISATION DU MONDE

Les littoraux sont des espaces aménagés et attractifs. Certains littoraux sont marqués par l'urbanisation. Une part importante des plus grandes métropoles se trouvent sur un littoral.

1. Mers et océans : des espaces attractifs

- Les littoraux sont des **territoires convoités**, aux densités de population élevées. Abritant la majorité de l'humanité, ils sont très aménagés. Les villes portuaires, les espaces touristiques, les zones industrialo-portuaires attestent de la présence humaine sur les littoraux.

Une plateforme pétrolière au large de la Californie (Harvest)

- **80 % des échanges mondiaux** transitent par la mer : le transport maritime représente le moyen de transport le moins cher et le plus sécurisé pour les marchandises. Les littoraux industrialo-portuaires constituent des interfaces vitales pour le commerce mondial. Les marchandises et les personnes arrivent dans les ports qui jouent le rôle de plateforme ou de hub.
- Les mers et océans sont aussi sources de richesses. **Plus de 30 % des hydrocarbures** (pétrole, gaz) exploités dans le monde le sont en offshore, grâce à des plateformes pétrolières ou gazières (mer du Nord, golfe Persique).

Définition

ZEE : zone économique exclusive, espace maritime sur lequel un État exerce des droits exclusifs d'exploration et d'usage des ressources. La France dispose de la ZEE la plus étendue au monde grâce aux territoires d'outre-mer. Les États-Unis sont le deuxième État à bénéficier de la plus grande zone économique exclusive.

2. Des espaces disputés

- Contrôler les mers est un enjeu vital. Certains lieux de passage occupent **une place stratégique** pour le commerce mondial, comme le détroit d'Ormuz ou les canaux de Suez et de Panama. La sécurité de ces passages repose sur une responsabilité internationale. Ainsi, le passage entre la mer Rouge et la mer Méditerranée, zone d'intense piraterie durant les années 2000, est devenue une zone sécurisée par des forces africaines locales et avec le concours des forces maritimes européennes.
- Espace de coopération, la mer et les océans sont aussi le centre de rivalités. La Chine, les Philippines, Taïwan et le Vietnam se livrent à une rivalité dans la délimitation de leurs eaux territoriales en mer de Chine. Chacune des nations revendique notamment des îlots aux positions stratégiques afin de contrôler des passages et voies maritimes primordiaux pour leur approvisionnement ou le commerce mondial.
- Les ressources des fonds océaniques présentent un aspect stratégique et vital pour certaines nations, qui n'hésitent pas à revendiquer une extension de leur **zone économique exclusive** (ZEE).

Le sais-tu ?

La Russie a planté en 2007 un drapeau au fond de l'océan Arctique, revendiquant ainsi la possession du pôle Nord, qui abriterait d'importants gisements pétroliers et miniers.

As-tu retenu ?

1 Quelle part représente le commerce maritime au niveau des échanges mondiaux ?

- ❐ A. 40 %
- ❐ B. 60 %
- ❐ C. 80 %

2 Associe à chaque espace maritime l'enjeu économique source de tensions ou de conflits.

A. Golfe Persique •
B. Océan Arctique •
C. Mer de Chine •

• a. Contrôle d'une future route maritime mondiale et de zones de gisements miniers et pétroliers.
• b. Contrôle de la route mondiale des hydrocarbures.
• c. Extension de la ZEE et contrôle des passages des porte-conteneurs.

LES ÉTATS-UNIS DANS LA MONDIALISATION

Les États-Unis constituent l'exemple de l'État inséré dans la mondialisation. Les flux, les lieux de décision et de commandement se concentrent sur son territoire.

1. Métropolisation du territoire

- La mégalopole américaine (ou « mégalopolis »), qui s'étend **de Boston à Washington**, rassemble 55 millions d'habitants, soit 18 % de la population des États-Unis sur moins de 2 % du territoire. On y réalise 25 % du PNB américain et 90 % des transactions boursières.
- Les immenses **Central Business Districts** (CDB, quartiers centraux d'affaires), aux skylines impressionnantes, créent des villes verticales, qui se noient ensuite dans l'horizontalité de banlieues. Les villes américaines sont parmi les plus étendues au monde.

Boston, Massachusetts, États-Unis

2. Les interfaces maritimes

- La façade atlantique lie directement deux pôles majeurs de l'économie mondiale (États-Unis et Union européenne), reliant également leurs deux mégalopoles.
- La façade pacifique constitue l'accès à **la première route commerciale de la planète**. Elle met en relation les États-Unis (notamment la Californie) avec le Japon et les espaces en développement accéléré d'Asie orientale.
- Le Sud-Est constitue l'interface maritime de la Sun Belt, un espace en forte croissance.

Le sais-tu ?

Bien qu'illégale, l'immigration clandestine vers les États-Unis se poursuit à un rythme à peine ralenti par la fermeture de la frontière sud, symbolisée par l'édification d'un mur antimigrants.

3. L'essor des espaces transfrontaliers

- Les interfaces terrestres, le long des frontières, sont des zones de contact importantes liant les États-Unis et leurs partenaires frontaliers. Elles sont d'autant plus actives que les économies sont interconnectées (les États-Unis et le Canada) ou complémentaires (États-Unis et Mexique).
- Au nord, se développe une nouvelle mégalopole : **Main Street America** (Grande Rue américaine). Cette immense zone urbaine, du Michigan au Saint-Laurent, rassemble sur 3 000 km 16 % de la population américaine et les 2/3 de la population canadienne, soit un total de 65 millions d'habitants.
- Au sud, c'est le **différentiel de richesse** qui crée la dynamique transfrontalière : les capitaux et les entreprises qui viennent des États-Unis permettent l'installation au Mexique d'usines d'assemblage qui emploient la main-d'œuvre mexicaine à bas coût. Ce sont les *maquiladoras*.

Le sais-tu ?

La Californie constitue l'État le plus riche des États-Unis. Elle dispose d'un PIB équivalent à celui de la France.

As-tu retenu ?

1 Quels sont les processus géographiques à l'œuvre actuellement sur le territoire américain ?

- ❒ A. La littoralisation
- ❒ B. L'émigration
- ❒ C. La métropolisation

2 Que signifie le terme CBD ?

- ❒ A. City district of business
- ❒ B. Central business district
- ❒ C. Quartier central des affaires
- ❒ D. Quartiers des banlieues défavorisées

3 La frontière des États-Unis la plus ouverte est celle des États-Unis avec…

- ❒ A. le Canada.
- ❒ B. le Mexique.

L'AFRIQUE DANS LA MONDIALISATION

Le continent africain, qui connaît des zones d'inégal développement, est transformé par son intégration à des flux mondiaux.

1. L'Afrique et la mondialisation

- L'Afrique subsaharienne est une des régions **les plus pauvres du monde**. La majorité des pays les moins avancés (PMA) se trouve entre les tropiques du Cancer et du Capricorne. Certains États se démarquent par une croissance économique importante et un niveau de développement moyen, à l'image de l'Afrique du Sud ou de l'Algérie.
- Si l'Afrique paraît peu intégrée au système des villes-mondes, des grands flux financiers et d'information, elle est néanmoins un espace **connecté et relié aux échanges du monde**. Le continent africain est parcouru par des flux migratoires internes ou externes. L'Égypte, le Kenya, l'Afrique du Sud, le Maghreb, etc., accueillent la majorité des 80 millions de touristes internationaux.

- Les ressources agricoles, énergétiques ou minières de l'Afrique s'intègrent, elles aussi, à des flux mondiaux. Ces ressources attirent les investissements des firmes transnationales et des États. Ainsi, la Chine investit dans les mines et les terres agricoles africaines.

Le sais-tu ?

La population africaine doublera d'ici 2050, passant de 1,25 milliard d'habitants à 2,5 milliards d'habitants. Le Nigeria constitue à la fois l'État le plus peuplé et celui possédant le PIB le plus élevé du continent africain.

2. L'Afrique de l'Ouest intégrée à la mondialisation

- La littoralisation et la métropolisation de l'Afrique de l'Ouest se remarquent dans les grands ports et villes que sont Abidjan en Côte d'Ivoire et Lagos au Nigeria. Ces ports constituent la porte d'entrée et de sortie des marchandises pour les États d'Afrique de l'Ouest. La croissance du Nigeria, le pays le plus peuplé d'Afrique, repose en partie sur **l'exportation des hydrocarbures**, dont la majorité est vendue aux États-Unis, au Brésil ou au Canada.
- Cette intégration au commerce mondial explique en partie **l'amélioration des conditions de vie**. Le Mali, le Niger ou le Burkina Faso, malgré leur absence de façades maritimes, voient leur indice de développement humain progresser rapidement.
- Cependant, la région doit faire face à des défis fragilisant la marche vers le développement. L'instabilité politique, le problème du terrorisme, la piraterie dans le golfe de Guinée illustrent ces difficultés.

As-tu retenu ?

1 L'Afrique est un continent…

- ☐ A. totalement écarté de la mondialisation.
- ☐ B. intégré à la mondialisation.

2 L'Afrique de l'Ouest est une région…

- ☐ A. qui s'appauvrit.
- ☐ B. qui se développe économiquement.
- ☐ C. qui s'insère dans les flux commerciaux mondiaux.

3 Le Nigeria constitue un État dont l'activité principale est centrée sur…

- ☐ A. le tourisme.
- ☐ B. l'exploitation des hydrocarbures.
- ☐ C. l'activité agricole.

QU'EST-CE QUE LA LIBERTÉ ?

Nous sommes libres, mais nous savons que cela ne nous autorise pas à faire absolument tout ce que nous voulons. Qu'est-ce que le principe de liberté ? De quelles libertés importantes chacun d'entre nous jouit-il ?

1. La liberté, un droit naturel

- Les démocraties reposent sur le principe de liberté. Selon ce principe, tous les hommes sont libres par nature : la liberté est un **droit fondamental**. Cela ne veut pas dire que chacun peut faire tout ce qu'il veut. Comme les hommes vivent en société et qu'ils sont tous **également** libres, il faut fixer des limites à la liberté de chacun pour protéger la liberté des autres : « la liberté consiste à pouvoir faire tout ce qui ne nuit pas à autrui » (*Déclaration universelle des droits de l'Homme et du Citoyen* de 1789, article 4). Les libertés sont garanties par la loi et l'action de l'État elle-même est soumise à la justice (son action ne peut violer les droits du citoyen).
- Le fait d'être libre nous donne des droits d'agir sans être entravés (droit de pratiquer une religion par exemple). Il faut les distinguer des droits à obtenir quelque chose (droit à l'éducation, droit aux allocations familiales, droit aux congés, etc.).
- Comme tout ce qui n'est pas interdit par la loi est autorisé, il est impossible de faire une liste de toutes les libertés. En revanche, la **Constitution** établit une liste des **libertés fondamentales**, qui sont particulièrement protégées. Parmi elles, la plupart peuvent être exercés par chacun : ce sont les libertés individuelles.

2. Les libertés individuelles

- La **liberté d'aller et de venir** est celle de se déplacer et d'utiliser son temps comme l'on veut. C'est celle dont on est privé quand on est en prison. Pour la protéger, la loi punit durement la détention arbitraire, toute arrestation qui n'est pas nécessaire à la justice.
- La **liberté de conscience** est la liberté d'opinion. Elle désigne aussi, plus précisément, la liberté de choisir sa religion, de la pratiquer comme on le veut ou de n'en choisir aucune. Dans un État laïque comme la France, la liberté de conscience a pour limite le respect de la liberté de conscience des autres et l'obéissance à la loi, qui est la même pour tous sans distinction de religion.

- La **liberté d'expression** est la liberté de communiquer par tout moyen (parole, écrit, image, presse, livre, chanson, etc.) sans que le message soit contrôlé avant d'être rendu public. Mais l'absence de censure ne signifie pas que l'on puisse dire n'importe quoi : il faut respecter la **dignité** de ceux dont on parle. Ainsi, celui qui publie des accusations calomnieuses (fausses et qu'il sait être fausses) ou qui dévoile au public des informations, mêmes exactes, sur la vie privée d'une personne qui ne souhaite pas que ces informations soient publiées, risque d'être poursuivi devant la justice.

Le sais-tu ?

Le juge doit être indépendant du pouvoir politique, du gouvernement. Dans le cas contraire, le gouvernement serait au-dessus des lois, il pourrait interdire à la justice de le poursuivre s'il ne les respecte pas : il n'y aurait pas d'État de droit possible. Les démocraties ont donc adopté le principe de la séparation des pouvoirs : il y a un véritable pouvoir judiciaire, qui ne reçoit d'ordres ni de ceux qui font la loi (pouvoir législatif), ni du gouvernement (pouvoir exécutif). Les juges sont nommés par le gouvernement, mais avec des garanties d'indépendance. Ce sont des professionnels de la justice, des magistrats formés dans une école spécialisée. Ils sont nommés par le président de la République qui doit cependant suivre les avis d'un conseil formé de magistrats, le Conseil supérieur de la magistrature (CSM). Une fois nommés, les magistrats ne peuvent être renvoyés, à moins que le CSM ne les sanctionne pour faute : ils sont inamovibles.

As-tu retenu ?

1 La liberté, cela signifie que l'on peut faire tout ce que l'on veut :

- ❐ Vrai
- ❐ Faux

2 La liberté d'expression, c'est la liberté de communiquer sans que le message soit contrôlé par la censure :

- ❐ Vrai
- ❐ Faux

EMC

LES LIBERTÉS COLLECTIVES

Certaines libertés n'ont de sens que si plusieurs personnes les exercent ensemble : on les appelle libertés collectives. Qu'ont-elles de particulier par rapport aux libertés individuelles ?

1. Des libertés exercées à plusieurs

- La **liberté d'association** est le type même de la liberté collective. Il n'y a association que si plusieurs personnes sont concernées. Reconnue en France depuis 1901, cette liberté permet à des millions de citoyens de pratiquer des activités qui ne sont possibles qu'en groupe. Pour qu'une association existe, puisse vendre, acheter ou encore employer des salariés, il suffit qu'elle soit déclarée à la préfecture. Les services de la préfecture se contentent d'enregistrer la déclaration, sans porter le moindre jugement sur les motifs pour lesquels l'association est créée. Si une association ne respecte pas la loi, elle n'est pas sanctionnée au moment de sa création, mais plus tard, par la justice et sur des preuves tirées de son fonctionnement réel.
- La **liberté de réunion** et la **liberté de manifestation** sont, elles aussi, inconcevables si elles ne sont pas exercées à plusieurs. Ces libertés s'exercent à peu près comme la liberté d'association. Toutefois, il est plus courant qu'elles portent atteinte à l'ordre public : réunions regroupant trop de personnes pour que la sécurité de chacun soit assurée, manifestation troublant la circulation, etc. Pour ces raisons, la loi prévoit que la police, en charge de l'ordre public, puisse interdire certaines réunions ou manifestations.
- On peut également classer parmi les libertés collectives la **liberté de la presse** et, plus généralement, de tous les médias (audiovisuel, Internet, etc.). Il s'agit d'une forme particulière de la **liberté d'expression** : la libre transmission de l'information par des professionnels. Elle ne se conçoit donc pas sans journalistes, sans organes de presse (journaux, chaînes de télévision, etc.) et bien sûr sans public. Tous ces acteurs ont, en effet, besoin les uns des autres. La liberté de la presse est réglementée, pour l'essentiel, comme la liberté d'expression, mais il faut également tenir compte des contraintes que subissent les entreprises de presse et du pouvoir important que les médias ont sur l'opinion.

2. Des libertés politiques

- Les **droits politiques**, comme le droit de vote, font partie des libertés collectives : voter n'a de sens que si la collectivité, l'ensemble des citoyens, exprime son avis. Plus généralement, les libertés collectives, dans leur ensemble, permettent aux citoyens de s'organiser, ce qui est une condition de leur participation à la vie publique. La liberté de la presse est ainsi indispensable pour que les élections soient réellement libres. La liberté d'association est à l'origine des partis politiques, ainsi que des syndicats, qui rassemblent les travailleurs pour qu'ils puissent mieux défendre leurs intérêts. Les libertés collectives sont le socle de la **démocratie**.

Le sais-tu ?

La Convention européenne de sauvegarde des droits de l'homme et des libertés fondamentales a été signée en 1950 par les États membres du Conseil de l'Europe, né du rejet de la guerre et des totalitarismes. Les droits protégés par la Convention sont essentiellement des droits civils, c'est-à-dire ni des droits politiques, ni des droits sociaux. Elle paraît donc moins protectrice que la Constitution française, qui reconnaît des droits politiques et sociaux. Mais elle donne souvent une définition plus précise des libertés individuelles et collectives. Elle proclame le droit à la vie, l'interdiction de l'esclavage et de la torture, la protection de la vie privée, du domicile, du secret de la correspondance, le droit à un procès équitable et à un appel, etc. La Convention apporte aussi une protection particulière aux étrangers.

As-tu retenu ?

1 De quand date la loi qui permet la liberté d'association ?

- ❒ A. 1918
- ❒ B. 1901
- ❒ C. 1948

2 Parmi les libertés suivantes, lesquelles sont des libertés collectives ?

- ❒ A. La liberté de réunion
- ❒ B. La liberté de manifestation
- ❒ C. La liberté d'opinion

UNE JUSTICE PARTICULIÈRE POUR LES MINEURS

Les personnes mineures n'ont ni les mêmes droits ni les mêmes obligations que les personnes majeures. Quel est le rapport des mineurs à la justice ? Peuvent-ils être punis pour leurs fautes ? Un mineur est-il jugé par les mêmes juges qu'un majeur ?

1. La responsabilité des mineurs

- Être mineur (jusqu'à 18 ans en France et dans la plupart des pays européens), c'est être trop jeune pour assumer seul toutes les obligations de la vie. Le mineur n'a donc pas tous les droits d'un citoyen adulte, mais il reçoit aussi une protection particulière. Les parents du mineur ou tout autre adulte qui se charge de l'élever, sont ses « responsables légaux », c'est donc à eux de réparer, le cas échéant, les dommages à sa place.
- En revanche, on considère en France qu'à partir de **13 ans**, on est assez grand (mature) pour comprendre que la vie en société comporte des règles et qu'il faut les respecter : on devient **pénalement responsable** à cet âge. Le mineur de 13 ans ou plus qui commet une infraction peut donc être poursuivi par la justice pénale et condamné à une amende ou à une peine de prison. Mais même dans ce cas, la justice pour les mineurs est différente de celle des majeurs.

2. Des peines adaptées

- À partir de 13 ans, les mineurs peuvent être condamnés à des amendes exactement comme les majeurs. Pour la prison, en revanche, ils bénéficient de l'**excuse de minorité** : la peine maximale encourue (risquée) est la moitié seulement de celle encourue par un majeur pour la même infraction. Exceptionnellement, un tribunal peut refuser l'excuse de minorité à un jeune de 16 ans ou plus, mais il doit motiver ce choix. Dans tous les cas, les mineurs ne sont pas incarcérés (emprisonnés) avec des majeurs.
- La justice des mineurs n'utilise cependant la prison ou l'amende que dans les cas les plus graves. Le plus souvent, elle ordonne des **mesures d'éducation et de protection**, en général le placement dans un centre d'éducation surveillée. Le jeune ne risque alors la prison que s'il refuse de se soumettre à cette mesure, s'il n'applique pas le règlement du centre où il est placé, ou encore s'il récidive (s'il commet de nouvelles infractions).

- Même quand la justice décide de prononcer contre un mineur une véritable sanction, elle peut avoir recours à d'autres peines qu'à l'amende et à la prison. C'est le cas des **travaux d'intérêt général** (TIG), auxquels sont condamnés la plupart de ceux qui ont commis des dégradations.

3. Des juridictions spécialisées

- Le droit des mineurs est un droit particulier. Pour bien l'appliquer, on a besoin de juges spécialisés.
- Ces juges interviennent à toutes les étapes de la procédure :
  - l'instruction est l'affaire d'un **juge pour enfants** qui peut recourir à la conciliation et décider seul de mesures d'éducation et de protection plutôt que de renvoyer devant un tribunal ;
  - quand il y a jugement, il a lieu devant une **cour d'assises des mineurs** si l'infraction est un crime (infractions les plus graves) et devant un **tribunal pour enfants** si l'infraction est un délit ;
  - le juge pour enfants, voire un juge de proximité, juge seul les cas de contraventions (infractions les moins graves) ;
  - si quelqu'un fait appel du jugement d'un tribunal pour enfants, l'affaire est à nouveau jugée par la cour d'appel, comme pour les autres tribunaux, mais elle est confiée à une **chambre spéciale** des mineurs.

Le sais-tu ?

Il existe trois types de prisons françaises.

- Les maisons d'arrêt, les plus nombreuses, où sont incarcérés (détenus) à la fois, mais pas ensemble, les prévenus et les condamnés à des peines de courte durée (moins d'un an).
- Les maisons centrales, peu nombreuses, réservées aux condamnés à des peines de longue durée.
- Les centres de détention, pour les condamnés à des peines de longue durée qui arrivent en fin de peine.

Hommes, femmes et mineurs sont toujours détenus dans des prisons différentes ou dans des quartiers séparés d'une même prison.

As-tu retenu ?

1 À quel âge un mineur devient-il pénalement responsable ?

- ❒ A. 13 ans
- ❒ B. 18 ans
- ❒ C. 16 ans

LA SÉCURITÉ ET LA DÉFENSE NATIONALE

La défense nationale fait partie des missions des pouvoirs publics. Quelles sont les attributions des différents pouvoirs en matière de défense ? Quel rôle l'administration joue-t-elle dans l'organisation de la défense nationale ? Comment les armées sont-elles organisées ? Quelle est l'attitude actuelle de la République française en matière de défense ?

1. La sécurité nationale

- La « sûreté » fait partie des droits affirmés par la Déclaration des droits de l'homme et du citoyen. Elle signifie que les droits du citoyen sont protégés et qu'il doit se trouver en sécurité. Les forces de sécurité intérieure (police, gendarmerie, pompiers et douanes) répondent à cette exigence.
- La police de l'environnement assure la protection du droit de chacun à vivre dans un environnement « sain et équilibré ». Pour prévenir et réprimer les atteintes à l'environnement, près de 1700 inspecteurs de l'environnement de l'Office français de la biodiversité apportent leur expertise technique, surveillent le territoire, sensibilisent les usagers, recherchent et constatent les infractions, et font des interventions de contre braconnage.
- Les forces armées ont vocation à défendre la souveraineté nationale.

2. L'organisation de la défense nationale

- Selon la Constitution, le président de la République est le chef des armées. C'est le seul à pouvoir décider de l'engagement des forces nucléaires. La défense nationale fait partie du « domaine réservé » du président de la République, mais il ne décide pas seul. Le Parlement fixe le budget et l'organisation de cette dernière en votant des lois de programmation militaire ; c'est lui qui peut autoriser la déclaration de guerre. Le Premier ministre est responsable de la Direction générale de la défense nationale.
- Le président de la République et le Premier ministre choisissent et nomment ensemble un **chef d'état-major** qui coordonne les forces armées : l'armée de terre, la marine, l'armée de l'air et la gendarmerie.

Le sais-tu ?

La politique de défense nationale est globale ; elle nécessite la participation d'un grand nombre d'agents administratifs. Le principal intervenant est le ministère de la Défense. Tout ce qui concerne l'organisation, l'emploi, l'équipement et l'instruction des armées est de son ressort. Il est en contact permanent avec tous les autres ministères. Ceux-ci ont chacun un rôle à jouer dans la politique de défense nationale. Ainsi, le ministère de l'Intérieur est chargé du maintien de l'ordre et de la protection civile.

3. Les missions de la défense nationale

- La défense nationale a pour but de garantir l'indépendance de la nation, l'intégrité du territoire national, la sécurité et la liberté des citoyens, le bon fonctionnement des institutions, le respect des alliances, des traités et des accords internationaux et la protection des intérêts et des ressortissants français à l'étranger. Les forces armées ont ainsi vocation à défendre la souveraineté nationale mais aussi de servir la nation quand elle est engagée par des traités ou comme membre d'organisations internationales comme l'ONU.
- Depuis 1960, la France est une **puissance nucléaire**. La possession de l'arme atomique lui a permis d'avoir recours au principe de dissuasion pour défendre son territoire. La dissuasion a surtout joué un rôle géostratégique. Les risques d'agression se sont diversifiés et disséminés (terrorisme, guerres civiles ou localisées, etc.), et le nouveau concept stratégique élaboré en 1994 ajoute à la dissuasion les trois principes de prévention, de protection et de projection.

Le sais-tu ?

Le service militaire a disparu progressivement et a été remplacé en 2000 par un rendez-vous citoyen d'une journée, la journée défense et citoyenneté, pour les garçons et les filles âgés de dix-huit ans.

As-tu retenu ?

1 Qui dirige les armées françaises ?

- ❒ A. Le président de la République
- ❒ B. Le maréchal de la République
- ❒ C. Le chef d'état-major

CORRIGÉS

L'Europe et le monde au XVIIIe siècle - page 119

1. B. ; 2. A. ; 3. B. ; 4. A.

Les Lumières - page 121

1. A., B., C. ; 2. B., C. ; 3. B.

La Révolution française - page 123

1. Faux. La prise de la Bastille est le symbole de la révolte victorieuse du peuple contre le pouvoir royal. Mais elle ne fait qu'accompagner la réforme de la monarchie voulue par l'Assemblée nationale.
2. Vrai. En se proclamant empereur, le Premier consul de la République établit un nouveau régime mettant fin à la République en mai 1804.
3. Faux. Le roi partage le pouvoir avec une ou plusieurs assemblées.
4. Vrai. Veto signifie « je m'oppose » en latin.

Héritage de la Révolution en France et en Europe - page 125

1. B. ; 2. A., C., D. ; 3. B.

La révolution industrielle - page 127

1. A. ; 2. B. ; 3. A., B.

Conquêtes et sociétés coloniales - page 129

1. A. ; 2. A., B. ; 3. A., B.

La IIIe République - page 131

1. B. ; 2. A.

Les Françaises au XIXe siècle - page 133

1. Faux ; 2. Faux

Espaces et paysages de l'urbanisation - page 135

1. A., C. ; 2. C. ; 3. C. ; 4. B., C.

Les villes dans la mondialisation - page 137

1. Faux. C'est l'activité économique, l'attractivité ou l'influence de la ville qui la caractérisent comme ville-monde.
2. Faux. Detroit, Liverpool et un certain nombre de villes situées dans les régions en difficulté économique voient leur population diminuer.
3. Faux. La mégalopole est une région urbaine.

Un monde de migrants - page 139

1. Faux, les migrants internationaux sont quatre fois moins nombreux que les touristes internationaux (un milliard chaque année).
2. Vrai, notamment en supprimant les démarches administratives permettant la libre circulation des ressortissants de l'espace Schengen.
3. Faux. Un migrant fuyant un danger est un réfugié.

Le tourisme et ses espaces - page 141

1. A., B., C. ; 2. D.

Mers et océans : la maritimisation du monde - page 143

1. C. ; 2. Ba ; Ab ; Cc.

Les États-Unis dans la mondialisation - page 145

1. A., C. ; 2. B., C. ; 3. A.

L'Afrique dans la mondialisation - page 147

1. B. ; 2. B., C. ; 3. B.

Les valeurs et principes de la République - page 149

1. A. Ici, le comportement perturbateur que tu adoptes porterait préjudice aux autres membres de la classe et notamment aux élèves, qui ne pourraient bénéficier de leur droit à l'instruction.
B. La liberté individuelle (de croire ou de ne pas croire) est ici encadrée par une règle collective, nécessaire pour vivre ensemble : la laïcité.
C. C'est l'éditeur qui est, en partie, responsable de ce qui est publié. Dans le cadre du journal du collège, c'est au chef d'établissement de veiller à ce que les écrits publiés ne nuisent pas aux autres ou ne contreviennent pas à la loi.

La justice - page 151

1. A1 ; B6 ; C3 ; D2 ; E4 ; F5.

Qu'est-ce que la liberté ? - page 149

1. Faux ; 2. Vrai.

Les libertés collectives - page 151

1. B. La loi de 1901 permet aux citoyens de se réunir librement. Pour qu'une association puisse exister, il faut simplement la déclarer à la préfecture.
2. A., B.

Une justice particulière pour les mineurs - page 153

1. A.

La sécurité et la défense nationale - page 155

1. A.

Sciences de la vie et de la Terre

LES SÉISMES ET LE RISQUE SISMIQUE

Les séismes ont lieu en limite de plaques tectoniques et sont le résultat de contraintes en profondeur.

1. La manifestation d'un séisme

- Un séisme est une secousse qui a pour particularité de déformer le paysage et de causer des dégâts en surface. L'étendue de ces dégâts en surface est mesurée par **l'intensité** du séisme. La **magnitude**, elle, mesure l'énergie libérée par le séisme, calculée en fonction de la déformation du paysage. Les ondes sismiques des séismes sous-marins peuvent également provoquer des raz-de-marée comme des tsunamis, qui déferlent sur les côtes.

2. L'enregistrement d'un séisme

- Un séisme a lieu lorsqu'il y a une **rupture de roches en profondeur**. Cette rupture est causée par un mouvement de terrain, et est donc présente au niveau des frontières de plaques.
- La rupture, au **foyer sismique**, libère de l'énergie sous forme d'ondes sismiques. La projection du foyer sismique en surface marque **l'épicentre** du séisme. C'est à cet endroit que les secousses sont les plus importantes.
- Les ondes sismiques qui se propagent sont enregistrées par des sismographes. Le sismographe est un instrument de mesure qui permet de déterminer l'amplitude d'un séisme. À partir de la vitesse des ondes et de l'heure d'arrivée dans les stations, il est possible d'établir le lieu exact de la rupture des roches et donc l'épicentre du séisme.
- Les mouvements de terrain provoquant un séisme se produisent le long d'une **faille**.
- Il existe plusieurs types de failles. Les **failles normales** sont formées par des mouvements de dilatation, alors que les **failles inverses** sont liées à une compression. Les failles **transformantes** correspondent à un décrochement.

Le sais-tu ?

Le degré de vulnérabilité d'un lieu est évalué selon la densité de la population et la qualité des constructions, en fonction de leur adaptation aux secousses sismiques. Le site aussi est important, puisqu'il prend en compte les propriétés du sol, à savoir sa capacité à amplifier les ondes sismiques ou à les propager.

3. Prévoir un séisme

- Si un séisme est difficile à prévoir, il est tout de même possible d'évaluer le risque sismique dans un lieu particulier. Celui-ci est établi en fonction de **l'aléa sismique**, du **degré de vulnérabilité** et du **site**.
- L'aléa sismique représente la possibilité pour une région de subir un séisme, selon la localisation des failles.

Le sais-tu ?

La faille de San Andreas, une faille de 1 300 kilomètres

La faille de San Andreas est un réseau de failles en décrochement situé en Californie. Elle s'étend sur une longueur de 1 300 kilomètres, pour 140 kilomètres de large environ. Elle est la conséquence de mouvements de plaques dont les principaux sont le déplacement de la plaque continentale américaine vers l'ouest et la subduction de la plaque océanique Pacifique.

Entraînement

1 Comment se manifeste un séisme en surface ?

- ❒ A. Par une déformation du paysage
- ❒ B. Par une onde sismique non perceptible par l'être humain

2 Comment détermine-t-on un risque sismique ?

- ❒ A. En fonction de la zone susceptible d'être menacée seulement
- ❒ B. En fonction de la densité de la population seulement
- ❒ C. En fonction de la densité de la population et de la zone géographique

SVT

LES VOLCANS ET LE RISQUE VOLCANIQUE

Les volcans sont en limite de plaques tectoniques et se manifestent par une remontée de magma.

1. La manifestation du volcanisme

- Lorsque la pression dans la chambre magmatique est trop forte et que le magma se fraye un chemin jusqu'à la surface, on parle d'éruption volcanique. Le volcanisme se manifeste donc à la surface de la Terre par des coulées de lave fluide ou visqueuse, accompagnées ou non de nuages de cendres et de nuées ardentes. Le **magma** est un mélange de roches fondues et de gaz situé en profondeur, alors que la **lave** est la phase liquide présente en surface.

Le sais-tu ?

Prévoir l'éruption d'un volcan

Le risque volcanique, comme le risque sismique, dépend de l'impact possible sur la population et de la situation géographique, qui constitue l'aléa. Contrairement aux séismes, il est plus facile de surveiller l'activité d'un volcan en mesurant la température des fumerolles, émissions de gaz qui précèdent l'éruption volcanique, ou en détectant le gonflement du volcan grâce à des capteurs.

2. Les volcans effusifs et explosifs

- Les **volcans effusifs** se situent notamment au niveau des dorsales océaniques. Ils sont caractérisés par un écoulement de lave fluide, pauvre en gaz.
- Les **volcans explosifs** se situent principalement en **zones de subduction**. Leur éruption est bien plus dangereuse : le dôme, un assemblage de roches qui bouche le cratère, explose. Lors de l'éruption du volcan, les fragments de roches sont envoyés en l'air et une lave visqueuse, riche en gaz, s'écoule. S'y ajoutent des nuages de cendres, une avalanche de débris et une **nuée ardente**, mélange de gaz brûlant et de cendres.

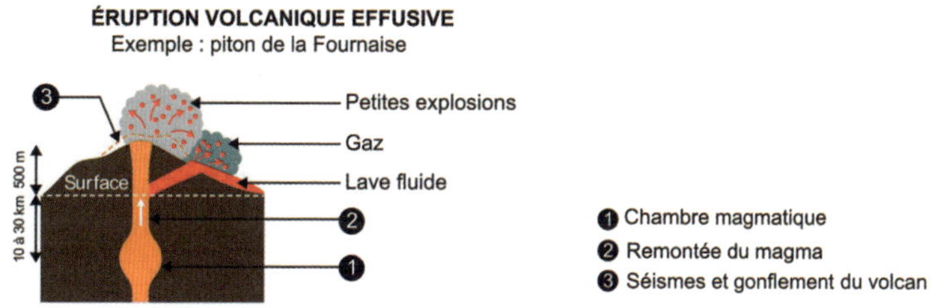

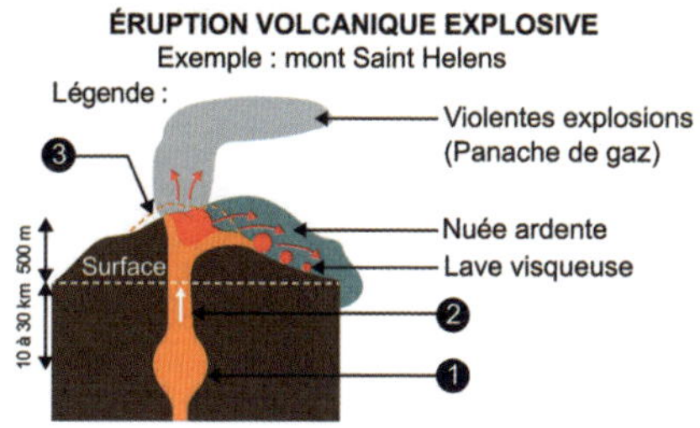

As-tu retenu ?

❶ Complète ces mots croisés.

Vertical
1. Possibilité pour une région de connaître une éruption volcanique.
2. Émissions de gaz qui précèdent l'éruption volcanique.
5. Volcans caractérisés par une éruption riche en gaz et lave visqueuse.

Horizontal
3. Mélange de roches fondues et de gaz, localisé en profondeur.
4. Phase liquide constituée de roches fondues à une température élevée.
6. Nuée constituée de gaz brûlant et de cendres.
7. Zone où se situent principalement les volcans les plus dangereux.
8. Volcans caractérisés par un écoulement de lave fluide et pauvre en gaz.

SVT

LES PHÉNOTYPES ET LES GÉNOTYPES

Au sein d'une population constituée d'individus appartenant à une même espèce, il existe une diversité d'individus. Les caractères, qu'ils soient observables ou non, diffèrent d'un individu à l'autre.

1. Gène et allèle

- Le gène est une portion du **chromosome**, autrement dit une portion de l'**ADN**. Chaque gène code pour un caractère, par exemple la couleur des cheveux, le groupe sanguin, etc.
- **L'allèle** est une version du gène qui exprime un caractère pour un gène. Si le gène code pour le groupe sanguin, l'allèle déterminera le caractère A, B ou O.
- Comme les chromosomes vont par paires identiques, le gène est en deux exemplaires, mais l'allèle peut différer d'un chromosome d'une paire à l'autre. Dans le cas de la détermination du groupe sanguin, les deux allèles du gène peuvent soit être **identiques** (AA ou BB ou OO), soit être **différents** (AO ou AB ou BO).

2. Le génotype détermine le phénotype

- Le **génotype** correspond à l'ensemble des gènes et allèles d'un individu.
- Les **allèles dominants** expriment le caractère s'ils sont présents en au moins un exemplaire. Les **allèles récessifs**, en revanche, n'expriment le caractère que s'ils sont présents en plusieurs exemplaires. Il y a **codominance** lorsque les deux allèles expriment leur caractère.
- Le **phénotype** correspond à l'ensemble des caractères visibles d'un individu déterminé par les combinaisons d'allèles.

Le sais-tu ?

Une comparaison didactique

Un livre de cuisine (génotype) contient plusieurs recettes (gènes). Pour une recette en particulier comme celle du gâteau au chocolat (gène du groupe sanguin), il existe plusieurs versions (allèles) possibles. Pour effectuer cette version de recette, il faut lire les mots (séquence de molécules organiques qui constitue l'ADN) de la recette. À la fin, on obtient la version désirée (le caractère).

3. Un exemple

- Dans le gène qui code pour le groupe sanguin : l'allèle O est récessif ; l'allèle A est dominant sur O ; l'allèle B est dominant sur O ; les allèles A et B sont codominants.

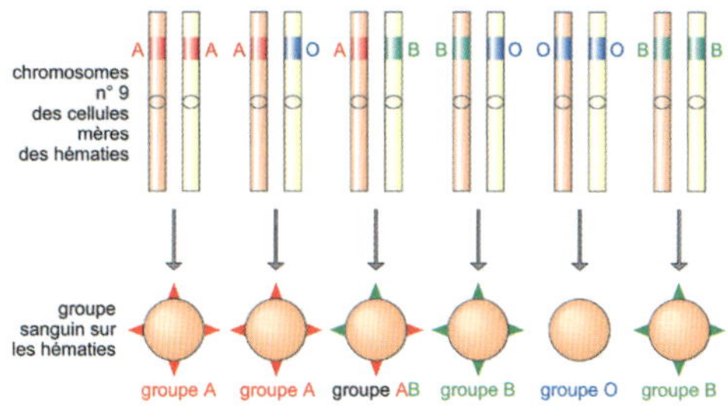

- Quatre phénotypes sont possibles :
  - un individu qui a pour phénotype le groupe sanguin B a deux génotypes possibles : soit il possède deux allèles B, soit un allèle B et un allèle O.
  - un individu qui a pour phénotype le groupe sanguin A a aussi deux génotypes possibles : AA ou AO.
  - un individu qui a pour phénotype le groupe sanguin O a un seul génotype possible : OO.
  - un individu qui a pour phénotype le groupe sanguin AB a un seul génotype possible : AB.

As-tu retenu ?

1 Réalise les mots croisés ci-dessous.

Vertical

1. Portion du chromosome, et donc portion de l'ADN.
2. Situation de deux allèles qui expriment chacun leur caractère.

Horizontal

3. Ensemble des caractères visibles déterminé par les combinaisons d'allèles.
4. Ensemble des gènes et des allèles.
5. Allèle exprimant un caractère s'il est présent en deux exemplaires.
6. Allèle exprimant un caractère s'il est présent en un seul exemplaire.
7. Version du gène.

NUTRITION ET INTERACTION AVEC LES MICRO-ORGANISMES

Les micro-organismes, aussi appelés « microbes », sont des organismes vivants microscopiques présents dans notre environnement ou au sein de l'organisme. Ce sont en grande partie des bactéries, des champignons microscopiques ou des virus, bien que ces derniers ne soient pas constitués d'une cellule.

1. La nutrition des organismes

- Pour fonctionner et produire de l'énergie, les organes des animaux utilisent **du dioxygène et des nutriments (glucose)**. Après transformation chimique, ils rejettent dans le sang du dioxyde de carbone.
- Les plantes chlorophylliennes produisent **leur propre matière organique et du dioxygène** à partir d'eau, de dioxyde de carbone et d'énergie lumineuse.

2. La perturbation de la nutrition

- Certains micro-organismes peuvent perturber la nutrition des animaux en agissant sur une modification de l'apport en dioxygène ou nutriments qui sont essentiels au fonctionnement des organes.

Le sais-tu ?

Le paludisme perturbe la nutrition des animaux

Le plasmodium est un animal unicellulaire transmis par la piqûre de moustique et qui pénètre dans les globules rouges, les faisant éclater. Or, les globules rouges transportent le dioxygène dans le sang jusqu'aux organes. Comme le dioxygène est important pour les réactions chimiques qui ont lieu au niveau des organes, permettant leur fonctionnement, le plasmodium perturbe la nutrition en diminuant le nombre de globules rouges chez un individu atteint de paludisme.

3. Le rôle des micro-organismes dans la nutrition

- Les végétaux et les animaux forment une association avec les micro-organismes, **qui profite aux deux partenaires**.
- Chez les animaux, les micro-organismes hébergés dans le tube digestif sont bénéfiques ou indispensables à l'organisme, comme ceux présents dans la flore intestinale, qui participent à la digestion des aliments. Ils aident aussi le système immunitaire en réduisant la multiplication des micro-organismes pathogènes.
- Les végétaux peuvent s'associer avec des champignons, sous forme de **mycorhizes** leur permettant de récupérer plus facilement les sels minéraux dans le milieu. D'autres forment des nodosités avec des bactéries *Rhizobium*, qui transfèrent à la plante des molécules azotées qu'elles ont fabriquées à partir du diazote de l'air. La plante leur fournit de la matière organique en échange.
- Ces alliances, qui profitent à chacune des parties, sont appelées **symbioses**.

Le sais-tu ?

Une aide précieuse à la digestion de la cellulose

La vache se nourrit d'herbe composée de cellulose, mais elle ne possède pas d'enzymes capables de la digérer. Ce sontles milliards de bactéries présentes dans le tube digestif de la vache qui lui permettent de digérer cette cellulose.

As-tu retenu ?

1 À quoi correspond la nutrition des animaux ?

- ❒ A. À l'apport de dioxyde de carbone aux organes et au rejet de dioxygène et nutriments
- ❒ B. À l'apport de dioxygène aux organes et au rejet de dioxyde de carbone et nutriments
- ❒ C. À l'apport de dioxygène et nutriments aux organes et au rejet de dioxyde de carbone

2 Quels sont les besoins des végétaux chlorophylliens pour produire de la matière organique ?

- ❒ A. Il faut de l'eau (sans sels minéraux), du dioxyde de carbone et de la lumière
- ❒ B. Il faut de l'eau (avec sels minéraux), du dioxyde de carbone et de la lumière
- ❒ C. Il faut de l'eau (avec sels minéraux), du dioxygène et de la lumière

ANATOMIE ET FONCTIONNEMENT DE L'APPAREIL REPRODUCTEUR MASCULIN

1. Acquisition de la fonction de reproduction à la puberté

- Les **caractères sexuels secondaires** sont des caractères physiques, autres que les organes génitaux, permettant de distinguer un individu de sexe masculin. Chez l'homme, ils correspondent à la mue de la voix, l'apparition de poils, l'accélération de la croissance et le développement de la musculature.
- Au niveau anatomique, la masse de l'organe reproducteur, le **testicule**, se développe.
- Le garçon produit des cellules reproductrices (ou gamètes), les **spermatozoïdes**.

2. Anatomie de l'appareil reproducteur masculin

- L'homme a un organe génital externe, le **pénis**, et deux gonades externes, les **testicules**.
- À partir de la puberté, et ce de façon continue tout au long de la vie de l'individu, les **gonades** fabriquent, au sein des tubes **séminifères**, de nombreux spermatozoïdes. Ces gamètes sont stockés dans le testicule au niveau de **l'épididyme**.
- Lors d'une **éjaculation**, les spermatozoïdes quittent le testicule et circulent dans les voies génitales internes. Ils passent par le canal déférent, puis s'assemblent avec le liquide séminal produit par la vésicule séminale et la prostate. Ce **liquide séminal** a pour fonction de nourrir les spermatozoïdes et de permettre leur mobilité une fois dans les voies génitales de la femme.
- Le sperme ainsi formé emprunte **l'urètre** pour sortir du **pénis**.

3. Fonctionnement hormonal de l'appareil reproducteur

- L'appareil reproducteur fonctionne sous l'action d'hormones, des substances chimiques circulant dans le sang. Une hormone cérébrale est produite dans une zone du cerveau et agit sur les testicules. Le testicule synthétise alors une hormone sexuelle, la testostérone.
- La **testostérone** est responsable de l'apparition et du maintien des caractères sexuels secondaires et aide à la production des spermatozoïdes.

Le sais-tu ?

La différenciation anatomique des organes génitaux n'apparaît qu'à la sixième semaine embryonnaire

Au départ, l'embryon possède deux canaux : le canal de Müller et le canal de Wolff. Lorsqu'un individu possède le chromosome Y dans son génotype, il possède également le gène SRY. Ce gène va permettre la différenciation des canaux de Wolff en canaux déférents (et provoquer la dégénération des canaux de Müller) et la transformation des gonades en testicules.

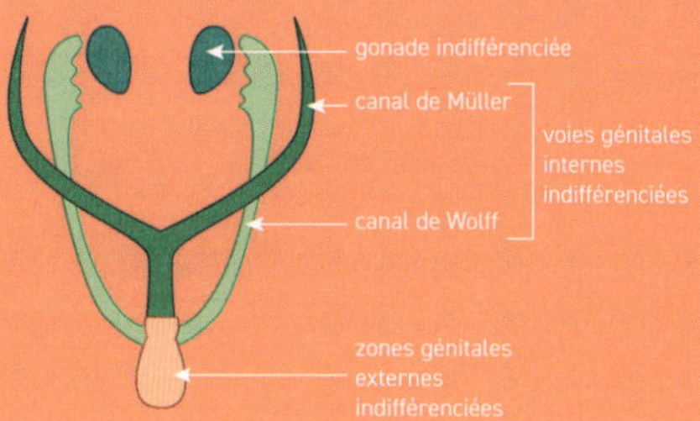

Entraînement

1 Indique, pour chacune de ces transformations, s'il s'agit d'une modification morphologique, physiologique ou comportementale.

Mue de la voix, irritabilité, apparition de la barbe, développement de la musculature, croissance, premières éjaculations, émotivité

Modifications morphologiques (physiques)	
Modifications physiologiques	
Modifications comportementales	

SVT

ANATOMIE ET FONCTIONNEMENT DE L'APPAREIL REPRODUCTEUR FÉMININ

1. Acquisition de la fonction de reproduction à la puberté

- Chez la femme, les transformations dues à la puberté sont l'apparition de caractères sexuels secondaires, comme les poils pubiens, l'accélération de la croissance, le développement des seins et l'élargissement du bassin.
- Deux organes reproducteurs, **l'utérus** et les **ovaires**, se développent.
- Enfin, la fille a ses premières **menstruations** et expulse des gamètes, les **ovules**.

2. Fonctionnement de l'appareil reproducteur féminin

- À partir de la puberté, un ovule est expulsé par l'ovaire lors de chaque cycle menstruel. Un cycle menstruel dure environ 28 jours, pendant lesquels ont lieu deux cycles : un **cycle utérin** et un **cycle ovarien**.
- Le **cycle utérin** se divise en deux grandes phases, lorsqu'il n'y a pas de fécondation :
  - une **phase de règles**, qui dure environ cinq jours. Le premier jour des règles est le premier jour du cycle. La **muqueuse utérine**, ou **endomètre**, régresse et devient fine ;
  - une **phase d'épaississement** de la muqueuse utérine, préparant l'éventuelle implantation d'un œuf fécondé.
- S'il n'y a pas fécondation, la muqueuse utérine régresse à nouveau et un nouveau cycle commence. S'il y a fécondation, il y a absence de règles.
- Le **cycle ovarien** est divisé en deux phases, séparées par une ovulation :
  - une **phase folliculaire** de 14 jours environ, où le follicule contenant l'ovule arrive à maturation.
  - **l'ovulation** : l'ovule sort du follicule aux alentours du quatorzième jour ;
  - une **phase lutéale** de 14 jours environ, où l'ovule passe dans la trompe utérine. Le follicule rompu reste dans l'ovaire et se transforme en corps jaune. S'il n'y a pas fécondation de l'ovule, le corps jaune dégénère dans les derniers jours du cycle.

3. Le trajet des spermatozoïdes dans l'appareil génital féminin

- Lors de la reproduction, les spermatozoïdes sont expulsés dans le vagin. Pour atteindre l'ovule, ils passent par le col de l'utérus pour atteindre l'utérus. L'utérus se sépare en deux trompes utérines aboutissant aux pavillons puis à l'ovaire. Le spermatozoïde doit circuler dans une des trompes pour arriver jusqu'à l'ovule. Lorsque le spermatozoïde pénètre dans l'ovule, il y a **fécondation**.

Le sais-tu ?

Un stock de follicules ovariens limité

Contrairement aux hommes qui peuvent produire des spermatozoïdes en quantité quasi illimitée, l'ovaire de la femme contient dès la naissance un stock nombreux, mais limité, de follicules. C'est la raison pour laquelle les femmes passent par la phase de la ménopause. Ce phénomène se produit lorsqu'il n'y a plus de formation d'ovule. Elle est détectée par une absence et l'arrêt définitif des règles, et commence généralement entre 45 et 55 ans.

As-tu retenu ?

1 À quel cycle correspond chaque phénomène ?

Phase de règles •	
Maturation du follicule •	• Cycle utérin
Ovulation •	
Épaississement de la muqueuse utérine •	• Cycle ovarien
Présence d'un corps jaune •	

Entraînement

2 Légende le schéma de l'appareil reproducteur féminin.

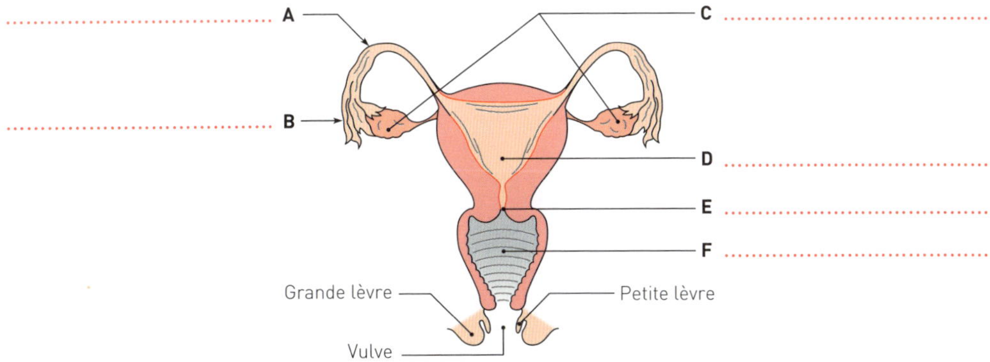

SVT

CORRIGÉS

Les séismes et le risque sismique – page 161

1. A. Ces déformations peuvent être des failles.
2. C. Un risque sismique est déterminé en fonction de l'aléa, du degré de vulnérabilité et du site.

Les volcans et le risque volcanique – page 163

1. Aléa ; 2. Fumerolles ; 3. Magma ; 4. Lave ; 5. Explosifs ; 6. Ardente ; 7. Subduction ; 8. Effusifs.

Les phénotypes et les génotypes – page 165

1. Gène ; 2. Codominance ; 3. Phénotype ; 4. Génotype ; 5. Récessif ; 6. Dominant ; 7. Allèle.

Nutrition et interaction avec les micro-organismes – page 167

1. C. Les organes ont besoin de dioxygène apporté par la respiration et de nutriments apportés par l'alimentation, et rejettent du dioxyde de carbone.
2. B. Les végétaux chlorophylliens réalisent la photosynthèse à partir d'eau, de dioxyde de carbone et d'énergie lumineuse et produisent leur matière organique et du dioxygène.

Anatomie et fonctionnement de l'appareil reproducteur masculin – page 169

1. La mue de la voix, l'apparition de la barbe, le développement de la musculature et la croissance sont des modifications morphologiques. L'apparition des premières éjaculations est une modification physiologique. L'irritabilité et l'émotivité sont des modifications comportementales.

Anatomie et fonctionnement de l'appareil reproducteur féminin – page 171

1. La phase de règles et l'épaississement de la muqueuse utérine correspondent au cycle utérin, les autres propositions au cycle ovarien.
2. A. Trompe de Fallope ; B. Pavillon ; C. Ovaires ; D. Utérus ; E. Col de l'utérus ; F. Vagin.

Physique-chimie

STRUCTURE DE LA MATIÈRE

Toute la matière est constituée d'atomes (du grec *atomos*, qui veut dire insécable).

1. Les atomes

- Il existe à l'état naturel environ une centaine d'atomes différents. Tous les atomes existants sont regroupés dans un tableau appelé « **tableau** ou **classification périodique** ». Ce tableau a été créé en 1869 par le Russe Dmitri Mendeleïev.
- Tous les atomes identiques portent le même nom et sont représentés par le même **symbole**. Il s'agit en général d'**une première lettre écrite en majuscule**, parfois suivie d'une autre **lettre écrite en minuscule**.

  Exemples : *le fer : Fe ; l'azote (nom latin : nitrogenium) : N.*
- Chaque **atome** est représenté par une **boule de couleur** mais ce n'est qu'un **modèle** qui permet d'expliquer les transformations chimiques.
- Voici les atomes à connaître :

Nom de l'atome	Hydrogène	Carbone	Oxygène	Azote	Chlore
Symbole de l'atome	H	C	O	N	Cl
Modèle de l'atome					

2. Les molécules

- Les **molécules** sont des **assemblages d'atomes**. À chaque molécule correspond un assemblage particulier.
- Dans une molécule, le nombre d'atomes peut varier de deux à quelques milliers et il existe des milliers de molécules différentes. Les industries pharmaceutiques en créent de nouvelles chaque jour.

3. La formule d'une molécule

- La formule d'une molécule indique le nombre d'atomes de chaque type qui la composent.

Exemple : Molécule d'eau H_2O
- 2 atomes d'hydrogène → H_2
- Pas de nombre derrière le O donc 1 atome d'oxygène

➔ Molécules à connaître :

Nom de la molécule	Formule de la molécule	Modèle de la molécule
dihydrogène	H_2	
dioxygène	O_2	
diazote	N_2	
eau	H_2O	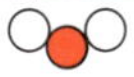
dioxyde de carbone	CO_2	
méthane	CH_4	
protoxyde d'azote	N_2O	

Entraînement

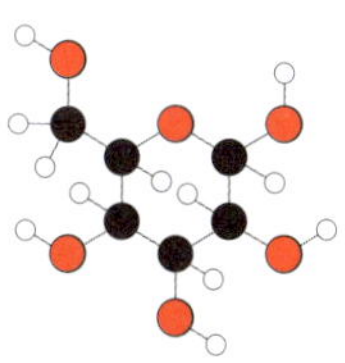

Molécule de glucose

1 Que représentent les sphères colorées dont le glucose est constitué ?

❐ A. des atomes

❐ B. des molécules

2 Combien de sortes d'atomes différents la molécule de glucose contient-elle ?

❐ A. 1

❐ B. 3

❐ C. 21

3 Donne la formule chimique de la molécule de glucose.

....

....

4 Entoure les formules chimiques des molécules.

C	O	H_2O	NH_4	Cl	O_2
CO_2	$C_2H_4O_2$	H	Cl_2	Fe	N

5 La molécule d'aspirine a pour formule $C_9H_8O_4$.
Donne sa composition atomique.

....

....

LES COMBUSTIONS

Les centrales au charbon utilisent l'énergie libérée par la combustion du charbon. En 2020, les centrales à charbon représentaient 35,1 % de la production mondiale d'électricité.

1. Définition

- Une **combustion** est le fait de faire **brûler de la matière**. C'est une **transformation chimique** au cours de laquelle des réactifs disparaissent et de nouveaux produits apparaissent.
- Pour qu'une combustion ait lieu, il faut la **présence de trois éléments** :
  - un **combustible** : espèce chimique capable de brûler (ex : essence, bois, papier, charbon, etc.) ;
  - un **comburant** : espèce chimique qui entretient la combustion (ex : le dioxygène) ;
  - une **énergie** qui permet de démarrer la combustion (ex : étincelle, flamme).
- Les combustions **libèrent de l'énergie thermique** (dégagement de chaleur).

2. Étude de la combustion du carbone

- Le charbon est constitué principalement de carbone. Lorsqu'on réalise la combustion du charbon dans un bocal rempli de dioxygène, le **charbon brûle plus vivement que dans l'air**. Au bout d'un certain temps, la combustion s'arrête alors qu'il y a encore du charbon. Si nous remplissons à nouveau le flacon de dioxygène, la combustion redémarre. C'est **le dioxygène de l'air qui permet la combustion du carbone**.

Le sais-tu ?

Danger des combustions

Lorsqu'un appareil de chauffage au gaz (naturel ou butane) a une arrivée d'air insuffisante ou que l'évacuation des gaz produits par cet appareil est insuffisante (par exemple si l'aération est obstruée), la combustion est incomplète. Il se forme alors du monoxyde de carbone, gaz inodore, incolore et très toxique qui entraîne l'asphyxie.

- À la fin de la combustion, **nous ajoutons de l'eau de chaux** dans le bocal et nous agitons. Nous voyons rapidement apparaître un **précipité blanc**. Nous savons que ce test permet de reconnaître la présence de dioxyde de carbone. **La combustion du charbon a produit du dioxyde de carbone**.
- Bilan de la combustion du charbon :

$$\underbrace{\text{carbone + dioxygène}}_{\text{réactifs}} \longrightarrow \underbrace{\text{dioxyde de carbone}}_{\text{produits}}$$

- Les centrales à charbon contribuent à l'effet de serre, car lors de la combustion du charbon, il y a formation de dioxyde de carbone. Le dioxyde de carbone est un gaz à effet de serre.

3. Autres combustions

- Dans nos maisons, nous utilisons souvent le « gaz naturel », qui est constitué essentiellement de **méthane**. Lors de la combustion du **méthane**, le méthane et le dioxygène de l'air sont consommés : ce sont les **réactifs**. Il se forme du dioxyde de carbone et de l'eau qui sont les **produits** de la réaction.

$$\underbrace{\text{méthane + dioxygène}}_{\text{réactifs}} \longrightarrow \underbrace{\text{dioxyde de carbone + eau}}_{\text{produits}}$$

As-tu retenu ?

1 Quel est le combustible dans la liste suivante ?

- ❐ A. L'alcool
- ❐ B. Le dioxygène
- ❐ C. Le dioxyde de carbone

2 Relie chaque mot à sa définition.

1. Un combustible •	• a. Espèce chimique qui entretient la combustion
2. Un comburant •	• b. Espèce chimique capable de brûler
3. Une énergie •	• c. Permet de démarrer la combustion

3 Lorsque les pompiers couvrent une victime en feu à l'aide d'une couverture, ils enlèvent :

- ❐ A. le combustible.
- ❐ B. le comburant.
- ❐ C. la flamme.

DIFFÉRENCE ENTRE TRANSFORMATION PHYSIQUE ET TRANSFORMATION CHIMIQUE

1. Les transformations physiques

- Une transformation physique est le **passage d'un corps d'une forme physique à une autre**, sans modification de la nature des molécules mises en jeu, il change d'aspect ou de forme. C'est-à-dire qu'**aucune substance ne disparaît, et aucune nouvelle substance n'apparaît**.

  Exemples de transformations physiques : changement d'état, modification de la température du système chimique, de sa pression, de son volume.

2. Les transformations chimiques

- Une transformation **chimique** s'accompagne d'une **modification des espèces chimiques** présentes dans l'état initial. Les **substances présentes au début sont différentes de celles qui sont présentes à la fin** : les atomes présents dans les molécules de départ sont redistribués afin de former de nouvelles molécules.
- Un **réactif** est une espèce chimique **présente en début** de réaction chimique.
- Un **produit** est une espèce chimique **obtenue à la fin** d'une réaction chimique.
- Pour décrire une transformation chimique, on écrit un **bilan** de transformation chimique : **Réactif 1 + Réactif 2 → Produit 1 + Produit 2**
- Le bilan de la combustion du charbon s'écrit :

$$\underbrace{\text{carbone + dioxygène}}_{\text{réactifs}} \longrightarrow \underbrace{\text{dioxyde de carbone}}_{\text{produits}}$$

Le sais-tu ?

La statue de la Liberté n'a pas toujours été de couleur verte. Elle est faite en cuivre de couleur brun-orangé, mais celui-ci s'est oxydé au contact de l'air et des pluies. Le cuivre a subi une transformation chimique !

3. La conservation de la masse

- **Transformation physique :** Lors d'une transformation physique, la masse se conserve, car aucune substance ne disparaît, et aucune nouvelle substance n'apparaît : ce sont toujours les mêmes espèces chimiques présentes.
- **Transformation chimique :** Lors d'une transformation chimique, la masse se conserve, car on compte autant d'atomes dans l'état initial que dans l'état final.
- Le bilan de la combustion du charbon s'écrit :

carbone + dioxygène ⟶ dioxyde de carbone

$$C + O_2 \longrightarrow CO_2$$

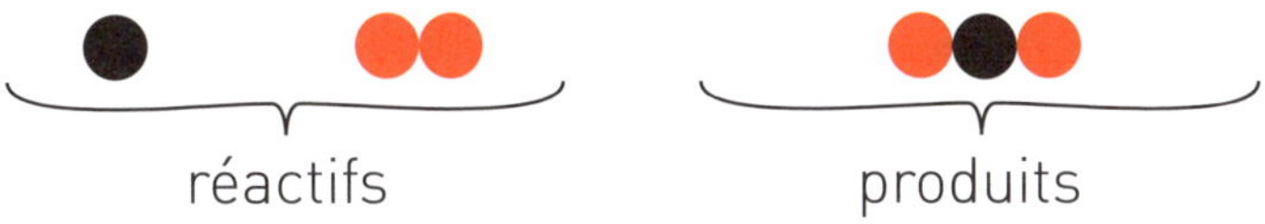

Dans les réactifs, un atome de carbone (C : sphère noire) et 2 atomes d'oxygène (O : sphère rouge).

Dans les produits, un atome de carbone (C : sphère noire) et 2 atomes d'oxygène (O : sphère rouge).

Le sais-tu ?

Exemples de transformation chimique

La formation de la rouille

Un cachet effervescent

Entraînement

1 Relie chaque exemple au type de transformation qui convient.

1. L'eau qui bout •
2. La décoloration d'un jean par de l'eau de Javel •
3. La combustion du gaz de ville •
4. Le beurre qui fond dans la poêle •
5. Le trouble de l'eau de chaux •

• A. transformation physique

• B. transformation chimique

Physique-chimie

LES FORCES

Une force est une action mécanique que l'on représente par un segment fléché.

1. Définition

- Une force est une interaction entre deux systèmes physiques (objets ou personnes). On distingue :
  - les **actions de contact** (contact d'un objet sur un autre objet).

    Exemples : *force exercée quand je pousse quelqu'un sur une balançoire, force de tension d'un fil, force de rappel d'un ressort, etc. ;*
  - les **actions à distance** (s'exercent sans contact entre les deux objets).

    Exemples : *aimant qui attire une bille métallique, force gravitationnelle, etc.*
- Les forces ont plusieurs **effets** sur le mouvement. Elles permettent : de **mettre en mouvement** un système ou de l'arrêter ; de **modifier la vitesse** ou la **trajectoire** d'un système.
- Parfois, les forces exercées sur l'objet étudié se compensent. Dans ce cas, l'objet est en équilibre statique ou a un mouvement rectiligne uniforme.

2. Représentation des forces

- On représente une force par **quatre caractéristiques** : son **point d'application** (point en lequel s'exerce la force) ; sa **direction** ; son **sens** ; sa **valeur** en newtons (N).

Exemple :

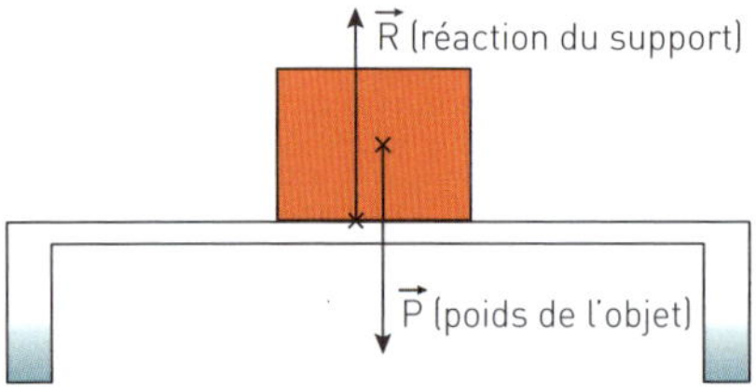

Forces exercées sur le paquet posé sur la table	Caractéristiques
Réaction du support	– sa direction : verticale – son sens : vers le haut
Poids de l'objet	– sa direction : verticale – son sens : vers le bas

- Le poids et la réaction du support se compensent, le paquet est immobile.

3. Diagrammes objet-interaction

- Un **diagramme objet-interaction** est un schéma faisant apparaître les éléments en interaction avec un système ainsi que la nature des interactions (de contact ou à distance).
- On représente un diagramme objet-interaction à l'aide de bulles, dans lesquelles on fait figurer au centre le système physique, et autour les objets qui entrent en interaction avec ce système. On symbolise par une double flèche l'interaction appliquée entre le système et les autres éléments (trait plein pour une action de contact, trait en pointillés pour une action à distance).
- Exemple d'une balle qui rebondit sur la raquette d'un tennisman. La balle entre en contact avec la raquette. Elle subit également un léger frottement de l'air (qui reste négligeable). Elle subit **l'attraction de la Terre à distance**.

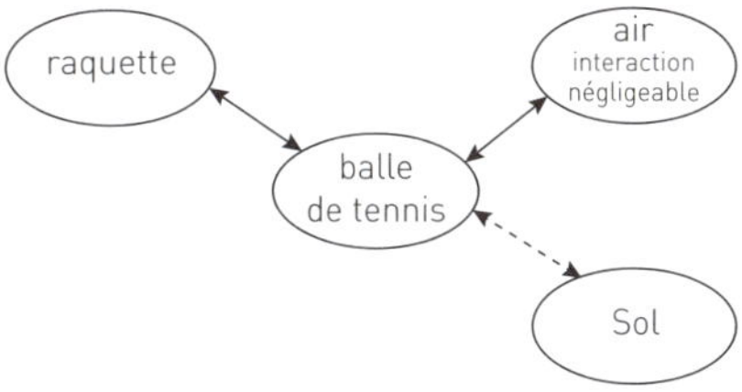

As-tu retenu ?

1 Le vent qui souffle sur un cerf-volant est :

- ❒ A. une action à distance.
- ❒ B. une action de contact.
- ❒ C. aucune des deux.

2 La force de l'eau sur le bateau est :

- ❒ A. une action à distance.
- ❒ B. une action de contact.
- ❒ C. aucune des deux.

3 La force d'attraction d'un aimant sur un clou en fer à son voisinage est :

- ❒ A. une action à distance.
- ❒ B. une action de contact.
- ❒ C. aucune des deux.

4 L'action mécanique exercée sur un objet peut :

- ❒ A. modifier sa vitesse.
- ❒ B. arrêter l'objet.
- ❒ C. changer sa couleur.

LA TENSION ÉLECTRIQUE

Nous utilisons des piles que nous choisissons en tenant compte de l'indication 4,5 V ou 6 V portée sur celles-ci. 4,5 V et 6 V correspondent à la tension délivrée par les piles.

1. Définition

- La tension électrique est **une grandeur** qui correspond à une **différence d'état électrique entre deux points**. On la définit donc toujours entre deux points d'un circuit ou entre deux bornes d'un dipôle.
- La **tension** se note **U**. L'unité de la tension est le **volt**, de symbole **V**. Les multiples et sous-multiples sont le **millivolt (mV)**, et le **kilovolt (kV)**.

kV	.	.	V	.	.	mV

1 kV = 1 000 V   1 V = 1 000 mV

- La tension se mesure avec un **voltmètre** branché en **dérivation**. Son symbole est :

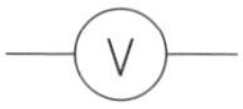

2. La tension dans un circuit électrique en série

- **Loi d'additivité des tensions** : Dans un circuit en série, la tension aux bornes du générateur est égale à la **somme des tensions aux bornes des dipôles récepteurs**.

Exemple 1 : *Calcul de la tension du générateur (ici la pile).*

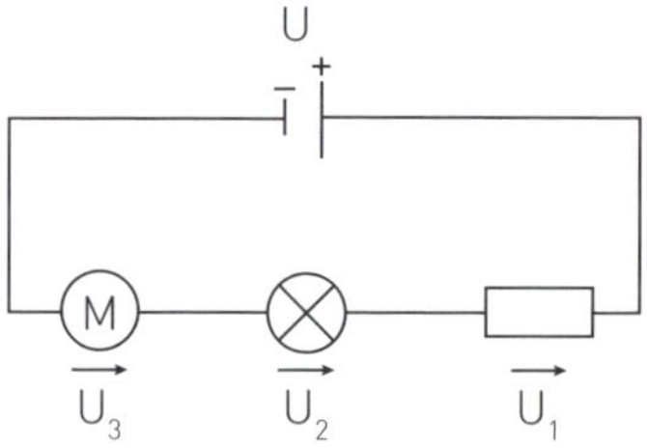

Attention

Pour calculer la tension d'un dipôle récepteur, on soustrait la tension des autres dipôles récepteurs à la tension du générateur !

Si $U_{moteur} = 3$ V, $U_{lampe} = 6$ V et $U_{résistance} = 4$ V

Alors :

$U_{pile} = U_{moteur} + U_{lampe} + U_{résistance}$

$U_{pile} = 3 V + 6 V + 4 V = 13 V$

Exemple 2 : *Calcul de la tension du moteur.*

Si $U_{pile} = 9$ V, $U_{moteur} = 3$ V et $U_{résistance} = 2$ V

Alors :

$U_{pile} = U_{moteur} + U_{lampe} + U_{résistance}$

donc $U_{lampe} = U_{pile} - U_{moteur} - U_{résistance}$

$U_{lampe} = 9 V - 3 V - 2 V = 4 V$

Le sais-tu ?

Alessandro Volta est un physicien italien qui a inventé la première pile en empilant des disques de zinc et de cuivre les uns sur les autres, séparés par un tissu imbibé d'eau salée.

As-tu retenu ?

1 Quelle est la grandeur physique indiquée sur l'emballage des piles ?

- ❒ A. Le volume
- ❒ B. L'intensité
- ❒ C. La tension électrique

2 Quelle est l'unité de la tension ?

- ❒ A. Le volt
- ❒ B. Le litre
- ❒ C. L'ampère

3 Quel est le symbole de la tension ?

- ❒ A. T
- ❒ B. U
- ❒ C. V

L'INTENSITÉ ÉLECTRIQUE

Le courant électrique est un déplacement de particules électriques, il peut être comparé au débit d'une rivière.

1. Définition

- Le « débit » d'un courant électrique est une grandeur appelée l'**intensité**, qui se note **I**. L'intensité est **proportionnelle** au nombre de particules électriques qui traversent un conducteur en une seconde.
- L'unité de l'intensité est l'**ampère**, noté **A**. Les multiples ou sous-multiples sont : le milliampère (mA), le centiampère (cA), le déciampère (dA), le décaampère (daA), l'hectoampère (hA), le kiloampère (kA).

kA	hA	daA	A	dA	cA	mA

1 kA = 1 000 A   1 A = 1 000 mA

- L'intensité électrique se mesure avec un ampèremètre branché en série, dont le symbole est : 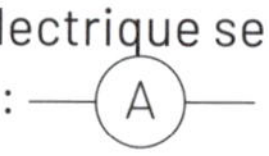

2. Les lois de l'intensité dans les circuits en série et en dérivation

Dans un circuit en série

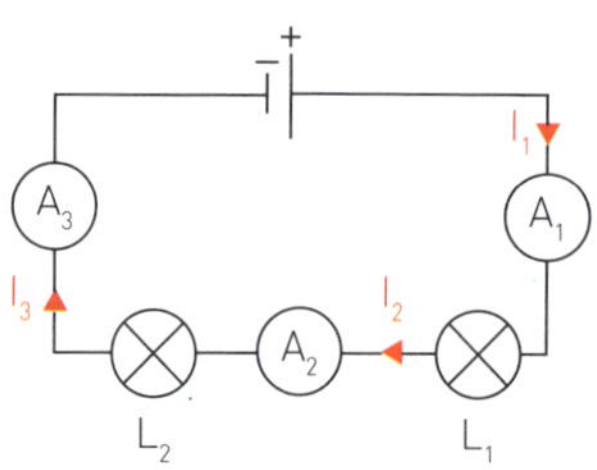

$I_1 = I_2 = I_3$

Loi d'unicité : L'intensité est partout la même dans un circuit en série.

Si $I_1 = 1$ A, alors $I_2 = I_3 = 1$ A

Dans un circuit en dérivation

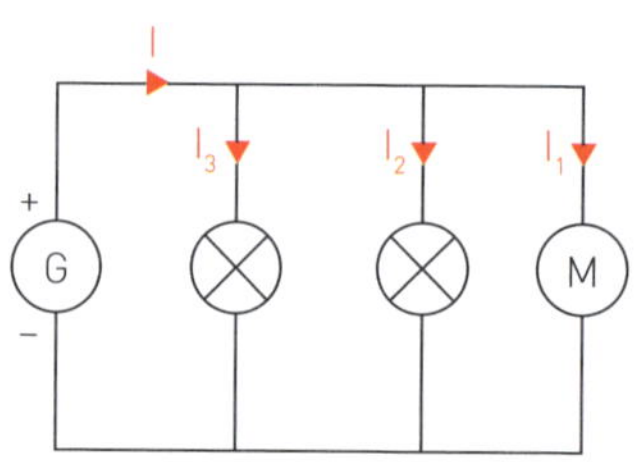

$I = I_1 + I_2 + I_3$

Loi d'additivité : L'intensité de la branche principale (celle qui contient le générateur) est égale à la somme des intensités des branches dérivées dans un circuit en dérivation.

Si $I_1 = 1$ A, $I_2 = 2{,}5$ A et $I_3 = 1{,}5$ A

alors I = 1 A + 2,5 A + 1,5 A = 5 A

Le sais-tu ?

André-Marie Ampère est un physicien, mathématicien, chimiste et philosophe français qui inventa les termes « courant » et « tension » !

As-tu retenu ?

1 Pour mesurer une intensité électrique, on utilise :

- ❒ A. un mètre.
- ❒ B. un voltmètre.
- ❒ C. un ampèremètre.

Entraînement

2 L'ampèremètre mesure ici une intensité de 0,02 A. Si on le place avant le moteur, l'intensité sera :

- ❒ A. plus petite que 0,02 A.
- ❒ B. la même intensité (0,02 A).
- ❒ C. plus grande que 0,02 A.

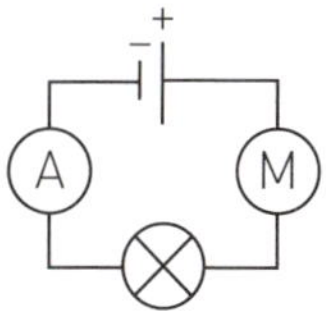

3 Convertis 0,02 A en mA.

- ❒ A. 0,02 A = 2 000 mA
- ❒ B. 0,02 A = 0,020 mA
- ❒ C. 0,02 A = 20 mA

4 Le circuit suivant est un circuit :

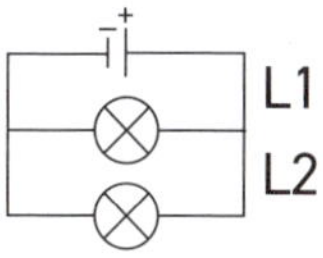

- ❒ A. en série.
- ❒ B. en dérivation.

5 Si, dans le circuit de la question 4, l'intensité traversant la lampe 1 est de 0,1 A et l'intensité traversant la lampe 2 est de 50 mA, alors l'intensité de la branche principale est égale à :

- ❒ A. 50,1 A
- ❒ B. 0,1 A
- ❒ C. 0,150 A

LA RÉSISTANCE

1. Définitions

- En physique, le mot **résistance** peut avoir deux significations. On parle de résistance pour désigner :
  - le dipôle de symbole électrique  ;
  - la grandeur physique, c'est-à-dire la valeur de la résistance d'un dipôle, liée à la capacité de ce dipôle à résister au passage du courant.
- La résistance se note R. L'unité de la résistance est l'ohm, de symbole Ω. Les multiples sont le kiloohm kΩ et le mégaohm MΩ. 1 kΩ = 1 000 Ω
1 MΩ = 1 000 kΩ = 1 000 000 Ω

2. Comment identifier la valeur d'une résistance ?

1. Le code couleur

- Les résistances sont des dipôles utilisés fréquemment dans les circuits électroniques. Pour éviter les erreurs, le constructeur indique par des **anneaux de couleur la valeur** de chaque résistance et la précision de cette valeur.

Couleur de l'anneau	Noir	Marron	Rouge	Orange	Jaune	Vert	Bleu	Violet	Gris	Blanc	Argent	Or
Valeur	0	1	2	3	4	5	6	7	8	9		
Coefficient multiplicateur	1	10^1	10^2	10^3	10^4	10^5	10^6	10^7	10^8	10^9		
Tolérance		1 %	2 %								10 %	5 %

Le sais-tu ?

L'effet Joule

Lors du passage du courant électrique dans un matériau conducteur, il y a un échauffement du matériau dû à la résistance : c'est l'effet Joule. Cet effet peut être recherché dans les appareils de cuisson (par exemple : l'appareil à raclette), ou peut être un inconvénient (par exemple : l'ordinateur, où l'on met un ventilateur pour évacuer la chaleur émise par les composants électroniques, qui risque d'abîmer les composants).

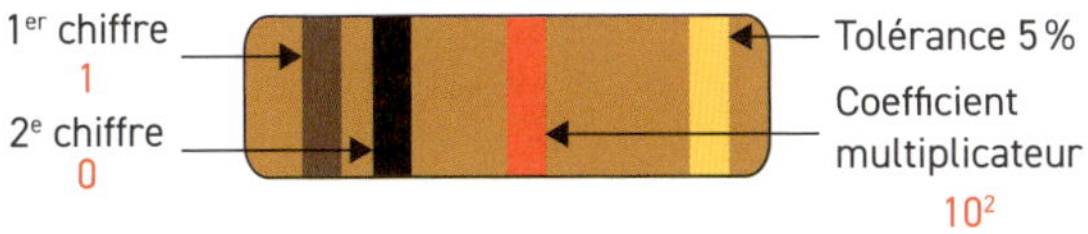

- La résistance en exemple a une valeur de 1 000 Ω c'est-à-dire 1 kΩ ($10 \times 100 = 1\,000$).

2. Comment mesurer une résistance ?

- La résistance se mesure avec un **ohmmètre** branché directement aux bornes du dipôle (**attention :** on effectue cette mesure circuit ouvert ou en dehors d'un circuit électrique).
- **Symbole de l'ohmmètre :** 

(les bornes sont Ω et COM).

3. Influence de la résistance dans un circuit en série

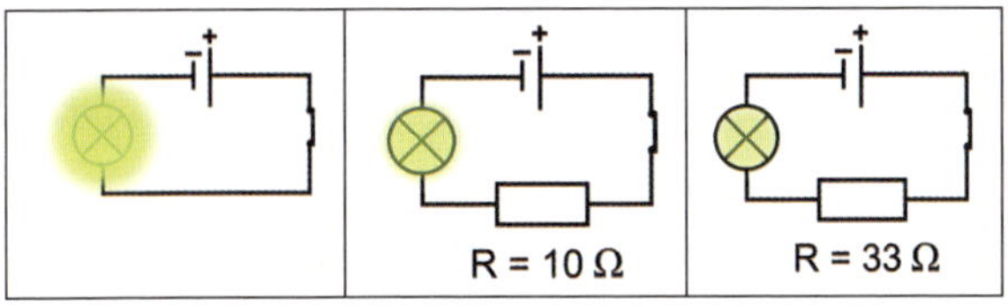

- L'éclat de la lampe diminue lorsque la résistance augmente.

Le sais-tu ?

L'humidité de la salle de bains diminue la résistance électrique du corps humain. De plus, on ne peut pas mesurer la résistance d'un matériau isolant.

As-tu retenu ?

1 Quelle est l'unité de la résistance ?

- ❒ A. Le volt
- ❒ B. L'ampère
- ❒ C. L'ohm

2 Avec quel appareil mesure-t-on la résistance d'un matériau ?

- ❒ A. Le voltmètre
- ❒ B. L'ohmmètre
- ❒ C. L'ampèremètre

LA LOI D'OHM

Il existe une relation qui lie les trois grandeurs physiques vues précédemment, la tension, l'intensité et la résistance.

1. Trois grandeurs liées

- La loi d'Ohm est le lien entre la valeur R d'une résistance, la tension U à ses bornes et l'intensité I qui la traverse. Pour un **conducteur ohmique** (une résistance) $U = R \times I$
U = tension aux bornes de la résistance, en volts (V) ; I = intensité qui traverse la résistance, en ampères (A) ; R = valeur de la résistance, en ohms (Ω).

  Si la tension aux bornes d'un conducteur ohmique est de 2 V et que celui-ci est traversé par une intensité de 0,01 A, alors la valeur de la résistance R vaut : $R = \frac{U}{I} = \frac{2}{0,01} = 200\ \Omega$.

2. Caractéristique d'un dipôle ohmique

- Lorsqu'on mesure la tension U aux bornes d'un dipôle électrique, et l'intensité I qui le traverse, on étudie la **caractéristique du dipôle**.
- Pour retrouver cette loi expérimentalement, nous pouvons réaliser un circuit en série comportant une résistance (ici de valeur R = 69 Ω) et dans lequel nous **faisons varier la tension U du générateur**. Mesurons alors l'intensité I traversant la résistance.

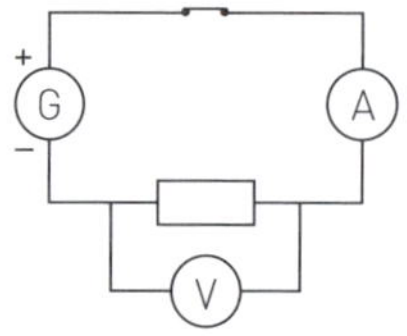

U (en V)	I (en A)
3	0,043
4,5	0,065
6	0,086
9	0,13

- Grâce à ce montage, on peut tracer un graphique représentant la variation de la tension U aux bornes de la résistance de valeur R en fonction de l'intensité I du courant qui la traverse. La courbe obtenue s'appelle la **caractéristique de la résistance**.
- On remarque que la caractéristique tension-intensité d'un **conducteur ohmique** est une droite qui passe par l'origine du repère, cela signifie simplement que **U et I sont des grandeurs proportionnelles**. Le coefficient directeur de la droite donnant la valeur de la résistance se détermine en divisant l'ordonnée U d'un point de la droite par son abscisse I. Prenons, par exemple, les coordonnées du

point B pour calculer ce coefficient ; on trouve $R = \frac{U}{I} = \frac{4,5}{0,065} = 69\ \Omega$.

- De cette loi, on peut tirer quelques enseignements utiles : pour une valeur donnée de la résistance, l'intensité du courant augmente si la tension augmente (et inversement) ; pour une tension donnée (par exemple 220 V), si la résistance diminue, l'intensité augmente.

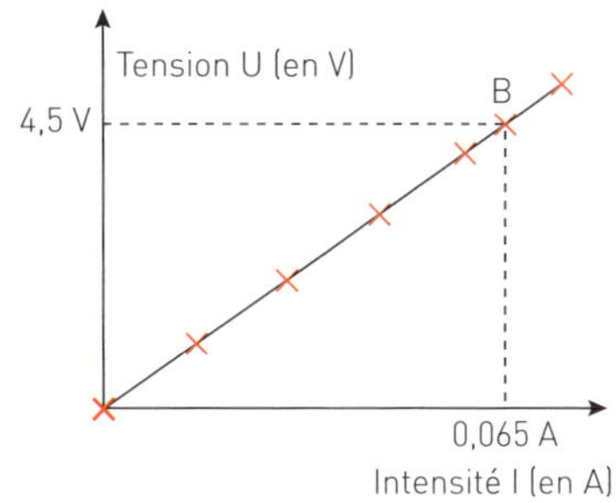

Caractéristique tension-intensité d'une résistance

Le sais-tu ?

Cette relation fut établie pour la première fois en 1827 par le physicien Georg Simon Ohm et porte son nom.

As-tu retenu ?

1 La loi d'Ohm est valable pour :

- ❒ A. tous les dipôles électriques conducteurs.
- ❒ B. les conducteurs ohmiques.
- ❒ C. tous les dipôles électriques isolants.

2 Pour une valeur de tension fixe, lorsque la résistance augmente :

- ❒ A. l'intensité diminue.
- ❒ B. l'intensité reste la même.
- ❒ C. l'intensité augmente.

3 Lorsqu'on trace la caractéristique d'une lampe, on obtient :

- ❒ A. une droite.
- ❒ B. une droite qui passe par l'origine du repère.
- ❒ C. une autre forme.

4 La tension U et l'intensité I d'un conducteur ohmique sont :

- ❒ A. proportionnelles.
- ❒ B. non proportionnelles.
- ❒ C. indépendantes l'une de l'autre.

LA LUMIÈRE ET LE SON

La lumière se propage en ligne droite dans le vide : on parle de propagation rectiligne de la lumière. On modélise le trajet de la lumière par une droite imaginaire appelée rayon lumineux.

1. La vitesse de la lumière

- Entre le Soleil et la Terre, la lumière se propage dans le vide avant de traverser l'atmosphère terrestre. La valeur admise pour la vitesse de la lumière dans le vide est actuellement égale à 299 792,458 km par seconde, **c'est la plus grande vitesse de l'Univers**.
- On admettra comme valeur de la vitesse de propagation de la lumière dans le vide : **v = 300 000 000 m par seconde** ou : $v = 3 \times 10^8$ m/s.

2. La lumière dans les autres milieux

- La lumière se propage dans l'eau et dans tous les liquides transparents, mais aussi dans le verre et dans tous les solides transparents.
- Un milieu non transparent est dit **opaque**, la lumière ne se propage pas dans un milieu opaque. Un carton, une feuille de métal, une porte en bois empêchent la lumière de passer.
- La vitesse de propagation de la lumière dépend de la nature du milieu traversé.
- $v_{(eau)} = 225\ 000$ km/s ; $v_{(verre)} = 200\ 000$ km/s. On considérera généralement : $v_{(air)} \sim c_{(vide)} = 300\ 000$ km/s.

3. L'année-lumière

- **L'année-lumière** (al) est une **unité de distance**, elle est égale à la **distance parcourue par la lumière dans le vide en une année**. C'est une unité qui convient pour les mesures astronomiques, car elle représente une très grande distance.
- Calculons la distance parcourue dans le vide au cours d'une année par la lumière : il y a 365 jours par an, 24 heures par jour et 3 600 secondes en une heure, le nombre de secondes en une année est donc égal à : 365 × 24 × 3 600 s.
- Laissons la vitesse exprimée en km/s, on calcule la distance : $d = v \times t$ = 300 000 × 365 × 24 × 3 600 = **$9,46 \times 10^{12}$ km = 1 al**

4. Le son

- Le son nécessite un milieu matériel pour se propager : il n'y a pas de son dans le vide.
- Il dépend de deux grandeurs physiques, la fréquence et le niveau sonore. La fréquence indique le nombre de vibrations qui se produit en 1 seconde. Elle se note f et s'exprime en hertz (Hz).
- Un son de grande fréquence vibre avec beaucoup d'énergie : c'est un son aigu. Les sons trop aigus pour être audibles sont appelés ultrasons ($f > 20\,000$ Hz) ;
- Un son de faible fréquence vibre avec moins d'énergie : c'est un son grave. Les sons trop graves pour être audibles sont appelés infrasons ($f < 20$ Hz).

Rappels

v est la vitesse moyenne exprimée en km/s, d est la distance exprimée en km, parcourue pendant la durée *t* exprimée en s.

$d = v \times t$

Entraînement

1 Véga est une étoile située à 25 années-lumière de la Terre. Cela signifie que :

- ❐ A. sa lumière met 25 années à nous parvenir.
- ❐ B. Véga est à 25 années de la Terre.
- ❐ C. Véga est à 25 secondes de la Terre.

2 La lumière émise par le Soleil se propage :

- ❐ A. seulement vers la Terre.
- ❐ B. à une vitesse infinie.
- ❐ C. dans toutes les directions.

3 Lors d'un orage, on entend :

- ❐ A. d'abord le tonnerre puis on voit l'éclair.
- ❐ B. le tonnerre après avoir vu l'éclair.
- ❐ C. le tonnerre en même temps que l'on voit l'éclair.

CORRIGÉS

Structure de la matière - page 175

1. A.
2. B. Elle contient trois sortes d'atomes différents : carbone, hydrogène et oxygène.
3. $C_6H_{12}O_6$
4. H_2O ; NH_4 ; O_2 ; CO_2 ; $C_2H_4O_2$; Cl_2.
5. 9 atomes de carbone, 8 atomes d'hydrogène, 4 atomes d'oxygène.

Les combustions - page 177

1. A.
2. 1. b. ; 2. a. ; 3. c.
3. B. La couverture empêche l'arrivée de dioxygène (le comburant).

Différence entre transformation chimique et transformation physique - page 179

1. transformation physique : 1, 4 ; transformation chimique : 2, 3, 5.

Les forces - page 181

1. B
2. B.
3. A.
4. A. et B.

La tension électrique - page 183

1. C.
2. A.
3. B.

L'intensité électrique - page 185

1. C.
2. B. L'intensité est partout la même dans un circuit en série.
3. C.
4. B.
5. C. Attention, il faut que les valeurs soient dans la même unité : 50 mA = 0,050 A.

La résistance - page 187

1. C.
2. B.

La loi d'Ohm - page 189

1. B.
2. A.
3. C. Il n'y a que pour les conducteurs ohmiques (résistances) que l'on obtient une droite qui passe par l'origine du repère.
4. A.

La lumière et le son - page 191

1. A.
2. C. dans toutes les directions mais en ligne droite.
3. B. car la lumière se propage plus vite que le son (v_{son} = 340 m/s).

Technologie

REPRÉSENTATION 2D DES OBJETS TECHNIQUES (PLANS, ÉCHELLES…)

Plan : dessin représentant proportionnellement un objet technique, un bâtiment, un espace (carte). Proportionnalité : deux grandeurs sont proportionnelles lorsque les valeurs de l'une sont obtenues en multipliant ou divisant les valeurs de l'autre par un même nombre. Objet technique : objet fabriqué ou modifié par l'être humain pour répondre à un besoin. Orientation : pour s'orienter, on utilise les quatre points cardinaux.

1. Différents types de plans

- Selon les objets à représenter, on utilisera différents types de plans. Tous ces plans ou cartes sont **schématiques, normalisés et proportionnels à la réalité**, c'est-à-dire avec une échelle.
- En général, les cartes sont orientées avec le nord en haut.
- Pour représenter des lieux, on utilise des plans ou des cartes.
- Pour représenter des bâtiments ou des ouvrages d'art, on utilise ces différents plans :
  - **Plan de situation :** pour localiser la parcelle à bâtir.
  - **Plan de masse :** pour localiser les constructions, les accès, les réseaux sur la parcelle.
  - **Plan d'ensemble :** détaille les niveaux, les mesures, les pièces, etc.
  - Pour représenter des objets techniques, on utilisera aussi plusieurs types de plans, allant du plus général (le plan d'ensemble) au plus détaillé (le dessin de définition) :
  - **Plan d'ensemble :** pour repérer, assembler et lister les pièces du système.
  - **Dessin de définition :** pour chaque pièce, pour pouvoir connaître ses cotes, ses formes et la fabriquer.

2. L'échelle d'un plan, d'une carte

- Pour respecter les tailles et les proportions, tous les plans sont **« à l'échelle »**. L'échelle d'un plan est le rapport entre les mesures réelles et les mesures du plan, dans la même unité.
- $\text{Échelle} = \dfrac{\text{Mesure sur le plan}}{\text{Mesure réelle}}$
- Attention, sur les plans, on note toujours les mesures en taille réelle !

Rappels

Réduction ou agrandissement ?

Réduction		Agrandissement

PLAN plus PETIT que l'objet réel, échelle < 1 du type : $\frac{1}{x}$	*PLAN à la MÊME TAILLE que l'objet réel, échelle* $=1=\frac{1}{1}$	*PLAN plus GRAND que l'objet réel, échelle > 1 du type* $\frac{x}{1}$

As-tu retenu ?

❶ Une carte routière à l'échelle 1/250 000 signifie que :

- ❐ A. 1 km en réalité vaut 250 000 cm sur la carte.
- ❐ B. 1 cm sur la carte vaut 250 000 cm en réalité.
- ❐ C. 1 cm sur la carte vaut 2,5 km en réalité.

❷ Un plan à l'échelle 3/1 est :

- ❐ A. un agrandissement.
- ❐ B. une réduction.
- ❐ C. identique à l'objet réel.

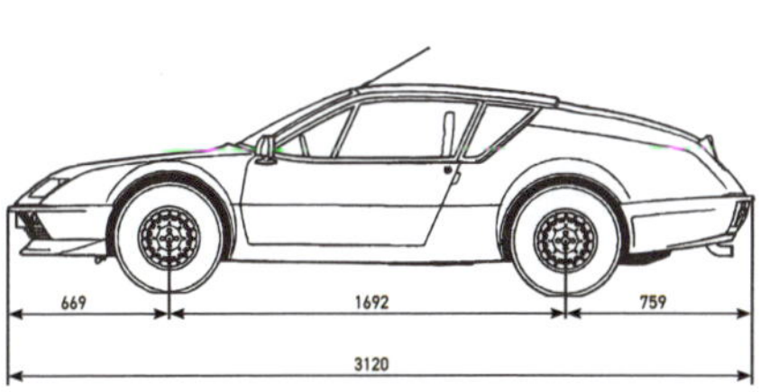

L'IMPACT ENVIRONNEMENTAL DES OBJETS TECHNIQUES

Depuis les années 1970, notre société est dans une ère de surconsommation : tout est jetable, interchangeable. Aussi bien au niveau de la pollution, du prix des matières premières ou des données informatiques, des changements s'opèrent aujourd'hui dans notre mode de vie : la notion de durable émerge à nouveau.

1. Du jetable au durable

- Les objets jetables ont envahi notre quotidien : serviettes, mouchoirs, gobelets, emballages, suremballages, sacs plastiques… Tous ces objets du quotidien à usage unique engendrent un coût important, **on fabrique pour « conso-jeter »**, et il faut être conscient de la pollution que cela engendre : bon nombre de ces produits ne sont pas biodégradables et finiront à la décharge, au bord d'une route ou à l'incinérateur.
- Par exemple, les sacs en matière plastique sont utilisés quelques minutes, mais mettent des centaines d'années à se dégrader dans l'environnement et causent de graves dégâts sur la biodiversité. En tout, plus de 700 espèces aquatiques sont impactées par les sacs plastiques. Des zones d'accumulation en masse de déchets plastiques ont été identifiées dans les océans, parfois appelées « continents de plastique ».

2. Usage durable et protection des données

- Depuis l'arrivée d'Internet, des renseignements dématérialisés, le nombre de données se multiplie. On crée des comptes avec toutes nos informations personnelles dans de nombreux sites Internet. À chaque fois que l'on clique sur un lien Internet, que l'on fait une recherche, que l'on commande un objet ou un service, ce sont des données qui sont échangées avec des serveurs et enregistrées.
- Toutes ces données sont revendues à notre insu à des compagnies de traitement pour pouvoir créer des profils et nous proposer des publicités ciblées. **La loi Informatique et Libertés** définit des principes à respecter par ces entreprises lors de la collecte, du traitement et du stockage de ces données.

- Ces données stockées sont pour beaucoup inintéressantes et surchargent les capacités de stockage malgré la création de fermes de **serveurs** (immenses hangars abritant des centaines de serveurs, donc des milliards de gigaoctets de données). Ces serveurs consomment énormément d'énergie pour les alimenter et les refroidir.

3. Obsolescence et surpollution

- L'**obsolescence** est le fait pour un produit d'être dépassé, et donc de perdre une partie de sa valeur d'usage en raison de la seule évolution **technique** ou de la **mode**, même s'il est en parfait état de fonctionnement. Ceci augmente énormément la production et la consommation mondiale de ressources et d'énergie malgré un manque de besoin.
- Les magasins d'occasion et les forums « cafés bricoleurs » permettent de lutter contre ces obsolescences, en rachetant à bas prix, en réparant ou en designant à nouveau ces objets.
- L'obsolescence programmée pratiquée par beaucoup de fabricants, par exemple en changeant les connexions de rechargement, les compatibilités d'applications, etc., est devenue un délit en France depuis 2015.

As-tu retenu ?

1 Un fabricant de tablettes tactiles veut changer ses connectiques pour vendre plus de nouvelles tablettes et rendre les anciennes obsolètes.

- ❐ A. En France il a tout à fait le droit
- ❐ B. En France, il n'a pas le droit

2 Changer souvent de téléphone pollue.

- ❐ A. Vrai
- ❐ B. Faux

3 Cocher les réponses vraies : les sacs et objets en plastique jetables :

- ❐ A. sont apparus il y a moins de 50 ans.
- ❐ B. inondent nos déchetteries et nos océans.
- ❐ C. sont responsables de la disparition d'espèces marines.
- ❐ D. sont biodégradables.

LES SOURCES D'ÉNERGIE RENOUVELABLES

1. Les sources d'énergie renouvelables

- **L'énergie solaire**. Le soleil est une double source d'énergie, à la fois lumineuse (utilisée par les êtres vivants et les panneaux photovoltaïques) et thermique (il chauffe). → Énergie primaire non stockable.

Photovoltaïque

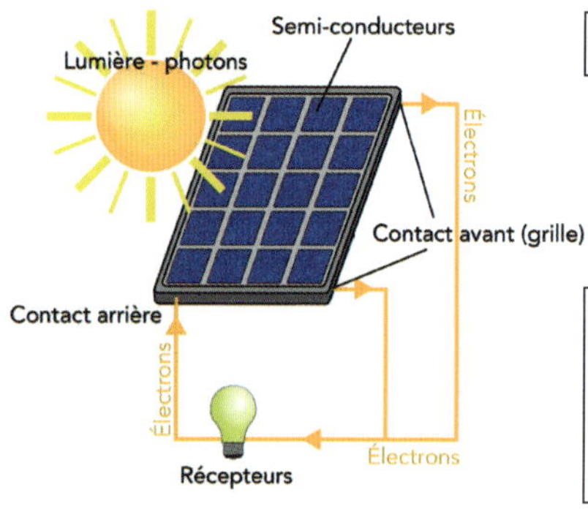

L'énergie lumineuse du soleil est transformée en électricité par des panneaux constitués de semi-conducteurs (silice).

- **L'énergie éolienne**. L'énergie éolienne est l'énergie du vent. Selon les lieux, il peut souffler beaucoup. On récupère cette énergie par des éoliennes, puis on peut transformer leur rotation en électricité, en mouvement (bateaux à voile), en pompage... → Énergie primaire non stockable.

Éolienne créatrice d'électricité

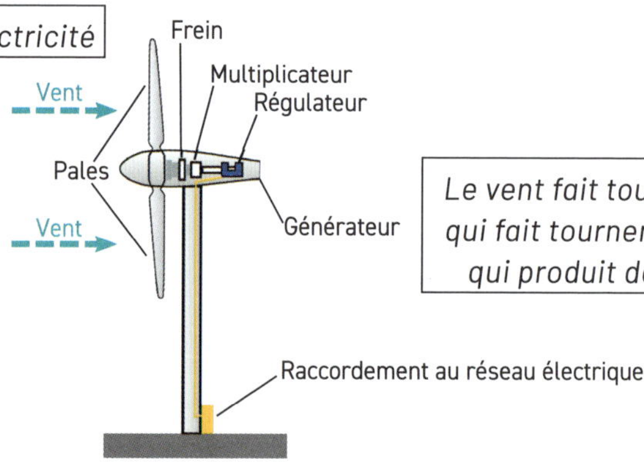

Le vent fait tourner l'éolienne, qui fait tourner la génératrice qui produit de l'électricité.

- **L'énergie hydraulique**. L'énergie hydraulique est l'énergie de l'eau. En effet, l'écoulement des rivières, le flux et le reflux des marées, est une énergie qui peut être très puissante en fonction du débit et de la hauteur de chute. Cette énergie peut être récupérée grâce à des turbines pour faire de l'électricité, faire tourner des machines, etc. → Énergie primaire stockable dans des lacs (barrages) en hauteur.
- **La géothermie**. La terre étant plus chaude au fur et à mesure que l'on descend vers le centre, on peut utiliser et accumuler cette chaleur pour chauffer des maisons ou fabriquer de l'électricité. → Énergie primaire non stockable.
- **La biomasse**. Cette énergie permet de fabriquer de l'électricité ou de la chaleur grâce à la combustion de matières végétales, animales ou de leur décomposition (le biogaz). → Énergie primaire (bois, méthane...) ou secondaire (pellets...) stockable (bois, pellets, méthane en cuve...).

Entraînement

1 Quelles sont les sources d'énergie renouvelables ?

- ❐ A. L'énergie éolienne
- ❐ B. L'énergie solaire
- ❐ C. L'énergie électrique
- ❐ D. L'énergie nucléaire

2 Comment peut-on produire de l'énergie avec des restes alimentaires ?

- ❐ A. En les brûlant
- ❐ B. En les faisant fermenter, ils produiront des gaz combustibles

3 L'énergie solaire n'est utilisable que dans les pays chauds et ensoleillés.

- ❐ A. Vrai
- ❐ B. Faux

4 La géothermie ne peut marcher que dans les régions volcaniques.

- ❐ A. Vrai
- ❐ B. Faux

LES SOURCES D'ÉNERGIE NON RENOUVELABLES

Une énergie est dite non renouvelable lorsque ses réserves s'épuisent de façon irréversible. Elles sont souvent très polluantes. L'énergie secondaire, elle, subit une transformation permettant de l'exploiter sous une autre forme.

1. Les sources d'énergie non renouvelables

- **Les énergies fossiles**. Les sources d'énergie fossiles proviennent de gisements : **gaz, charbon, pétrole**... Elles sont facilement stockables mais souvent polluantes et en voie de disparition (donc augmentation du coût).
- On les utilise dans les moteurs à explosion (véhicules essence, diesel), les centrales électriques, le chauffage (fioul, gaz).

Centrales à charbon ou à hydrocarbures

Voitures diesel ou essence

- **Les énergies fissiles**. Ce sont les énergies fondées sur la fission atomique, c'est-à-dire une **réaction nucléaire**. On les utilise pour les centrales nucléaires (électricité) ou pour les moteurs de sous-marins par exemple. Elles sont très puissantes, donc dangereuses, et produisent de nombreux déchets radioactifs. La fission nucléaire du plutonium crée une énorme chaleur qui chauffe de l'eau pour faire tourner des turbines.

2. Pollution et pénurie

- On considère que, au rythme actuel des consommations, l'humanité aura épuisé en moins de 200 ans les réserves accumulées pendant plusieurs centaines de millions d'années, soit environ un million de fois plus vite que le temps mis par « la nature » pour les constituer.
- C'est pour cela qu'elles coûtent de plus en plus cher et sont à l'origine de nombreux conflits.
- Toutes ces énergies polluent, à la fois lors de leur extraction et lors de leur utilisation.

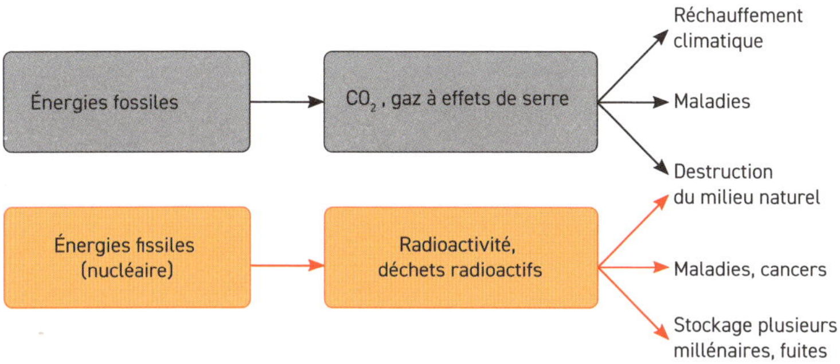

- De plus, les centrales nucléaires ont besoin d'énormément d'eau pour se refroidir et donc assèchent les cours d'eau et les lacs.

Entraînement

1 Quelles sont les sources d'énergie non renouvelables ?

- ❒ A. L'énergie éolienne
- ❒ B. L'énergie pétrolière
- ❒ C. L'énergie électrique
- ❒ D. L'énergie nucléaire

2 Quels sont les gaz produits par la combustion des dérivés de pétrole (essence, diesel, etc.) ?

- ❒ A. CO_2 (dioxyde de carbone)
- ❒ B. CO (monoxyde de carbone)
- ❒ C. O_2 (dioxygène)
- ❒ D. SO_2 (dioxyde de soufre)

3 Le gaz naturel pollue beaucoup moins que les autres énergies fossiles.

- ❒ A. Vrai
- ❒ B. Faux

LES TRANSFORMATEURS ET LES STOCKAGES D'ÉNERGIE

Transformateur d'énergie : permet de changer une énergie en une autre, souvent pour pouvoir l'utiliser ou la stocker. Unités d'énergie : les joules (J) ou les wattheures (Wh). C'est le nombre de watts consommés en une heure. On utilise souvent le dérivé qui est le kilowattheure (1kWh = 1 000 Wh). Le joule est le nombre de watts (puissance) utilisés en 1 seconde : 1 J = 1 Ws . Donc 1 kWh = 3 600 000 J

1. Les transformateurs d'énergie

- Il existe de nombreux transformateurs d'énergie, comme les **résistances** qui transforment de **l'électricité en chaleur**, les **pompes** qui transforment une **rotation en énergie hydraulique**, les **lampes** qui transforment de **l'électricité en énergie lumineuse**...
- Les plus fréquents sont :
  - **Les centrales électriques :** elles transforment une source d'énergie en électricité (souvent par rotation d'un alternateur).

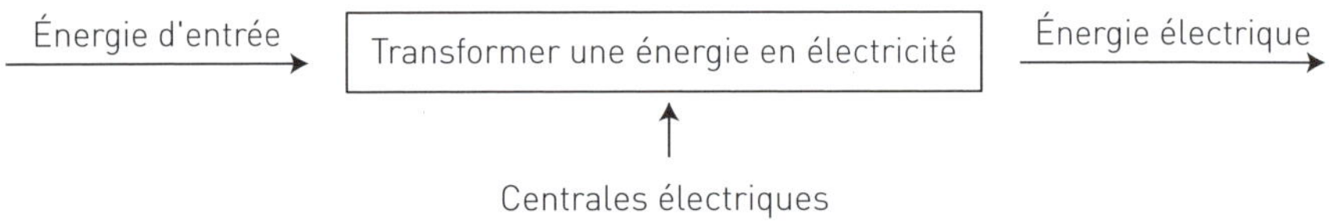

  - **Les moteurs :** ils transforment une énergie d'entrée (essence, électricité...) en un mouvement de rotation.

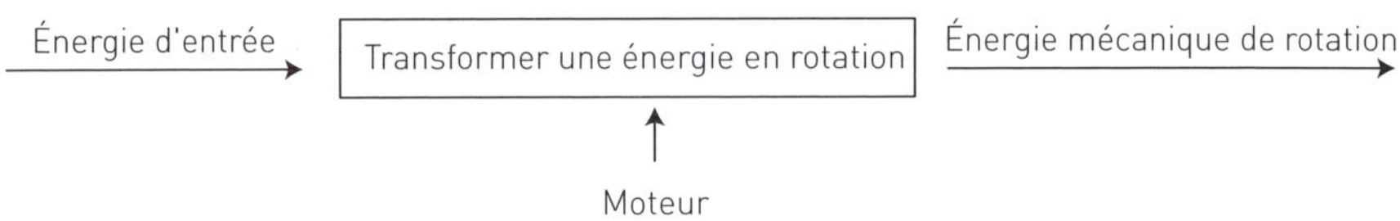

2. Stockage d'énergie

- Certaines énergies ne sont pas stockables, comme le vent, le soleil, alors que d'autres le sont à moindre coût, c'est souvent ce qui fait qu'elles sont si utilisées.
- Différents moyens de stockage courants :
  - énergie électrique = batterie
  - énergie fossile (essence, gaz...) = réservoir
  - énergie hydraulique = réservoir, lac (par barrage)
- Par exemple, actuellement, le plus gros problème des voitures électriques est le **stockage de l'électricité** et le **temps de recharge des batteries**, c'est pourquoi les voitures thermiques (essence, diesel...), pourtant plus polluantes, sont encore largement utilisées.

As-tu retenu ?

1 Une centrale électrique est :

- ❐ A. une source d'énergie.
- ❐ B. un transformateur d'énergie.

2 Par quels moyens peut-on stocker l'énergie électrique ?

- ❐ A. Des batteries
- ❐ B. Des piles
- ❐ C. En bonbonnes
- ❐ D. Des câbles électriques

3 Un moteur électrique et un moteur thermique ont la même fonction principale.

- ❐ A. Vrai
- ❐ B. Faux

4 Un foyer qui consomme 3,5 kWh consomme donc :

- ❐ A. 126 000 joules.
- ❐ B. 12 600 000 joules.
- ❐ C. 3,5 millions de joules.

LES DIFFÉRENTES PRODUCTIONS ÉLECTRIQUES

En fonction de l'énergie primaire utilisée, les centrales électriques seront plus ou moins polluantes pour notre environnement.

1. Principe de fabrication de l'électricité

- **Panneaux photovoltaïques :** la lumière du soleil va créer un mouvement d'électrons dans les cellules photovoltaïques du panneau et donc créer un courant électrique.
- **Alternateurs :** utilisés dans la plupart des centrales. Le courant électrique est créé par le mouvement de rotation d'aimants (rotor) dans une bobine fixe (stator).
- Comme sur un alternateur de vélo ou de voiture, les énergies primaires des centrales électriques servent à faire tourner l'axe de rotation d'un gros alternateur.

2. Différents moyens de production électrique par rotation

Type de centrale	Énergie primaire/ émissions et pollution	Principe	Ordre de grandeur de production
Éolienne 	Vent Renouvelable Non polluant	L'énergie du vent fait tourner les pales qui font tourner l'alternateur.	1 éolienne : environ 1 MW
Hydraulique 	Eau Renouvelable Non polluant	L'énergie de l'eau coulant fait tourner des turbines qui font tourner l'alternateur.	1 barrage : environ 0,5 GW
Thermique 	Énergies fossiles : gaz, pétrole, charbon Non renouvelable Émission de gaz à effet de serre…	Une chaudière à énergie fossile transforme de l'eau en vapeur d'eau pour faire tourner une turbine puis l'alternateur.	Environ 0,5 GW

Type de centrale	Énergie primaire/ émissions et pollution	Principe	Ordre de grandeur de production
Nucléaire 	Uranium, plutonium Non renouvelable Déchets radioactifs, utilisation d'énormément d'eau	Une chaudière nucléaire transforme de l'eau en vapeur d'eau pour faire tourner une turbine puis l'alternateur.	Environ 1,5 GW
Biomasse	Biomasse en combustible Renouvelable	De la biomasse fermente et crée du gaz qui est brûlé pour transformer de l'eau en vapeur et faire tourner une turbine puis un alternateur.	
Géothermie	chaleur du sol (volcanisme) Renouvelable Non polluant	De l'eau est envoyée dans des puits et remonte chauffée par la chaleur du volcanisme.	
Marémotrice	Énergie des changements de marée Renouvelable Non polluant	Les changements de marée entraînent des turbines sous-marines en rotation.	

As-tu retenu ?

1 Les panneaux solaires ont-ils besoin d'un alternateur pour créer du courant électrique ?

- ❐ A. Oui
- ❐ B. Non

2 Combien d'éoliennes faut-il environ pour remplacer une centrale nucléaire ?

- ❐ A. 100
- ❐ B. 1 000
- ❐ C. 10 000

LA CHAÎNE D'INFORMATION

La chaîne d'information d'un système automatisé décrit l'ensemble des organes qui captent (capteurs) et qui traitent (processeurs, cartes électroniques) l'information. Des informations peuvent aussi venir d'un utilisateur ou d'un système extérieur (télécommande, liaison radio...), et peuvent également être transmises à ceux-ci (gyrophare, son, écran, liaison radio...).

1. Définitions

- Information : consignes de l'utilisateur, résultats de capteurs, consignes électroniques... généralement sous forme d'un signal électrique dans un fil ou une onde électromagnétique (sans fil).
- Bloc fonctionnel : bloc d'un logigramme représentant une fonction, une action (verbe). Onde : champ magnétique variable se déplaçant dans l'espace, comme le WiFi, la radio, le Bluetooth...
- Analogique : signal continu qui peut prendre toutes les valeurs dans un intervalle donné.
- Numérique : un signal numérique est une onde discrète qui transporte des informations sous forme binaire (valeur 0 ou 1).

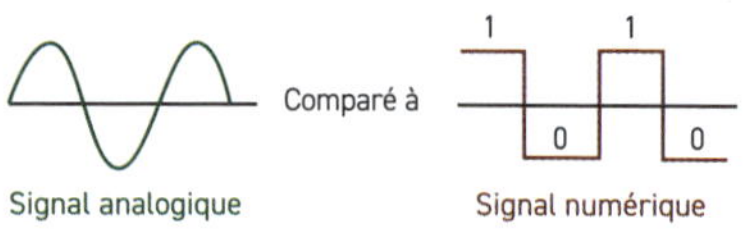

2. Décomposition en blocs fonctionnels

- Les principaux blocs fonctionnels de la chaîne d'information sont :
  - **acquérir :** prélever des informations à l'aide de capteurs. Ces capteurs transforment des informations « sensorielles » comme la température, le volume sonore, un contact, une présence dans le champ... en un signal électrique exploitable par des processeurs ou des systèmes électroniques.
  - **traiter :** commander à l'aide d'un automate ou d'un microcontrôleur. L'information d'entrée, souvent un signal électrique analogique ou numérique (binaire), est transformée en une autre information liée à une action (démarrer un moteur, allumer un voyant, éteindre...).

- **communiquer :** assurer l'interface entre l'utilisateur et d'autres systèmes. Souvent, cette fonction est assurée par un écran, des voyants, des sons...
- **transmettre :** assurer l'interface avec l'environnement de la partie commande. Un transmetteur est un système qui permet de transmettre une information. Dans le cas des systèmes embarqués, ce sont souvent des câbles électriques ou des émetteurs-récepteurs d'ondes (WiFi, Bluetooth...).

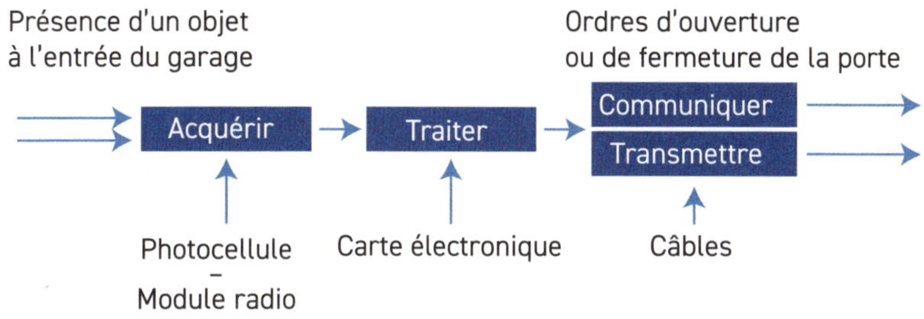

As-tu retenu ?

1 À quoi sert un capteur, dans la chaîne d'information ?

- ❐ A. À acquérir
- ❐ B. À traiter
- ❐ C. À communiquer
- ❐ D. À transmettre

2 Quel est l'organe d'un automate qui traite l'information ?

- ❐ A. Les batteries
- ❐ B. L'antenne
- ❐ C. La carte électronique
- ❐ D. Le moteur électrique

3 À quoi sert un gyrophare de signalisation, par exemple d'une porte de garage ?

- ❐ A. À acquérir
- ❐ B. À traiter
- ❐ C. À communiquer
- ❐ D. À transmettre

LA CHAÎNE D'ÉNERGIE

La chaîne d'énergie d'un système automatisé décrit l'ensemble des organes qui réalisent une action. Cette chaîne part du stockage ou de l'alimentation en énergie (électricité, essence…), puis relie chaque organe à sa fonction (distribuer par un contacteur ou un carburateur par exemple). Souvent, l'énergie est convertie par un moteur en énergie mécanique de rotation, puis cette énergie mécanique de rotation est transformée en translation ou en une rotation plus lente ou plus rapide.

1. Définitions

- Énergie : l'énergie est ce qui permet une action comme produire de la chaleur, un mouvement, de la lumière…
- Rotation : mouvement circulaire autour d'un point ou un axe.
- Translation : mouvement durant lequel toutes les droites d'un solide restent parallèles.
- Relation énergie-puissance : l'énergie est la puissance consommée en fonction du temps. $E = P \times t$ Ici E est en joules (J ou Ws), P en watts (W) et t en secondes (s).

2. Décomposition en blocs fonctionnels

- Les principaux blocs fonctionnels de la chaîne d'énergie sont :
  - **stocker :** stocker l'énergie dans le système ; en général un réservoir (essence, gaz…) ou une batterie (électricité).
  - **alimenter :** mettre en forme l'énergie en énergie utilisable par le système. Comme un transformateur par exemple, qui adapte la tension, ou un carburateur, qui mélange l'essence et l'air pour pouvoir créer la carburation.
  - **distribuer :** un distributeur ou un contacteur distribue l'énergie à l'actionneur. Il détermine à quel organe ou système envoyer l'énergie.

- **convertir :** convertir l'énergie (actionneur : un vérin, un moteur, une résistance...). Un convertisseur d'énergie convertit, « change », le type d'énergie, par exemple de l'énergie pneumatique en énergie mécanique de translation (vérin), de l'énergie électrique en énergie mécanique de rotation (moteur)...
- **transmettre :** c'est l'action d'amener l'énergie aux différents organes. Cette fonction est remplie par l'ensemble des organes mécaniques de transmission de mouvement et d'effort : engrenages, courroies, accouplement, embrayage, câbles, durites...

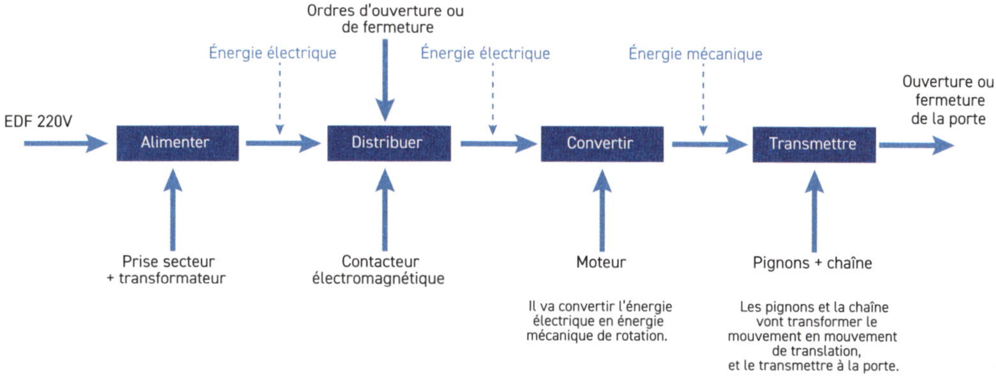

Exemple de la chaîne d'énergie d'une porte de garage automatisée

As-tu retenu ?

1 Lesquels sont des convertisseurs d'énergie ?

- ❒ A. Réservoir d'essence
- ❒ B. Vérin
- ❒ C. Résistance électrique
- ❒ D. Engrenage
- ❒ E. Moteur
- ❒ F. Courroie

2 À quoi sert le kit pignon-chaîne d'une moto ?

- ❒ A. À convertir l'énergie
- ❒ B. À stocker l'énergie
- ❒ C. À transmettre l'énergie

3 Quel système permet de stocker de l'énergie électrique ?

- ❒ A. Un réservoir
- ❒ B. Les fils électriques
- ❒ C. Un moteur
- ❒ D. Une batterie

TRANSFORMATION ET TRANSMISSION DE MOUVEMENT (1)

1. Transmetteurs de mouvement

- Les transmetteurs de mouvement comme les **engrenages**, les **poulies-courroies**, les **pignons-chaînes**, servent non seulement à **transmettre** un **mouvement de rotation**, par exemple depuis le moteur jusqu'à la roue, mais aussi à **réduire** ou **augmenter** la **vitesse** de rotation du moteur, et **réduire** ou **augmenter** le **couple** du moteur.
- Sauf quelques pertes, la **puissance est conservée**, donc lorsqu'on **diminue la vitesse**, on **augmente le couple** et lorsqu'on **augmente la vitesse**, on **diminue le couple**.

A. Les engrenages à roue et vis sans fin

- La roue A est **menante** (force motrice) et le pignon B est **mené** (réceptrice). La roue est la plus grosse, le pignon le plus petit.
- Le sens de rotation change à chaque contact extérieur :

Roue menante – roue menée

Contact intérieur : sens de rotation ne change pas

Contact extérieur : sens de rotation change

Rapport de réduction :

$$R = \frac{Z_{menante}}{Z_{menée}} = \frac{D_{menante}}{D_{menée}},$$

où Z = nombre de dents et D = diamètre.

B. Représentation normalisée

- Les vis sans fin transmettent un mouvement perpendiculairement. Elles réduisent beaucoup la vitesse puisque la vis (souvent à 1 filet) équivaut à une roue à une seule dent.

C. Poulies-courroie – pignons-chaîne

- Les poulies-courroies et les pignons-chaînes fonctionnent comme des engrenages. Il y a la poulie motrice (celle qui donne le mouvement) et la poulie réceptrice (qui reçoit le mouvement).
- Le sens de rotation ne change pas.

Pignon-chaîne

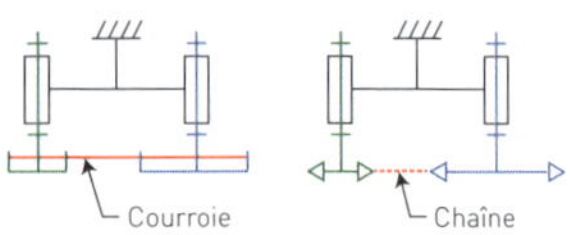

Schémas

$$\text{Rapport de réduction : } R = \frac{Z_{motrice}}{Z_{réceptrice}} = \frac{D_{motrice}}{D_{réceptrice}},$$

où Z = nombre de dents (uniquement pour pignons-chaînes) et D = diamètre (pour poulies et pignons).

2. Transformateurs de mouvement

- Les transformateurs de mouvement servent à transformer un mouvement de rotation en un mouvement de translation, ou inversement. En plus des roues, galets et systèmes d'enroulement, on utilise principalement des systèmes de pignon-crémaillère (crémaillère de portail électrique) ou de vis sans fin (vérins électriques).

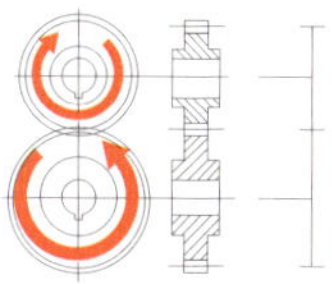
Pignon + roue

A. Pignon-crémaillère

- La vitesse de translation (V) est proportionnelle à la vitesse de rotation (ω) du pignon et à son rayon (R).

$V = \omega \times R$

As-tu retenu ?

1 Dans une boîte de vitesses, le sens de rotation change-t-il à chaque contact extérieur entre les engrenages ?

- ❒ A. Oui
- ❒ B. Non

2 Si la roue menante a 36 dents et la roue menée 72 dents, le rapport de transmission sera :

- ❒ A. 1/3
- ❒ B. 3
- ❒ C. 1/2
- ❒ D. 2
- ❒ E. 0,5

3 Un réducteur a un rapport de transmission de 1/4, quelle sera la vitesse de sortie sachant qu'à l'entrée on a 1 500 tr/min ?

- ❒ A. 375 tr/min
- ❒ B. 6 000 tr/min
- ❒ C. 4 000 tr/min

TRANSFORMATION ET TRANSMISSION DE MOUVEMENT (2)

Repère de l'espace : un système défini par un point d'origine O et trois axes x, y et z permettant de définir un ensemble de coordonnées. Mouvement : un solide est dit en mouvement lorsqu'il subit un changement de position par rapport à un repère de référence donné.

1. Définition d'une liaison mécanique

- Une **liaison mécanique** est une liaison obtenue par un contact entre une surface d'une pièce et celle d'une autre pièce. En se limitant au cas des plans, cylindres et sphères, on obtient l'ensemble des cas ci-dessous.

2. Degrés de liberté

- Une liaison est définie par ses **degrés de liberté**. Les degrés de liberté d'une liaison sont les mouvements possibles entre les pièces de la liaison. Tous les mouvements des objets peuvent se combiner en 6 degrés de liberté sur les 3 axes de l'espace :

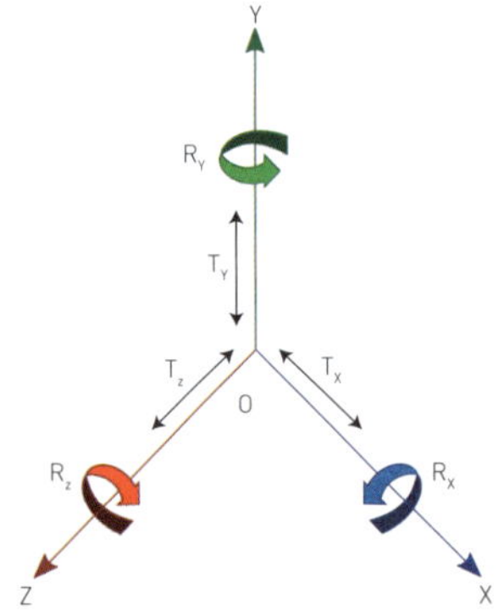

3 translations (Tx, Ty, Tz) et 3 rotations (Rx, Ry, Rz)

3. Graphe de liaisons

- Schéma dans lequel on relie les classes d'équivalences en liaison (qui ont un contact entre elles).

Entraînement

1 Établis le schéma cinématique d'un micromoteur thermique de modélisme. D'après la vue en coupe ci-jointe, compléter le graphe de liaisons ci-dessous :

Graphe de liaisons

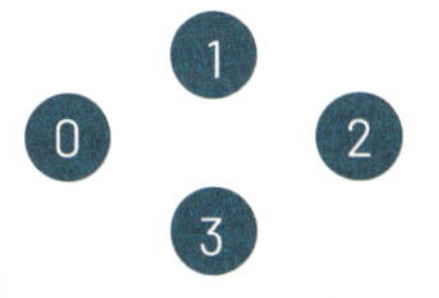

Liaison	entre .... et ....
Nombres degrés liberté	............Translation ....Rotation
Nom liaison	....

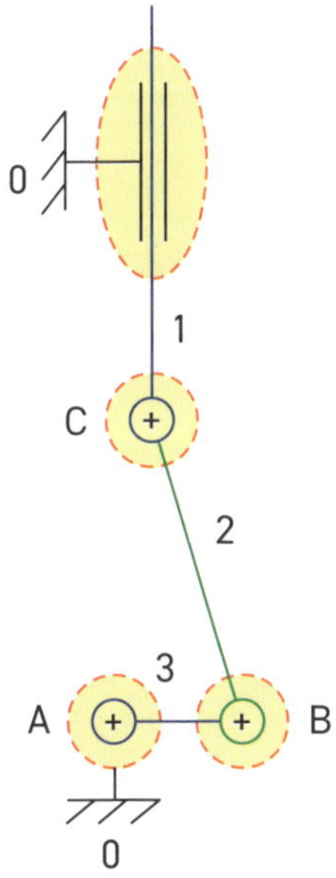

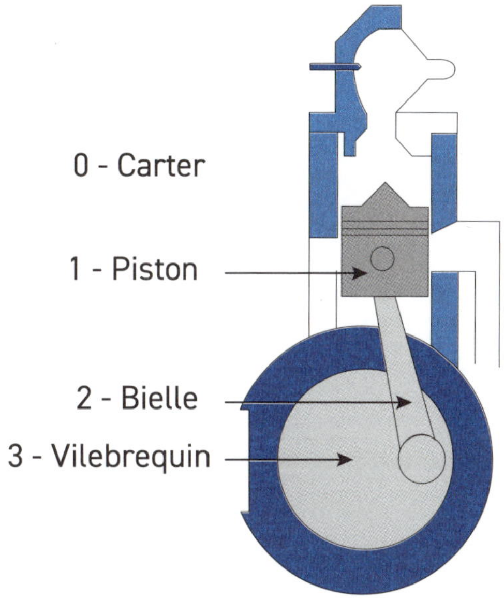

Schéma cinématique d'un moteur

Méthode

1. On choisit un numéro pour chaque groupe de pièces.
2. On relie les groupes qui sont en liaison (qui se touchent).
3. On étudie chaque liaison pour déterminer le nombre de mouvements possibles.
4. On dessine schématiquement le système et on remplace chaque liaison par son schéma normalisé.

ROUTAGE ET ADRESSAGE INTERNET

1. Adresse dans les réseaux

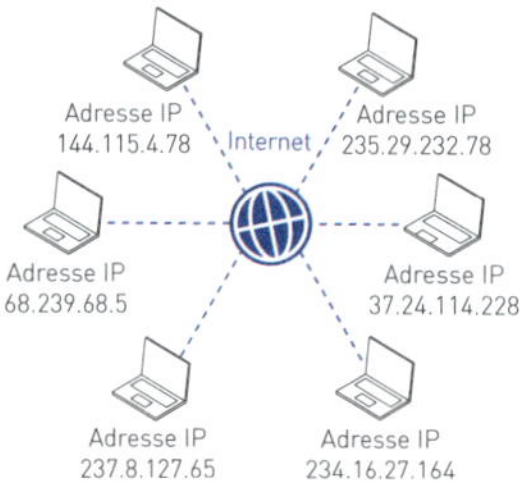

- Pour permettre la connexion, tous les ordinateurs doivent posséder une adresse **propre et unique**.
- C'est **l'adresse IP** (Protocole Internet), elle est définie sous forme de chiffres. Grâce à elle, chaque ordinateur peut communiquer avec tout autre ordinateur ayant une adresse IP.

2. Architecture d'un réseau et schéma simplifié d'un réseau local (type collège)

- Il existe différents types de réseaux :
  - Le **réseau local LAN** (Local Area Network) : un réseau interne à une entreprise ou un établissement (voir image).
  - Le **réseau métropolitain MAN** (Metropolitan Area Network) qui concerne le réseau d'une ville par exemple.
  - Le **réseau WAN** (Wide Area Network), qui s'étend sur de longues distances comme un pays ou le monde entier.
- Pour être connectés entre eux dans le réseau local, les ordinateurs passent par un switch et/ou le réseau WiFi. Ce switch sert à répartir les informations dans le réseau local.
- Ce switch est quant à lui relié à un routeur qui va permettre la liaison avec le WAN, le réseau internet global.

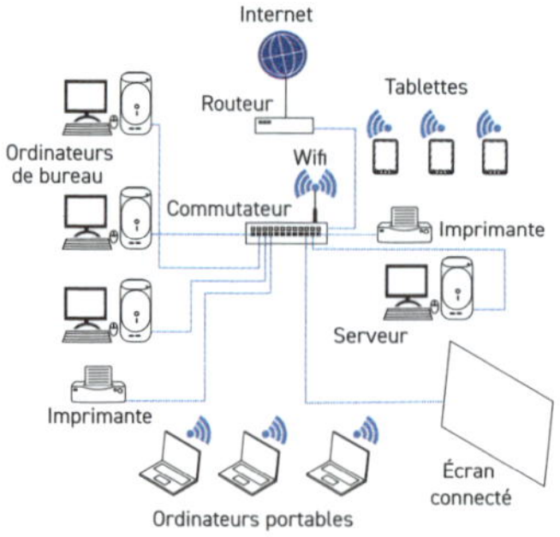

3. Topologie des réseaux

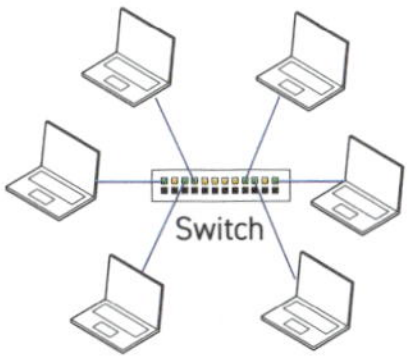

- Un réseau informatique est constitué d'ordinateurs reliés entre eux selon différentes configurations, que l'on appelle la topologie. Les deux topologies principalement utilisées sont :

- **Topologie en étoile :**

  Les ordinateurs d'un réseau sont tous reliés à un switch qui permet d'assurer la communication entre eux. C'est la configuration utilisée pour la plupart des réseaux d'entreprises et d'établissements scolaires.

- **Topologie maillée :**

  Chaque ordinateur est relié à tous les autres ordinateurs.

  On retrouve cette topologie dans les grands réseaux comme Internet. Cela nécessite de nombreux câblages.

4. Protocole Internet

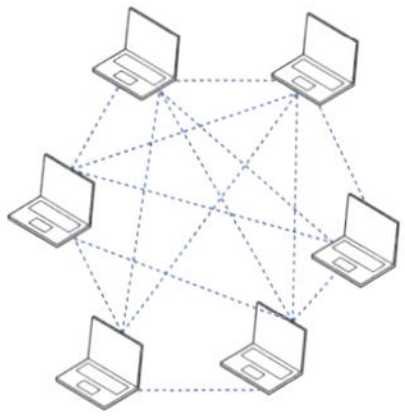

- Pour communiquer entre eux, les ordinateurs utilisent différents langages, appelés protocoles, en fonction de l'action à réaliser. En voici quelques-uns :

- **Protocole FTP :** pour envoyer des fichiers d'un ordinateur à un autre
- **Protocole http :** pour transférer des données telles que des pages web dans un navigateur
- **Protocole https :** identique au dernier en mode sécurisé
- **Protocole SMTP :** pour envoyer des messages électroniques
- **Protocole POP :** pour recevoir des messages électroniques

As-tu retenu ?

1. Quel est le matériel qui permet la connexion à Internet ?

....

2. Quel matériel permet de connecter tous les ordinateurs d'un réseau entre eux ?

....

PROGRAMMATION : OPÉRATIONS ET VARIABLES

Pour « stocker » des informations ou faire varier des valeurs, on va devoir créer des variables.

1. Créer une variable dans Scratch

- Pour cela, il suffit de cliquer sur « **Données** » puis « **créer une variable** », la **nommer** et **l'affecter** à tous les lutins ou seulement à celui sélectionné. On peut cocher celles qui seront à afficher (ici Player 1 et Player 2 sont des scores de joueurs, affichés).

- Une variable peut être :
  - un texte (un à plusieurs caractères) ;
  - un booléen (uniquement deux valeurs possibles : « true » vrai ou « false » faux) ;
  - un nombre (comme un score).

2. Affecter une valeur aux variables

- Pour donner une valeur aux variables, on utilisera le bloc 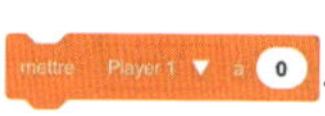.

- Ensuite, on peut ajouter ou retrancher des valeurs à ces variables, en utilisant le bloc :  que l'on peut combiner avec d'autres blocs comme les blocs opérateurs, etc.

- Par exemple, pour doubler le score d'un joueur : 

3. La variable réponse

- Le **logiciel Scratch** propose des variables prédéfinies qui n'ont pas besoin d'être créées, comme « l'abscisse », « l'ordonnée », « la direction »… ou « la réponse » à une question posée.
- Ce principe permet au lutin de demander à l'utilisateur de donner une valeur à un nombre, de donner un nom, etc. Automatiquement, la réponse peut être utilisée comme une variable, jusqu'à une question suivante bien entendu.
- Par exemple, ce programme demande son nom à un utilisateur et affiche « bonjour » et le nom de l'utilisateur, la réponse.

Question :

Réponse :

Résultat :

4. Boucle et condition avec variables

- On peut créer des boucles qui se répéteront car elles sont liées à la valeur d'une variable.
- Par exemple, pour afficher le tarif d'une entrée en fonction de l'âge d'un utilisateur :
- On va créer une variable « âge », qui sera affectée à la réponse de l'utilisateur (à la question « quel est votre âge ? »). Si cette variable est supérieure à 18, alors le tarif sera « adulte » sinon il sera « jeune ».

Entraînement

1 Analyse d'un programme :

Voici un programme conçu pour arrêter automatiquement une éolienne domestique en fonction de la vitesse du vent en m/s. La question posée ici à l'utilisateur simule une « question » à un capteur de vent (anémomètre).

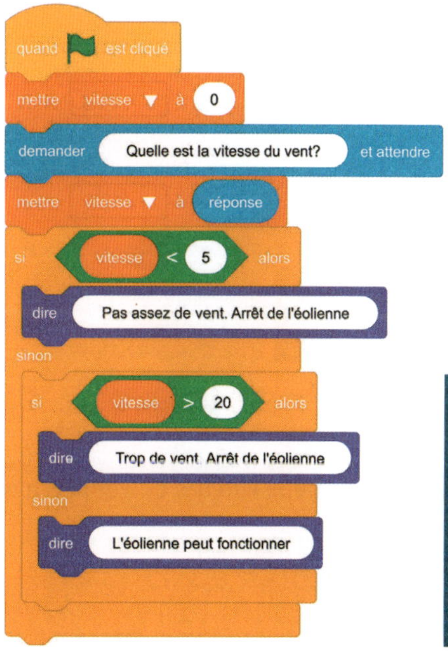

1. Quelle est la variable créée pour ce programme ?

....

2. Que se passe-t-il lorsque le vent est en dessous de 5 m/s ?

....

Technologie

LOGIGRAMME ET PROGRAMMATION D'UN OBJET EMBARQUÉ

Pour programmer un automate, un système embarqué, on commence par faire une description textuelle du comportement voulu grâce à des mots comme « si », « alors », « sinon », « tant que »... puis une description graphique (logigramme). On réalise l'algorithme du comportement de notre système embarqué (automate).

1. Algorithmes de base

- Nous avons déjà présenté les fonctions de base d'un algorithme qui sont « **l'action** » et la « **question** », l'évènement prenant 2 valeurs possibles (oui-non, ouvert-fermé).

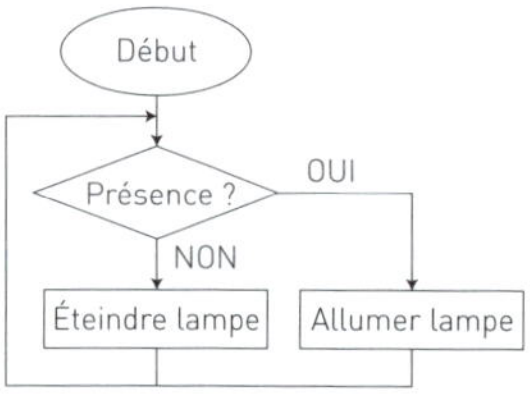

Exemple d'une lampe à détecteur de présence

2. Fonctions ET/OU

- Les fonctions ET/OU permettent de relier plusieurs « questions ».

Fonction ET		
A ?	B ?	Sortie
0	0	0
0	1	0
1	0	0
1	1	1

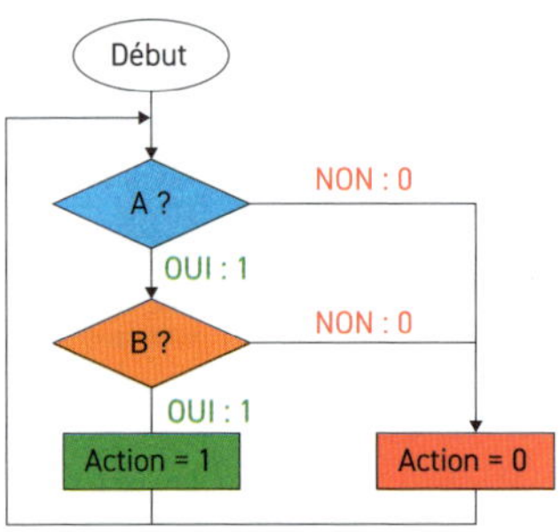

Les deux valeurs doivent être à 1

Fonction OU		
A ?	B ?	Sortie
0	0	0
0	1	1
1	0	1
1	1	1

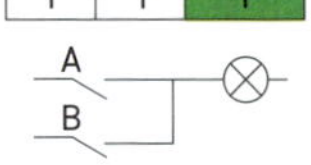

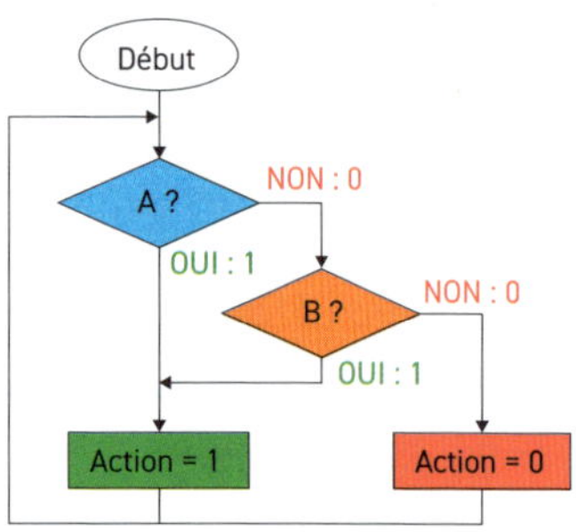

Une ou l'autre valeur doit être à 1

3. Algorithme par variables

- Pour les besoins de certains algorithmes, on va devoir utiliser des variables (sortes de boîtes).
- Il faut d'abord les **déclarer** : nom et contenu, et les **initialiser** : leur donner une valeur de départ (souvent 0).
- Puis définir leur **évolution** (incrément de 1 à chaque passage).

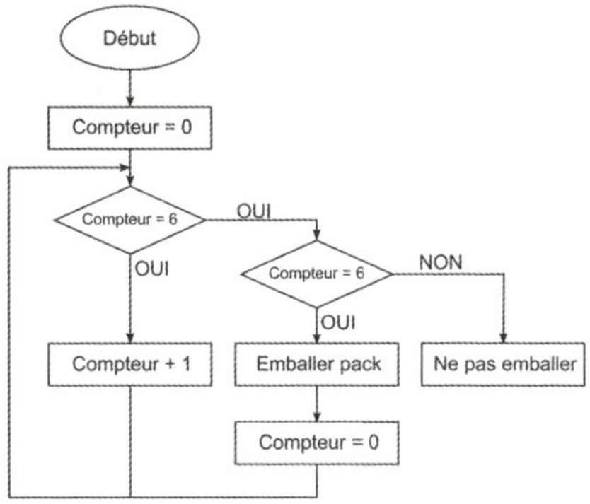

Par exemple, pour emballer des packs de bouteilles d'eau, le capteur va détecter le passage de chaque bouteille, puis emballer le pack dès qu'il y en a 6. La variable est le nombre de bouteilles d'eau, elle est remise à 0 après avoir atteint 6.

4. Utilisations de sous-programmes

- L'utilisation de **sous-programmes** permet une meilleure lisibilité lors d'une succession d'actions identiques.
- **À la place d'une « action », on va mettre un « appel sous-programme ».**

Entraînement

Étudions par exemple le logigramme commandant un store de terrasse en fonction de la lumière et du vent. Le store doit ombrager la terrasse en cas de forte luminosité, mais remonter en cas de vent fort ou de baisse de luminosité.

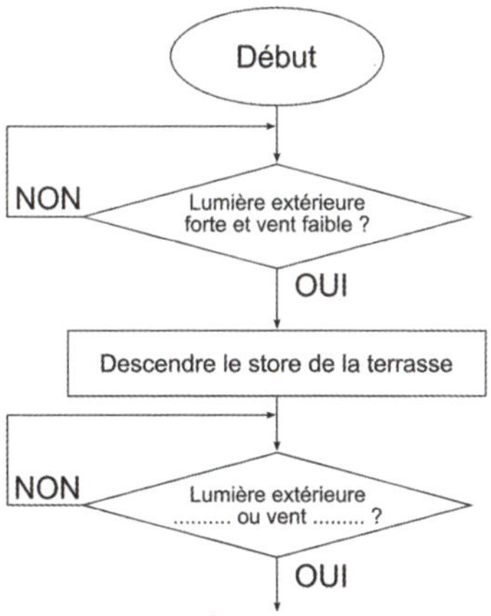

1. Pour quelles conditions le store descend-il ?

....

....

2. Compléter les deux mots manquants dans le deuxième bloc condition.

3. Le premier bloc condition est une fonction

- ❒ A. ET
- ❒ B. OU

Technologie

PRÉSENTATION ASSISTÉE PAR ORDINATEUR

Pour présenter un rapport de stage, un oral de brevet ou un exposé, utiliser un diaporama permet d'imager et de structurer sa présentation.

1. Conseils de présentation

- Commencer par un titre, puis, si nécessaire, un bref sommaire.
- Pour chaque diapo, utiliser au maximum des images et des représentations graphiques pas trop petites.
- Sur les diapos, il ne doit y avoir aucun « long texte », uniquement les idées principales.
- On essaiera de ne pas mettre de phrases avec des verbes conjugués, uniquement des mots clefs.
- Bien respecter le plan de la présentation pour pouvoir s'y référer en cas d'oubli.
- Bien faire apparaître « ce qu'on oublie tout le temps », pour ne pas l'oublier au moment de la présentation.

2. Créer une charte graphique (fond, styles, animation)

- Pour avoir une présentation homogène, dans l'onglet « CRÉATION », commencer par choisir un « thème » et une « variante ».

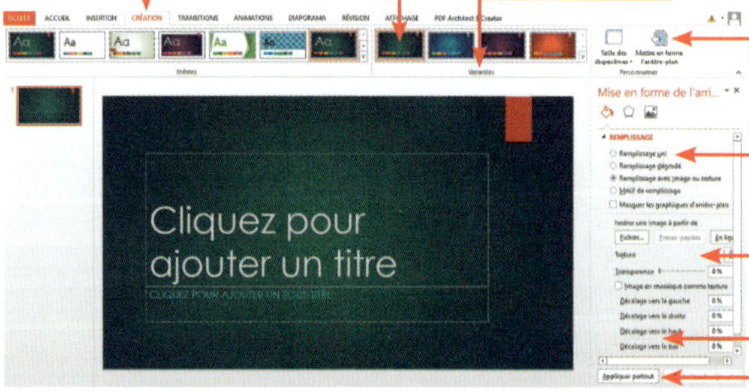

Avec « Mettre en forme l'arrière-plan » :

On peut modifier les couleurs, les styles, etc.

On peut ajouter une image à l'arrière-plan.

Et modifier son aspect, sa transparence, etc.

Puis l'appliquer partout.

➔ Ensuite, établir la transition entre les diapositives, grâce à l'onglet « TRANSITIONS ».

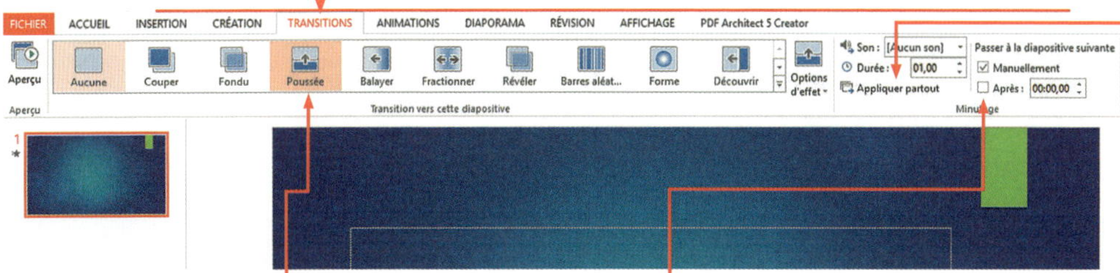

➔ Puis choisir le **style de transition**, le **mode de transition** : soit manuellement, soit minuté (soit les deux, avec un temps maximum).

➔ **Puis l'appliquer partout.**

3. Créer un diaporama

- Ajouter maintenant des diapositives, avec l'outil « Nouvelle diapositive » de l'onglet « ACCUEIL ».
- Puis choisir le type de zones en fonction du futur contenu.
- Dans cet onglet « ACCUEIL », vous trouverez les paramètres de police, couleur du texte, taille, et formes à dessiner... Comme dans un traitement de texte.
- Compléter les zones en y insérant du texte, des graphiques, des images, des vidéos, des diagrammes... grâce à l'onglet « INSERTION ».
- Puis gérer les animations des différentes parties d'une diapositive, grâce à l'onglet « ANIMATIONS ».

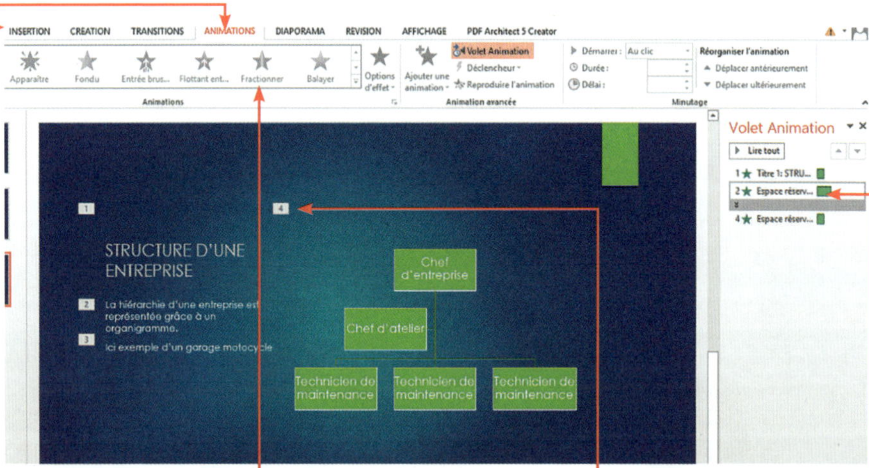

- Sélectionner ensuite chaque zone et leur attribuer une **animation** : un style, un démarrage, une rapidité...
- Les numéros d'ordre d'apparition se positionnent sur les zones. Elles sont listées dans le volet animation.
- Ensuite, répéter ces actions pour chaque diapositive, puis enregistrer le diaporama. En choisissant l'option « lire sur une borne », il sera enregistré en défilement automatique.
- Vérifier le diaporama, le configurer, vérifier et enregistrer le minutage, etc., grâce à l'onglet « DIAPORAMA ».
- Ne pas oublier de sauvegarder.

CORRIGÉS

Représentation 2D des objets techniques (plans, échelles...) – page 195

1. B. et C. Les grandeurs sont dans la même unité, donc 1 cm sur la carte vaut 250 000 cm en réalité, soit aussi 2,5 km.
2. A. Échelle > 1 donc c'est un agrandissement, le plan est plus grand que la réalité.

L'impact environnemental des objets techniques – page 197

1. B. Depuis 2015, l'obsolescence programmée est un délit en France.
2. A. L'impact écologique (pollution) de la fabrication d'un smartphone est très grand (métaux lourds, produits pétroliers et chimiques, énergie). Le changer pour une question de mode est une surpollution inutile.
3. A., B. et C. Ils mettront environ 400 ans à se dégrader, c'est pourquoi ils sont actuellement un fléau pour la planète et les animaux.

Les sources d'énergie renouvelables – page 199

1. A. et B. L'énergie électrique n'est pas une source d'énergie. L'énergie nucléaire n'est pas renouvelable.
2. B. Mélangés avec des bactéries (déjections d'élevages) ils fermentent dans des digesteurs et produisent du biogaz (méthane).
3. B. Le photovoltaïque utilise la lumière du jour pour produire de l'électricité et non pas la chaleur du soleil.
4. B. La seule différence de température entre l'air extérieur et le sous-sol permet de chauffer des maisons à moindre coût.

Les sources d'énergie non renouvelables – page 201

1. B. et D. L'énergie électrique n'est pas une source d'énergie. L'énergie éolienne est renouvelable.
2. A., B. et D. Tous ces gaz sont responsables de l'effet de serre et toxiques (CO et SO_2).

Les transformateurs et les stockages d'énergie – page 203

1. B. Elle transforme une source d'énergie en énergie électrique.
2. A. et B. Les câbles servent au transport de l'électricité et non au stockage.
3. A. Ils servent bien tous les deux à transformer une énergie en rotation.
4. B. 3,5 kWh multipliés par 3 600 000 joules car 1 J = 1 W/s donc 1 kWh = 3 600 000 J.

Les différentes productions électriques – page 205

1. B. Il n'y a pas de mouvement de rotation, ce sont les cellules photovoltaïques qui créent la circulation du courant.
2. B. Une centrale produit environ 1 GW, soit 1 000 MW, alors qu'une éolienne produit environ 1 MW.

La chaîne d'information – page 207

1. A. Un capteur sert à acquérir l'information, par exemple une position.
2. C. C'est la carte électronique, ou le processeur, qui va traiter et analyser les informations.
3. C. Il sert à communiquer aux usagers, par exemple que la porte est en cours d'ouverture.

La chaîne d'énergie – page 209

1. B., C. et E. Ils convertissent, transforment, l'énergie qui leur est distribuée.
2. C. Il sert à transmettre l'énergie mécanique de rotation à la roue arrière.
3. D. C'est bien une batterie que l'on recharge pour stocker l'électricité.

Transformation et transmission de mouvement (1) – page 211

1. A. D'ailleurs, il y a un pignon supplémentaire pour rajouter un contact pour la marche arrière.
2. C. et E. Détails : $R = \frac{Z_{motrice}}{Z_{réceptrice}}$ donc $R = \frac{36}{72} = \frac{1}{2} = 0{,}5$
3. A. Détails : $1\,500 \times \frac{1}{4} = 375$ tr/min.

Transformation et transmission de mouvement (2) – page 213

Graphe de liaisons

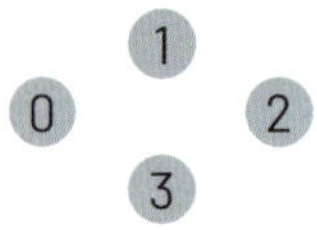

Liaison	entre 0 et 1
Nombre degrés liberté	1 Translation 1 Rotation
Nom liaison	Pivot glissant

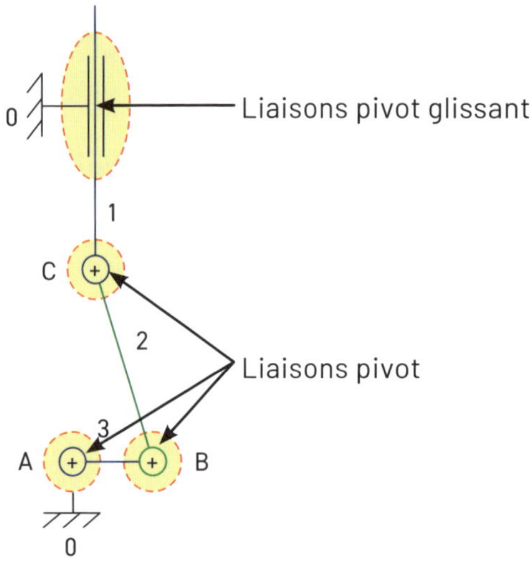

Routage et adressage Internet – page 215

1. Le routeur ou modem.
2. Le switch, tous les câbles y sont branchés, ainsi que les bornes WiFi.

Programmation : opérations et variables – page 217

1. La variable créée est « vitesse ».
2. L'éolienne s'arrête et affiche le message : « Pas assez de vent. Arrêt de l'éolienne »

Logigramme et programmation d'un objet embarqué – page 219

1. Le store descend si la lumière est forte (pour protéger du soleil), mais il faut aussi que le vent soit faible (pour protéger le store en cas de grand vent)
2. La lumière extérieure est-elle faible ou le vent fort ?

Anglais

PRÉSENT SIMPLE OU PRÉSENT *BE* + BV-*ING*

Comment employer les présents simple et *be* + v-*ing* à bon escient ? Comment les construire ?

1. Le présent simple

- Il permet d'exprimer une **vérité générale**, des **habitudes**, des goûts et **opinions**. Souviens-toi du -*s* à la troisième personne du singulier !

(+)	(–)	(?)
Sujet + BV + complément *I/you/we/they like tea.*	Sujet + *don't* + BV + complément *I/you/we/they don't like tea.*	*Do* + sujet + BV + complément + ? *Do I/you/we/they like tea?*
BV + -*s* *He/she/it likes tea.*	*doesn't* + BV + complément *He/she/it doesn't like tea.*	*Does* + sujet + BV + complément + ? *Does he/she/it like tea?*

- Souviens-toi de ces quelques adverbes de fréquence :

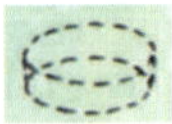
never

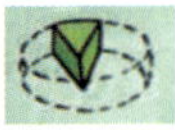
seldom (rarely)

sometimes

often

usually

always

2. Le présent *be* + BV-*ing*

- Il permet de décrire une **action en cours** ou une **image**.
- Attention, les commentaires sportifs sont faits au présent simple !

Le sais-tu ?

Pour les formes négative et interrogative, c'est l'auxiliaire *do* qui fait tout !

- Il se charge de la terminaison à la 3e personne du singulier et devient *does*.
- Il porte la négation (*not*).
- Il se déplace dans la phrase pour faire des questions.

(+)	(-)	(?)
Sujet + *be* + BV-*ing*	Sujet + *be* + *not* + BV-*ing*	*Be* + sujet + BV-*ing* + ?
I am playing rugby.	*I'm not playing rugby.*	*Am I playing rugby?*
He/she/it is playing rugby.	*He/she/it isn't playing rugby.*	*Is He/she/it playing rugby?*
You/we/they're playing rugby.	*You/we/they aren't playing rugby.*	*Are you/we/they playing rugby?*

Attention

Une ou deux fois par... : *once a month, twice a year...*

Après, on compte le nombre de fois : *three times a day, ten times an hour*, etc.

Entraînement

1 Conjugue le verbe entre parenthèses.

A. My sister .... her hair every morning. (brush)

B. Mom and Dad .... board games with Nana right now. (play)

C. Grandpa .... TV in the living-room. I can see him. (watch)

D. I .... at 10 a.m. on Saturdays. (wake)

E. Julie .... to bed at 9 p.m. (go)

F. My cats .... dogs! (hate)

G. We .... board games in the evening. (play)

H. Finally, the sun .... again. (shine)

I. Look! Luke .... in the garden. (sleep)

2 Complète les phrases par la bonne forme de *do* ou *be*.

A. Sarah is American but she .... live in the USA.

B. Yes, Mike .... doing his homework. He .... playing with his friends.

C. .... you want a cup of tea?

D. Look! Sandy .... taking a selfie.

E. .... Pete like broccoli?

F. You .... like candy! I .... believe it!

G. What .... he doing? He .... riding his scooter!

H. .... they listening to you? No, they ....

Anglais

QUESTIONS OUVERTES OU FERMÉES

La formation de la phrase interrogative varie en fonction du type de question que l'on souhaite poser.

1. Les types de questions

- Il y a **deux types de questions** : les questions ouvertes, et les questions fermées.
- Les **questions fermées** commencent par un auxiliaire. On ne peut y répondre que par **yes ou no**. Formation : auxiliaire + sujet + BV + complément

  Do you speak English? Yes, I do! *Can she play rugby? No, she can't.*

- Les questions ouvertes commencent par un mot interrogatif en *-wh* : mot interrogatif en *-wh* + auxiliaire + sujet + BV + ... + ?

  Where do you live? I live in London.

  What do they have in their garage? They have a motorbike.

2. Les mots interrogatifs

- Pour poser une question sur un objet → *What (+ nom)*

  What color is it?

- Pour poser une question sur le lieu → *Where*

  Where do you work?

- Pour poser une question sur l'origine → *Where... from*

  Where is he from?

Le sais-tu ?

On peut formuler des questions avec tous les auxiliaires anglais : *be, have, do, did, can...* Mais pour les questions avec *be*, la formule change.

How are you? Where is she? What's their name?

Who est déjà sujet de la phrase : *Who are you ? Who is she?*

- Pour poser une question sur la cause → *Why*

  Why do they live there?

- Pour poser une question sur l'horaire → *When*

  When does school start?

- Pour poser une question sur la santé → *How*

  How are you?

- Pour poser une question sur une caractéristique (la taille, l'âge, etc.) → *How* (+adjectif)

  How tall is she? How long is this bridge? How big is this house? How old are you?

Entraînement

1 Mets les éléments dans le bon ordre.

A. colour / is / your / what / front door / ?

....

B. tall / your dad / is / how / ?

....

C. have / your cousins / a / do / nice garden?

....

D. I / to the park / with you / can / go / ?

....

E. is / there / why / in the garage / a microwave / ?

....

2 Trouve les questions posées grâce aux réponses.

A. ....

My father? He's 45.

B. ....

They're from New Orleans.

C. ....

We live in California now.

D. ....

Because my mom works here now.

E. ....

The boy on the picture? He's my little brother, of course.

LE COMPARATIF

La formation du comparatif dépend de la taille des adjectifs.

1. Comparatif de supériorité : plus... que

- Adjectif court : adjectif + *-er* + *than*
  - une syllabe : *big* → *bigger than* ; *old* → *older than* ; *nice* → *nicer than*
  - deux syllabes ET se terminant en *-y*, *-ow*, *-le* ou *-er* : *sporty* → *sportier than* ; *shallow* → *shallower than* ; *subtle* → *subtler than* ; *clever* → *cleverer than* ;
- Adjectif long : *more* + adjectif + *than*
  - deux syllabes (autres terminaisons) : *pleasant* → *more pleasant than*
  - trois syllabes ou plus : *beautiful* → *more beautiful than*

Australia is ***bigger than*** *France.* *January is more* ***pleasant than*** *June in Sydney!*

2. Comparatif de supériorité : aussi ... que

- La construction est identique pour tous les adjectifs : ***as*** + adjectif + ***as*** : *Paris is as beautiful as London.*

3. Comparatif d'infériorité : moins ... que

- Pour tous les adjectifs, on a :
  - ***less*** + adjectif + ***than*** : *He's less friendly than his sister.*
  - ***not as*** + adjectif + ***than*** : *He's not as friendly as his sister.*

Le sais-tu ?

Les anglophones préfèreront souvent utiliser un comparatif de supériorité plutôt qu'un comparatif d'infériorité, quitte à tourner la phrase d'une autre manière !
→ *His sister is more friendly!*

4. Double comparatif : de plus en plus ...

- Adjectifs courts : adjectif + **er** + *and* + adjectif + **er** : *It's getting harder and harder.*
- Adjectifs longs : ***more and more*** + adjectif : *It's more and more beautiful.*

Exceptions

Il faut apprendre ces formes par cœur ! *good* → *better*, *bad* → *worse*, *far* → *farther* (sens propre) / *further* (sens figuré)

Entraînement

1 Mets les adjectifs suivants au comparatif de supériorité :

A. The Australians are .... the British. (enthusiastic)

B. This plane ticket is .... these train tickets. (expensive)

C. Sydney is a .... city .... Perth. (busy)

D. Going on holidays is .... staying at home. (good)

E. Paris is .... Sydney. (old)

2 Utilise les éléments donnés pour former un comparatif de supériorité (>), d'infériorité (<) ou d'égalité (=)

A. paper bags / ecological / plastic bags (>)

....

B. George / crazy / his brother (>)

....

C. Victoria Falls / famous / Niagara Falls (<)

....

D. Canadians / friendly / New Zealanders (=)

....

E. Africa / big / Australia (>)

....

3 Forme un double comparatif.

A. Teenagers get .... (lazy)

B. Americans are getting .... at geography. (bad)

C. The Williams are .... in travelling. (interested)

LE SUPERLATIF

Je sais différencier les adjectifs courts ou longs. Avec le superlatif, je peux comparer un élément à plusieurs, un ensemble ou exprimer l'idée de record.

1. Superlatif de supériorité : le plus...

- Adjectif court : **the** + *adjectif* + -**est**.

  *big → the bigg***est** *; old → the old***est** *; young → the young***est** *; nice → the nic***est**.

- Adjectif long : *the most* + adjective.

  the most beautiful.

  Australia is **bigger than** *France. January is* **more pleasant** *than June in Sydney!*

- Pour dire que c'est « le plus... d'un pays » ou « le plus ... du/au monde » :

  It's the highest mountain in New Zealand. = It's New Zealand's highest mountain.
  It's the world's most beautiful scenery.

Exceptions

Il faut apprendre ces formes par cœur ! *good → the best, bad → the worst, far → the farthest* (sens propre)/ *furthest* (sens figuré)

2. Superlatif d'infériorité : le moins...

Pour tous les adjectifs, on a : *the* **least** + adjectif.

Nunavut is the least populated region in Canada.

Le sais-tu ?

Les anglophones utiliseront quasiment toujours un superlatif de supériorité, quitte à tourner la phrase d'une autre manière !

His cousin is the least old! → His cousin is the youngest.

This is the least far. → This is the closest.

As-tu retenu ?

1 Le superlatif me sert à comparer :

- ❒ A. Deux éléments
- ❒ B. Plusieurs éléments

2 Le superlatif de supériorité se forme de la même façon :

- ❒ A. Vrai
- ❒ B. Faux

Justifie : ....

3 Le superlatif d'infériorité se forme de la même façon :

- ❒ A. Vrai
- ❒ B. Faux

Justifie : ....

Entraînement

4 Mets les adjectifs suivants au superlatif de supériorité :

A. New Zealanders are .... people. (welcoming)

B. Wellington is .... city in Australia. (busy)

C. Going to New Zealand is .... idea you've ever had! (good)

D. Christchurch is New Zealand's .... city. (old)

5 Forme un superlatif de supériorité (>) ou d'infériorité (<).

A. Niagara Falls / famous / natural site (>)

....

....

B. Maple syrup / good / ingredient on pancakes. (>)

....

....

C. Yukon and Nunavut / populated / territories in Canada. (<)

....

....

D. Squirrels / cute / beavers (=)

....

....

L'EXPRESSION DU FUTUR

Il existe différentes manières pour former le futur en anglais.

1. Le présent en *be* + BV-*ing*

- Contrairement à ce que son nom indique, il permet d'exprimer une action future **déjà prévue**, planifiée ou au moins décidée. Il suffit de conjuguer ***be* au présent** puis d'ajouter la **base verbale avec -*ing***.

  He's cleaning the beach this afternoon. We're having a meeting tomorrow.

  Are you coming next week?

Attention

Le futur n'est pas un temps à proprement parler en anglais ; il n'existe pas de conjugaison particulière.

2. *Be going to* + BV

- Il faut conjuguer *be* au présent puis ajouter *going to* et la base verbale.
- *Be going to* permet de parler d'une intention, comme le présent en *be* + BV-*ing*.

  I'm going to clean my room. *I'm going to read this book later.*

- *Be going to* permet aussi de prédire une évidence, de déduire d'après une observation.

  He's taking too much risk. This is going to end badly.

  The sun is shining. It isn't going to rain anytime soon!

Le sais-tu ?

À la forme négative *will not* devient *won't*.

3. *Will* + BV

- *Will* est un auxiliaire modal. Il est invariable et toujours suivi d'une base verbale. Sa forme contractée est *'ll*.

  On utilise *will* pour parler d'un **futur quasi certain**.

  The show will start at 9 p.m. We'll be there!

- *Will* est aussi employé quand on **prend une résolution** (on a une volonté) ou pour une **décision prise spontanément**.

  I promise you. I will stop smoking! I won't disappoint you.

Entraînement

1 Réponds par une réponse courte.

A. Are you going to buy this book? Yes, ...

B. Are your friends coming tomorrow? No, ...

C. Is your sister going to help you? Yes, ...

D. Will she go to the movies after? No, ...

2 Les phrases suivantes expriment-elles un présent (P) ou un futur (F) ?

A. My grandparents are going to London next week. ....

B. She's leaving at 4 p.m. ....

C. Listen! The dog is barking! ....

D. They're playing in their bedroom right now.........................

3 Complète par une expression du futur avec *be* :

A. Tell me your decision: .... you .... me? (help)

B. Tony .... to dinner tomorrow. (come)

C. It's 9 o'clock already. I .... late! (be)

D. Next week, they .... to Miami. (fly)

E. Look at those dark clouds. It .... (rain)

4 Complète les horoscopes suivants avec un futur en *will* :

A. Taurus .... a lot of homework this week. (do)

B. Pisces .... a quiet week. Birthday party! (not have)

C. Lions and Capricorns: love .... in the air! (be)

D. Libra .... every game! (win)

E. Pity! Virgos, Sagittarius and Taurus .... too many of their friends. (not see)

CAPACITÉ, POSSIBILITÉ, OBLIGATION, INTERDICTION

Il existe plusieurs auxiliaires modaux, qui ont des valeurs différentes. Il ne faut pas les confondre !

1. *Can / be able to*

- *Can* permet d'exprimer la capacité ou la possibilité. *Can't*, au contraire, exprime l'incapacité ou l'impossibilité.
- Au présent : *can* est invariable et toujours suivi de la base verbale.

  I can play tennis but I can't surf. Can you teach me?
- On peut utiliser également *be able to*. Il faut conjuguer *be* correctement !

  I am able to play tennis but I'm not able to surf.
- Au passé : *can / can't* → *could / couldn't* ; *be able to* → *was/wasn't/were/weren't able to*.

  I could play tennis when I was young but I couldn't surf.

  I was able to play tennis but I wasn't able to surf.
- Au futur : on utilise *will be able to* !

  I will be able to play tennis but I won't be able to surf.

2. *Must / have to*

- *Must* permet d'exprimer l'obligation. *Mustn't*, au contraire, exprime l'interdiction. Ils n'existent qu'au présent.
- Au présent : *must* est invariable et toujours suivi de la base verbale. Il sert à exprimer des règles, des lois valables pour tout le monde.

  We must cross the road on the crosswalk. You mustn't drive over 50 km/h here.
- *Have to* permet d'exprimer une obligation ponctuelle ou personnelle.

  You have to turn right to get to the cinema.

Attention

Can ne s'emploie pas au futur !

- *Don't have to* exprime une **absence d'obligation**.

  You don't have to play with her if you don't want to.

- Au prétérit : *must* → *had to*.

  I had to stop at the traffic light!

- Au futur : *must* → *will have to*.

  I will have to stop at the traffic light.

Entraînement

1 Complète avec *can, can't, be able to, must, mustn't* ou *have to*.

A. .... permet d'exprimer une obligation au présent.
B. .... permet d'exprimer une capacité au présent.
C. .... permet d'exprimer une incapacité au présent.
D. .... permet d'exprimer une interdiction au présent.
E. .... est utilisé à la place de *can* au prétérit et au futur.
F. .... est utilisé à la place de *must* au prétérit et au futur.

2 Exprime la capacité ou la possibilité.

A. My sister is too young. She .... ride a bike yet.
B. My dad is a good driver. He........................ drive very well.
C. My mum .... repair her car herself. She's a mechanic.
D. My parents .... travel a lot before. They had more time.
E. They .... climb to the top. It was too difficult.

3 Exprime l'obligation ou l'interdiction selon les signaux.

A. 

....
B.  ....
C.  ....
D.  ....
E.  ....

4 *Must* ou *have to?*

A. You .... stop at the traffic light. It's red.
B. You .... turn right at the traffic light to get to the parking lot.
C. Pedestrians .... cross on the crosswalk.
D. Drivers .... stop to let people cross the street.
E. I .... stop here. I'm too tired.

Anglais

PRÉTÉRIT SIMPLE ET BV-*ING*

Le prétérit est le temps du passé. On l'utilise pour raconter une histoire ou des évènements finis du passé.

1. Prétérit simple

- La conjugaison est la même pour toutes les personnes ! Facile.
- Pour les verbes irréguliers, seule la forme affirmative est différente. Il faut apprendre par cœur le prétérit de ces verbes.

	(+)	(–)	(?)
	sujet + BV + -ed	sujet + didn't + BV	did + sujet + BV
Verbes réguliers	*We visited London last year.*	*We didn't visit any museum.*	*Did you visit Buckingham Palace?*
Verbes irréguliers	*We went to London last year.*	*We didn't go to any museum.*	*Did you go to Buckingham Palace?*

2. Prétérit progressif : *be* + BV-*ing*

- Formation : *be* au prétérit + BV-*ing*
- Il permet de commenter des actions en cours dans le passé.

  What were you doing at the time of the crime?

  I was eating in the kitchen. I wasn't reading in my bedroom.
- Associé dans une phrase au prétérit simple, il indique qu'une action était en cours au moment où une autre s'est passée.

  He was watching a movie when he heard a shot.

  She saw him in the bookstore while they were walking down the street.

Le sais-tu ?

C'est l'auxiliaire *did* (prétérit de *do*) qui porte la marque du passé, il est invariable. On utilise plus souvent la forme négative contractée *didn't* ← *did + not*

Pour les réponses brèves, c'est encore *did* qui fait tout.

Did Mary enjoy her trip? Yes, she did. *Did you book the same trip? No, I didn't.*

Entraînement

1 Mets le verbe donné au prétérit simple.

A. Mary Higgins Clark .... an American author. (be)
B. She .... suspense and detective novels. (write)
C. She .... five children. (have)
D. Mary .... more than 100 million books. (sell)
E. She .... in 2020. (die)

2 Complète par *be* ou *did* à la bonne forme.

A. .... you see Mr. Smith last night?
B. What .... he doing that evening?
C. .... he look annoyed?
D. You said you .... reading in the living-room, is that right?
E. You .... see anything, then.

3 Prétérit simple ou en *be* + BV-ing ? Raye la mauvaise forme.

A. Jimmy played/was playing outside while his parents cooked/were cooking inside.
B. What did you do/were you doing when it happened/was happening?
C. They read/were reading when she came/was coming in.
D. I slept/was sleeping when the thief broke/was breaking the window.
E. She drove/was driving back home when the storm hit/was hitting.

Anglais

LA VOIX PASSIVE

La voix passive est utilisée pour changer de point de vue. On s'intéresse à l'élément qui subit l'action. La voix passive se forme avec be, qui peut être conjugué à tous les temps, et le participe passé du verbe.

1. La voix passive

- Verbes réguliers : participe passé = BV + *ed*.
- Verbes irréguliers : forme à apprendre par cœur.

  Glass is easily recycled. Old bottles can be transformed into new ones.

  Plastic wasn't collected in the 1970s.

2. Passer de la voix active à la voix passive

- Pour passer de la voix active à la voix passive, il faut :
  - Inverser la place des mots : le sujet de la phrase active devient complément d'agent, et le complément d'objet devient sujet de la forme passive.
  - Conjuguer *be* au même temps ou avec le même modal que le verbe de la phrase active.
  - Introduire le complément d'agent par *by*.

Tom gives clothes to the thrift shop. (*give* au présent)

Clothes are given to the thrift shop by Tom. (*be* au présent)

Leah gave toys to the hospital. (*give* au prétérit)

Toys were given to the hospital by Leah. (*be* au prétérit)

Le sais-tu ?

Traduire « on » par un passif

Le pronom « on » n'existe pas en anglais. On doit absolument passer par un passif pour le traduire.

On lutte contre la pollution partout dans le monde. → *Pollution is fought worldwide.*

Absence de complément d'agent

Quand on ne sait pas exactement qui fait l'action :

People recycle plastics nowadays. → *Plastics are recycled nowadays.*

Entraînement

1 Dis si ces phrases sont à la voix active (A) ou passive (P) :

A. They buy their clothes in a thrift store. ....

B. Paper can be recycled easily. ....

C. People often buy too many things. ....

D. Composting is done by millions of people in the world. ....

E. The Internet didn't exist 50 years ago. ....

F. His trash was recycled. ....

G. The oceans are polluted by ships and tankers. ....

H. Pollution has to be fought by everyone. ....

2 Transforme les phrases suivantes à la voix passive.

A. My parents write articles about the environment.

....

B. Tankers spilled oil.

....

C. You can repair things.

....

D. We must avoid pollution.

....

IF : CONDITION, HYPOTHÈSE OU PERMISSION

Comment utiliser le mot *if* en anglais ? Que permet-il d'exprimer ?

1. Condition et hypothèse

- On peut faire une hypothèse ou exprimer la condition grâce à des propositions subordonnées en *if*, comme en français.
  - condition → *I'll go if you come with me.*
  - hypothèse → *If you travel to New York, bring me a souvenir!*
- Il faut faire la concordance des temps, comme en français.
  - pour une hypothèse réaliste :

proposition principale	proposition subordonnée
au futur	au présent
I'll bring you a souvenir	*if I go to a shop.*

  - pour une hypothèse moins réalisable :

proposition principale	proposition subordonnée
au futur	au présent
I would have fun	*if I were not so stressed.*

2. La permission

- Il existe des expressions avec *if* qui permettent de demander poliment la permission :

  Do you mind if I sit next to you?

  Would you mind if we sit together?

Le sais-tu ?

L'ordre des propositions importe peu : *If I work hard, I will succeed.* = *I will succeed if I work* hard.

Entraînement

1 Dis si ces phrases expriment une condition (C) ou une hypothèse (H) :

A. I'll buy you a guitar if you promise to take lessons. ....

B. We'll travel to London if we have the money. ....

C. Can you bring me a croissant if you go to the bakery? ....

D. We'll finish our homework if we have the time. ....

E. If it rains, will the show be cancelled? ....

F. You won't have cavities if you brush your teeth every day. ....

G. If you are cold, just put a sweater on. ....

H. What will you do if she gets sick? ....

2 Quelle proposition complète la fin de cette phrase ?

We will not go on holidays if...

- ❐ A. the weather is bad.
- ❐ B. the weather will be bad.
- ❐ C. the weather was bad.
- ❐ D. the weather can be bad.

3 Remets les éléments dans l'ordre.

A. go to bed / I'll / if / tired / I am / .

....

....

B. if / can go / to New York / want / we / you / .

....

....

C. If / a car / they need / I'll lend / , / mine / them / .

....

....

D. you / thirsty / are / , / if / have a glass / . / of water

....

....

E. mind / do you / now / if / I eat / ?

....

....

Anglais

LA CAUSE, LE BUT, LE MOYEN

En anglais, il existe plusieurs moyens d'exprimer la cause, le but et le moyen.

1. La cause

- Pour demander pourquoi, on utilise une question ouverte commençant par *why*. On répond avec une subordonnée de cause, introduite par *because*.

  Why *do you want to study history?* ***Because*** *I want to be an archeologist.*

  They should listen to you because you always give good advice.

- On peut aussi utiliser la forme : ***for* + BV-*ing***.

  She was punished for cheating.

2. Le but

- On utilise une proposition infinitive pour exprimer le but : ***to* + BV**.

  I studied biology ***to become*** *a vet.*

  What *did you do that* ***for****? I did it* ***to warn*** *you!*

- D'autres expressions avec *to* existent et sont synonymes : *in order to / so as to...*

- On peut aussi utiliser : ***for* + nom**

  I'm studying for my exams.

3. Le moyen

- On utilise *by* de différentes façons :

- *by* + nom : pour un moyen de locomotion.

  They came from London ***by*** *train.*

Attention

Il ne faut pas confondre *for* + BV-*ing* et *for* + nom !

- *by* + pronom réfléchi : pour exprimer l'autonomie.

  *I can travel **by** myself!*

- *by* + BV-*ing* : pour atteindre un but.

  *She became a teacher **by** working very hard.*

As-tu retenu ?

1 On peut exprimer le moyen avec :

- ❒ A. *for* + BV-*ing*.
- ❒ B. *for* + nom.
- ❒ C. *to* + BV.
- ❒ D. *by* + nom.
- ❒ E. *by* + pronom réfléchi.
- ❒ F. *by* + BV-*ing*.

2 On peut exprimer le but avec :

- ❒ A. *for* + BV-*ing*.
- ❒ B. *for* + nom.
- ❒ C. *to* + BV.
- ❒ D. *by* + nom.
- ❒ E. *by* + pronom réfléchi.
- ❒ F. *by* + BV-*ing*.

Entraînement

3 *To* ou *for* ?

A. What are you going .... do now?

B. What are these notebooks used ....?

C. I'm working hard .... be an engineer.

D. They have to learn their lessons .... get good grades.

E. She was arrested .... drunk driving!

4 Relie les éléments pour former des phrases.

1. What do you use •	• A. for the train tickets.
2. Why did you see Interstellar again? •	• B. for helping me!
3. She learned English •	• C. these utensils for?
4. I need money •	• D. Because I really like Christopher Nolan.
5. He got punished •	• E. to work in a different country.

LES SENTIMENTS

1. Les sentiments positifs

appreciate
admiratif

cheerful
gai

delighted
enchanté

enthusiastic
enthousiaste

excited
impatient

glad
content

in love
amoureux

touched
ému

happy
heureux

optimistic
optimiste

proud
fier

surprised
étonné

2. Les sentiments négatifs

scared
effrayé

fearful
peureux

angry
en colère

stressed
stressé

disappointed
déçu

anxious
anxieux

bored
ennuyé

shy
timide

sad
triste

tired
fatigué

exhausted
épuisé

worried
inquiet

Entraînement

❶ Trouve les 16 mots cachés dans la grille.

appreciate – enthusiastic – touched – proud – happy – excited – glad – cheerful – scared – anxious – bored – worried – sad – shy – disappointed – fearful

E	Y	H	G	N	O	P	D	S	B	R	M	L	N	O
P	C	L	F	I	T	H	R	A	S	A	D	C	D	E
A	A	D	S	T	D	I	X	O	U	R	I	S	D	A
D	P	C	E	E	L	E	U	P	U	T	I	E	F	N
T	Y	P	R	R	E	U	L	P	S	D	T	A	I	R
U	L	A	R	E	O	U	F	A	O	N	N	I	S	R
F	C	C	H	E	F	B	I	R	I	N	A	E	D	U
S	I	O	S	R	C	S	T	O	A	P	A	X	E	D
N	O	E	E	Y	U	I	P	R	A	E	D	C	H	S
T	H	E	E	H	P	P	A	F	I	C	F	I	C	G
P	H	T	T	O	A	P	L	T	C	A	Y	T	U	P
C	D	N	R	S	U	E	A	C	E	H	H	E	O	I
O	E	S	I	T	P	N	A	H	Y	I	S	D	T	G
R	C	D	O	U	S	U	O	I	X	N	A	T	L	S
H	D	O	W	O	R	R	I	E	D	R	C	V	S	D

❷ Relie chaque sentiment à la définition correspondante.

Be confident •	• Feeling happy or pleased about something.
Glad •	• Feeling uninterested or tired because something is dull.
Proud •	• Feeling pleased and satisfied with something you have done.
Exhausted •	• Being affected emotionally, feelings of compassion, sympathy or tenderness.
Bored •	• Feeling very tired.

❸ Rédige une phrase qui exprime le sentiment que tu éprouves en ce moment.

....

....

LES VOYAGES

1. Means of transport

a caravan | a car | a motorbike | a bike | a helicopter

a plane | a boat | a taxi | a moped | a scooter

a hot air balloon | a cable car | a train | a tram | a bus

2. Destinations, activities and more

a map | nature | a passport | a backpack | plane tickets | an island

luggage | the beach | a four-star hotel | postcards | mountains | a cruise ship

a camera | a monument | a camping tent | a castle

Entraînement

1 Complète les mots fléchés.

LA PROTECTION DE LA PLANÈTE

eco fuel

go green

solar panel

wind turbine

save planet

glass recycling

electronics recycling

paper recycling

cardboard recycling

metal recycling

plastic recycling

food waster recycling

recycling truck

recycling sign

garbage bag

trash can

water purification

hybrid technology

energy consumption

waste barbel

waste management

rubbish dump

recycling plant

clean energy

save the nature

Entraînement

1 Complète avec les voyelles manquantes.

A. s...l...r p...n...ls
B. r...c...cl...ng
C. g... gr......n
D. h...br...d t...chn...l...g...
E. w...st... m...n...g...m...nt

2 Trouve les 16 mots cachés dans la grille.

M	E	T	A	L	P	L	A	S	T	I	C
U	S	O	L	A	R	P	A	N	E	L	I
R	E	C	Y	C	L	I	N	G	A	U	N
T	G	L	A	S	S	W	A	T	E	R	I
O	E	L	E	C	T	R	O	N	I	C	S
W	I	N	D	T	U	R	B	I	N	E	Q
R	U	B	B	I	S	H	T	R	A	S	H
F	O	O	D	W	A	S	T	E	D	V	R
C	C	L	E	A	N	E	N	E	R	G	Y
A	Z	K	H	E	C	O	F	U	E	L	K
G	A	R	B	A	G	E	P	A	P	E	R
C	A	R	D	B	O	A	R	D	X	L	M

3 Complète les listes selon le thème.

things to recycle	green energy	goal
....	....	....
....	....	....

Anglais

LA DESCRIPTION PHYSIQUE

1. Le visage

face
visage

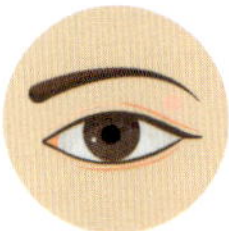
eye
œil

eyelashe
cil

hair
cheveu

eyebrow
sourcil

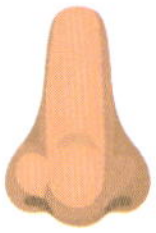
nose
nez

mouth
bouche

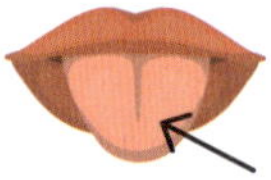
tongue
langue

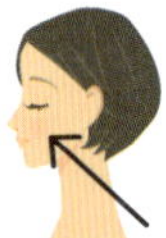
cheek
joues

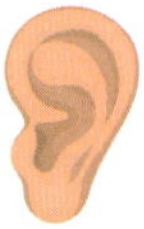
ear
oreille

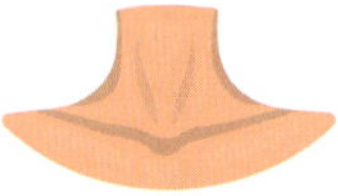
neck
cou

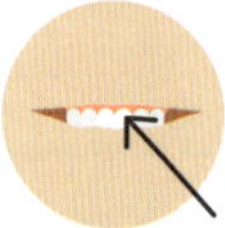
tooth
dent

2. Le corps humain

head
tête

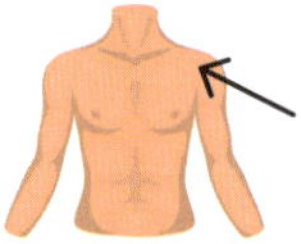
shoulder
épaule

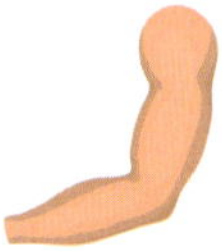
arm
bras

knee
genou

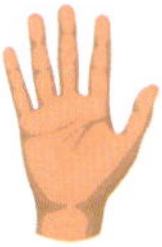
hand
main

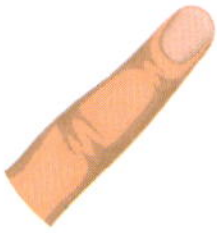
finger
doigt (main)

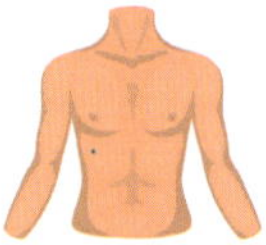
chest
torse

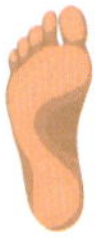
foot
pied

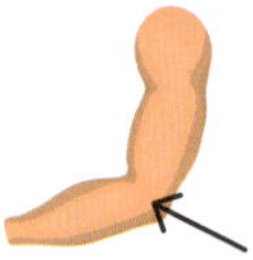
elbow
coude

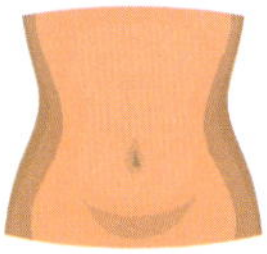
stomach
ventre

leg
jambe

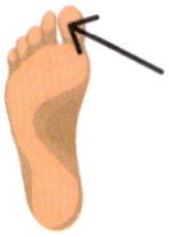
toes
doigts de pied

Entraînement

1 Complète les mots croisés ci-dessous.

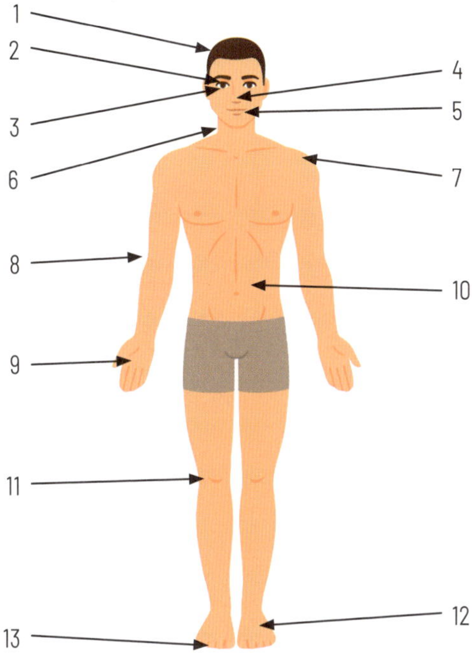

- hairs
- eyelashes
- eyes
- nose
- mouth
- neck
- shoulder
- elbow
- hand
- stomach
- knee
- foot
- toes

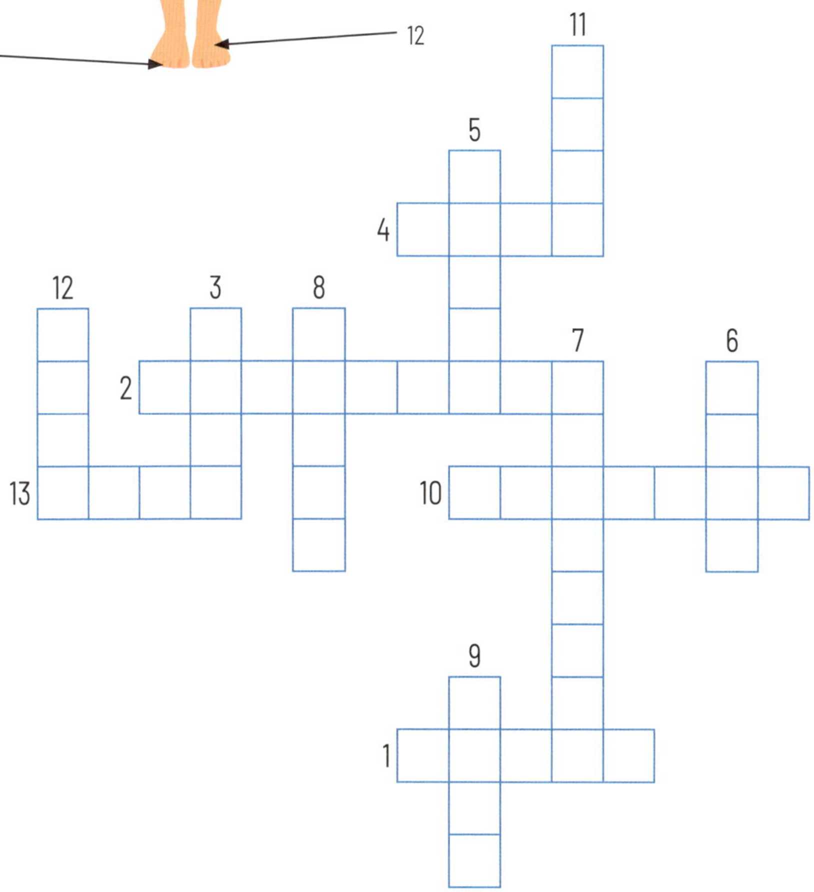

Anglais

CORRIGÉS

Présent simple ou présent *be* + BV-ing – page 227

1. A. brushes ; B. are playing ; C. is watching ; D. wake ; E. goes ; F. hate ; G. play ; H. is shining ; I. is sleeping.
2. A. doesn't ; B. is/isn't ; C. do ; D. is ; E. does ; F. don't / don't ; G. is/is H. are/aren't.

Questions ouvertes ou fermées – page 229

1. A. What colour is your front door? B. How tall is your dad? C. Do your cousins have a nice garden? D. Can I go to the park with you? E. Why is there a microwave in the garage?
2. A. How old is your father? B. Where are they from? C. Where do you live? D. Why are you here? E. Who is the boy on the picture?

Le comparatif – page 231

1. A. more enthusiastic than ; B. more expensive than ; C. busier/than ; D. better than ; E. older than.
2. A. Paper bags are more ecological than plastic bags. B. George is crazier than his brother. C. Victoria Falls is less famous than Niagara Falls. D. Canadians are as friendly as New Zealanders. E. Africa is bigger than Australia.
3. A. lazier and lazier ; B. worse and worse ; C. more and more interested.

Le superlatif – page 233

1. B.
2. Faux (adjectif court : *the oldest*, adjectif long : *the most beautiful*)
3. Vrai (*the least* + adjectif long ou court)
4. A. the most welcoming ; B. the busiest ; C. the best ; D. the oldest.
5. A. Niagara Falls is the most famous natural site. B. Maple syrup is the best ingredient on pancakes. C. Yukon and Nunavut are the least populated territories in Canada. D. Squirrels are as cute as beavers.

L'expression du futur – page 235

1. A. Yes, I am. B. No, they're not. C. Yes, she is. D. No, she won't.
2. A. F ; B. F ; C. P ; D. P.
3. A. are/going to help ; B. is coming ; C. 'm going to be ; D. are flying ; E. 's going to rain.
4. A. will do ; B. won't have ; C. will be ; D. will win ; E. won't see.

Capacité, possibilité, obligation, interdiction – page 237

1. A. must ; B. can ; C. can't ; D. mustn't ; E. be able to ; F. have to.
2. A. can't ; B. can ; C. can ; D. could ; E. weren't able.
3. A. You must stop. B. You must turn right. C. You mustn't turn left. D. You must go ahead. E. You mustn't park here.
4. A. have to ; B. have to ; C. must ; D. must ; E. have to.

Prétérit simple et BV-ing – page 239

1. A. was ; B. wrote ; C. had ; D. sold ; E. died.
2. A. did ; B. was ; C. did ; D. were ; E. didn't.
3. A. was playing/were cooking ; B. were you doing/ happened ; C. were reading/came ; D. was sleeping/broke ; E. was driving/hit.

La voix passive – page 241

1. A. A ; B. P ; C. A ; D. P ; E. A ; F. P ; G. P ; H. P.
2. A. Articles are written by my parents about the environment. B. Oil was spilled by tankers. C. Things can be repaired. D. Pollution must be avoided.

If : condition, hypothèse ou permission – page 243

1. A. C ; B. C ; C. H ; D. C ; E. H ; F. C ; G. H ; H. H.
2. A.
3. A. I'll go to bed if I am tired. B. We can go to New York if you want. C. If they need a car, I'll lend them mine. D. If you're thirsty, have a glass of water. E. Do you mind if I eat now?

La cause, le but, le moyen – page 245

1. D., E., F.
2. B., C.
3. A. to ; B. for ; C. to ; D. to ; E. for.
4. 1C ; 2D ; 3E ; 4A ; 5B.

Les sentiments – page 247

1.

E	Y	H	G	N	O	P	D	S	B	R	M	L	N	O
P	C	L	F	I	T	H	R	A	S	A	D	C	D	E
A	A	D	S	T	D	I	X	O	U	R	I	S	D	A
D	P	C	E	E	L	E	U	P	U	T	I	E	F	N
T	Y	P	R	R	E	U	L	P	S	D	T	A	I	R
U	L	A	R	E	O	U	F	A	O	N	N	I	S	R
F	C	C	H	E	F	B	I	R	I	N	A	E	D	U
S	I	O	S	R	C	S	T	O	A	P	A	X	E	D
N	O	E	E	Y	U	I	P	R	A	E	D	C	H	S
T	H	E	E	H	P	P	A	F	I	C	F	I	C	G
P	H	T	T	O	A	P	L	T	C	A	Y	T	U	P
C	D	N	R	S	U	E	A	C	E	H	H	E	O	I
O	E	S	I	T	P	N	A	H	Y	I	S	D	T	G
R	C	D	O	U	S	U	O	I	X	N	A	T	L	S
H	D	O	W	O	R	R	I	E	D	R	C	V	S	D

2.

Les voyages – page 249

1. camera ;
2. passport ;
3. luggage ;
4. castle ;
5. beach ;
6. caravan ;
7. mountains ;
8. tent ;
9. helicopter ;
10. postcard ;
11. backpack ;
12. island.

La protection de la planète – page 251

1. A. solar panels ; B. recycling ; C. go green ; D. hybrid technology ; E. waste management

2.

~~M~~	~~E~~	~~T~~	~~A~~	L	~~P~~	~~L~~	~~A~~	~~S~~	~~T~~	~~I~~	~~C~~
U	~~S~~	~~O~~	~~L~~	~~A~~	~~R~~	~~P~~	~~A~~	~~N~~	~~E~~	~~L~~	I
~~R~~	~~E~~	~~C~~	~~Y~~	~~C~~	~~L~~	~~I~~	~~N~~	~~G~~	A	U	N
T	~~G~~	~~L~~	~~A~~	~~S~~	S	~~W~~	~~A~~	~~T~~	~~E~~	~~R~~	I
O	~~E~~	~~L~~	~~E~~	~~C~~	~~T~~	~~R~~	~~O~~	~~N~~	~~I~~	~~C~~	~~S~~
~~W~~	~~I~~	~~N~~	~~D~~	~~T~~	~~U~~	~~R~~	~~B~~	~~I~~	~~N~~	~~E~~	Q
~~R~~	~~U~~	~~B~~	~~B~~	~~I~~	~~S~~	~~H~~	~~T~~	~~R~~	~~A~~	~~S~~	~~H~~
~~F~~	~~O~~	~~O~~	~~D~~	~~W~~	~~A~~	~~S~~	~~T~~	~~E~~	D	V	R
C	~~G~~	~~L~~	~~E~~	~~A~~	~~N~~	~~E~~	~~N~~	~~E~~	~~R~~	~~G~~	~~Y~~
A	Z	K	H	~~E~~	~~C~~	~~O~~	~~F~~	~~U~~	~~E~~	~~L~~	K
~~G~~	~~A~~	~~R~~	~~B~~	~~A~~	~~G~~	~~E~~	~~P~~	~~A~~	~~P~~	~~E~~	~~R~~
~~C~~	~~A~~	~~R~~	~~D~~	~~B~~	~~O~~	~~A~~	~~R~~	~~D~~	X	L	M

3. things to recycle : plastic, paper, metal, cardboard
green energy : water power, wind power, solar power
goal : save the planet, save the nature

La description physique – page 253

1.

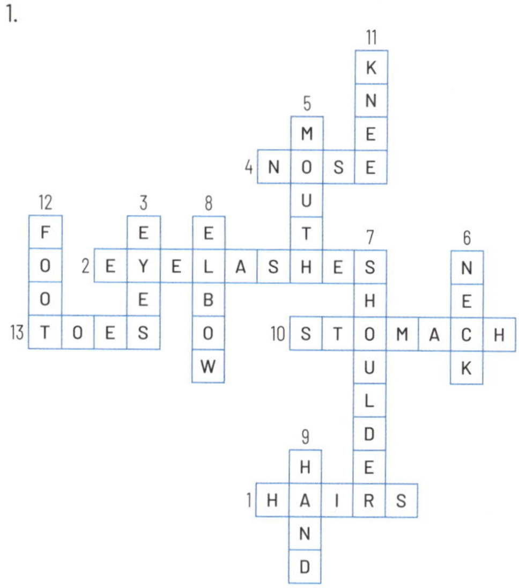

Anglais

Coaching

CHERCHER ET REPRÉSENTER

Exercice : d'après sujet DNB – Amérique du Nord – Juin 2021

- Une athlète a réalisé un triathlon d'une longueur totale de 12,9 km. Les trois épreuves se déroulent dans l'ordre suivant :

Épreuve 1	Épreuve 2	Épreuve 3
Natation	Cyclisme	Course à pied
Distance = 400 m		Distance = 2,5 km

- Entre deux épreuves, l'athlète doit effectuer sur place un changement d'équipement.
- Le graphique ci-dessous représente la distance parcourue (exprimée en km) par l'athlète, en fonction du temps de parcours (exprimé en minutes) de l'athlète pendant son triathlon.

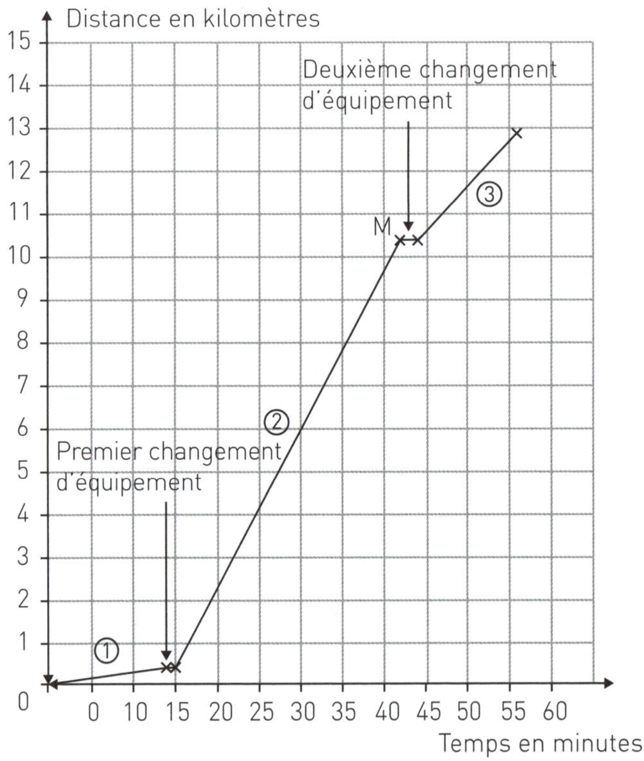

- Le point M a pour abscisse 42 et pour ordonnée 10,4.
- À l'aide du tableau précédent ou en utilisant le graphique ci-dessus, avec la précision qu'il permet, répondre aux questions suivantes, en justifiant la démarche.

1. Au bout de combien de temps l'athlète s'est-elle arrêtée pour effectuer son premier changement d'équipement ?

2. Quelle est la longueur, exprimée en km, du parcours de l'épreuve de cyclisme ?

3. En combien de temps l'athlète a-t-elle effectué l'épreuve de course à pied ?

4. Parmi les trois épreuves, pendant laquelle l'athlète-t-elle a été la moins rapide ?

5. On considère que les changements d'équipement entre les épreuves font partie du triathlon. La vitesse moyenne de l'athlète sur l'ensemble du triathlon est-elle supérieure à 14 km/h ?

MÉTHODE

1. Comprendre ce que signifie « représenter »

- « Représenter », c'est donner à voir, ou au moins rendre perceptible à la vue et à l'esprit, différents objets : des formes ou des solides mais aussi des relations entre les objets (croquis, codage, schéma).
- Il arrive également que l'on doive « représenter » des entités abstraites, aussi appelées objets mathématiques, telles que des nombres décimaux, des fractions, des fonctions.
- Tous ces objets ne sont pas accessibles en eux-mêmes, seulement au travers de leurs représentations.

2. S'approprier la représentation

- Dans chaque exercice mettant en jeu une représentation, sous quelque forme que ce soit, il faut s'approprier cette représentation, en faisant attention à chaque détail, pour ensuite pouvoir la mettre en lien avec les notions étudiées dans cet exercice.

MODÉLISER

Exercice : d'après sujet DNB – Amérique du Nord – Juin 2021

- Dans cet exercice, aucune justification n'est demandée.
- On dispose d'un tableau carré ci-dessous partagé en neuf cases blanches de mêmes dimensions qui constituent un motif.

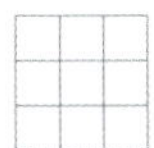

- Quatre instructions A, B, C et E permettent de changer l'aspect de certaines cases, lorsqu'on applique ces instructions. Ces instructions sont décrites ci-dessous.

Instruction	Descriptif	Effet de l'instruction
A	La case centrale du motif est noircie.	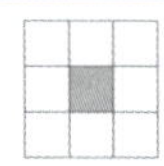
B	Dans le motif, la case en bas à gauche et la case en haut à droite sont noircies.	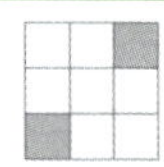
C	Dans le motif, la case médiane à gauche et la case médiane à droite sont noircies.	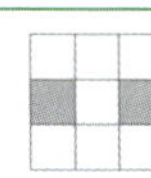
E	Les couleurs du motif sont inversées : les cases blanches deviennent noires et les cases noires deviennent blanches.	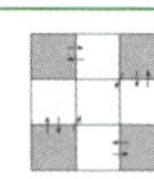

- Remarque : Si une case du motif est déjà noire et une instruction demande de la noircir, alors cette case ne change pas de couleur et reste noire à la suite de cette instruction.
- Exemples : *À partir d'un motif dont toutes les cases sont blanches :*

La suite d'instructions AC permet d'obtenir ce motif : 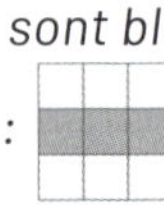

La suite d'instructions ACE permet d'obtenir ce motif : 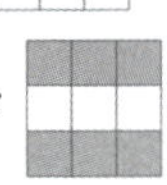

La compétence « Modéliser » renvoie au fait d'utiliser un ensemble de concepts, de méthodes, de théories mathématiques qui vont permettre de décrire, comprendre et prévoir l'évolution de phénomènes externes aux mathématiques.

Pour chacune des questions suivantes, on dispose au départ d'un motif dont toutes les cases sont blanches.

1. Représenter le motif obtenu avec la suite d'instructions AB.

2. Parmi les quatre propositions suivantes, deux propositions permettent d'obtenir ce motif.
   Lesquelles ? Entourer les bonnes propositions.

Proposition n° 1 : ABC

Proposition n° 2 : CE

Proposition n° 3 : BCEC

Proposition n° 4 : CAEA

3. Donner une suite d'instructions qui permet d'obtenir le motif ci-dessous.

....

....

....

MÉTHODE

1. La modélisation nécessite :

- de partir d'un problème ;
- de construire un modèle ;
- de le faire fonctionner ;
- de pouvoir confronter ses résultats à la situation.

2. Il faut donc :

- se laisser le temps nécessaire pour réfléchir, émettre et confronter des hypothèses ;
- connaître les modèles mathématiques afin de les utiliser.

RAISONNER

Exercice : d'après sujet DNB – Métropole – Septembre 2021

Une famille a acheté une étagère qu'elle souhaite placer le long d'un mur.

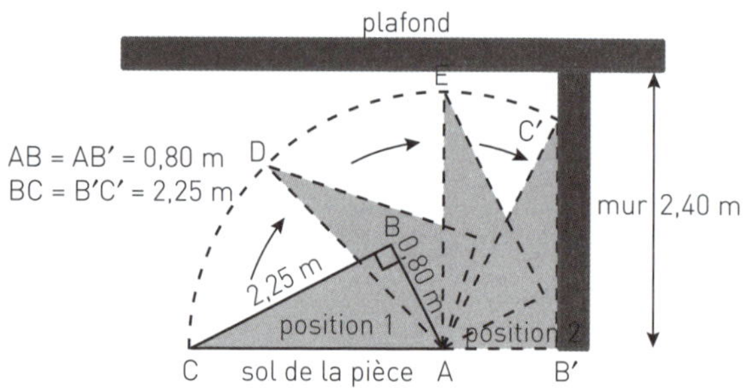

1 L'étagère était affichée au prix de 139,90 euros. La famille a obtenu une réduction de 10 %. Quel a été le montant de cette réduction ?

....

....

....

2 Voici l'image de profil qu'on peut voir sur le guide de montage de l'étagère ; ce dessin n'est pas à l'échelle. L'étagère a été montée à plat sur le sol de la pièce ; elle est donc en position 1. On veut s'assurer qu'elle ne touchera pas le plafond au moment de la relever pour atteindre la position 2. On ne dispose d'aucun instrument de mesure. Avec les données du schéma précédent, vérifier que l'étagère ne touchera pas le plafond.

....

....

3 Dans cette question, on supposera que le meuble a pu être disposé contre le mur. On installe maintenant quatre tablettes horizontales régulièrement espacées et représentées ici par les segments [DE], [FG], [HI] et [JK].

a. Calculer la longueur C'E.

....

b. Calculer la longueur de la tablette [DE].

....

c. Calculer la longueur de la tablette [HI].

....

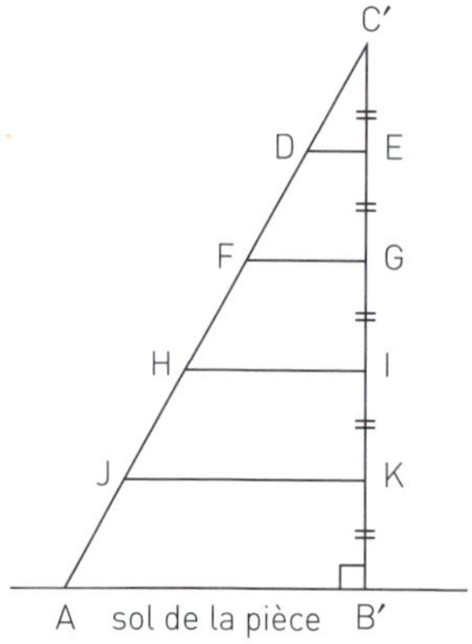

Rappel des données :

B'C = 2,25 m AB' = 0,80 m

MÉTHODE

1. La compétence « Raisonner » regroupe plusieurs démarches :

- résoudre des problèmes impliquant des grandeurs variées ;
- mobiliser des connaissances diverses ;
- analyser et exploiter ses erreurs ;
- essayer plusieurs solutions ;
- mener collectivement une recherche en sachant prendre en compte le point de vue d'autrui ;
- démontrer et utiliser un raisonnement logique ; défendre ses jugements.

2. Différents raisonnements sont couramment utilisés en mathématiques :

- utiliser un contre-exemple pour invalider une conjecture ;
- des procédures de déduction ;
- le raisonnement par l'absurde.

Chacune des étapes de résolution d'un problème fait appel au raisonnement. Ainsi, les phases de recherche, de production et de rédaction de preuve font appel à des raisonnements de différentes natures que l'on doit maîtriser.

CALCULER

Exercice : d'après sujet DNB – Centres étrangers – Juin 2021

Partie 1

Dans cette première partie, on lance un dé bien équilibré à 6 faces numérotées de 1 à 6, puis on note le numéro de la face du dessus.

1. Donner sans justification les issues possibles.

....

2. Quelle est la probabilité de l'évènement A : « On obtient 2 » ?

....

3. Quelle est la probabilité de l'évènement B : « On obtient un nombre impair » ?

....

Partie 2

Dans cette deuxième partie, on lance simultanément deux dés bien équilibrés à 6 faces, un rouge et un vert. On appelle « score » la somme des numéros obtenus sur chaque dé.

1. Quelle est la probabilité de l'évènement C : « Le score est 13 » ? Comment appelle-t-on un tel évènement ?

....

2. Dans le tableau à double entrée donné ci-dessous, on remplit chaque case avec la somme des numéros obtenus sur chaque dé.

a. Compléter, sans justifier, ce tableau :

Dé vert / Dé rouge	1	2	3	4	5	6
1						
2						
3				7		
4		6				
5						
6						

b. Donner la liste des scores possibles.

....

....

3 a. Déterminer la probabilité de l'évènement D : « Le score est 10. »

....

....

b. Déterminer la probabilité de l'évènement E : « Le score est un multiple de 4. »

....

....

c. Démontrer que le score obtenu a autant de chances d'être un nombre premier qu'un nombre strictement plus grand que 7.

....

....

MÉTHODE

1. La pratique du calcul vise un double équilibre :

- acquérir des automatismes dans les méthodes ;
- obtenir un résultat pour comprendre les objets mathématiques engagés dans le calcul.

2. La compétence « Calculer » regroupe plusieurs capacités :

- calculer avec des nombres rationnels, de manière exacte ou approchée ;
- combiner de façon appropriée le calcul mental, le calcul posé et le calcul instrumenté ;
- contrôler la vraisemblance de ses résultats ;
- calculer en utilisant le langage algébrique.

Le développement des technologies informatiques a profondément modifié la réalisation des calculs :

- au niveau des pratiques quotidiennes et sociales (on explore davantage de voies et on expérimente davantage).
- au niveau des pratiques scientifiques (on passe moins de temps à faire des calculs car on s'appuie sur les outils scientifiques pour les réaliser).

JUSTIFIER SA RÉPONSE

Lis le texte suivant, puis réponds aux questions.

« Les deux chaumières étaient côte à côte, au pied d'une colline, proches d'une petite ville de bains. Les deux paysans besognaient dur sur la terre inféconde pour élever tous leurs petits. Chaque ménage en avait quatre. Devant les deux portes voisines, toute la marmaille grouillait du matin au soir. Les deux aînés avaient six ans et les deux cadets quinze mois environ ; les mariages et, ensuite les naissances, s'étaient produites à peu près simultanément dans l'une et l'autre maison. [...]

La première des deux demeures, en venant de la station d'eaux de Rolleport, était occupée par les Tuvache, qui avaient trois filles et un garçon ; l'autre masure abritait les Vallin, qui avaient une fille et trois garçons.

Tout cela vivait péniblement de soupe, de pomme de terre et de grand air. À sept heures, le matin, puis à midi, puis à six heures, le soir, les ménagères réunissaient leurs mioches pour donner la pâtée, comme des gardeurs d'oies assemblent leurs bêtes. Les enfants étaient assis, par rang d'âge, devant la table en bois, vernie par cinquante ans d'usage. Le dernier moutard avait à peine la bouche au niveau de la planche. On posait devant eux l'assiette creuse pleine de pain molli dans l'eau où avaient cuit les pommes de terre, un demi-chou et trois oignons ; et toute la lignée mangeait jusqu'à plus faim. La mère empâtait elle-même le petit. Un peu de viande au pot-au-feu, le dimanche, était une fête pour tous, et le père, ce jour-là, s'attardait au repas en répétant : "Je m'y ferais bien tous les jours". »

Guy de Maupassant, *Aux Champs*, 1882.

1. Comment se nomment les deux familles ?
2. À quel temps est conjugué le verbe « réunissaient » (l. 12) et quelle est sa valeur ?
3. Quelle est la catégorie sociale des personnages ?

En français, tu dois souvent répondre à des questions portant sur un texte. Tu dois alors faire attention à la manière dont tu rédiges tes réponses.

MÉTHODE

1. Pour être bien compris, respecter les règles de langue

- Rédige tes réponses en faisant des phrases correctes et plutôt courtes afin d'être certain de bien te faire comprendre ;
- N'oublie pas les majuscules et la ponctuation ;
- Relis-toi pour t'assurer que tu n'as laissé aucune faute.

2. Reprendre les éléments de la question

- Ne réponds jamais par « oui / non car... », ou « car... », ou encore par « Il » ou « Elle »).

Imagine que ton correcteur ne connaît pas la question !

Quelle est la réaction de Pierre au début du texte ?

~~Il a peur.~~ → Pierre a peur.

Pourquoi Pierre et Jacques se disputent-ils ?

~~Car ils ne sont pas d'accord.~~ → Pierre et Jacques se disputent car ils ne sont pas d'accord.

3. Développer sa réponse en expliquant son idée
Prouver que sa réponse est pertinente

- Donne une citation extraite du texte (que tu mettras entre guillemets et dont tu indiqueras le numéro de la ou des lignes, éventuellement entre parenthèses).

  Pierre et Jacques se disputent car ils ne sont pas d'accord quant à la vente de la maison de leurs parents, comme on peut le voir à la ligne 8 : « Ils se disputèrent : Pierre pensait qu'il fallait vendre la maison, Jacques ne pouvait s'y résoudre. »

  Pierre et Jacques se disputent car ils ne sont pas d'accord quant à la vente de la maison de leurs parents, comme on peut le voir : « Ils se disputèrent : Pierre pensait qu'il fallait vendre la maison, Jacques ne pouvait s'y résoudre. » (l. 8)

DÉCRIRE UNE IMAGE

Observe l'image ci-dessous puis complète et coche les caractéristiques correspondantes.

Eugène Delacroix, La Liberté guidant le peuple, *1830, peinture à l'huile, 260 × 325 cm, Paris, musée du Louvre.*

❶ Les couleurs sont globalement ❑ claires ❑ sombres.

Le rouge très ❑ vif ❑ pâle du drapeau ressort particulièrement : cela crée un effet ❑ d'harmonie ❑ de contraste.

❷ La lumière provient du ❑ haut ❑ bas du tableau.

❸ La scène est représentée ❑ selon un angle normal (de face) ❑ en plongée ❑ en contre-plongée. Le cadrage : il s'agit d'un ❑ plan d'ensemble ❑ d'un plan moyen ❑ d'un gros plan.

❹ Le tableau est construit ❑ selon des lignes horizontales ❑ selon des lignes verticales ❑ selon un schéma pyramidal.

❑ Le premier plan ❑ L'arrière-plan est composé de personnages horizontaux, et de trois personnages verticaux.

❑ Le premier plan ❑ l'arrière-plan est composé, ❑ à gauche ❑ à droite, d'une foule de personnages flous, et, ❑ à gauche ❑ à droite, d'une ville.

MÉTHODE

1. Analyser les couleurs

- Elles sont **chaudes** (jaune, orange, rouge) ou **froides** (bleu, vert, violet).
- Les teintes sont des mélanges de couleurs ; elles sont plus ou moins **claires** ou **foncées** et varient en intensité (**faible** à **forte**).
- Les couleurs créent des effets d'**harmonie** ou de **contraste**.

2. S'intéresser à la lumière

- Selon son origine et sa répartition, son intensité, elle crée des effets de **profondeur**, de **clair-obscur**, d'**obscurité**, de **mystère**, etc. Elle renforce ou atténue également les couleurs.

3. Étudier le champ

- Le **cadre** délimite l'espace peint, dessiné, filmé ou photographié. Le **hors-champ** est l'espace hors du cadre. Le **contrechamp** est l'espace opposé au champ. La **profondeur de champ** est la succession des **premier plan**, **second plan** et **arrière-plan**.
- Les **lignes de fuite** vers un point soulignent la profondeur et la perspective.
- Les **lignes de force** animent l'image et produisent divers effets : horizontales, verticales, obliques ou diagonales, courbes.

4. Analyser le cadrage

- Le **plan d'ensemble** présente l'espace où se trouvent les personnages.
- Le **plan moyen** présente le personnage en entier.
- Le **plan américain** « coupe » le personnage à mi-cuisse, le **plan rapproché** à la poitrine.
- Le **gros plan** accentue un détail du personnage ou du décor.

5. Trouver l'angle de prise de vue

- **L'angle normal** : le spectateur est à la même hauteur que les personnages.
- La **plongée** : paysages ou personnages sont vus depuis un point haut (effet d'écrasement) ; la **contre-plongée** les présente depuis un point bas (effet d'étirement, de grossissement).

LA DICTÉE

Demande à quelqu'un de te dicter ce texte.

Le narrateur est un homme.

Je rouvris les yeux, réveillé par je ne sais quelle émotion confuse et bizarre. Je ne vis rien d'abord, puis tout à coup il me sembla qu'une page du livre venait de tourner toute seule. Aucun souffle d'air n'était entré par la fenêtre. Je fus surpris ; et j'attendis. Au bout de quatre minutes environ, je vis une autre page se soulever et se rabattre sur la précédente comme si un doigt la feuilletait. Mon fauteuil semblait vide, mais je compris qu'il était là. Je traversai ma chambre d'un bond pour le prendre, pour le toucher... Mais mon siège se renversa comme si on fuyait devant moi ; ma lampe aussi tomba et s'éteignit, le verre brisé.

D'après Guy de Maupassant, *Le Horla*, 1886.

Conjugaison et accord sujet-verbe

• La plupart des verbes sont conjugués au passé simple, c'est d'ailleurs la plus grande difficulté de cette dictée. Veille à bien repérer le groupe de chaque verbe :
Verbes du 1er groupe : « sembla », « traversai », « se renversa », « tomba » ;
Verbes du 3e groupe : « rouvris », « vis », « attendis », « compris », « s'éteignit » ; *être* : « fus ».
Attention à ne pas confondre le passé simple « traversai » avec l'imparfait « traversais » (remplace par une autre personne dans ta tête : « il traversa sa chambre d'un bond... »).

• Des verbes sont à l'imparfait : « venait », « était », « feuilletait », « semblait », « fuyait ».

Orthographe grammaticale et lexicale

• Attention à ne pas confondre les infinitifs en *-er* (« tourner », « se soulever », « toucher ») et les participes passés en *-é* (« réveillé », « entré »).

• Attention à l'accord du déterminant « quelle » avec « émotion ».

• « seule » s'accorde au féminin singulier avec « page ».

• « quatre » est invariable, mais le nom « minutes » s'accorde au pluriel.

• « précédente » s'orthographie *-en-* car il s'agit de l'adjectif, et non du participe présent « précédant ».

• « bond » appartient à la même famille que « bondir », il se termine donc par un *d*.

• Attention à quelques homophones, souvent sources d'erreur :
- « quelle » (déterminant) / « qu'elle » (que + elle)
- « se » (pronom réfléchi) / « ce » (déterminant démonstratif)
- « là » (adverbe) / « la » (article défini)
- « on » (pronom personnel) / « ont » (*avoir*)
- « et » (conjonction) / « est » (*être*)

MÉTHODE

1. Réaliser la première lecture

- À la première lecture, écoute attentivement le texte en essayant d'en comprendre le sens général : De quoi parle-t-on ? À quel temps est-il rédigé ?
- La première lecture est essentielle, car comprendre le sens global aidera notamment à éviter les fautes d'accord. Donc, à la première lecture, n'essaie pas d'écrire les premiers mots : pose ton stylo et écoute !

2. Écrire sous la dictée

- Repère les liaisons : elles te renseignent sur la terminaison de certains mots.
- Pendant que tu écris, fais particulièrement attention :
  - aux terminaisons des verbes (quel est le sujet ?) ;
  - aux accords dans le groupe nominal (masculin ou féminin, singulier ou pluriel) ;
  - aux homophones (et/est ; ou/où ; ses/ces/c'est/sais ; etc.).
- Ne perds pas le fil de la dictée : si tu doutes de l'orthographe d'un mot, écris-le comme il te vient à l'esprit (pourquoi pas au crayon de papier). Tu y reviendras pendant la relecture. Si tu es perdu, saute quelques lignes pour compléter à la seconde lecture.

3. Réaliser la seconde lecture

- La seconde lecture te permet de vérifier que tu n'as oublié aucun mot et éventuellement de compléter les éléments (mots ou phrases) que tu as manqués lors de la dictée.

4. Relire

- Pour vérifier l'orthographe de chaque mot, analyse méthodiquement le texte.
- Demande-toi, par exemple : Quel est le sujet de ce verbe ? Avec quel nom cet adjectif s'accorde-t-il ? Cette forme verbale en [e] est-elle un participe passé ou un infinitif en -er ? Etc.
- Relis silencieusement le texte en faisant les liaisons.

La dictée est un exercice difficile car elle fait appel à toutes nos compétences de langue, et que son barème est impitoyable... Mais, qu'on soit bon ou non en orthographe, quelques astuces peuvent nous permettre d'éviter certaines erreurs ! Traditionnellement, le texte est d'abord lu, puis dicté, puis relu sans la ponctuation. On vous laisse ensuite quelques minutes pour vous relire seul.

L'ÉCRIT D'IMAGINATION

Voici un sujet d'imagination. Cherche des idées au brouillon et, éventuellement, rédige ton devoir.

- Dans une brocante, vous trouvez un vieil objet poussiéreux qui vous fascine. Vous l'achetez pour quelques euros, l'emportez chez vous où vous le déposez sans y prêter attention. En allant vous coucher, alors que vous peinez à trouver le sommeil, un étrange phénomène se produit.

  Décrivez l'objet et le moment de son achat. Imaginez ensuite ce qui se passe une fois chez vous. Votre récit sera rédigé au passé.

- Lis attentivement le sujet. Repère et souligne les mots-clés.
- Identifie la forme du texte à produire : un récit, incluant plusieurs épisodes ; le narrateur raconte la découverte et l'achat d'un objet, puis un phénomène étrange une fois rentré chez lui. Il faut donc respecter :
  - le genre : le récit (cadre spatio-temporel, chronologie, péripéties, passages descriptifs), la narration à la 1re personne et au passé, une description de l'objet ;
  - la chronologie : découverte et achat de l'objet puis retour et phénomène étrange.
- Trouve des idées : l'identité du narrateur, l'objet, le phénomène étrange.
- Établis le plan de ta rédaction :
  - mise en place du récit : description rapide de la brocante et circonstances ;
  - les épisodes, dans l'ordre chronologique ;
  - le dénouement : doute final (comme dans le genre fantastique).
- Forme des paragraphes pour les différentes parties.
- Relis-toi et corrige d'éventuelles erreurs (orthographe, syntaxe, ponctuation).

MÉTHODE

1. Analyser le sujet

- La rédaction est liée au texte de départ : relis-le attentivement.
- Repère les mots-clés du sujet : « Un **journaliste** a visité l'Exposition coloniale. Imaginez l'**article** qu'il rédige [...] » ; « **Racontez** un autre épisode [...] » ; « Imaginez la **suite** de ce texte [...] » ; « Le personnage au matricule 2124 écrit une **lettre d'adieu** à sa femme [...] ».
- Identifie clairement le type d'écrit que tu dois produire (récit, lettre, article de presse, etc.).
- Définis-en les principales caractéristiques : une lettre personnelle doit être rédigée à la 1re personne (je) ; ses temps de base sont le présent et le passé composé. Dans une suite de texte, le narrateur et le système de temps doivent être les mêmes que dans le texte de départ.

2. Rechercher des idées

- Selon la situation et le texte à produire, cherche des idées dans le texte de départ et tes connaissances et expériences personnelles.

3. Établir le plan et rédiger

- Établis le plan général de ton texte : chronologie du récit, alternance récit-description ou récit-dialogue, succession des répliques du dialogue, etc., en intégrant les éléments attendus (réactions, sentiments, portrait, arguments, etc.).
- Relis ton plan général, effectue les modifications nécessaires (ajouts, suppressions, développement d'un élément, etc.) et commence à rédiger lisiblement. Respecte le nombre de lignes ou de pages imposé ; forme des paragraphes pour matérialiser les différentes parties.
- Relis ton texte et corrige d'éventuelles erreurs.

Au brevet, pour la rédaction, tu as le choix entre l'écrit d'imagination et l'écrit de réflexion. L'écrit d'imagination est un modèle de rédaction que tu connais bien puisque tu le pratiques depuis longtemps, mais justement, il ne faut pas aller trop vite.

L'ÉCRIT DE RÉFLEXION

Voici un sujet de réflexion. Cherche des idées au brouillon et, éventuellement, rédige ton devoir.

➔ Selon vous, l'enfance est-elle toujours une période d'insouciance ? Dans un développement organisé, vous présenterez les arguments qui confirment votre point de vue. Vous vous appuierez sur des exemples précis tirés de la réalité ou de vos lectures.

Lis attentivement le sujet. Repère et souligne les mots-clés. Le thème est l'enfance. Identifie la forme du texte à produire : « selon vous », « un développement organisé », « votre point de vue ». Il s'agit d'un travail d'argumentation dans lequel tu dois exposer ton point de vue. Il faut donc respecter :

- le genre argumentatif : un développement organisé, avec sa progression, ses explications et ses arguments, ses exemples ;
- la visée : défendre ton point de vue ;
- le temps de l'argumentation : le présent et les temps qui s'y articulent.

La thèse est ici libre : tu peux choisir de confirmer le sujet (l'enfance est une période d'insouciance), de t'y opposer (l'enfance n'est pas une période d'insouciance) ou de nuancer (l'enfance est une période d'insouciance qui sert de transition vers l'âge des responsabilités). Trouve des idées et des arguments pour expliquer, justifier ton point de vue : l'enfance est un âge sans responsabilités, l'enfance est un âge où l'on peut encore rêver, l'enfance est un âge d'apprentissage, l'enfance est l'âge des premières expériences douloureuses...

Établis le plan de ton argumentation :

- l'introduction présente le thème, le sujet et la question que tu vas te poser ;
- le développement expose ton point de vue, soutenu par au moins trois arguments et trois exemples. Un paragraphe développe un argument. Utilise des connecteurs logiques (tout d'abord, ensuite, de plus, enfin, pour conclure...). Passe une ligne après l'introduction et avant la conclusion ;
- la conclusion reprend les principaux éléments de ton développement.

Relis-toi en corrigeant d'éventuelles erreurs (orthographe, syntaxe, ponctuation).

MÉTHODE

1. Analyser le sujet

- La rédaction est liée au texte de départ : relis-le attentivement.
- Repère les mots-clés du sujet : « **Dans quelle mesure l'apparence** peut-elle **influencer** le jugement porté par les autres ? » ; « Vous êtes l'avocat du personnage au matricule 2124 : vous le **défendez** dans un discours adressé aux juges [...] » ; « **Pourquoi** peut-on être **tenté par les voyages** ? » ; « **Pensez-vous** que le monde **où vous vivez aujourd'hui** laisse encore place à la rêverie ? ».
- Identifie clairement le type d'écrit que tu dois produire.
- « Vous construirez votre réflexion [...] » ; « Vous donnerez votre réponse selon un développement argumenté et organisé. » ; « vous le défendez dans un discours adressé aux juges en produisant au moins trois arguments illustrés d'exemples ».
- Dans tous les cas, le texte argumentatif doit être construit, organisé, en présentant au moins trois arguments et des exemples précis.
- Définis les principales caractéristiques du type d'écrit attendu : « un développement argumenté et organisé » est construit en paragraphes, développant chacun un argument et un exemple ; il utilise des connecteurs pour lier les paragraphes et montrer la progression.

2. Rechercher des idées

- Cherche des idées dans tes lectures personnelles, dans les films, les séries ou documentaires que tu as vus, dans les œuvres étudiées. Utilise aussi ta propre expérience. Tu peux le plus souvent exploiter le texte de départ pour justifier un de tes arguments.

3. Établir le plan et rédiger

- Organise ton développement en trois parties :
- une courte introduction : reformule le sujet et donne ton opinion ;
- un développement en plusieurs paragraphes (un par argument) ;
- une conclusion : fais le bilan en quelques lignes de ton argumentation.
- Ne rédige pas l'intégralité de la rédaction au brouillon : tu risques de manquer de temps. Trace les grandes lignes dans un plan détaillé. Vérifie que ton texte répond aux consignes du sujet puis rédige lisiblement sur la copie.
- Relis ton texte et corrige d'éventuelles erreurs.

SE RELIRE

1 La ponctuation a été enlevée de ce texte : rétablis-la en utilisant des points, des virgules et des points- virgules. Pense à ajouter des majuscules lorsque tu ajoutes un point.

La cloche du déjeuner interrompit cet entretien classique et de même que la veille je fus obligé de manger comme quatre puis vinrent des fermiers de Monsieur de Peyrehorade pendant qu'il leur donnait audience son fils me mena voir une calèche qu'il avait achetée à Toulouse pour sa fiancée et que j'admirai cela va sans dire

Prosper Mérimée, *La Vénus d'Ille*

2 Dans chaque phrase, remplace l'expression *il y a* par un verbe plus expressif.

Il y a un chemin le long de la falaise. Un chemin ...... la falaise. •	• longe
Sur son cahier, il y a son prénom. Sur son cahier ...... son prénom. •	• nage
	• figure
Dans la vallée, il y a une large prairie. Dans la vallée ...... une large prairie. •	• s'étend
Il y a une grosse carpe dans le bassin. Une grosse carpe ...... dans le bassin. •	

3 Afin d'éviter les répétitions, complète le texte avec les mots qui conviennent.

ils – L'aubergiste – il – les – les voyageurs

Deux hommes franchirent le seuil de la salle. À peine furent-.......................... entrés que leur premier soin fut de demander une chambre.

Jonas examina .... avec une extrême attention, et il acquit la certitude que c'était bien des êtres humains auxquels .... avait affaire.

.... demanda sous quel nom il devait .... inscrire.

MÉTHODE

1. Relire le contenu

- Relis tout d'abord ton travail pour t'assurer que tu as bien respecté tous les éléments de la consigne et énoncé tes idées clairement.
- Pour cela, relis attentivement la consigne et les termes clés du sujet afin de vérifier que toutes les consignes ont bien été observées et que tu ne t'es pas éloigné du sujet.
- Au brouillon, si tu te relis avant de rédiger au propre, tu peux encore supprimer certains passages inutiles ou, au contraire, ajouter des détails ou précisions.

2. Revoir la forme

- Vérifie tout d'abord que ton texte est bien ponctué et que tu n'as oublié aucune majuscule. Assure-toi notamment que tes phrases ne sont pas trop longues, et qu'elles sont correctement construites.
- Vérifie ensuite que ton vocabulaire est approprié (pas de langage familier par exemple), que tu as évité les répétitions, notamment des verbes être et avoir, ou de l'expression « il y a ». Pour cela, utilise des pronoms personnels, des synonymes, etc.

3. Vérifier la langue

- Vérifie les accords : accord des verbes avec leur sujet, accord des groupes nominaux, accord du participe passé, etc.
- Arrête-toi sur les terminaisons qui se prononcent de la même manière, et notamment les terminaisons en [é] : *-er*, *-é*, *-ait*, *-ez*...
- Assure-toi que tu n'as pas fait de fautes d'homophones courants (à/a, et/est, etc.).
- Vérifie l'orthographe des mots, soit en cherchant un mot de la même famille, soit, si tu en as la possibilité, en utilisant un dictionnaire.

La relecture est une étape très importante du travail de rédaction, mais aussi de dictée : il faut donc penser à garder du temps pour effectuer au moins trois relectures.

CONFRONTER DES DOCUMENTS

Document 1

- Décret n° 2262 de la Convention nationale, du 16 pluviôse an II de la République française, une et indivisible qui abolit l'esclavage des Nègres dans les colonies

La Convention nationale déclare que l'esclavage des Nègres, dans toutes les colonies, est aboli ; en conséquence elle décrète que tous les hommes, sans distinction de couleur, domiciliés dans les colonies, sont citoyens français, et jouiront de tous les droits assurés par la constitution.

Elle renvoie au Comité de salut public, pour lui faire incessamment un rapport sur les mesures à prendre pour assurer l'exécution du présent décret.

Document 2

« AU NOM DU PEUPLE FRANÇAIS, BONAPARTE, Premier Consul, PROCLAME loi de la République le décret suivant, rendu par le Corps législatif le 30 floréal an X, conformément à la proposition faite par le gouvernement le 27 dudit mois, communiquée au Tribunat le même jour.

DÉCRET.

ART. Ier Dans les colonies restituées à la France en exécution du traité d'Amiens, du 6 germinal an X, l'esclavage sera maintenu conformément aux lois et règlements antérieurs à 1789.

- *II. Il en sera de même dans les autres colonies françaises au-delà du cap de Bonne-Espérance [note d'édition : Les Mascareignes, c'est-à-dire principalement La Réunion et l'île Maurice].*
- *III. La traite des Noirs et leur importation dans lesdites colonies, auront lieu, conformément aux lois et règlements existants avant ladite époque de 1789. [...]*

Confronter, c'est étudier deux ou plusieurs documents. La confrontation permet de mesurer une évolution, des points communs ou des différences sur une situation donnée.

1. Quelle est la nature de ces deux documents ?

2. Quel est le sujet commun à ces deux documents ?

3. Sur quels éléments ces deux textes s'opposent-ils ?

4. Quelle conclusion peut-on retenir après avoir confronté ces deux documents ?

- ❐ Les esclaves sont libérés par la Convention nationale. Mais le régime de Napoléon revient sur cette décision.
- ❐ Sous la Révolution, l'esclavage est aboli et les esclaves retrouvent leur liberté. C'est la fin de la traite grâce à la Convention nationale et à Napoléon Bonaparte.
- ❐ La Révolution maintient et renforce l'esclavage. La traite et le commerce des esclaves sont maintenus dans les mêmes conditions que lors de l'Ancien Régime par la Convention nationale et le Premier consul, Bonaparte.

MÉTHODE

1. En premier lieu, il faut repérer ce qui rapproche ces documents rassemblés. Ici, tu repères les points communs portant sur :

- le thème et les lieux concernés.
- la nature des documents, mentionnée dans les premières lignes.

2. Dans un deuxième temps, la confrontation des documents porte sur les différences. La confrontation des deux documents te permet de repérer que :

- les décisions prises s'opposent.
- les dates de ces deux documents sont différentes.

3. La confrontation des documents permet de distinguer les différents points de vue. Elle apporte confirmation, nuances, oppositions ou évolutions sur une situation donnée. Tu dois choisir la phrase de conclusion après avoir compris quelle décision prenait :

- la Convention nationale.
- la République sous la responsabilité du Premier consul Bonaparte.

CONTEXTUALISER UN DOCUMENT

1 Présente le document.

....

....

....

....

....

....

....

....

....

Révolution française. Journée du 10 août 1792 : assaut des Tuileries par le peuple, la Garde nationale et les fédérés. 1er arrondissement.

Aide pour la question 1. Présenter le document, c'est l'identifier (nature, auteur, source, date…). Contextualiser consiste à mettre en relation des faits, des documents afin d'en appréhender l'importance.

2 Associe les lieux et les personnages de l'événement.

	Lieux	Acteurs
A	....	....
B	....	....
C	....	....

Le roi est réfugié dans le château. / Les sans-culottes parisiens (membres du peuple les plus modestes) et les fédérés (soldats volontaires) luttent contre les gardes suisses protégeant le château. / Les gardes suisses tentent de protéger le roi, monarque constitutionnel, et sa famille. / Le château des Tuileries. / La Cour. / Devant les grilles.

3 Pour quelles raisons le peuple se révolte-t-il contre le roi en 1792 ?

....

....

....

....

4 Quelle est la conséquence politique de cet événement en 1792 ?

....

....

....

....

MÉTHODE

1. Contextualiser dans le temps et dans l'espace

- Pour la question 3, il te faut repérer : l'année où se déroule l'événement et sa ville.
- Il te faut ensuite connaître ce qu'il se passe cette année-là qui permet d'expliquer pourquoi le peuple se révolte.

2. Mettre en relation un document et des événements

- La question 4 demande d'évoquer les conséquences de cet événement. Cela demande une nouvelle fois des connaissances.
- Repère la date de l'événement.
- Trouve quel événement est la conséquence de la prise des Tuileries.

Commentaire :

En juillet 1792, les armées étrangères s'approchent de Paris. La menace de détruire Paris, proférée par le duc de Brunswick, général de l'armée prussienne, fait penser que Louis XVI est complice des ennemis de la Révolution. Des volontaires sont appelés pour venir défendre Paris, dont les Marseillais. Mais le 10 août, ce sont les sans-culottes parisiens qui se révoltent. Ces hommes et femmes modestes reçoivent le soutien des gardes nationaux et des volontaires. Une fois son palais des Tuileries pris par le peuple, malgré la résistance de son régiment de gardes suisses, Louis XVI est fait prisonnier avec sa famille. Son procès aboutit à sa condamnation à mort, exécutée le 21 janvier 1793.

ÉTUDIER UNE ARGUMENTATION

➔ Lors d'un débat à l'assemblée portant sur Madagascar, Georges Clemenceau, député, répond à Jules Ferry qui défend le projet de colonisation de l'île.

Les races supérieures ont sur les races inférieures un droit qu'elles exercent, ce droit, par une transformation particulière, est en même temps un devoir de civilisation. Voilà en propres termes la thèse de M. Ferry, et l'on voit le gouvernement français exerçant son droit sur les races inférieures en allant guerroyer contre elles et les convertissant de force aux bienfaits de la civilisation. Races supérieures ? Races inférieures, c'est bientôt dit ! Pour ma part, j'en rabats singulièrement depuis que j'ai vu des savants allemands démontrer scientifiquement que la France devait être vaincue dans la guerre franco-allemande parce que le Français est d'une race inférieure à l'Allemand. Depuis ce temps, je l'avoue, j'y regarde à deux fois avant de me retourner vers un homme et vers une civilisation, et de prononcer : homme ou civilisation inférieurs. Race inférieure, les Hindous ! Avec cette grande civilisation raffinée qui se perd dans la nuit des temps ! Avec cette grande religion bouddhiste qui a quitté l'Inde pour la Chine, avec cette grande efflorescence d'art dont nous voyons encore aujourd'hui les magnifiques vestiges !

Georges Clemenceau, discours à la Chambre des députés, 31 juillet 1885

1. Quel régime politique se trouve la France lors de la colonisation de Madagascar ?
2. Recopiez un des arguments avancés par Jules Ferry pour justifier la colonisation de Madagascar.
3. Par quel moyen la colonisation de Madagascar doit-elle être réalisée ?
4. Georges Clemenceau vous paraît :

- ❒ favorable à la colonisation de Madagascar.
- ❒ défavorable à la colonisation de Madagascar.
- ❒ avoir les mêmes projets que Jules Ferry.
- ❒ s'opposer aux projets de Jules Ferry.

La première question demande de contextualiser le discours (de le situer dans le temps). Argumenter vise à produire un discours cohérent pour justifier un point de vue et convaincre. Ce point de vue est souvent construit sur des preuves étayant une position. L'argumentation peut reposer aussi sur la contestation des arguments d'un adversaire.

MÉTHODE

1. Les arguments de l'adversaire Jules Ferry. Pour les questions 2 et 3, il faut repérer :

- une des raisons expliquant que Jules Ferry soutient la colonisation de Madagascar ;
- les moyens que souhaitent utiliser les partisans de la colonisation de Madagascar pour imposer leur autorité ;
- que Clemenceau commence son discours en rappelant la position de Jules Ferry.

2. La réponse de Clemenceau. Pour les questions 3 et 4, il te faut voir que :

- Clemenceau compare le Français et l'Allemand comme Jules Ferry a comparé les Africains et les Européens.
- Clemenceau aborde la question sous l'aspect des races, telles qu'elles sont vues à l'époque, à la fin du XIXe siècle.Repère la date de l'événement.

Commentaire :

Pour justifier une expédition visant à étendre l'influence française sur le territoire de Madagascar, le gouvernement français et Jules Ferry avaient avancé des raisons économiques mais aussi politiques. Justifiant l'inégalité des races, il fallait, d'après eux, que les Européens réalisent leur mission « civilisatrice » en aidant les races considérées comme inférieures à accéder aux bienfaits du progrès et de la civilisation. Clemenceau reprend l'argument démontrant que le racisme (croyance en l'inégalité des races) est un discours sans fondement. Évoquant les Allemands qui, en 1870, décrivaient les Français, leurs ennemis, comme une race inférieure, Clemenceau pose la question de l'égalité entre les hommes quelles que soient leurs différences ou leur culture.

ANALYSER UN POINT DE VUE

Une journée tout entière, j'ai parcouru les kilomètres d'ateliers qui sont le Creuzot. Mon admiration pour cette organisation merveilleuse, pour les engins monstrueux et dociles qui font des blocs de fer de 50 000 kilos une pâte aussi molle que la cire à modeler, s'épuisa vite, et je fus bientôt exclusivement absorbé, conquis par le grouillement d'humanité qui m'entourait. Je me disais C'est donc cela « l'ouvrier » [...].

L'ouvrier, ce sont ces milliers d'êtres palpitant aux gueules des fournaises sous le soleil de juillet ; ce sont ces faces terreuses et maigres, aux yeux brillants de fièvre, qui regardent passer, respectueusement, le visiteur curieux de leurs fronts mouillés, de leurs paupières rougies, de leurs cils brûlés, de leurs torses dégouttants de sueur ce sont eux qui mangent sans appétit, à deux pas des brasiers, assis sur des tas de métaux, le pain que leurs mains noircissent, que la poussière poivre, que l'horrible fumée empeste ; ce sont eux qui se lèvent à six heures du matin tous les jours, tous les jours, depuis leur plus tendre enfance, pour venir s'enfermer dans ces immenses hangars où tout est noir et rouge. Et ils continueront demain, l'année prochaine, toujours, jusqu'à l'extrême vieillesse, sans quinze jours, sans huit jours de repos !

Jamais, jamais ils ne sauront la calme et reposante douceur des lacs bleus et des plages normandes, pour eux n'existeront jamais les forêts feuillues et profondes qui sont si fraîches ! Où se reposent quelquefois les capitalistes, d'où je viens moi-même, moi. Et pourquoi ? Pourquoi ? Parce qu'un jour sans travail est pour eux un jour sans pain ! Parce qu'ils ont beaucoup d'enfants et que leurs pères étaient pauvres aussi ! Est-ce juste ?

Jules Huret, *Enquête sur la situation sociale en Europe*, Paris, 1897

1 Ce document est :

- ❒ un témoignage.
- ❒ une étude statistique.
- ❒ un extrait de roman.

2 Dresse le portrait physique de l'ouvrier vu par les yeux de l'auteur.

3 À quel groupe social l'auteur oppose-t-il les ouvriers ?

4 L'auteur de ce texte te paraît-il avoir une image positive ou négative de l'ouvrier ?

L'analyse vise à étudier un sujet, un document, en le questionnant. Elle permet d'évaluer la pertinence du témoignage, du document et de comprendre si le document est objectif (son point de vue est neutre) ou subjectif, (l'auteur est engagé pour une cause).

MÉTHODE

1. Identifier le document et son but. Pour répondre à la question, il faut lire attentivement :

- la source ;
- le premier paragraphe.

2. Appréhender la vision de l'auteur du document ou du témoignage. Pour le portrait des ouvriers, ta réponse s'appuie sur :

- le deuxième paragraphe ;
- des éléments relevés et cités entre guillemets.

3. Comprendre l'intérêt ou les raisons justifiant le point de vue de l'auteur. Pour identifier le groupe social opposé aux ouvriers par l'auteur, tu as :

- utilisé les éléments présents dans le dernier paragraphe ;
- compris que le repos ou les vacances évoqués sont un moyen d'opposer les ouvriers au groupe social à relever.

Commentaire :

Le journaliste Jules Huret est proche des idées socialistes. Le portrait sombre qu'il dresse des ouvriers à la fin de la France du XIXe siècle fait oublier les progrès accomplis dans les conditions de travail et de vie au XIXe siècle. Les conditions restent pénibles même si elles s'améliorent dans certains secteurs. Cette enquête est, avant tout, un témoignage engagé appuyant les thèses du socialisme. Jules Huret témoigne aussi dans son enquête des réflexions antisémites en pleine époque de l'affaire Dreyfus.

CITER, JUSTIFIER, DÉMONTRER

TITRE I. – Principes.

1 – La République assure la liberté de conscience. Elle garantit le libre exercice des cultes sous les seules restrictions édictées ci-après dans l'intérêt de l'ordre public.

2 – La République ne reconnaît, ne salarie ni ne subventionne aucun culte. En conséquence, à partir du 1er janvier qui suivra la promulgation de la présente loi seront supprimées du budget de l'État, des départements et des communes, toutes dépenses relatives à l'exercice des cultes [...].

TITRE II – Attribution des biens. Pensions.

[...] Dès la promulgation de la présente loi, il sera procédé par les agents de l'administration des domaines à l'inventaire[1] [...] des biens mobiliers et immobiliers desdits établissements [religieux] ; [...] [Cet inventaire] sera dressé contradictoirement avec les représentants légaux des établissements ecclésiastiques [...].

TITRE IV. – Des associations pour l'exercice des cultes.

19 – [...] Les associations [...] ne pourront, sous quelque forme que ce soit, recevoir des subventions de l'État, des départements ou des communes. [...]

(1) Inventaire : Opération qui consiste à recenser, compter les biens d'une communauté.

D'après la loi de séparation des Églises et de l'État, 1905

1. Relève un passage démontrant que la loi de séparation des Églises et de l'État respecte l'article 10 de la Déclaration des droits de l'homme et du citoyen : « Nul ne doit être inquiété pour ses opinions, même religieuses. »

....

....

2. En quoi la loi de 1905 est-elle une loi qui respecte l'égalité entre les citoyens ? Justifie ta réponse à partir d'un article.

....

....

3. Démontre que la loi imposant la laïcité est bien une loi séparant les religions des affaires de l'État.

....

....

MÉTHODE

1. Citer ou relever, c'est extraire un passage, une information du document afin de confirmer ou d'infirmer un fait. Si je prélève l'information d'un texte, je la cite entre guillemets. Pour faire le lien entre l'article 10 de la Déclaration des droits de l'homme et du citoyen, tu dois :

- comprendre que l'article recherché doit concerner chaque citoyen ;
- prouver que chacun est libre de croire ou de ne pas croire.

2. Justifier demande d'apporter une information prélevée dans le document, mais aussi d'expliquer la raison pour laquelle cette information confirme votre point de vue. Pour prouver que cette loi se base sur l'égalité entre citoyens, tu dois :

- te baser sur un des articles présents dans le document ;
- citer le passage concerné ;
- expliquer en quoi ce document donne les mêmes droits ou statuts pour les citoyens croyants ou non croyants.

3. Démontrer vise à apporter plusieurs arguments afin de prouver une affirmation. Ces arguments reposent alors sur la citation, la justification en utilisant plusieurs informations prélevées dans le document. Ta démonstration doit :

- s'appuyer sur deux passages au moins évoquant la séparation ;
- expliquer dans quels domaines État et religions se séparent.

DÉCRIRE UN PAYSAGE URBAIN

Un quartier de Singapour, Central Business District

❶ Situe le paysage étudié.

....

....

❷ Décris le paysage photographié.

....

....

❸ À quelles fonctions peuvent être associés les éléments de ce paysage ?

....

....

Pour décrire un paysage urbain, il faut avant tout distinguer les différents plans de la photographie et les ensembles ou unités du paysage.

MÉTHODE

1. Pour décrire, tu dois évoquer :

- l'habitat ;
- les principaux aménagements ;
- les réseaux de communication ;
- le type de plan : organisé ou non.

Habitat	Principaux aménagements	Réseaux de communication
- Bidonville - Pavillons (maisons avec jardins) - Petits immeubles - Grands ensembles - Gratte-ciel	- Hangars, port - Monuments historiques - Place - Centres commerciaux ...	- Transports en commun - Rue - Boulevard, avenue - Voie expresse, autoroute

2. Une fois la description terminée, tu peux conclure à quel type ou à quelles fonctions renvoie le paysage étudié.

- Quelques exemples de quartiers : quartier d'affaires, centre historique, résidentiel, industriel, portuaire, périphérie, etc.

Commentaire :

Singapour est une cité-État. Le territoire de l'État singapourien se limite à la ville de Singapour et à une portion de territoire réduite entourant l'agglomération. Situé dans le détroit de Malacca, un des points de passage vitaux pour les porte-conteneurs, l'État de Singapour est un des plus riches d'Asie.

Coaching

COMPRENDRE LA NOTION DE DÉVELOPPEMENT DURABLE

En Tunisie, le secteur touristique contribue aujourd'hui à 7 % du PIB du pays et génère environ 20 % des recettes en devises du pays. Il emploie plus de 400 000 personnes. Avec les emplois induits, le tourisme représente 16 % de l'économie tunisienne et emploie 15 % de la population active. Le secteur touristique dope l'activité de multiples secteurs : transports et communications bien sûr, mais aussi artisanat, commerce et bâtiment (qui profite du boom touristique et des constructions parfois pharaoniques des complexes touristiques).

Le bilan du développement touristique tunisien n'est pas seulement positif : la construction de grands complexes balnéaires destinés au tourisme de masse génère nombre de nuisances et de concurrences spatiales. Le complexe d'El-Kantaoui, au sud de Tunis, est un bon exemple de ces constructions dévoreuses d'espace littoral, qui exacerbent la spéculation foncière au détriment d'agriculteurs qui ne peuvent pas rivaliser. Sans compter la consommation d'eau : un touriste consomme, sous diverses formes, plus de 500 litres d'eau par jour ! Les questions de la gestion des déchets et de l'érosion littorale sont également à prendre en compte sérieusement. Par ailleurs, l'activité reste pour le moment essentiellement saisonnière, avec un pic estival marqué et un creux hivernal que ne compensent pas complètement les nouvelles formes touristiques.

1 Localise le lieu touristique évoqué dans le texte.

....

....

2 Identifie le type de tourisme qu'a développé la Tunisie.

....

....

3 Démontre que le tourisme est un secteur essentiel pour l'économie tunisienne.

....

....

4 Dans quels domaines l'activité touristique génère-t-elle des effets négatifs ?

....

....

5 Le développement du tourisme en Tunisie te paraît-il répondre aux objectifs du développement durable ?

....

....

MÉTHODE

1. Le développement durable

- Pour répondre à la dernière question, tu dois connaître la notion de développement durable.
- Le concept de développement durable a pour but de prendre en compte les différents piliers et objectifs liés au développement.
- Apparue en 1987, l'expression « développement durable » se définit comme l'amélioration des conditions de vie, l'accroissement des richesses tout en préservant les ressources naturelles afin que les générations futures puissent avoir, elles aussi, les moyens d'assurer leur développement. Le développement durable repose sur les domaines économiques, sociaux et environnementaux.
- La question 5 te demande de prouver que le tourisme ne répond pas à tous les objectifs du développement durable (notamment en matière d'environnement).

2. Distingue les paragraphes du texte correspondant aux différentes conséquences du tourisme. La 1re partie évoque les effets positifs du tourisme. Le 2nd paragraphe évoque les inconvénients de cette activité.

Utilise la fiche sur le tourisme et ses espaces pour localiser le pays évoqué et le type de tourisme (balnéaire, culturel, religieux, etc.).

RÉALISER UN TABLEAU COMPARATIF DE L'EXPLOITATION DES RESSOURCES

Réalise un tableau à partir du cours, en indiquant les conséquences de l'exploitation de ressources naturelles et agroalimentaires, ainsi que les solutions pour une gestion raisonnée.

Pour subvenir à ses besoins quotidiens, l'homme exploite les ressources naturelles disponibles dans l'environnement.

L'agriculture, l'élevage, la chasse et la pêche permettent de répondre à ses besoins alimentaires. Le bois est utilisé comme bois de chauffage ou dans les constructions humaines (mobilier, habitations, etc.). Vitale pour l'homme, l'eau douce est aussi la ressource naturelle qu'il utilise le plus dans ses activités (hygiène, cuisine, agriculture, etc.).

L'agriculture et l'élevage sont des écosystèmes créés et gérés par l'homme afin de satisfaire ses besoins alimentaires, mais également ses besoins industriels ou énergétiques. Ils permettent l'amélioration des races animales élevées et des variétés végétales cultivées, afin de les rendre plus productives par la sélection génétique des meilleurs individus ou par la création d'organismes génétiquement modifiés (OGM).

L'agriculture n'est pas seulement utilisée pour répondre aux besoins alimentaires humains. Elle est aussi indispensable pour produire la nourriture des animaux d'élevage. Une partie de la matière organique produite par les végétaux est utilisée pour la fabrication d'aliments. L'autre partie est employée comme **agrocarburant**, un carburant complémentant les combustibles fossiles.

L'eau et la qualité du sol sont deux éléments clés permettant l'agriculture. Elles demandent donc une gestion raisonnée.

Une mauvaise gestion peut conduire au gaspillage des ressources naturelles, comme l'eau, et à la pollution de l'environnement. Des stations d'épuration sont construites pour dépolluer partiellement les eaux atteintes.

L'exploitation des ressources naturelles contribue à la modification de la biodiversité à l'échelle locale ou à une échelle plus étendue. Ainsi, la pollution est responsable de la disparition de certaines espèces, et la déforestation pour l'utilisation du bois (chauffage, construction...) modifie les habitats.

La surexploitation, telle la surpêche, la surchasse ou la culture intensive, a également un impact sur la biodiversité. Des solutions doivent être mises en œuvre afin de réduire l'impact de l'exploitation des ressources naturelles sur l'environnement, à commencer par la limitation des surexploitations pour préserver la biodiversité.

MÉTHODE

1. Je liste toutes les informations que doit contenir le tableau

- Ici, on cherche toutes les ressources naturelles ou agroalimentaires. Le texte donne plusieurs informations comme leur utilisation, les conséquences d'une mauvaise gestion ainsi que quelques solutions pour réduire les impacts.

2. Je détermine le nombre de lignes et de colonnes

- Détermine les « informations ligne » que tu veux voir apparaître, comme « conséquences » ou « gestion raisonnée », et répartis-les sur la première ligne.
- Détermine les « informations colonne » qui seront dans la première colonne et qui vont croiser les informations ligne.

	Colonne 1 ↓	Colonne 2 ↓	Colonne 3 ↓
Ligne 1 →		INFORMATION LIGNE 1 (unité)	INFORMATION LIGNE 2 (unité)
Ligne 2 →	INFORMATION COLONNE 1 (unité)	CASE 1	
Ligne 3 →	INFORMATION COLONNE 2 (unité)		

3. Je remplis les cases

- Vérifie que l'on peut remplir la case 1 reliant « information ligne 1 » et « information colonne 1 ». N'oublie pas d'indiquer l'unité s'il y en a une.

4. Je donne un titre

- Le titre doit mettre en évidence les informations de ton tableau.
- Il indique les « informations colonne » en fonction des « informations ligne ».

COMPRENDRE UN ARBRE PHYLOGÉNÉTIQUE ET ÉTABLIR DES PARENTÉS

1 Réalise une classification en groupes emboîtés des espèces présentes dans l'arbre de parenté afin de connaître la place de l'espèce humaine.

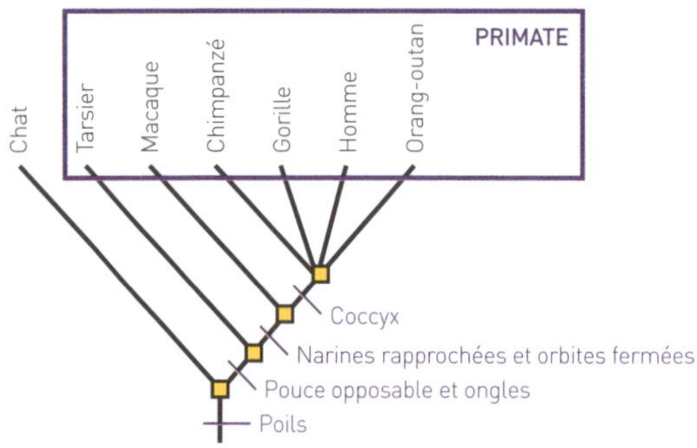

Orbites fermées

Fermeture de l'orbite par l'os postorbitaire.

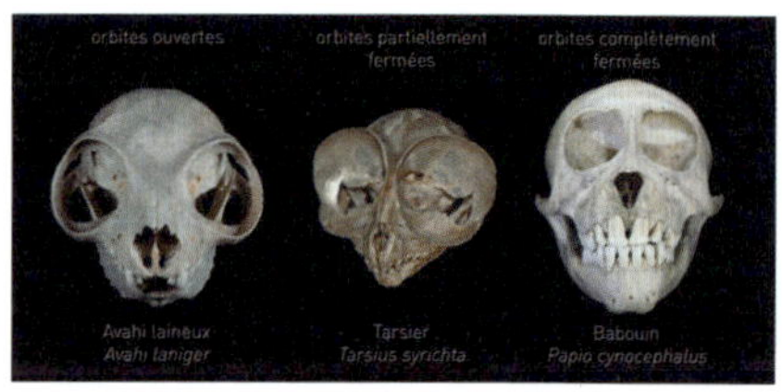

2 Quelques définitions des attributs

Pouce opposable

Doigt séparé des autres.

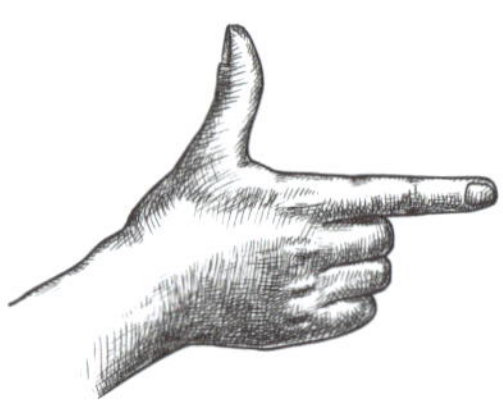

Coccyx

Os situé à l'extrémité de la colonne vertébrale.

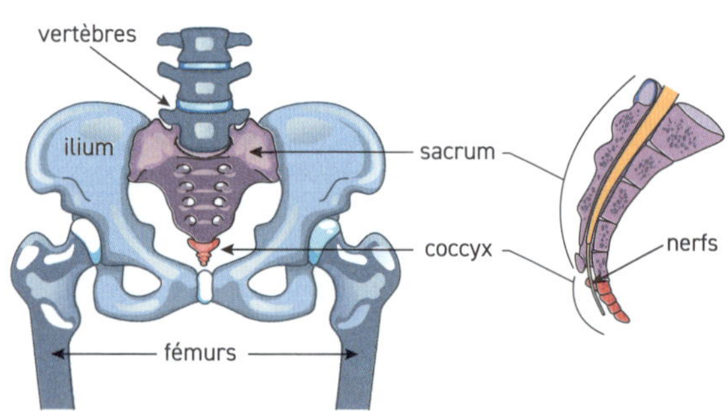

Réalise un tableau qui indique les caractères partagés par chaque espèce.

MÉTHODE

1. Je lis l'arbre phylogénétique afin de déterminer les caractères partagés

- L'arbre se lit comme une échelle de temps de bas en haut en coulissant le long de la branche principale.
- Chaque carré correspond à un ancêtre commun (hypothétique) aux espèces dont partent les branches secondaires et la principale.
- Les caractères partagés ne sont possédés par les espèces que si les ramifications des branches sont situées au-dessus, une fois l'attribut apparu.

2. J'indique le ou les critères(s) sur les boîtes

- Déterminer dans un premier temps un critère pour une boîte.
- La taille de la boîte est souvent conditionnée par le nombre d'espèces possédant le critère.

3. Je place les espèces dans les boîtes

- Le nom de l'espèce ne doit apparaître qu'une seule fois.
- Commencer par le critère partagé par le plus grand nombre d'espèces (ici, les poils).

4. Je peux empiler les boîtes

- Empiler les boîtes dans les boîtes en fonction des attributs possédés par chaque espèce.
- Déplacer les espèces dans la boîte nouvellement mise si elles possèdent le critère associé.
- Si une espèce est placée dans une boîte 2 encastrée dans une boîte 1, elle possédera alors les attributs de la boîte 2, mais aussi ceux de la boîte 1.

Ce travail peut être effectué directement au crayon sur une feuille. Afin de mieux visualiser et comprendre la façon de classer, vous pouvez découper des rectangles de tailles différentes dans une feuille. Dans ce dernier cas, chaque rectangle découpé correspond à une boîte. De même, on découpe des petits papiers où l'on inscrit le nom des espèces pour pouvoir les déplacer plus facilement.

RÉALISER LE SCHÉMA FONCTIONNEL DE LA CIRCULATION SANGUINE

À partir de tes connaissances, des manipulations réalisées et présentées ci-dessous, réalise le schéma fonctionnel de la circulation sanguine approvisionnant le muscle en dioxygène et nutriments.

Document 1 : Une expérience historique : l'expérience de Harvey

- Les expériences de Harvey (1628)

  Une ligature placée sur le bras fait apparaître les valvules au niveau des veines de l'avant-bras. Mise en évidence d'une portion vasculaire située entre deux valvules. Démonstration du rôle de clapet antiretour des valvules veineuses.

  In W. Harvey, *Exercitatio Anatomica de Motu Cordis et Sanguinis in Animalibus*,1628.

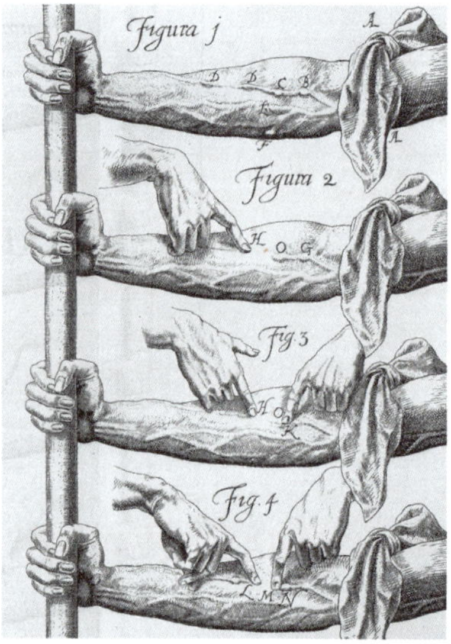

Document 2 : Expérience de compression d'une artère par une balle de tennis

- Un individu place une balle de tennis sous son aisselle afin de comprimer l'artère. Il n'arrive plus à détecter son pouls sur son poignet.

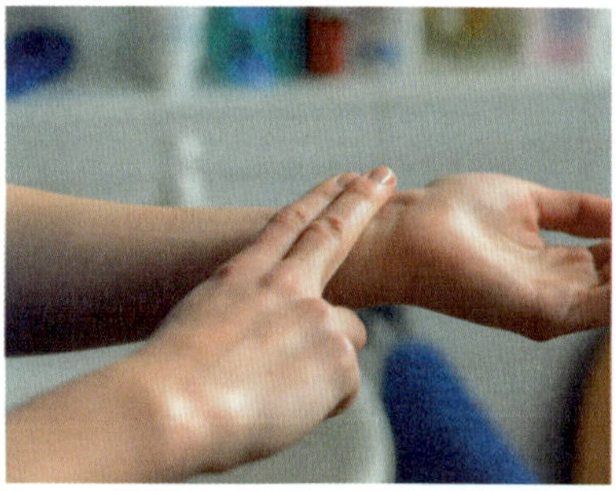

MÉTHODE

1. J'identifie les mots importants de la consigne

- Tu peux surligner les éléments qui te paraissent importants.
- La consigne implique de schématiser les organes essentiels à l'approvisionnement en nutriments et dioxygène. Il faut donc schématiser les poumons (approvisionnement en dioxygène) et l'intestin grêle (approvisionnement en nutriments).
- La circulation sanguine implique la présence du cœur.
- Enfin, le muscle doit aussi être présent.

2. Je positionne les organes dans un ordre cohérent

- Il est plus facile de positionner les organes en fonction de leur place dans l'organisme sur un plan vertical.

3. Je schématise les organes

- Contrairement au dessin d'observation, il n'est pas obligatoire de respecter les proportions. Tu peux même utiliser des formes géométriques simples.
- Indique l'identité des organes pour chaque forme ainsi que les légendes essentielles associées.

4. Je relie les organes

- Réalise la circulation sanguine au crayon dans un premier temps afin de pouvoir effacer facilement en cas d'erreur.
- Relie les organes dans l'ordre précis de passage du sang.

5. J'indique par des flèches le sens de circulation

- Les flèches permettent de mettre en évidence le mouvement du sang.

6. Je vérifie l'exactitude de mon schéma fonctionnel

- Il faut parfois prendre un peu de recul ou une pause.
- Vérifie que le schéma fonctionnel est compréhensible par une personne non renseignée.

7. Je colorie avec les couleurs conventionnelles

- Le rouge est utilisé pour indiquer un sang riche en dioxygène.
- Le bleu est utilisé pour indiquer un sang pauvre en dioxygène.
- La couleur ne correspond pas forcément à la réalité, mais permet de mettre en évidence certaines fonctions ou, comme ici, une composition.
- N'oublie pas de donner une légende aux couleurs ou symboles utilisés dans les schémas.

8. Je n'oublie pas le titre du schéma

- La production doit toujours avoir un titre.
- Le titre indique la nature de la production (schéma, dessin d'observation, croquis...) et l'information qu'elle apporte.

CŒUR
Pompe cardiaque cloisonnée en deux parties. Le coeur gauche reçoit le sang oxygéné des poumons pour l'envoyer aux organes. Le coeur droit reçoit le sang désoxygéné issu des organes.

VENTRICULE
Grand compartiment du coeur par lequel passe le sang.

OREILLETTE
Petit compartiment du coeur par lequel passe le sang.

VALVULE CARDIAQUE
Valvule s'ouvrant et se fermant sous la pression sanguine. Les sons issus des battements du coeur correspondent à la fermeture des valvules.

FRÉQUENCE CARDIAQUE
Nombre de battements du coeur par unité de temps. En général pour une minute. La fréquence cardiaque augmente lors d'un effort physique.

VAISSEAUX SANGUINS
Conduits transportant le sang. Les veines amènent le sang au coeur, les artères acheminent le sang vers les organes, et les capillaires sanguins font circuler le sang au niveau de chaque organe.

ÉRYTHROPOÏÉTINE (EPO)
Substance qui augmente le nombre de globules rouges, porteurs du dioxygène, dans le sang. Elle est utilisée par certains sportifs comme produit dopant. Le dopage est une méthode interdite qui peut avoir des effets néfastes sur la santé, comme augmenter le risque d'accidents cardiovasculaires.

LIRE UN GRAPHIQUE

1 Réalise les quatre étapes décrites ci-contre pour le graphique ci-dessous.

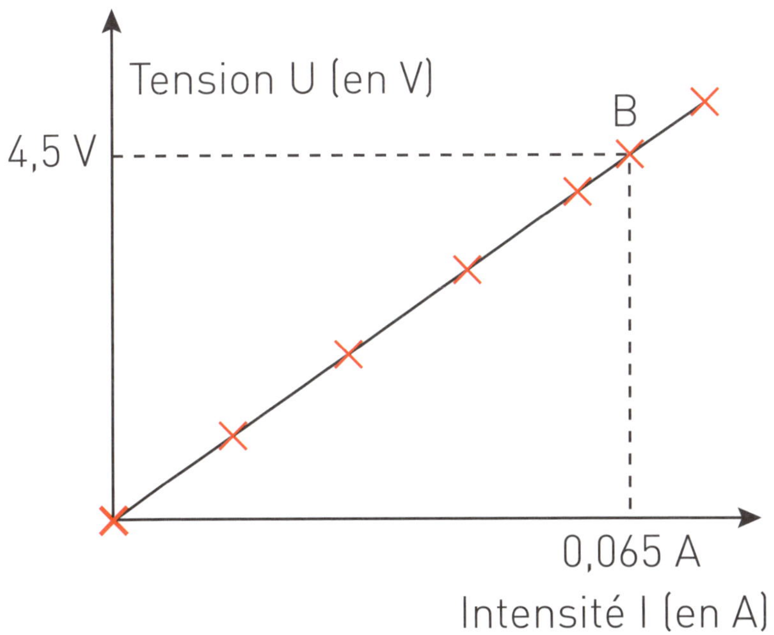

Caractéristique tension-intensité d'une résistance

Un graphique représente les variations de la grandeur portée sur l'axe des ordonnées en fonction des variations de la grandeur portée sur l'axe des abscisses. L'axe des ordonnées est l'axe vertical et l'axe des abscisses est l'axe horizontal.

MÉTHODE

1. Lire le titre du graphique pour comprendre le sujet du graphique

2. Repérer les grandeurs mises sur chaque axe

3. Décrire la courbe

- Attention, il ne faut pas dire « la courbe (ou le graphique) monte ou descend ». Il faut dire « la tension, le pourcentage, la concentration (la grandeur) augmente, ou diminue, ou a une valeur constante en fonction de la grandeur en abscisse ».
- Parfois, il faut décrire la courbe en plusieurs étapes, car on voit que la courbe peut être découpée en plusieurs morceaux.
- Si la courbe est **une droite passant par l'origine du repère**, cela signifie que les **grandeurs** portées sur l'axe des abscisses et l'axe des ordonnées sont **proportionnelles**.

4. Trouver une valeur précise du graphique

- Cherche la valeur sur le graphique.
- Trace ensuite, à partir de ce point particulier, une demi-droite verticale et une demi-droite horizontale, en pointillé, et lis la valeur de ses coordonnées sur le deuxième axe.

CRÉER ET UTILISER LES FICHES DE RÉVISION

Certains ne jurent que par elles, en particulier ceux qui ont la mémoire du geste de l'écriture, et d'autres ne veulent pas en entendre parler : ceux qui ont une mémoire auditive et ceux qui jugent leur temps de rédaction trop important par rapport à leur gain en efficacité. Une fiche de révision est une synthèse intelligente d'un cours et, partant de cette définition, les fiches de révision sont une étape utile pour la mémorisation.

1. Pourquoi créer des fiches de révision ?

- Pour t'aider à :
  - digérer le cours et en comprendre le sens ;
  - trier, ordonner et structurer les connaissances à retenir avant les révisions ;
  - mémoriser plus rapidement et plus efficacement pendant les révisions ;
  - retrouver les connaissances pendant l'examen.

2. Comment les créer ?

- Il est nécessaire de les créer bien avant la période de révision. L'idéal étant de les rédiger au fur et à mesure de l'année, assez rapidement après le cours, quand les informations sont encore présentes dans la mémoire.
- Créer des fiches de révision demande un certain entraînement. Plus elles te correspondent (usage de mots-clés, de phrases complètes, de symboles) et plus elles sont construites (mise en page, code couleur, icônes, etc.), plus tu auras plaisir à les utiliser et à réviser.
- Il n'est pas question de recopier l'intégralité de tes cours. Commence par relire avec attention les leçons pour en retenir l'idée générale, la structure et les informations à mémoriser.

3. Les fiches de révision classiques

- Elles reprennent la structure linéaire du cours : Titre/Chapitre/Sous-chapitre/Informations saillantes. Elles sont faites avec des fiches bristol de format A5, facilement transportables, et nécessitent l'emploi d'un stylo fin et de feutres ou de surligneurs de différentes couleurs.

4. Les cartes mentales

- Pour ceux qui préfèrent un schéma à de longues explications, une structure radiale plutôt que linéaire, il existe un moyen de créer des fiches de révision visuelles très performantes : le « *mind mapping* », littéralement « cartographie de la pensée », et les « *mind maps* », appelées en français « cartes mentales » ou encore « cartes de l'esprit ».

- L'efficacité des cartes repose sur leur côté tout-en-un : en une seule page, tu visualises tous les éléments clés à apprendre, mais aussi les liens entre ces éléments. La forme de la carte ressemble à un schéma neuronal, et cette ressemblance faciliterait le processus de mémorisation. L'attention se porte sur le centre de la page et les associations d'idées sont appréhendées visuellement.
- Place le titre du cours au centre, dans un rond, et trace une branche pour chaque partie. L'organisation spatiale se fait dans le sens des aiguilles d'une montre. On crée des rameaux pour chaque sous-partie. On habille les branches avec des mots et/ou des images symboles. Chaque branche et chaque rameau a une couleur différente.

5. Les flashcards

- Une flashcard, littéralement « carte mémoire », est une carte comme on en trouve dans un jeu de cartes classique avec, côté pile, une question et, côté face, la réponse à la question.
- Elles sont très efficaces pour de nombreuses raisons. D'abord, elles t'engagent dans un processus de réactivation de la connaissance. Avec une fiche de révision classique, tu as l'information sous les yeux. Avec les flashcards, tu forces ton cerveau à parcourir le circuit neuronal et à le consolider. Tu révises activement.
- Ensuite, les flashcards mettent en œuvre un processus de chunking, littéralement « découpage ». Souvent, la masse d'informations à apprendre est trop importante et bloque le processus de mémorisation. Le *chunking* morcelle la masse d'informations en unités, ou en morceaux, plus faciles à digérer et à apprendre. Un bon découpage facilite la compréhension et la mémorisation de l'information.
- Enfin, les flashcards permettent de jouer, avec toutes les motivations qui en résultent. Elles sont de ce fait conseillées entre deux temps de révisions intenses, et si possible en groupe, où elles prennent tout leur sens.

6. Comment les utiliser

- Une fois que tes fiches de révision classiques, cartes mentales ou flashcards ont été créées, applique un principe de répétition espacée en les utilisant un premier jour, puis cinq jours après, huit, vingt-cinq jours après, et enfin, quatre mois plus tard.
- Observe la fiche avec attention et adapte ta méthode de travail à ton type de mémoire :
  - si tu as une mémoire visuelle, lis la fiche puis ferme les yeux et essaye de restituer ce que tu viens de lire, morceau par morceau ;
  - si tu as une mémoire auditive, lis-la à voix haute et essaye de restituer ce que tu viens de lire, morceau par morceau, à haute voix ;
  - si tu as une mémoire du geste, lis et essaye de restituer ce que tu viens de lire, morceau par morceau, au brouillon.
- Ne révise pas en continu, le cerveau a besoin de repos pour consolider la mémorisation. Toutes les 20 minutes, fais une pause de 5 minutes : bouge, aère ton espace de travail, respire profondément. Toutes les 80 minutes, fais une pause plus longue, de 20 minutes.

RÉALISER DES RECHERCHES DOCUMENTAIRES PERSONNELLES

Internet est une bibliothèque planétaire dans laquelle se trouvent potentiellement tous les savoirs. Selon Pascal Lardellier, professeur en sciences de l'information et de la communication à l'université de Bourgogne : « Plus d'un tiers des internautes ne dépassent pas les deux premières références sur Google, et seulement 2 % d'entre eux vont jusqu'à la dixième référence. » Pourtant, faire des recherches intelligemment sur Internet s'apprend. Pour gagner beaucoup de temps, il est indispensable d'apprendre à orienter ses recherches, à évaluer les informations trouvées et à les exploiter dans le respect des droits d'auteur et des conditions d'utilisation.

1. Orienter ses recherches

- L'outil pour tes recherches sur Internet est un moteur de recherche, comme Google, Qwant ou Ecosia. Le principe est de lui indiquer une requête sous la forme d'une question, d'un mot ou d'une expression.
- En réponse à une requête, le moteur de recherche te rapporte 100 000 liens en moins de temps qu'il ne faut pour l'écrire. L'apprivoiser, c'est donc en premier lieu savoir lui adresser les bonnes requêtes, sous forme de mots-clés adaptés.
- Le premier réflexe que nous avons tous est de poser la question littéralement, et c'est un bon réflexe car il est possible que des personnes se soient posé la même question avant toi et qu'elles aient eu la bonne idée de publier les réponses trouvées. C'est une chance qu'il faut toujours tenter. Sinon, il faudra procéder par étapes.

2. Étape 1 : faire un brainstorming sur la question posée

- Prends le temps de comprendre ce que tu cherches réellement. Qu'est-ce que la question évoque ? De quelle manière la traiter ? Comment la problématiser ? Qu'est-ce qu'on veut te faire démontrer ou prouver ?
- La méthode de questionnement journalistique « 3QOCP », « Qui ? Quoi ? Quand ? Où ? Comment ? Pourquoi ? », est facile à mémoriser et, avec un peu de pratique, son utilisation se révèle d'une grande efficacité. Elle va te permettre de cerner ton sujet et d'identifier les mots ou expressions essentiels pour le comprendre. Ce sont tes mots-clés, retiens-en cinq au maximum. Avec eux, vous pourrez interroger le moteur de recherche.

3. Étape 2 : trouver la bonne formule

- Tous les moteurs de recherche ont des fonctions de recherche sophistiquées pour affiner tes requêtes. Ces fonctions, appelées « opérateurs de recherche », se cachent derrière les signes « + » et « – », les conjonctions « et, ou, or » et, enfin, les parenthèses « (...) ». Ces différents opérateurs sont indiqués dans la rubrique « Recherche avancée » du moteur utilisé. En combinant les mots-clés et les opérateurs, tu peux créer une formule sur mesure pour interroger un moteur de recherche intelligemment.

Savoir évaluer

- Si l'on peut tout trouver sur Internet, on peut aussi tout publier. Il est donc indispensable de savoir évaluer la crédibilité des informations trouvées. Pour distinguer une véritable information d'un contenu trompeur, reprends le questionnement journalistique des 3QOCP :
  - qui ? : l'auteur est un particulier, un professionnel, une entreprise, un organisme officiel… ;
  - quoi ? : un blog, un site Web, un média… ;
  - quand ? : la date de publication, la date de mise à jour… ;
  - où ? : le pays du serveur (.fr, .de, etc.) ou le secteur (.com, .org) ;
  - comment ? : la forme du contenu… ;
  - pourquoi ? : informer, former, vendre.
- Garde uniquement les documents qui correspondent à vos critères !

Savoir exploiter

- Une fois les documents sélectionnés, il est important d'en faire une liste, de numéroter et copier/coller pour chacun le lien ou les références bibliographiques. Tu trouveras ainsi facilement les originaux et pourras citer tes sources dans le respect du droit d'auteur et des droits d'utilisation.

Le sais-tu ?

Le hasard nous apporte parfois ce que l'on ne cherchait pas… pour notre plus grand plaisir. On parle alors de « heureux hasard », mais le mot exact est « sérendipité ». Ce mot étrange a été inventé au milieu du XVIIIe siècle par le Britannique Horace Walpole en lisant le conte persan *Les Trois Princes de Serendip*. Par exemple, c'est par un heureux hasard que Christophe Colomb a découvert l'Amérique alors qu'il cherchait à rejoindre l'Asie !

Avec Internet, le phénomène est plus facile à appréhender, et vous y avez sans doute goûté sans le savoir. Tu faisais une recherche sur un sujet et tu apprendras une information nouvelle qui n'a rien à voir avec ce que vous cherchiez, mais qui t'apporte une réponse à un autre sujet qui vous occupait la pensée ? C'est bien de la sérendipité !

APPRENDRE À APPRENDRE

Vivre une scolarité heureuse rime avec savoir bien apprendre. Apprendre à apprendre est possible en observant notre cerveau en action.

1. Comment le cerveau apprend

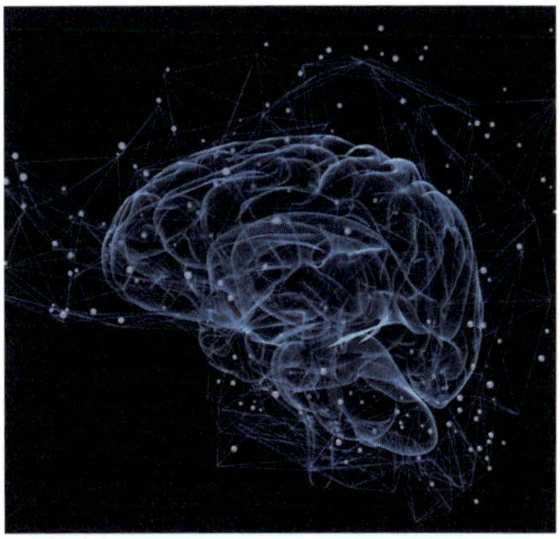

- Le cerveau apprend par l'expérience et l'observation. Pour Piaget, père de la pédagogie moderne, il apprend « à travers l'activité sensorielle et motrice en interaction avec l'environnement dans le but de s'adapter ». Depuis la prime enfance, notre cerveau encode les expériences et observations dans la base de données qu'est la mémoire : nous faisons ainsi face à n'importe quelle situation de vie en lui apportant une réponse et un comportement appropriés.
- Ce que les neurosciences ont révélé, c'est que le cerveau enregistre les expériences et les observations sous forme de circuits neuronaux physiquement identifiables. Il met pour cela en œuvre une succession de processus d'une immense complexité qui le transforment. C'est le phénomène de plasticité cérébrale qui explique que rien n'est figé et que notre cerveau est conçu pour évoluer.
- Un circuit neuronal est la trace de l'encodage d'une expérience ou d'une observation dans notre cerveau. C'est, schématiquement, un ensemble de liaisons entre des neurones. Chaque neurone détient une partie de l'expérience, et toutes les parties sont reliées. Chaque fois qu'il parcourt ce circuit neuronal, le cerveau a accès à l'expérience ou à l'observation encodée. Mais, pour qu'il existe dans notre mémoire, il faut que ce circuit soit ancré et consolidé grâce à un processus de mémorisation.

2. Comment le cerveau mémorise

- Ancrage et consolidation sont les deux étapes nécessaires au processus de mémorisation. Pour qu'une expérience ou une observation soit ancrée, il faut qu'elle puisse être rattachée à au moins une expérience ou observation déjà mémorisée dans notre cerveau. Le cerveau mémorise par association d'idées. Ensuite, pour que la mémorisation d'une information soit consolidée, il faut que notre cerveau soit confronté à cette dernière plusieurs fois. Pour lui, c'est le signal qu'elle est utile et qu'il doit consolider le circuit en renforçant les liaisons neuronales. Sans ces deux étapes, l'expérience ou l'observation, jugée inutile, sera effacée dans un temps plus ou moins court pour libérer de la place et pouvoir enregistrer de nouvelles expériences et observations.
- Mais à quelle vitesse oublie-t-on ? Les premières recherches sur la mémoire datent de la fin du XIXe siècle : le chercheur Hermann Ebbinghaus avait tracé une courbe indiquant ce que l'on retient de l'information en fonction du temps, et l'avait nommée « courbe de l'oubli ». Ses conclusions étaient sans appel : le cerveau oublie très rapidement. D'après ses observations, le taux de rétention de l'information après une première exposition chute de 40 % dès la 21e minute, de 50 % au bout d'une heure, de 70 % au bout de 24 heures et, au bout d'un mois, il ne reste presque plus trace de l'information. Cela explique pourquoi on peut réussir un examen en révisant au dernier moment, mais, sans capitaliser ce savoir d'une année sur l'autre, il faudra recommencer.
- Il est possible de contrecarrer l'oubli en réexposant le cerveau à l'information avant que celle-ci ne soit totalement effacée. En répétant l'exposition cinq heures après la première puis à un, cinq et vingt-cinq jours d'intervalle, la courbe descendante se transforme en une courbe à plateaux, et on arrête d'oublier. C'est le système de « répétition espacée ».

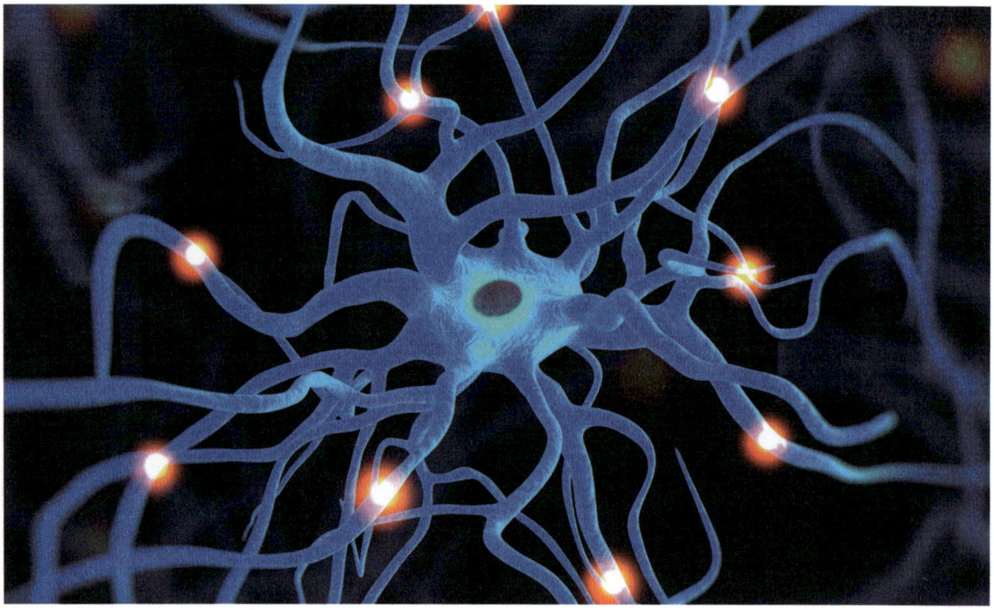

3. Méthodes d'apprentissage

- De ces recherches, trois principes sont à retenir pour bien apprendre :
  - il faut trouver du sens à ce que l'on veut apprendre ;
  - il faut être présent(e) et actif(ve) ;
  - il faut répéter l'apprentissage et l'espacer dans le temps.
- Pour appliquer ces principes, nous te conseillons de passer du mode pilotage automatique, dans lequel ton cerveau est à 95 % du temps passif, au mode actif, où tu reprends les commandes et le contrôle de ton apprentissage et de ta vie.
- En cours, en mode automatique, tu notais le cours littéralement et n'aviez pas idée de mettre à profit ce temps pour engager l'apprentissage. En mode actif, tu es conscient(e) que l'apprentissage commence pendant le cours. Tu diriges volontairement ton attention sur l'enseignant et son discours. Tu cherches à quoi le rattacher dans ta mémoire et tu t'interroges pour être sûr(e) d'avoir compris.
- À la maison, en mode automatique, tu relisais tes notes en te disant que cela finirait bien par rentrer. En mode actif, tu es en état de conscience et donnes l'ordre à ton cerveau de se focaliser sur ce qui est important. Tu diriges volontairement ton attention sur l'ossature du cours pour ordonner dans ton cerveau les connaissances, et tu cherches déjà les associations d'idées. Tu maintiens ta concentration en créant des fiches de révision synthétiques qui t'aideront à mémoriser durablement les informations.

Le sais-tu ?

L'hypothèse de plasticité cérébrale a été émise pour la première fois en 1890 par le scientifique américain William James, mais ce n'est qu'en 2009 qu'une première preuve tangible a été apportée par la professeure Eleanor Maguire de l'University College of London. Neuroscientifique, elle eut l'idée d'étudier le cerveau des chauffeurs de taxi londoniens et de comparer leur IRM à celle des cerveaux des chauffeurs de bus de cette même ville. Elle savait que les chauffeurs de taxi avaient dû mémoriser plus de 25 000 rues et ruelles de Londres pour obtenir le permis qui les autorisait à sillonner la ville. La formation qu'ils doivent suivre s'appelle *The Knowledge* et leur permet, selon la légende, de conduire dans Londres les yeux fermés. Elle savait aussi localiser la zone spécifique du cerveau, l'hippocampe, où sont situés les schémas neuronaux de capacité spatiale. Le volume de l'hippocampe s'est avéré beaucoup plus important chez les chauffeurs de taxi que chez les chauffeurs de bus qui ne doivent connaître que l'itinéraire de leur ligne.

Une seconde étude menée pendant quatre années sur l'évolution du volume de l'hippocampe chez les chauffeurs de taxi en apprentissage montre que le cerveau humain adulte peut effectivement subir des changements durables, conformément au concept de neuroplasticité.

CORRIGÉS

Mathématiques

Chercher et représenter – page 259

1. Par lecture graphique, on voit que l'athlète a fait l'épreuve de natation en 14 min, cela correspond au début de son premier changement d'équipement.

2. Attention, pour effectuer ton calcul, toutes les longueurs doivent être exprimées dans la même unité de mesure. Si c est la longueur de son parcours en vélo, alors on a : $0{,}400 + c + 2{,}5 = 12{,}9$ soit $c + 2{,}9 = 12{,}9$; d'où $c = 10\text{ km}$. Ainsi, la longueur du parcours de l'épreuve de cyclisme est de 10 km.

3. L'épreuve de course à pied s'est passée de la 44e à la 56e minute ; elle a donc couru pendant 12 minutes. En effet, on a : $56 - 44 = 12$.

4. D'après la représentation graphique, on constate que la pente qui correspond à l'épreuve de natation est celle qui est la moins « inclinée ». C'est-à-dire que sur la partie 1, la distance parcourue en fonction du temps est « faible » par rapport aux autres épreuves. C'est donc en natation que l'athlète a été la moins rapide. D'après les calculs :

Vitesse en natation : elle parcourt 400 m en 14 minutes, ce qui correspond à une vitesse : $v = \frac{\mathrm{d}}{\mathrm{t}} = \frac{400}{14} \approx 28{,}57\text{ m/min}$ soit $v = \frac{0{,}4}{14 \div 60} \approx 1{,}7\text{ km/h}$.

Vitesse à vélo : elle parcourt 10 km en 27 minutes, ce qui correspond à une vitesse : $v = \frac{\mathrm{d}}{\mathrm{t}} = \frac{10}{27} \approx 0{,}37\text{ km/min}$ soit $v = \frac{10}{27 \div 60} \approx 22{,}2\text{ km/h}$.

Vitesse à pied : elle parcourt 2,5 km en 12 minutes, ce qui correspond à une vitesse : $v = \frac{\mathrm{d}}{\mathrm{t}} = \frac{2{,}5}{12} \approx 0{,}21\text{ km/min}$ soit $v = \frac{2{,}5}{12 \div 60} = 12{,}5\text{ km/h}$. $v = d,\ t = 2{,}5\ 12.$

On a donc : $1{,}7 < 12{,}5 < 22{,}2$.

Ainsi, parmi les trois épreuves c'est en natation que l'athlète a été la moins rapide.

5. Elle a parcouru 12,9 km en 57 minutes, ce qui correspond à une vitesse : $v = \frac{\mathrm{d}}{\mathrm{t}} = \frac{12{,}9}{57} \approx 0{,}226\text{ km/min}$ soit $v = \frac{12{,}9}{57 \div 60} \approx 13{,}58\text{ km/h}$ Or $13{,}58 < 14$, donc on en conclut que la vitesse moyenne de l'athlète sur l'ensemble du triathlon n'est pas supérieure à 14 km/h.

Modéliser – page 261

1. Le motif obtenu avec la suite d'instructions AB est :

2. Les propositions 2 et 4 permettent d'obtenir le motif demandé.

Proposition 2 : CE

En appliquant l'instruction C on obtient :

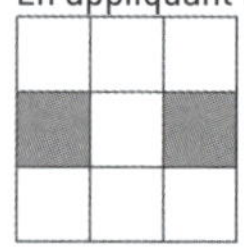

Puis en inversant les couleurs avec l'instruction E on obtient :

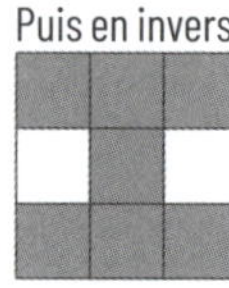

Proposition 4 : CAEA

En appliquant l'instruction C on obtient :

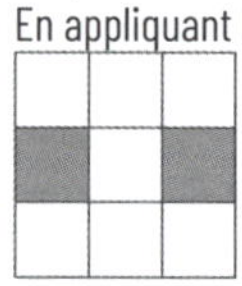

Puis en appliquant l'instruction A on obtient :

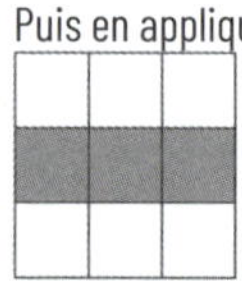

L'instruction E inverse les couleurs, on obtient donc :

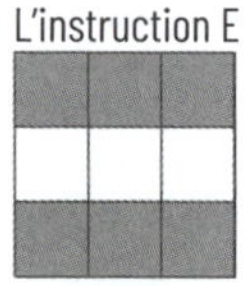

L'instruction A change la couleur de la case centrale :

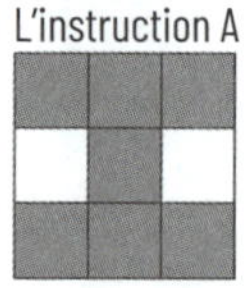

3. La suite ABE permet d'obtenir la diagonale montante blanche.

En appliquant l'instruction A on obtient :

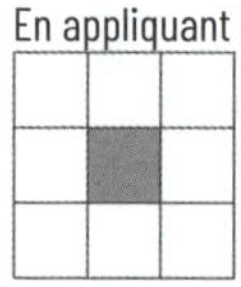

Puis en appliquant l'instruction B, on obtient :

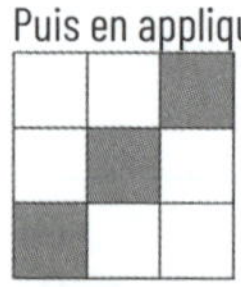

En inversant les couleurs avec l'instruction E on a :

Raisonner – page 262

1. 10% de 139,90 est égal à $139{,}9 \times 0{,}1 = 13{,}99$ euros de réduction.

2. L'étagère a été montée à plat sur le sol de la pièce ; elle est donc en position 1. On veut s'assurer qu'elle ne touchera pas le plafond au moment de la relever pour atteindre la position 2. Le triangle ABC est rectangle en B, donc d'après le théorème de Pythagore, on a : $AC^2 = AB^2 + BC^2 = 0{,}8^2 + 2{,}25^2 = 0{,}64 + 5{,}0625 = 5{,}7025$. On en déduit que $AC = \sqrt{5{,}7025} \approx 2{,}388 < 2{,}40$. On a donc $AE = AC < 2{,}40$: l'étagère passe mais tout juste sous le plafond.

3. a. On a $CE = (B'C') \div 5 = 2{,}25 \div 5 = 0{,}45$ m.

b. Les droites horizontales sont toutes parallèles : on peut donc appliquer le théorème de Thalès. On a : $\frac{DE}{AB'} = \frac{C'D}{C'A} = \frac{C'E}{C'B'}$ soit $\frac{DE}{0{,}8} = \frac{0{,}45}{2{,}25}$. En utilisant le produit en croix, on obtient : $DE = \frac{0{,}8 \times 0{,}45}{2{,}25} = 0{,}16$ m.

c. En utilisant à nouveau le théorème de Thalès et en procédant de la même façon, on obtient : $\frac{HI}{AB'} = \frac{C'H}{C'A} = \frac{C'I}{C'B'}$ soit $\frac{HI}{0{,}8} = \frac{3 \times 0{,}45}{2{,}25}$. En utilisant le produit en croix, on obtient : $HI = \frac{0{,}8 \times 1{,}35}{2{,}25} = 0{,}48$ m.

Calculer – page 264

Partie 1

1. Les issues sont 1, 2, 3, 4, 5 et 6.

2. La probabilité d'obtenir le 2 (comme tous les autres nombres) est $\frac{1}{6}$.

3. Il y a 3 nombres impairs (ou pairs), la probabilité est donc égale à $\frac{3}{6} = \frac{1}{2}$.

Partie 2

1. La plus grande somme possible étant 12, l'évènement est impossible. Sa probabilité est alors nulle.

2. a.

Dé vert / Dé rouge	1	2	3	4	5	6
1	2	3	4	5	6	7
2	3	4	5	6	7	8
3	4	5	6	7	8	9
4	5	6	7	8	9	10
5	6	7	8	9	10	11
6	7	8	9	10	11	12

b. Les scores possibles sont : 2, 3, 4, 5, 6, 7, 8, 9, 10, 11 et 12. Il y a donc 11 scores différents possibles.

3. a. Il y a 6 x 6 = 36 issues possibles. Les tirages possibles sont : 10 = 4 + 6 = 5 + 5 = 6 + 4. Il y a donc 3 issues pour obtenir la somme de 10, donc $p(D) = \frac{3}{36} = \frac{1}{12}$.

b. Les issues possibles pour l'évènement E sont : 4 (qui se répète 3 fois), 8 (qui se répète 5 fois) et 12. On a donc $p(E) = \frac{9}{36} = \frac{1}{4}$.

c. Il y a 15 scores premiers (2, 3, 5, 7 et 11) et 15 scores supérieurs à 7.

Français

Justifier sa réponse – page 266

1. Les deux familles se nomment « Tuvache » et « Vallin » (l. 9-10).

2. Le verbe « réunissaient » (l. 12) est conjugué à l'imparfait d'habitude, comme le montre l'extrait « À sept heures, le matin, puis à midi, puis à six heures, le soir » (l. 11-12) : il s'agit d'une action que les mères répètent chaque soir.

3. Les deux familles sont paysannes, comme l'indique le titre de la nouvelle (« Aux champs »). Elles semblent de plus très pauvres : « Tout cela vivait péniblement de soupe, de pomme de terre et de grand air » (l. 11).

Décrire une image – page 268

1. sombres, vifs, de contraste
2. haut
3. contre-plongée, plan d'ensemble
4. selon un schéma pyramidal, le premier plan, l'arrière-plan, à gauche, à droite.

Se relire – page 276

1. La cloche du déjeuner interrompit cet entretien classique, et, de même que la veille, je fus obligé de manger comme quatre. Puis vinrent des fermiers de Monsieur de Peyrehorade ; et pendant qu'il leur donnait audience, son fils me mena voir une calèche qu'il avait achetée à Toulouse pour sa fiancée, et que j'admirai, cela va sans dire.

2. Un chemin <u>longe</u> la falaise. Sur son cahier <u>figure</u> son prénom. Dans la vallée <u>s'étend</u> une large prairie. Une grosse carpe <u>nage</u> dans le bassin.

3. ils – les voyageurs – il – L'aubergiste – les.

Histoire-géographie-EMC

Confronter des documents – page 279

1. Ces deux documents sont des décrets. Les décrets sont des décisions écrites provenant de l'autorité possédant le pouvoir exécutif (la Convention nationale pour le 1er document en 1794 et le Premier consul en 1802).

2. Ces décrets prennent des dispositions concernant les conditions des esclaves (désignés par les termes de « Nègres » ou de « Noirs »).

3. En 1794, la Convention nationale met fin à l'esclavage (« aboli ») et accorde la citoyenneté. Les esclaves libérés jouissent de leurs droits au même titre que les autres citoyens français. Dix ans plus tard, Bonaparte, Premier consul, prend une décision contraire (« l'esclavage sera maintenu »).

4. Les esclaves sont libérés par la Convention nationale. Mais le régime de Napoléon revient sur cette décision.

Contextualiser un document – page 280

1. Ce document est une estampe de la fin du XVIIIe siècle. L'auteur n'est pas connu. L'estampe représente la prise des Tuileries le 10 août 1792.

2.

	Lieux	Acteurs
A	Le château des Tuileries.	Le roi est réfugié dans le château.
B	La Cour.	Les gardes suisses tentent de protéger le roi, monarque constitutionnel, et sa famille.
C	Devant les grilles.	Les sans-culottes parisiens (membres du peuple les plus modestes) et les fédérés (soldats volontaires) luttent contre les gardes suisses protégeant le château.

3. En 1792, le régime de la France est une monarchie absolue. La situation politique n'est pas apaisée ; le roi Louis XVI utilise son droit de veto pour s'opposer aux décisions de l'Assemblée et il a même tenté de fuir. La France révolutionnaire est menacée par les armées étrangères. Comme lors de la prise de la Bastille, le peuple est inquiet. Cette inquiétude se porte sur la personne de Louis XVI, réfugié au château des Tuileries.

4. La prise des Tuileries marque la fin de la monarchie constitutionnelle. Le 21 septembre 1792, la République est proclamée : Louis XVI n'est plus roi.

Étudier une argumentation – page 288

1. Le régime politique de la France en 1885 est celui de la IIIe République.

2. « Les races supérieures ont sur les races inférieures un droit qu'elles exercent, ce droit, par une transformation particulière, est en même temps un devoir de civilisation » est un des arguments de Jules Ferry que Clemenceau va contrecarrer.

3. Clemenceau explique bien qu'il s'agit de mener une guerre (il emploie le mot guerroyer) et fait le parallèle avec la guerre subie par les Français en 1870 (guerre franco-allemande).

4. Georges Clemenceau est défavorable à la colonisation de Madagascar et s'oppose aux projets de Jules Ferry.

Analyser un point de vue – page 284

1. Ce document est un témoignage de Jules Huret, paru dans son ouvrage *Enquête sur la situation sociale en Europe*, en 1897.

2. Jules Huret dresse un portrait de l'ouvrier marqué et usé par le travail. Le journaliste insiste sur les marques visibles laissées par le travail (« paupières rougies » ; « cils brûlés » ; etc.). Mais il livre aussi un état d'esprit. L'ouvrier est épuisé par le travail (« mange sans appétit ») mais un être « respectueux ».

3. Les ouvriers sont opposés aux dirigeants des entreprises ou aux familles vivant de leur travail dans les usines, que Jules Huret désigne par le terme de « capitalistes ».

4. L'auteur a une vision plutôt positive de l'ouvrier. Certes, le portrait physique ou la volonté intellectuelle de l'ouvrier dressée par le journaliste ne paraît pas séduisante. Mais Jules Huret l'explique par les conditions de travail éprouvantes, par une vie qui, dès le plus jeune âge, est contrainte par la pauvreté. C'est la pauvreté qui fait des ouvriers ce qu'ils sont : des êtres marqués par le travail. Jules Huret évoque les plages et forêts que ne connaissent pas les ouvriers, car ils ne peuvent se permettre une seule journée de repos.

Citer, justifier, démontrer – page 286

1. L'article premier affirmant que « la République assure la liberté de conscience. Elle garantit le libre exercice des cultes » respecte les dispositions de l'article 10 de la Déclaration des droits de l'homme et du citoyen.

2. L'article 2 prouve que l'égalité entre citoyens est respectée par la loi de 1905 : « La République ne reconnaît, ne salarie ni ne subventionne aucun culte » signifie que l'État ne privilégiera aucune croyance ou philosophie. Il renforce encore l'idée de liberté de conscience de chaque citoyen, affirmée dans l'article premier.

3. Plusieurs dispositions démontrent que religion et État sont désormais séparés. Les articles 2 et 19 rompent tout lien financier entre l'État, les institutions publiques et les associations religieuses ou les cultes. De plus, la procédure d'inventaire évoquée dans le titre II précise que ce sont les agents de l'État et des agents des cultes qui réaliseront l'inventaire des biens, prouvant ainsi que État et religions sont deux institutions séparées et distinctes.

Décrire un paysage urbain – page 288

1. Singapour est une cité-État se situant en Asie du Sud-Est, dans un des principaux foyers de population.

2. Au premier plan, je distingue une baie et un quartier portuaire. Les terre-pleins et quelques quais démontrent l'importance de l'activité économique dans ce quartier. Au deuxième plan se détachent les gratte-ciel, reconnaissables à leur hauteur et à leur architecture contemporaine. Enfin à l'arrière-plan, on distingue le reste de la cité, aux constructions plus basses. Les densités de population sont élevées et le plan de la ville organisé.

3. La présence des gratte-ciel au bord de la baie évoque les quartiers d'affaires que l'on retrouve dans beaucoup de métropoles. Le Central Business District ou quartier central des affaires a une fonction économique. Les buildings abritent les bureaux et sièges sociaux de grandes entreprises. Par son architecture et son importance, le quartier des affaires illustre la puissance de la métropole qu'est Singapour.

Comprendre la notion de développement durable – page 290

1. Le lieu évoqué est la Tunisie, État situé au nord de l'Afrique, au bord de la Méditerranée.

2. Les tourismes balnéaire et littoral sont les deux principales formes du tourisme.

3. L'activité touristique crée de nombreux emplois en Tunisie (400 000 personnes sont employées dans ce secteur). Elle génère aussi des revenus importants (7 % du PIB).
4. La présence des touristes et les aménagements réalisés dégradent l'environnement (érosion littorale, gestion des déchets, etc.). Elle est aussi source de conflits d'usage : le tourisme « dévore » des terres nécessaires à l'activité agricole.
5. L'activité touristique en Tunisie ne paraît pas respecter les objectifs du développement durable. Si le tourisme a permis de développer les emplois, d'apporter des revenus à l'État tunisien, les conséquences sociales ne sont pas que positives. Les paysans et ceux vivant de l'activité agricole voient leurs terres sur le littoral diminuer. De plus, la présence en masse des touristes et les aménagements réalisés pour les accueillir ont dégradé l'environnement.

Sciences

Réaliser un tableau comparatif de l'exploitation des ressources – page 294

Un exemple de tableau possible pour cette consigne :

Ressources	Utilisation	Conséquences d'une utilisation intensive	Méthode de gestion raisonnée
Agriculture et élevage	Besoins alimentaires, industriels et énergétiques Agrocarburant	Pesticides et intrants qui augmentent la pollution de l'eau souterraine, la dégradation des sols et de la santé	Utilisation de prédateurs naturels par la mise en place de bandes enherbées proches des cultures
Chasse et pêche	Besoins alimentaires Régulation des espèces	Disparition de certaines espèces, modification de la biodiversité	Doit être raisonnée et régulée
Bois	Chauffage et construction	Déforestation Variation des habitats Modification de la biodiversité	Doit être raisonnée et régulée
Eau	Hygiène, cuisine, agriculture	Gaspillage Pollution	Station d'épuration pour dépolluer Doit être régulée

Comprendre un arbre phylogénétique et établir des parentés – page 292

	Poils	Pouces opposables	Ongles	Narines rapprochées	Orbites fermées	Coccyx
Chat	X					
Tarsier	X	X	X			
Macaque	X	X	X	X	X	
Chimpanzé	X	X	X	X	X	X
Gorille	X	X	X	X	X	X
Homme	X	X	X	X	X	X
Orang-outan	X	X	X	X	X	X

poils

chat

pouces opposables
ongles

tarsier

narines rapprochées
orbites fermées

chimpanzé
gorille
homme
orang-outan
macaque

Réaliser le schéma fonctionnel de la circulation sanguine – page 296

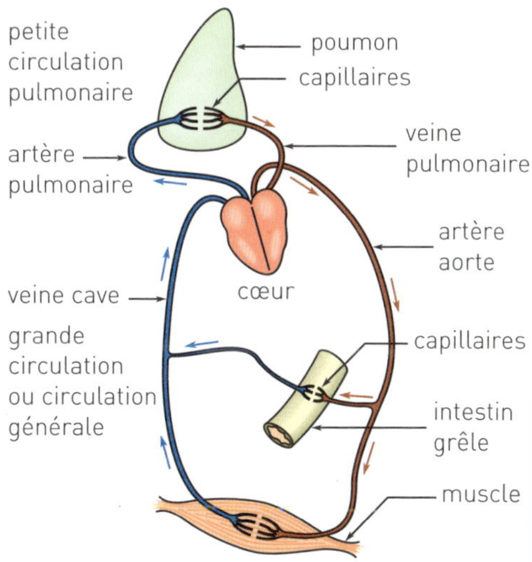

Coaching

Lire un graphique – page 299

1. Le titre est : Caractéristique tension-intensité d'une résistance. Le thème est l'électricité et il s'agit en particulier de la résistance.
2. En abscisse, la grandeur est l'intensité I en ampères (A). En ordonnée, la grandeur est la tension U en volts (V). On parle de la tension en fonction de l'intensité.
3. La tension augmente lorsque l'intensité augmente. La courbe est une droite passant par l'origine du repère, donc la tension U et l'intensité I sont proportionnelles pour la résistance étudiée.
4. Pour une tension de 4,5 V, l'intensité traversant la résistance est de 0,065 A.

Remarque : Étant donné que la tension U et l'intensité I sont des grandeurs proportionnelles dans notre exemple, on peut calculer le coefficient directeur de la droite en en prenant un point sur la droite et en divisant la valeur portée sur l'axe des ordonnées par la valeur portée sur l'axe des abscisses :

$U = k \times I$

$k = \frac{U}{I}$

$k = \frac{4,5}{0,065} = 69$ ici $k = R = 69\ \Omega$

TABLE DES MATIÈRES

Mathématiques

Nombres et calculs

Organisation et gestion des données

Grandeurs et mesures

Espace et géométrie

Français

Grammaire, orthographe et outils d'analyse

Genres, registres, courants

Histoire

Le XVIIIe siècle, expansions, Lumières et révolutions

L'Europe et le monde au XIXe siècle

Société, culture et politique dans la France du XIXe siècle

Géographie

L'urbanisation du monde

Les mobilités humaines transnationales

Des espaces transformés par la mondialisation

Enseignement moral et civique

SVT

La planète Terre, l'environnement et l'action humaine

Le vivant et son évolution

Le corps humain et la santé

Physique-chimie

Organisation et transformations de la matière

Mouvements et interactions

L'énergie, ses transferts et ses conversions

Des signaux pour observer et communiquer

Technologie

Les OST (objets et systèmes techniques) : leurs usages et leurs interactions

Structure, fonctionnement, comportement : des OST à comprendre

Création, conception, réalisation, innovations

Anglais

Grammaire

Lexique

Coaching

Mathématiques

Français

Histoire-géographie-EMC

Sciences

Réviser dans toutes les matières

* Rappel des notions étudiées en classe de cinquième.